월야환담

월야환담 창월야 · · 4

홍정훈 장편 소설

초판 1쇄 찍은 날 2016년 02월 15일
초판 1쇄 펴낸 날 2016년 03월 15일

지은이 홍정훈
펴낸이 서경석

편집책임 박가연 | 편집 한준만, 조현우, 이지연 | 디자인 신현아

펴낸곳 도서출판 청어람
등록번호 제387-1999-000006호 | 등록일자 1999. 5. 31
어람번호 제8-0050호

주소 경기도 부천시 원미구 부일로 483번길 40 서경B/D 3F (우) 14640
전화 032-656-4452 | 팩스 032-656-4453
http://www.chungeoram.com | E-mail chungeorambook@daum.net

ISBN 979-11-04-90340-3 04810
ISBN 979-11-04-90336-6 (SET)

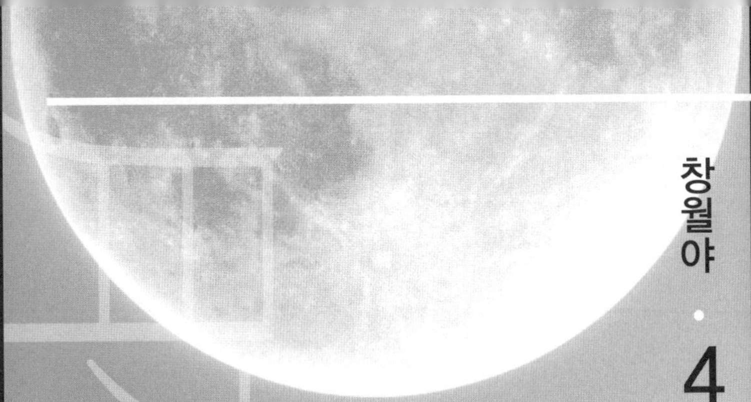

창월야 · 4 ·

월야환담

홍정훈 장편 소설

도서출판 청어람

月夜幻談

차례

NEW brand World

"바람이 울부짖고 있군."

그는 고풍스러운 벽돌 건물 위에 올라서서 도시를 내려다보고 있었다. 자정을 넘어 새벽으로 달려가는 밤공기는 목에 드리워진 칼날처럼 차디차고, 피어오르는 안개는 포연 자욱한 전장을 연상케 했다. 그 사이로 일제히 꺼진 가로등들이 을씨년스럽게 떠오른다. 유령선이 출몰하는 바다 위, 안개 너머로 보이는 배들의 망해(亡骸)가 저러할까?

그는 작게 어깨를 들썩이며 춤을 추었다.

지그시 감은 눈꺼풀 위로 속눈썹은 파르르 떨리고 발은 조용히 박자에 맞추어 흔들린다. 격양된 감정을 숨기지 않은 채, 그는 밤의 어둠 속에 몸을 맡기고 바람 소리를 즐기고 있었다. 안

개와 냉기를 안은 짭짤한 바닷바람이 피부에 와 닿는다.

두두두두두두두두!

그때 멀리서부터 아스라이 헬기 로터 소리가 들려온다. 하인드 헬기가 도시 위로 날아오고 있었다. 바다를 마주 보고 있는 이 낡은 옛 도시의 건물들은 그 자체가 예술품이라 할 수 있는 것이지만, 전투가 벌어지면 그 예술품들도 흔적 없이 사라지리라.

"소용없지. 사육당하는 개들, 이념도 이상도 없이 주어진 명령에만 충실한 것들에겐 시간이 빚어내는 예술을 이해할 영혼이 없지. 하지만… 그래도 너희에겐 천국과 지옥이 약속되어 있어."

춤추는 자는 웃는다.

철컥, 철컥!

다가온다. 사육당하는 개들, 그 목에 걸린 사슬을 땅바닥에 질질 끌며 쇳소리를 일으키는 자들. 그들은 총을 들고 방탄복으로 무장한 채, 야시경을 머리에 뒤집어쓰고 명령받은 살육을 행하기 위해서 다가오고 있었다.

"그렇다면 걸어봐라. 천국이냐, 지옥이냐? 너희의 목숨, 칩으로는 얼마나 가치가 있을까?"

새하얀 이빨이 어둠 속에서 드러나고 광기에 물든 새빨간 눈동자가 떠오른다. 곧 그의 모습은 안개 속으로 녹아들었다.

우오오오오오!

늑대들의 울부짖음이 들려온다. 안개를 꿰뚫고 투입된 특수부대원들이 깜짝 놀라 주위를 둘러보았다. 그러나 그들의 적은 실체가 보이지 않는다.

쿠르르르르!

무한궤도가 예스러운 시가지를 파괴하며 돌진한다. 거대한 중전차가 안개를 꿰뚫고 달려든다. 보이지 않는 실체를 향해 돌격하는 모습이지만 역시 위압감만은 대단했다. 인간들의 문명이 만들어낸 파괴의 철추(鐵鎚), 그 한 단극이라고 할 수 있는 이 전차는 신화 속의 괴수처럼 포효하며 도시를 질주했다.

그러나 그때… 안개 속에서 무언가가 튀어나왔다.

쩡!

맑은 쇳소리와 함께 전차에 뭔가가 적중했다. 하지만 그것은 두꺼운 전차의 외벽에 생채기 하나 입히지 못했다.

그러나 전차는 마치 술 취한 사람처럼 방향을 잃고 자신을 호위하던 보병들을 덮쳤다. 안전거리를 유지하고 스네이크 대형을 유지한 채 도시를 선두 정찰하던 병사들은 기겁했지만 갑자기 갈피를 잃어버린 이 금속의 해일 앞에서는 무력했다.

콰드드득!

인간들이 안개 밑으로 깔려 들어간다. 거대한 파괴의 철추가 그 끝을 자신들의 동료로 향한 것이다. 선혈이 튀고 안개 속으로 피비린내가 퍼졌다.

그것을 시작으로 안개 속에서 그림자들이 움직였다. 그것들은 마치 배들의 묘지를 떠도는 망령들처럼 안개의 바다를 누비고 달려 도시를 장악하기 위해 몰려들던 병사들 사이로 파고들었다.

두두두두두두두두!

총성이 연달아 울려 퍼졌지만 그것은 공허하게 밤하늘 속으로 사라질 뿐! 안개가 비명과 폭음, 총성을 집어삼켰다.

"그렇지. 이렇게 되는 거지."

도시 위에 서 있던 춤추는 자가 지상에 내려섰다. 그는 피투성이가 된 손을 하늘을 향해 들었다. 구름을 꿰뚫고 모습을 드러내는 창백한 푸른 달, 그 달이 손에 잡힐 듯하다. 달을 눈동자에 담던 그는 문득 중얼거렸다.

"너도 이 달을 보고 있는가, 롯시니?"

第17夜

시베리아 특급

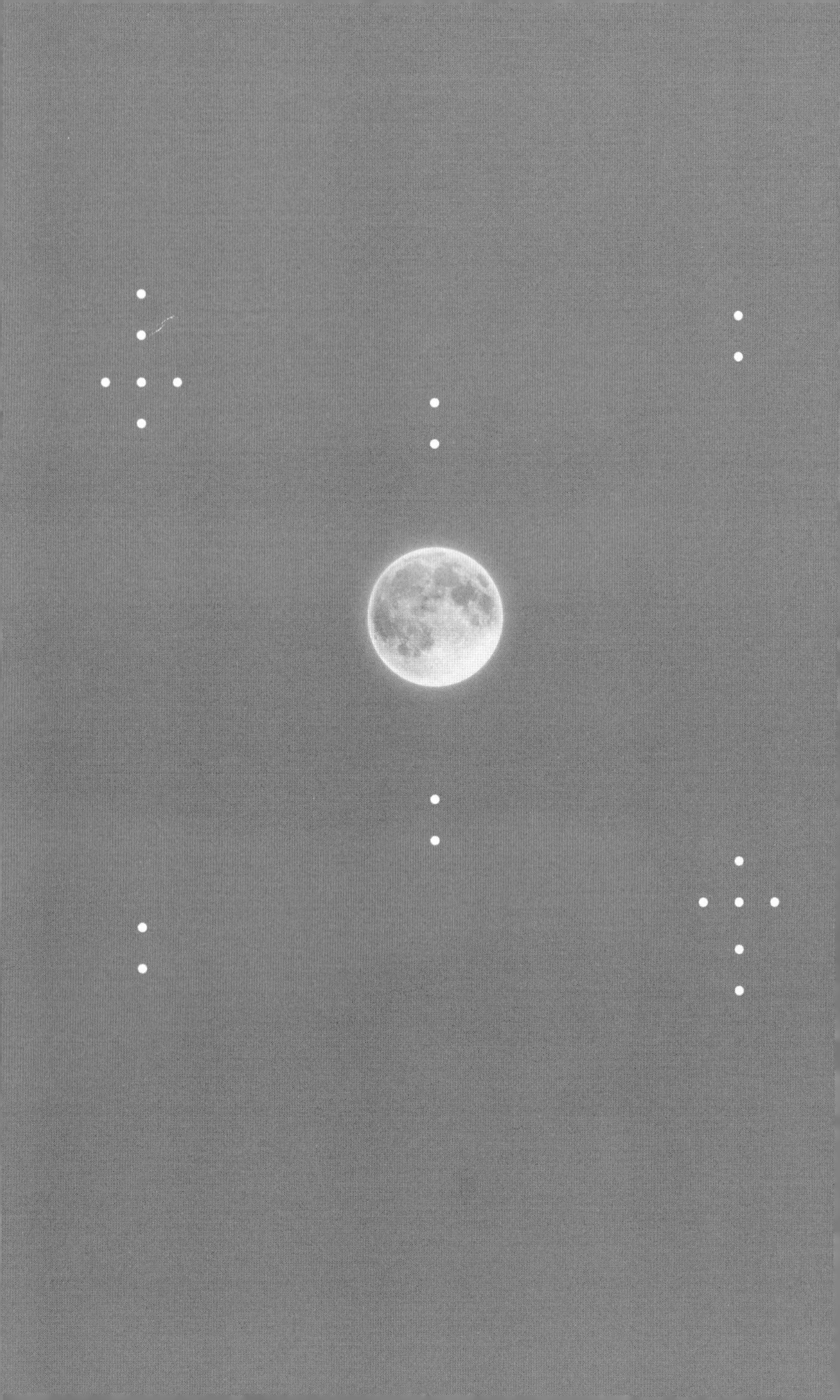

1

서린은 깜짝 놀라서 눈을 떴다. 처음에는 주위가 흐릿한 게 마치 뿌연 젖빛 유리 너머의 풍경처럼 보이다가 이내 선명하게 사물이 들어온다. 잠깐 졸았던 것일까?

그는 황급히 눈을 비비며 주위를 둘러보았다. 지금 그는 달리고 있는 랜드로버의 뒷좌석에 곤히 잠들어 있다가 이제 막 깨어난 참이었다. 원래 체력이라면 자신이 있는 서린이었지만 사준과의 싸움 이후 급히 여행을 준비하느라 잠조차 제대로 자지 못했다.

그는 문득 옆자리를 바라보았다. 그의 옆 좌석에는 밴의 시트에 파묻히듯 몸을 눕힌 채 잠들어 있는 한세건이 있었다. 평상시의 그는 방탄 소재로 만들어진 검은색의 레이싱 슈트를 걸치고 다녔다. 그 모습은 마치 검은 표범 같아서 그의 별명인 마수와 어우러져 검은 야수를 연상케 했다.

하지만 지금의 그는 평상시와 달리 깔끔한 정장 슈트와 조끼를 입고 있었다. 그 역시 서린과 마찬가지로 잠을 설쳤기 때문에 거칠게 달리는 차량 안에서도 세상모르고 잠들어 있었다.

한세건이라면 응당 레이싱 슈트나 가죽 재킷이라고 생각했던 서린에게 그 모습은 너무나 어이없는 것이라서, 그는 자신이 아직도 꿈속에 있는 게 아닌가 싶었다.

마치 조폭물 영화의 보스로 캐스팅된 아이돌 가수를 보는 기분이랄까? 젊고 앳되기까지 한 얼굴을 하고 있으면서 거추장스러운 정장을 걸치고 롱코트를 곱게 접은 채 겨드랑이에 끼고 있는 그 모습을 보고 있자니 위화감이 파죽지세로 치고 올라온다.

하지만 그런 상념을 쫓아내는 엔진음이 들려왔다.

부아아아앙…….

김성희가 모는 랜드로버가 국도를 깎아내듯 거칠게 달리고 있었다. 아직 해는 뜨지도 않았는데 질주가 거칠다. 이런 파워풀한 운전을 하고 있는 운전자가 묘령의 여성이라니, 직접 보지 않았으면 상상하기도 힘들 것이다.

용케도 이런 상황 속에서도 잠을 잤구나. 서린은 그리 생각하며 세건을 다시 살펴보았다. 그는 고집스럽게 눈썹을 모은 채 잠들어 있다. 시트에 몸을 파묻고 팔짱을 낀 채 잠드는 것은 그의 앉아서 잘 때의 버릇이다.

링클 프리의 슈트라 그런지 팔짱을 낀 부분이 구겨져도 잠시 후면 원래대로 돌아온다. 이거 혹시 홈쇼핑에서 파는 슈트가 아닐까? 서린은 그런 상상을 하며 혼자서 웃음을 참아야 했다.

평상시 레이싱 슈트나 재킷만을 고집하던 세건이 어울리지 않게 정장을 입고 있는 것은 어디까지나 변장을 위한 소품이다. 한세건에게는 엑토플라즘 마스크라고 하는 얼굴 모습을 마음대로 바꿀 수 있는 도구가 있기 때문에 복장을 달리하고 얼굴을 바꾸면 일반인들에게 그 정체가 들통날 리 없다.

"으음."

그러고 보면 오늘이 출발인가? 서린은 새삼스럽게 떨리는 가슴을 부여잡았다. 이런 이야기 하면 나중에 한세건에게 정말 맞을지도 모르지만 수학여행 때와 같은 설렘이 있었다.

"아, 일어났니?"

김성희는 운전대를 잡은 채로 서린에게 말을 걸었다. 백미러를 통해 본 그녀는 은은한 미소를 띠고 있었는데 그 표정이 의미심장해 보였다. 서린은 왠지 불안한 생각이 들어서 자신의 입가를 훔쳤지만 침이 흐른 흔적은 없었다.

"어디 설정을 기억해 봐."

김성희는 마치 자다 일어난 학생을 바라보는 교사처럼 엄한 표정으로 물어왔다.

"서, 설정이요?"

"응. 자고 일어난 다음에도 바로바로 대답할 수 있을 만큼 외워두지 않으면 안 돼."

"어… 그러니까 제 이름은… 니콜라이 예브첸코비치 킴. 고려인 어머니의 아들로 아버지의 나라인 러시아를 방문하고 있는 거였죠?"

서린은 주입된 정보를 다시금 읊었다.

러시아를 여행하다 보면 경찰이나 공무원 등이 수시로 입국 목적과 관련 서류의 제시를 원한다고 했다. 가짜로 된 신분과 서류로 그러한 심문을 통과하려면 가짜 신분에도 그만한 리얼리티를 부여해야 했다.

서린이야 결백한 몸이니 굳이 가짜 신분에 집착할 필요는 없겠지만 한세건은 다르다. 그는 국제경찰기구에서 혈안이 되어 찾고 있는 극렬 테러리스트가 아니던가? 그를 따라다니다 보면 범죄에 휘말리게 될 수도 있고 조사를 받게 될 수도 있다. 그런 사태를 피하기 위해서도 가짜 신분은 필수였다.

'하여튼, 죽이겠다, 죽이겠다 하면서 왜 내가 전과자 되는 사태는 결사적으로 막아주려는 건지, 원.'

김성희나 세건이 신경 써주는 건 고맙지만, 이런 모순덩어리도 없을 것이다. 서린이 그런 생각을 하고 있을 때 김성희의 목소리가 상념을 깼다.

"잘 기억하고 있구나?"

"그리고 형은 성우현. 저를 통역으로 쓰고 있는 사업가이고……. 그런데 사업가라기에는 너무 젊어 보이지 않아요?"

고생을 많이 하기는 했지만 햇빛을 거의 받지 않아서 깨끗하고 노화 없는 피부를 가진 한세건이다. 아무리 생각해 봐도 10대 후반, 혹은 20대 초반으로 보이는 얼굴을 한 그가 사업가라니? 지나가는 개가 웃다가 복통으로 돌아가실 만큼 허술한 거짓말이다.

그러나 김성희는 화사하고 밝은 목소리로 말했다.

"모습은 바꿀 거야. 아니, 바꾸지 않으면 안 되지. 지금까지는 한국이란 자신의 영지에서 싸운 거니까 떳떳하게 자신의 모습을 취할 수 있었지만 이제는 달라. 적진 한가운데에 무장도 변변치 않은 채로 달려가야 하는 거야. 풍습도, 군경의 편제도 모르고, 정보를 얻기도 힘든 곳에서 싸우게 되면 절대로 지금과 같은 힘을 발휘할 수 없어. 세건이 지금까지 승승장구한 것은 한국의 지형과 군경 편제 등을 체득하고 있었던 덕분이니까."

운율에 맞추어서 노래하듯 말하는 그녀의 목소리가 매우 듣기 좋다. 하지만 그녀가 말하는 것은 끔찍한 현실이다. 도폭선과 폭탄을 사용하지 못하고 총화기도 없는 세건이 과연 예전처럼 많은 수의 흡혈귀를 상대할 수 있을까? 그런 생각을 하니 서린은 불안해졌다.

그는 문득 운전대를 잡고 있는 김성희를 바라보았다. 그녀가 와일드하게 휠을 돌릴 때마다 랜드로버가 휘청거리며 관성이 걸린다. 서스펜션이 출렁거리며 차체가 요동쳤다.

하지만 세건은 팔짱을 낀 채 눈살을 찌푸릴 뿐이다. 흔들거려서 넘어진다거나 깨어나는 일 없이 팔짱을 낀 채로 꿋꿋하게 잠들어 있는 것이다. 그 모습이 너무나 고집스러워 보여서 서린은 한숨을 내쉬었다.

"그렇지만 정말 괜찮을까요? 누님도 함께 가시는 게 어때요?

한 달 후에는 제 손으로 세건 형의 등을 따야 한다니… 그런 거 살 떨려서 못 해요.”

서린은 걱정되어서 그녀를 바라보았다.

한세건의 몸은 한 달에 한 번씩 재조정을 해주지 않으면 흡혈귀가 되어버린다. 김성희는 그런 조정 작업을 서린에게 알려주었다. 만약 외국에서 체류하는 기간이 한 달 이상이 된다면 그때는 서린이 직접 세건의 몸을 재조정해야 하리라.

“은근슬쩍 누님이라고 부르는구나.”

김성희는 귀엽다는 듯 서린을 바라보았다. 그러자 서린은 당돌하게 되쏘았다.

“아줌마보단 낫지 뭘 그래요? 달리 부를 호칭이 그것 말고 또 있나요? 저도 형처럼 마스터라고 불러 드려요?”

“…….”

서린의 당당함 앞에는 김성희조차 말문이 막혔다. 뭐, 틀린 말은 아니다. 여기서 뭐라고 한마디 했다간 정말 서린이 아줌마라고 부를 것 같아서 김성희는 화제를 돌렸다.

“흠흠, 백번 양보한다 쳐도 아직 아줌마라고 불릴 나이는 아니라고 생각되는데. 아니, 뭐 나이는 그렇지 몰라도 적어도 내 외견이 아줌마스럽다고는 안 하겠지?”

“아…….”

왠지 이렇게 물어보면 긍정하고 싶다는 생각이 들지만 서린은 알지 못할 한기를 느끼고 입을 다물었다.

“어, 어쨌거나 서린은 내 제자가 아니니까 마스터라고 부를 이유도 없고, 누님 쪽이 낫겠다. 어쨌거나 나는 같이 갈 수 없어. 가고 싶은 마음이야 굴뚝같지만 내가 가면 방해만 될 뿐이니까."

"방해요?"

서린은 깜짝 놀라서 그녀를 바라보았다. 모르긴 해도 김성희의 능력은 결코 호락호락한 게 아니었다. 되레 서린 자신이 방해가 되면 되었지, 그녀가 방해될 것 같아 보이진 않는다. 하나 김성희는 차를 몰면서 눈살을 찌푸렸다.

"내가 준비한 공간 안에서라면 모를까, 나는 적지에 나가서 내 한 몸 지킬 자신이 없거든? 세건이에게 나를 지키라고 명령하는 것도 재미야 있겠지만 그 때문에 부담 줄 수는 없는 거 아냐?"

"그럴 것 같지는 않은데요?"

서린은 의아해서 그녀를 바라보았다. 다 보았다고는 말하지 못하겠지만 서린이 대충 본 것만으로도 그녀는 서린보다 뛰어난 전력이었다. 하지만 김성희는 고개를 저었다.

"인간을 상대하는 거라면 그냥 간단한 마법으로 충분하겠지. 하지만… 아르쥬나에 준비되어 있는 주술적 장치나 진들을 이용할 때의 나라면 진마조차 막아낼 수 있지만, 무방비 상태로 적진에 들어가게 되면 뛰어난 마법은 쓸 수가 없어. 육체적 능력도 떨어지게 되고……. 나뿐만 아니라 다른 마법사들도 죄다 마찬가지야. 자신의 마법이 잘 발동하도록 준비해 둔 곳과 그렇지 않은 곳은 천지 차이거든? 그러다 보니 아무래도 방해가 되지 않을까 해서. 게다가 앞으로 만날 적들은 서울에서처럼 그리 호락호락한 상대가 아닌걸. 한국에서야 어느 정도 얌전을 빼긴 했지만 러시아는 정말 '되는 것도 없고 안 되는 것도 없는 나라'니까."

아마도 잘은 모르지만 마법사는 자신이 준비한 땅이 아니면 그 능력이 현저히 떨어지는 모양이다. 그렇게 생각한 서린은 납득해서 고개를 끄덕였다.

하지만 그렇다면 한세건은 괜찮은 걸까? 한세건이 한국에서 승승장구할 수 있었던 것은 그가 한국이란 지형과 지역에 좀 더 익숙하기 때문이었다. 과연 외국에서 만나게 될 미지의 적들과의 싸움에서 세건은 그 능력을 그대로 발휘할 수 있을 것인가?

서린이 그러한 의문을 품고 있을 때 한세건이 조용히 눈을 떴다.

"…거의 다 왔군."

자면서도 시간을 정확하게 재고 있었는지 그는 시계도 보지 않고 자신 있게 말했다. 시계도, 주변의 지형지물도 보지 않고 어떻게 아는 것일까? 서린은 신기해하면서 물어보았다.

"아, 일어났어요?"

"그래."

한세건은 엑토플라즘 마스크를 만들어내어 조심스럽게 얼굴에 덧씌웠다. 이 작업을 통해 그는 자신에게 할당된 가짜 여권의 인물로 손쉽게 변장할 수 있었다. 그가 선택한 모습은 중년의 사업가였다.

서린은 그 모습을 바라보며 물어보았다.

"저는 변장 안 해도 돼요? 가능하면 저도 그런 가면을 쓰고 싶은데."

"글쎄다. 하면 되겠지만 이건 영체다. 어느 정도 영적인 능력이 있지 않고서는 유지할 수가 없어."

한세건은 잘라 말했다. 어느 정도 마법에 대한 소양을 갖추지 않은 이상 엑토플라즘 마스크를 유지할 수 없다. 서린도 릴리쓰의 자식이니 가르치면 재능이 없지야 않겠지만 지금은 시간이 너무 부족했다.

그러는 사이에 차는 속초의 국제여객항에 도착했다. 서린과 세건은 즉시 차에서 내린 뒤 짐을 들었다.

"그러면, 살아서 돌아와."

김성희는 담담한 어조로 그리 말했다. 세건은 엑토플라즘 마스크로 변형된 얼굴 위에 선글라스를 쓰며 고개를 끄덕였다.

"가능하다면 그렇게 하지요."

속초 여객항은 평일이라 그런지 꽤 한산해 보였다. 푸른색의 유리로 만들어진 외벽이 새벽빛에 물들어 거무튀튀하게 보인다. 덕분에 때에 찌든 부분은 보이지 않아서 나름대로 멋져 보였지만, 명색이 국제여객항에 사람이 없이 이리 한산한 것도 그다지 좋아 보이지는 않았다.

하긴 여기서 출발하는 배는 중국이나 러시아로 들어가는 사람들을 위한 페리선뿐이니까 한산할 수밖에 없다. 보따리 상인이나 여행객을 위한 관광버스가 몇 대 서 있는 것을 제외하고는 주차장에 차도 얼마 없었다.

“아직 해가 뜨지 않았군.”

세건은 깔끔한 베이지색 슈트 위에 롱코트를 걸치고 두꺼운 선글라스를 쓴 채 당당히 여객항 앞에 섰다. 마치 무슨 CF의 한 장면처럼 동작 하나하나가 호쾌하고 멋들어진다.

차에서 나와서 휘익 몸을 돌리니까 롱코트가 바닷바람을 받아 펄럭였다. 느와르물에 나오는 악당 같은 모습이랄까? 그는 서린에게 짐을 맡기고 대뜸 여객항의 로비를 향해 걸어 들어갔다.

아무리 변장을 끝마친 상태라지만 수배가 된 몸으로 저렇게 당당히 여객항으로 들어가다니……. 서린은 가슴을 졸이며 그의 뒤를 따랐다.

“뭘 그렇게 빌빌대고 있어? 빨리 따라와. 탑승 수속을 해야지.”

한세건은 선글라스를 고쳐 쓰며 서린을 재촉했다. 목소리는 분명히 세건인데 얼굴은 중년 사업가로 탈바꿈해 있으니 아무래도 적응이 안 된다. 서린은 투덜거리며 그의 뒤를 따랐다.

“형, 그 모습은 니콜라스 케이지 같아요.”

“머리 안 벗겨졌는데?”

니콜라스 케이지가 들으면 매우 상심할 대화를 하며 그들은 여객항 안에 들어섰다.

안에는 후줄근한 차림의 보따리 상인들이 대합실에 앉아서 TV를 보고 있었는데, 그들 때문인지 공기가 후끈후끈하다. 세건은 그들에겐 눈길도 주지 않고 탑승 수속을 하고 객실을 확인하기 위해 카운터로 향했다.

그러나 그때 서린이 대기실에 틀어져 있는 TV 앞에 발길을 멈추었다. 새벽의 대기실은 배가 들어오기를 기다리는 보따리 상인들로 득시글거렸지만 지금은 그들이 모두 신의 이름을 부르며 조용히 TV에 집중하고 있었다.

"뭐야?"

앞서가던 한세건이 몸을 돌려 서린에게 다가왔다. 그는 서린의 눈길이 박혀 있는 TV 쪽으로 시선을 돌렸다. 평판형 TV 수상기 화면에는 한창 연기가 피어오르는 도심과 큼지막한 뉴스 자막이 떠올라 있었다.

'체첸 회교 반군 다시 무력 충돌.'

아마도 체첸 회교 반군이 다시금 러시아와 무력 충돌을 벌인 것 같았다. 러시아—CIS 정상회담을 보름 앞두고 벌어진 일이라 그런지 다른 채널 어디를 틀어도 이 사건으로 떠들썩했다.

체첸이 러시아연방을 탈퇴하고 싶어 하는 거야 어제오늘의 일이 아니지만 이번에는 꽤나 화려하게 한 것 같았다. 아직 상황은 보이지 않지만 하인드가 추락해 있고 전차가 전복된 것으로 보아 러시아군도 심하게 당한 듯했다.

그동안 체첸, 그루지야 반군 등에 대해서 일방적인 학살극을 자행하던 러시아가 되레 당했을 정도라니?

세건은 의외라는 듯 TV를 노려보았다.

"이런 시기에 러시아 입국이라니, 좀 엄하겠죠?"

서린은 걱정스러워서 여권을 바라보았다. 이 시기에 이런 가짜 여권으로 입국심사를 받아야 하다니, 걱정이 안 될 수가 없다. 게다가 저런 큰 사건이 터지면 어디나 비상이 걸려서 민감해질 것 아닌가? 한세건도 그런 서린의 불안함을 읽었는지 반문했다.

“그럼 오늘 안 가고 이 근처에서 놀까? 사태가 진정되길 기다리면서?”

“그래도 되나요?”

서린은 깜짝 놀라서 세건을 바라보았다. 그러자 세건이 서린의 귀를 꽈악 잡았다.

“될 리가 있냐!”

“아! 아파요! 귀 떨어져요!”

“잘됐네. 귀 떨어지면 그날이 네 생일인 거지. 이 자식은 이 마당이 되어서도 놀려고 그러냐? 엉?”

한세건은 그렇게 서린을 질질 끌면서 수속을 하러 세관으로 향했다. 자루비노를 지나 블라디보스토크으로 향하는 페리선 동춘호는 대부분 러시아와의 보따리 무역을 하는 상인들로 득시글거리고 있었다.

그러한 보따리 상인들의 짐을 확인하는 것이 매우 피곤한 일이라서 그런지 상대적으로 짐이 적은 서린이나 세건은 별 신경 쓰지 않고 무사히 통과시켜 주었다. 출국 심사도 꽤 간단하게 끝이 나서 서린의 걱정이 기우였음이 밝혀졌다.

“수화물에 대한 세금이 많이 올라서 더 이상 보따리 장사는 힘들다고 알고 있었는데, 아직도 많이 있군."

한세건은 여권을 포켓에 집어넣고 배에 오르면서 보따리 장사치들을 보고 한숨을 내쉬었다. 러시아의 경제성장은 괄목할 만한 것이지만 아직도 오지에는 물자가 많이 부족해서 보따리 장사꾼이 기승을 부리는 모양이었다.

하긴 땅이 워낙 넓고 공산주의 배급 문화 아래 있다 보니 유통 인프라가 바로 확립되지는 않을 것이다.

러시아 정부가 그러한 보따리 장사를 막기 위해 수화물에 대한 관세를 강화시켜서 이제 보따리 장사는 별로 없다고 알고 있었는데, 그럼에도 불구하고 배에 타고 있는 이의 대부분은 보따리 무역 장사치였다.

뭐, 그러고 보면 러시아로 사업차 가는 사람들은 대개 비행기를 타지 배를 타지는 않는다. 러시아로 가는 직항 항로는 아직 많이 개통되지 않아서 비행기 표가 좀 비싸긴 하지만 시간이 돈인 사업가들 입장에서는 느려터진 배를 이용할 이유가 없다.

시간이 많이 걸리는 배를 타는 이들은 없는 돈으로 여행하는 학생이나 보따리장수들뿐이었다.

하지만 그게 외려 보기 좋았다. 대충대충 소독약을 뿌려가며 청소한 페리선 곳곳에는 시간의 칙칙함이 남아 있었지만, 그래도 이곳은 살아 있는 공간이다.

짐을 날라서 물건을 팔아 돈을 벌겠다는 보따리장수의 열의가 있고, 여비를 아껴 저렴하게 여행을 다녀오고 싶은 학생들의 생기가 있다. 흡혈귀를 사냥하며 이제는 그 자신마저 괴물이 되어버린 세건으로서는 참으로 견디기 힘든 공기다. 살기 위해 노력하는 인간들의 모습을 보는 것만으로도 그는 고통받았으니까.

"형은 참 별의별 거에 관심이 많군요."

서린은 의외라는 듯 세건을 바라보았다. 왠지 굳어 있는 표정에는 묘한 감동이 서려 있었다.

언젠가 자신마저 죽이겠다고 공언한 자기 파괴적인 흡혈귀 사냥꾼이 외국 정세에 이렇게 관심을 가지고 있다니, 웃기는 일이 아닌가? 마치 내일 자살할 사람이 신문을 펼치고 주식 동향을 살피며 '이래선 안 되지!' 하고 자신의 견해를 피력하는 장면을 보는 듯한 기분이다.

그러나 세건은 당연한 걸 묻는다는 듯 대답했다.

"그런 것에 관심을 가져 두는 게 정세를 읽는 데 도움이 되니까. 너처럼 생각 없이 살 수는 없잖아?"

"저도 생각은 좀 있는데. 형은 날 너무 무시한다니깐."

서린이 그렇게 투덜거렸지만 세건은 이미 짐을 들고 객실로 향하는 중이었다. 새벽 배다 보니 블라디보스토크에 도착하면 저녁이 될 터, 당일 여행이라 객실이 별로 필요하진 않겠지만 페리는 전부 다 객실로 되어 있었다.

배의 객실은 주로 바다가 보이는 쪽이 비싸고 바다가 보이지 않는 쪽이 싸다. 그리고 남들과 같이 쓰게 되는 객실이 싸고 홀로 쓰는 객실이 비싸게 마련이다.

물론 객실이 나쁘면 나쁠수록 불편한 것은 사실이지만, 어차피 러시아와의 운항 거리는 하루가 채 되지 않기 때문에 비싼 돈을 들여서 좋은 객실을 쓸 이유가 없었다.

하지만 한세건은 꽤나 비싼 개인실을 선택했다. 이럴 거면 비행기를 타는 게 낫지 않나 하는 생각이 들었지만 세건은 배를 고집했다. 비행기보다 배가 입국 심사가 덜 까다롭고, 여객항이 공항보다 경비 병력이 적다는 것이 그 이유였다.

"흠, 제법 넓군."

한세건은 객실의 침대 위에 가방을 내려놓고 롱코트를 벗어 옷걸이에 걸었다. 그는 객실에 마련된 TV를 켜면서 서린에게 충고했다.

"상황이 안 좋게 돌아가니까 너도 준비를 잘해두는 게 좋을 거다. 한국에서하고는 상황이 달라."

"준비라면, 어떤 준비요?"

"일단 블랙 네트워크의 브로커가 없으니까 가서 정말 맨땅에 헤딩하는 꼴이 되는데… 그것도 굉장히 힘든 일일 거야. 무엇보다도 나는 러시아어를 못해."

세건은 잘라 말했다.

당연한 일이다. 그는 굉장히 젊은 데다가 학력이 좋지 않다. 고교 중퇴의 학력이라면 교육열 높은 대한민국에서는 어디에 들이밀지도 못할 학력이리라.

물론 학력과는 별개로 머리는 상당히 좋은 듯하다. 영어와 일어는 이미 수준급으로 할 수 있고 폭약에 대한 기술과 각종 중장비 운전도 배운 데다가 마법까지 단시일 내에 사용 가능할 만큼은 익혔으니까. 하지만 그렇다 해도 러시아어 같은 제2외국어를 공부할 만큼의 여유는 없었으리라.

이런 정황을 감안해도 역시 이상하다. 머리로는 이해가 되지만 가슴으로는 도저히 받아들이기 힘들다고나 할까? 언제나 세건에게 보살핌을 받는 서린으로서는 설마 세건의 입에서 '못한다' 는 말이 나올 줄은 몰랐다.

왠지 그가 바라보는 세건은 이 세상 모든 일에 다재능통하고 자존심도 강해서 목에 칼이 들어와도 '못한다' 보다는 '안 한다' 라고 말하는 게 어울리는 그런 자였다.

"그래요? 그럼 통역을 쓸 거예요?"

서린 자신도 터무니없는 질문이라는 것은 알고 있었다. 그들은 흡혈귀들과 싸워야 할지도 모르는데, 민간인 통역을 데리고 다닐 수 있을 리가 없지 않은가? 과연 세건은 고개를 절레절레 저었다.

"범죄를 저지를지도 모르는데 일반 통역을 쓸 수 있겠냐? 흡혈귀에게 습격받을 수도 있는데 무리지. 그래서 나는 일단 너에게 기대를 하고 있다. 아무래도 어린 시절을 러시아에서 살았으니 어휘가 부족해도 어느 정도 말귀는 트이지 않았을까 하고 말야."

"네? 저요?"

의자에 앉아서 발을 흔들던 서린은 하마터면 의자에서 떨어질 뻔했다. 갑자기 서린에게 통역이라니? 서린이라고 러시아어를 알 수 있을 리가 없지 않은가?

"네 이름을 명확히 기억해 내는 것으로 봐서는… 어휘는 미흡하나마 러시아어가 가능할 거라고 여겨지는데? 뭐, 아니면 지금부터 이 허접한 여행용 회화 책에 기댈 수밖에."

한세건은 한눈에 보아도 민망하리만치 적은 회화가 수록된 여행용 회화 책자를 꺼냈다. 만리타향에서 그걸로 어떻게 해보겠다는 것은 뭐, 일반적인 여행이라면 모를까, 이런 탐사에서는 미친 짓이라고 할 수 있으리라.

서린은 말문이 막혀서 세건에게 손을 내밀었다. 한세건은 의자에 기대어 앉은 채 흥 하고 코웃음 치며 여행자용 회화 책을 그 손에 건네주었다.

"음, 어디 한번 보죠… 어라?"

서린은 그 책을 받아보고 깜짝 놀랐다. 한세건의 말을 들었을 때는 반신반의했지만 실제로 러시아어는 그에게 있어서 꽤나 익숙했다.

단지 러시아에서 보낸 때가 너무나 어린 나이였기에 어휘가 미숙하긴 하지만, 그것은 어떻게 해결될 수 있는 문제라고 본다. 가장 중요한 것은 믿을 만한 통역이 생겼다는 것이지 통역의 질이 문제겠는가?

"저 의외로 머리가 좋았군요. 이 개 국어를 능수능란하게 하다니. 아… 글로벌 제너레이션을 살아가는 데 있어서 유능한 인재가 되겠군요. 후후훗, 대기업 같은 곳에서 들어오라고 하면 어쩌지? 역시 연봉은 사천 이상을 불러야겠지요?"

서린은 스스로에게 감탄했다. 그러고 보면 그다지 공부를 못했던 것도 아니고, 눈치 하난 빠르지 않았던가? 그래, 나는 천재였어! 서린은 그리 생각하며 연신 고개를 끄덕였다. 하지만 세건은 퉁명스럽게 그의 상념을 끊었다.

"다행이군. 써먹을 데가 아주 없지는 않은 모양이라서."

퉁명스럽기가 거문고 뚱땅거리는 것 같다. 뭐, 그래도 내심은 다행이라고 여기고 있는 것 같았다. 서린이 러시아어를 할 수 없었다면 그야말로 만리타향에서 맨땅이 센가 자신의 이마가 더 센가 헤딩으로 확인해 볼 수밖에 없었으니까.

"에이 참, 형도 기쁘면서. 이 기쁨을 나눠보아요. 잘됐다. 그러면 말도 통하겠다, 한번 시원하게 관광을……."

서린은 그리 말하고 관광가이드북을 꺼냈다. 너무나 자연스럽게 가이드북을 꺼내서 세건은 한동안 그게 뭔가 하고 자세히 봐야 했다.

"너 지금 그건 뭐야?!"

"뭐긴 뭐예요, 가이드북이지. 나 참, 형도 알면서 왜 물어봐요?"

"정말 제정신이냐?"

만약 여기가 공공장소가 아니라면 단숨에라도 쳐 죽일 듯한 기세로 세건이 노려보았다. 하지만 서린은 이 경우에 대해서 미리 생각한 변명이 있었다. 그는 가이드북의 지도를 펼치며 대답했다.

"아니, 제가 딱히 놀겠다는 게 아니라… 아무래도 시내 지도가 붙어 있는 책자로는 이런 것밖에 없잖아요? 미리 봐두는 게 좋지 않겠어요? 지도 정도는?"

한세건은 그의 말을 듣고 손을 멈췄다. 맞는 말이긴 하다. 외국 시내 지도를 달리 구할 방법이 있는 것도 아니고, 시가지에 대해서 알아두는 것은 중요하니까. 하지만 지금까지 늘 어벙하던 서린이 갑자기 그렇게 철이 들었을 리 없다.

"믿어도 되는 거냐, 너를?"

"아이, 참. 믿어요, 좀. 믿는 자는 구원받는다! 라는 말도 있잖아요."

서린이 그렇게 말하자 세건은 움찔 놀랐다.

서린처럼 가벼운 녀석의 입에서 '구원'이라는 말이 나올 줄은 몰랐다. 이제 그런 건 벌써 잊었다고 생각했지만 그래도 구원이라는 단어는 가슴을 찌르는 무언가가 있었다. 여전히 자신의 처지를 납득하지 못하고 뭔가 획기적인 일로 변혁되기를 원하는 것일까? 그만큼 그는 아직도 나약한 것일까?

그렇게 생각한 한세건은 흥 코웃음을 쳤다.

"구원? 나는 그런 거는……. 흥! 뭐, 좋아. 어쨌거나 각오해 두는 게 좋아. 무장도 변변치 않은 데다가 러시아에는 이미 플렉스 메디칼이나 다른 흡혈귀계 자본이 많이 들어가 있으니까."

한세건은 그리 말하며 신문을 펼쳤다.

지금으로부터 약 두 달 전, 러시아가 WTO 협상에서 많은 것을 양보해 상당량의 흡혈귀 자본이 러시아로 몰려들었다 한다. 의약, 에너지, 철강, 유통 등으로 상당한 양의 흡혈귀 자본이 개방과 동시에 밀려들었다.

그중에는 흡혈귀의 맹주, 테트라 아낙스가 운영하고 있는 핵심 그룹, 플렉스 메디칼의 이름도 있었다.

그렇다면 지금 러시아 안에 있는 흡혈귀는 얼마나 될까? 모르긴 해도 이전의 한국 이상일 것이다.

서린은 세건이 꺼내 온 신문에는 시선도 주지 않고 물어보았다.

"아 참, 그런데 뭔가 물어봐도 되나요?"

"뭐?"

"블랙 네트워크가 뭐예요? 그 사준이 속했다는……."

서린은 사준의 모습이 떠오르는지 움찔거리며 물어보았다.

블랙 네트워크라는 게 일종의 국제적인 범죄 조직망이라는 것은 문외한인 서린도 눈치로 알 수 있었다. 하지만 사준처럼 강력한 라이칸스로프를 그렇게 간단하게 죽여 버리는 것은 도저히 이해하기 힘들었다.

아무리 조직원이 위험에 노출되었다고 해도 사준 정도의 인물이 넘쳐 나지 않는 한에야 그렇게 쉽게 죽일 수 있을까? 그만한 힘과 능력이라면 아까워서라도 제거하지 못할 것이다. 게다가 재생력이 강한 라이칸스로프를 원거리에서 죽여 버리는 능력이라니?

수틀린다고 부하를 그렇게 죽여 버릴 수 있는 조직이라면, 더구나 그 조직원과 격돌한 입장이라면 블랙 네트워크라는 조직에 대해서 알아둘 필요가 있다. 하지만 세건은 서린의 알고자 하는 욕구를 보고 의아하다는 듯 눈썹을 치켜떴다.

"블랙 네트워크? 내가 전에 이야기해 주지 않았나?"

"얼핏 들었던 것 같기는 한데 한 번 들었다고 그걸 정확히 기억할 수 있을 리가 없잖아요. 형이 매일같이 두들겨 패고 구박하는 내가."

묘하게 뒷부분에 악센트가 들어간 어투다. 이리되면 신경을 쓰지 않을 수가 없어서 세건은 반문했다.

"그것도 그렇군. 그런데 뭔가 불만이라도 있냐?"

"불만이 있을 리가요? 사실을 말했을 뿐인데. 그냥 사실이잖아요? 아니면 설마 사실이 아니라고 하실 건가요?"

"……."

왠지 요사이는 서린이 더더욱 기어오른다는 느낌이 들지만, 딱히 구박하고 뭐고 할 부분이 없어서 세건은 헛기침을 했다.

김성희와 달리 서린은 특이한 방식으로 자기 페이스를 유지하는 놈이라 이 녀석을 상대하다 보면 자신도 모르는 사이에 말려 들어가고 만다. 그래도 그런 걸 알고자 하는 것은 좋은 현상이다. 그동안 아무런 생각도 없이 시키면 시키는 일만 하면서 시간을 쪼개던 녀석이 스스로 물어본 것이다. 세건은 설명을 시작했다.

"블랙 네트워크라는 건 동남아 일대에 존재하는 범죄 조직의 연결 고리이자 해외 창구야. 2차 세계대전 이후, 여기저기 식민지였던 나라들이 독립하면서 혼란이 오고, 그 와중에 독재자와 범죄 조직 등은 자신들의 몸과 재산을 숨기기 위한 국제적인 도구가 필요하다고 여겼지. 그래서 만들어진 게 바로 블랙 네트워크야. 독재자의 자산을 빼돌리고, 범죄자를 밀입국시키고, 병기와 탄약을 밀반출하기 위한 국제적인 범죄 기구. 네트워크 자체의 생명력을 강화시키기 위해 어떤 조직도 이것을 완전히 장악하지 않고 지배인으로서 관리자만 있을 뿐이지."

"하지만 그렇다면 블랙 네트워크라는 것은 일종의 장치일 뿐인데, 그게 어째서……."

사준이 살해당하는 장면은 정말 악몽에 나올 만큼 끔찍했다. 보라색의 큼지막한 벌레가 몸을 꿰뚫고 나오는 그 장면은 마치 에일리언에서 에일리언 유충이 사람의 가슴을 꿰뚫고 나오는 것과 비슷했다. 무언가가 안에서 사람을 파먹고 나온다는 것에서는 일맥상통한달까?

하지만 영화의 특수 효과와 직접 눈앞에서 벌어지는 일은 차원이 다르다. 선명한 '피'와 '고기'의 향연을 눈앞에서 직접 보게 되면 그 끔찍한 모습이 뇌세포 하나하나에 끈적끈적 달라붙어서 떨어지질 않는다.

게다가 서린도 라이칸스로프이기 때문에 그런 모습을 보면서 은근히 식욕을 느낄 수밖에 없었다.

살아 있는 생고기, 시체 등을 보면 몸 안에 내재된 야성이 깨어난다. 그대로 으드득 씹어 먹고 싶다는 생각이 검은 안개처럼 가슴속에서 피어오르는데, 그걸 인식하게 되면 그때는 자신에 대한 혐오감이 치솟아 오른다.

"그런데 어째서 지배인에 불과한 사준을 죽여 버렸냐 이거지? 그건 블랙 네트워크도 어둠의 세계에 먹혀 들어갔다는 증거다. 범죄자들이란 흡혈귀나 마법사들에게 더할 나위 없이 좋은 도구라서……. 그런 놈들에게는 동정심도 느껴지지 않지만 블랙 네트워크를 집어삼킨 녀석들에 대해서는 신경이 쓰이는군."

한세건은 그리 말하고 방 안을 둘러보았다.

"안은 볼 게 없군. 나가서 바닷바람이나 좀 쐴까?"

"예."

서린은 가이드북을 접어서 힙색에 꽂아 넣은 뒤 세건의 뒤를 따라 나왔다.

2

노스웨스트 보잉 747기가 회색의 하늘을 꿰뚫고 활주로에 내려서자 인도용 버스와 트랩을 단 특수 차량이 비행기의 옆으로 달려왔다. 트랩 차량은 우선적으로 퍼스트 클래스가 있는 앞 칸을 향해 트랩을 댔고 퍼스트 클래스 승객들부터 우선적으로 내리기 시작했다.

"휘익!"

백색 롱코트의 청년이 휘파람을 불면서 트랩에 내려섰다. 트랩 옆에 난 창문을 통해 보이는 공항은 개보수공사가 한창이었다.

해는 이미 져서 어둡지만 여기저기에는 대낮처럼 불을 밝히고 자신을 어필하는 광고판이 서서 어둠을 내쫓고 있었다. 광고판들은 주로 초대형 HDTV나 고급 오디오, 그리고 고성능의 컴퓨터와 고급 승용차 등 고소득층을 위한 상품들을 광고하고 있었다.

애초에 공항을 통해 이동하는 사람이라는 게 고소득층이게 마련이지만 러시아에서 이런 광고판을 보니 신기하다. 청년이 예전에 봤을 때만 해도 모스크바 국제공항은 개방 후유증으로 몸살을 앓고 있는 전형적인 동구권 국가의 모습이었다.

하나 한 번의 모라토리엄 선언 이후 보리스 옐친, 그리고 블라디미르 푸틴으로 이어지는 개발 노선에 힘입어 러시아는 놀라운 경제성장을 이룩했다.

현 대통령 보리야 푸도브킨도 러시아의 경제를 더더욱 개방해 막대한 양의 외자를 유치하고 있었다. 그 자본의 힘으로 러시아는 급속히 발전했고 그만큼 물가도 천정부지로 치솟았다.

막대한 오일 달러와 각종 자원 대금으로 러시아에 들어오는 돈이 많아지니 자연히 인플레가 일어난 것이다. 하지만 그만큼 러시아 시장도 확대되고 있어서 광고도 점차로 고소득층 대상으로 바뀌고 있었다.

"또 잠깐 사이에 엄청 변했군. 하루가 다르게 발전하는걸?"

백색 롱코트의 청년은 연신 감탄했다. 푸른 눈에 화사한 직모계 금발을 가진 이 청년 사업가는 로우 깁슨이란 이름의 아일랜드 태생의 젊은 사업가였다.

뒷세계의 검은돈을 움직이는 것으로 유명한 그는 부친으로부터 물려받은 막대한 부를 효과적으로 투자해 세계에서 손꼽히는 거부가 되었다.

하지만 그것은 세상에 알려진 모습일 뿐, 그의 진정한 이름은 '팬텀' 이다. 판타즈마고리아란 흡혈귀 클랜의 리더이며 고대 24계통의 흡혈귀 족보를 이어받은 진마이자 암흑 마법의 비서(秘書) 네크로노미콘을 연구하는 사법사 집단 '네크로폴리스' 의 일원이다.

그래서 그는 인간들의 세계에서도, 어둠의 세계에서도 막강한 권력을 지니고 있었다. 하지만 현재 그는 자신의 수행원인 어린 소년 한 명과 함께 느긋하게 공항을 거닐고 있었다.

"작년에 한 번 오셨잖아요? 이제 와서 또 뭘 새삼스럽게 놀라세요? 아니면 기억력이 나쁘신 건가……."

로우 깁슨, 아니, 진마 팬텀의 수행원으로 따라온 어린 소년은 퉁명스러운 어조로 말하며 둥근 털모자를 고쳐 썼다.

지난 1년 사이에 공항부터 확 변했으니 놀랄 만도 하다. 계속되는 외국 자본의 유입으로 인해 난립하는 광고들 때문에 '광고 설치할 곳을 더 만들기 위해 공항을 넓힌다!' 라는 비난이 있기는 하지만, 투입되는 자본들에 의해서 공항 시설이 나날이 좋아지는 것도 사실이었다.

게다가 점차로 시장이 개방되고 세금 제도가 개편되면서 러시아로 몰려드는 기업이 많아지고 있었다. 지금 당장 보아도 상당히 많은 다국적기업의 광고가 걸려 있었다.

"뭐, 좋은 현상이군. 이제 좀 러시아도 사람 사는 곳같이 되었는걸?"

팬텀은 공항 한쪽에 마련된 카트를 끌고 주위를 둘러보며 다시금 휘파람을 불었다. 그러자 그의 옆을 졸졸 따라다니던 수행원이 인상을 찡그렸다. 도자기 인형이 아닐까 싶을 만큼 귀여운 어린 소년이지만 인상을 찡그릴 때는 한기가 풀풀 날렸다.

"마스터, 휘파람 불지 마세요. 공공장소에서 그런 짓을 하면 남들이 어떻게 보겠어요?"

"그, 그러냐?"

"예. 제발 품위 있는 마스터가 되어주십시오. 부탁입니다. 첫째는 품위, 둘째는 기품! 품위와 기품을 갖출 때 비로소 마스터는 마스터이신 겁니다."

소년은 손가락을 까딱거렸다.

소년의 이름은 빌헬름 마이어. 법적인 나이로는 이제 14세이지만 로우 깁슨의 투자자문을 하고 있는 터무니없는 소년이다. 물론 14세의 소년이 그냥 투자자문을 할 수 있을 리는 없다.

사실 그는 2차 세계대전 때부터 21세기인 지금까지 살아온 흡혈귀다. 그리고 진마 팬텀의 모든 것을 계승하기로 약정되어 있는 흡혈귀들의 도제 에스콰이어다.

"그렇게 말하니 갖추도록 노력은 하겠다만, 어떻게 해야 기품과 품위가 갖춰지는지 모르겠는걸?"

로우 깁슨은 볼을 긁적거렸다.

그러는 사이에 그들은 입국 심사대 앞으로 다가왔다. 돈이라면 썩도록 많이 가지고 있던 그는 중요한 몇몇 물품을 제외하고는 전부 다 현지에서 사버린다는 철학을 가지고 있었기 때문에 짐을 찾을 필요가 없었다.

하지만 그래도 역시 뭔가 없으면 허전한지 일부러 입국 심사대 앞에 놓여 있는 카트를 잡아끌고 그 위에 자신의 가방을 내려놓았다.

오늘 벌어진 테러사건 때문인지 입출국 심사대는 살기등등한 직원들이 눈을 부라리고 있었고, 그 뒤에 있는 세관원들은 고압적인 자세로 들어오고 있는 사람들을 심문하듯 노려보고 있었다.

실제로 지금 앞에 있는 젊은 대학생은 입국 서류에 필기체로 써서 한 글자가 흐릿하다고 경찰들에게 강압적인 조사를 받고 있는 중이었다. 예일대의 T셔츠 위에 후줄근한 카디건을 걸친 그는 고압적인 경찰들의 태도에 곤욕을 치르고 있었다.

하나 로우 깁슨이 다가가자 그들의 안색이 급변했다. 세관사무소장에게 미리 전화를 해둔 덕택에 다들 로우 깁슨을 알아본 것이다.

"혹시 로우 깁슨 씨입니까?"

"물론입니다만."

"아, 미리 연락은 받아두었습니다. 사업차 오신 거지요? 여권을 주십시오!"

로우 깁슨이 여권을 내밀자 그들은 공손히 그것을 받아 든 뒤 스탬프를 쾅쾅 연속으로 찍고는 다시 공손히 돌려주었다.

러시아에서는 보기 드문 친절한 모습이라 옆에서 스펠링 하나 부정확하게 썼다고 꼬투리 잡힌 예일대 티셔츠를 입은 백인 청년이 묘한 눈초리로 이쪽을 바라보았다. 세관원은 아예 소지품들에 대해서 엑스레이도 찍는 일 없이 로우 깁슨을 그냥 통과시켜 버렸다.

“이 세상, 돈과 권력으로 안 되는 게 없느니라.”

다른 이들이 낑낑대고 있는 심사대를 간단히 통과한 팬텀은 여권을 포켓에 집어넣으며 히죽 웃었다. 그러자 그의 곁을 따라오던 소년, 빌헬름이 한숨을 내쉬었다.

“악당 같아요. 그렇게 말하니까.”

“틀린 말도 아니잖아? 나는 거짓말로 세상을 우롱하는 짓거리는 하지 않는단다. 사실만을 말할 뿐. 부자가 ‘세상은 마음만으로 살 수 있어!’ 라고 주장하는 것만큼 구역질 나는 것도 없겠지?”

“아니, 아무리 그래도, 부자는 바쁜 척할 의무가 있다는 말도 있잖아요. 프롤레타리아들에게 부자도 부자 나름대로의 고충이 있다는 것을 보여주지 않으면 불만을 사게 될 테니까요. 그러니까 가족이 불우하다거나 가정생활이 화목하지 못하다거나, 자식이 방종 방탕해서 패리스 힐튼처럼 포르노 비디오가 나돈다든가…….”

빌헬름은 하나하나 손가락을 꼽아보았지만 역시 달리 부자가 괴로울 상황이라는 게 없었다. 가정불화니 소외감이니 그런 것은 가난한 사람에게도 다 찾아오는 게 아닌가?

역시 돈은 행복의 필수 요소는 아니지만 충분 요소는 되는 것일까? 빌헬름이 그런 생각을 하며 손가락을 접자 팬텀이 웃어댔다.

“후후훗, 그런 불만이 무서웠으면 이러고 못 살지. 그나저나 포르노라니? 봤냐?"

"아, 안 봤어요! 전 그런 거 볼 시간도 없다는 걸 아시잖아요!"

빌헬름은 얼굴이 새빨개져서 화를 냈다. 그러나 팬텀은 빌헬름을 상대하지도 않고 휘파람 대신 콧노래를 부르며 공항 로비로 나왔다.

"자아, 그럼… 응?"

그러나 그때 그는 공항 로비에서 자신을 기다리고 있는 낯익은 얼굴을 발견했다. 애초에 약속이 잡혀 있던 것도 아닌데 그를 마중 나온 이는 외눈 안경을 끼고 있는 금발 머리의 젊은이였다.

웨이브 진 금발에 약간 보랏빛을 띠고 있는 푸른 눈동자를 한 자가 날씬한 정장 차림으로 서서 기다리고 있는데 우아함과 기품이 배어 나왔다. 하지만 또 그 기품을 가시덩굴처럼 감싸고 있는 사악함이 느껴지는, 그런 남자였다.

만약 복색을 좀 더 현대식으로 갖추었다면 틀림없이 잘생겼다고 여겨질 용모다. 하지만 진한 커피색 나팔바지형 정장에 헤어스타일이 헤어스타일이다 보니 무슨 1970년대 영화에서 나온 것 같은 느낌이 들었다.

그런 남자가 공항 기둥에 기대어 있다가 로우 깁슨을 발견하고 만면에 미소를 지은 채 다가온다.

"오래간만이군, 팬텀."

그는 쥐고 있던 신문지를 돌돌 말아서 자신의 이마에 살짝 대는 것으로 인사를 대신했다.

"아, 불쾌하군. 잊고 있었다고 생각했는데 자네를 본 순간 다시 불쾌해졌어. 그 불쾌한 모습은 도저히 잊혀지지 않는군그래? 시대가 지났는데 여전히 그런 낡은 모습인가?"

팬텀은 어처구니가 없다는 듯 머리칼을 쓸어 올리며 그를 바라보았다. 요즘 세상에 나팔바지라니, 이놈의 센스는 도저히 이해할 수가 없다.

이런 일이 될까 봐 전세기 같은 걸 타지 않고 수행원도 고작해야 빌헬름 한 명 데리고 온 것인데, 상대방은 용케도 팬텀의 도착을 알아냈다. 원래 보통 수완 좋은 놈이 아니니 결국 찾아낼 거라는 것은 알고 있었지만 당일 공항에서 만날 줄이야.

빌헬름은 겁에 질려서 팬텀의 옆에 달라붙었다.

"앙리. 그래, 무슨 일이지? 공항에서 기다리려면 꽃다발 정도는 들고 왔어야지."

팬텀은 겁에 질린 빌헬름을 힐끗 쳐다보고 상대를 노려보았다.

진마 앙리 유이. 그에게 있어서는 한때 뜻이 맞는 친우였던 자로 사법사 집단 네크로폴리스의 일원이기도 하다. 팬텀이 고대 24계통의 흡혈귀의 피를 부활시킬 때, 그도 역시 고대의 흡혈귀의 피를 부활시켜 진마가 되었다.

팬텀으로서는 한날한시에 같이 흡혈귀가 된 동지라고 할 수 있었다. 지금도 그가 네크로폴리스의 일원이니 아직 동지라고 할 수는 있겠지만 이제는 네크로폴리스에서 마음이 떠난 팬텀이니 앙리 유이를 바라보는 눈은 착잡하기만 하다.

"자네를 마중 나온 회사원은 공항 입구 리무진에 대기하고 있어. 그쪽도 꽃다발은 없는 것 같던데?"

앙리 유이도 눈치가 없는 건 아닐 텐데, 그는 태연하게 팬텀에게 다가왔다. 설마 팬텀과의 관계가 여전히 옛날처럼 친근할 거라고 생각하는 건 아니겠지?

게다가 흡혈귀도 아닌 인간들, 사업 파트너로서 만나야 할 인간들을 앙리가 보았다는 것 자체가 마음에 들지 않는다.

앙리 유이 역시 음흉하기가 아그니 뺨치는 놈이라서 절대 방심할 수 있는 상대가 아니다. 그런 적이 손만 뻗으면 치명상을 입힐 수 있는 거리로 다가오는데 누가 좋아할까?

팬텀은 대놓고 싫은 기색을 하며 그를 노려보았다.

"그래서?"

"러시아에서는 나도 같이 행동하고 싶다 이거지. 나는 세력이 별로 없으니까."

앙리 유이는 그리 말하며 자신의 아랫입술에 엄지손가락을 가져가 대었다. 그러자 빌헬름이 분노해서 나섰다. 역시 아무리 상대가 무서운 자라 하더라도 할 소리는 하는 게 빌헬름이었다.

"자, 잠깐만! 마스터, 전 반대입니다! 이번 일은 어디까지나 사업차 온 거예요! 그리고 당신이 세력이 없다니! 한국에서 사준이 죽은 건 당신의 솜씨가 아닌가요? 당신들 네크로폴리스가 블랙 네트워크의 지배인들을 장악하고 있다는 걸 모를 만큼 바보가 아니라고요, 이쪽도!"

빌헬름은 신경질적으로 그를 대했다. 앙리 유이는 그에게 있어서 적이다.

"그래. 당돌한 나치 잔당 꼬마, 여전히 입이 살아 있군. 틀린 말은 아니야. 하지만 블랙 네트워크는 공산주의사회였던 러시아 내부에 구성되어 있지는 않았지. 중국이야 아무래도 방회(房會)라는 전통적인 조직이랑 연계되어 있으니 만들어졌지만. 뭐 그건 예외로 두고, 이곳에서 블랙 네트워크가 힘을 못 쓴다는 것은 확실해. 알겠나?"

앙리 유이는 그리 말하고 빌헬름의 얼굴을 향해 손을 뻗었다. 깜짝 놀란 빌헬름은 방어 자세를 취하려 했지만, 그건 마음뿐이고 몸이 움직이지 않았다. 마치 뱀을 앞에 둔 개구리가 굳어버리는 것처럼, 빌헬름의 심령이 제압당한 것이다.

"잘 보라고, 꼬마야."

앙리는 빌헬름의 눈앞에서 손을 쥐더니 이내 새빨간 장미를 하나 꺼냈다. 단순한 마술이나 눈속임 같은 게 아니라 정말로 손바닥에서 장미를 만들어낸 것이다.

그는 그것을 빌헬름에게 건네주고 방금 전과 전혀 다른 미소를 지으며 소년의 어깨를 툭툭 털어주었다.

"괜히 어깨에 힘주지 말라고, 꼬마야."

"나, 나는 꼬마가……."

목이 메어서 말이 잘 나오지 않는다. 방금 전의 그 행동, 만약 옆에 팬텀이 없었다면 빌헬름은 벌써 죽임을 당했으리라. 아무리 판타즈마고리아의 리더, 팬텀의 에스콰이어라고 하지만 빌헬름에게는 애석하게도 진마 앙리 유이에게 대항할 만한 힘이 없었다.

그건 빌헬름 그 자신도 잘 알고 있는 사실이다. 팬텀이 그를 거두어들인 것은 어디까지나 동정심 때문이었다.

진마 마리아가 그러하듯 그 역시 어린 나이에 흡혈귀가 된 몸이다. 육체가 작아서 격투 능력이 현저하게 떨어질 뿐만 아니라 사회적 지위도 성장할 수가 없다. 어린아이의 모습으로는 누군가의 보호 없이는 살 수 없다.

하지만 그렇다고 해도 면전에서 이렇게 모욕을 당하다니!

그때 팬텀이 떨리고 있는 빌헬름의 어깨를 손으로 눌렀다. 그는 빌헬름을 진정시키고 앙리를 노려보았다.

"정말 불쾌하기 짝이 없는 일이지만 할 수 없군. 그런데 설마 잘 곳도 없어서 그러는 건 아니겠지?"

"왜 아니겠나?"

"하아? 지금 그 말 진심인가?"

팬텀 그 자신도 꽤 뻔뻔하다 생각했지만 이 녀석의 뻔뻔함에는 손을 들고 싶었다. 아그니도 그러더니만 이 녀석처럼 어중간하게 귀티 나게 생긴 녀석이 그러니 더더욱 꼴사납다.

테트라 아낙스는 자신을 따르는 뱀파이어들이 품위를 유지할 수 있도록 여러 가지 미래 정보, 주로 돈벌이와 관련된 주가, 시황을 예지해 주곤 했었는데 네크로폴리스의 수장 앙리 유이는 테트라 아낙스에게서 거리를 두고 있었다. 당연히 테트라 아낙스가 주는 정보들을 이용할 수 없었다. 그래도 자신의 힘을 이용해서 이것저것 돈을 벌어두어서 품위를 유지할 정도는 모아두고 있는 것 같지만… 왜 팬텀에게 이런 걸 요구하는 걸까?

요는 게으름인가? 팬텀은 그리 생각했지만 고개를 절레절레 저었다. 앙리 유이는 그렇게까지 게으른 놈이 아니다.

"현금이라면 있지만 아무래도 호텔에 처박혀서 잠이나 자고 있으면 일이 어떻게 돌아가는지 모르지 않겠나? 나 같은 경우는 테트라 아낙스와도 그리 친한 게 아니고 블랙 네트워크도 여기에서는 힘이 없으니까 말야."

앙리 유이는 팬텀의 반응을 보고 정색을 하며 말했다.

"요컨대 나에게 빌붙겠다? 아무리 옛날의 동료요… 지금도 네크로폴리스의 일원이라지만, 대체 내가 왜 그렇게까지 해줘야 하지?"

팬텀은 공항 벽면에 걸린 벽걸이 TV를 바라보며 투덜거렸다.

진마를 앞에 두고 TV를 보고 있다니, 앙리 유이는 자존심이 상했지만 내색하지 않았다. 팬텀은 일부러 그의 자존심을 긁고 있는 것이다. 여기서 바로 고지식하게 반응하면 팬텀의 뜻대로 되는 것이다.

그리고 팬텀이 새침데기인 건 어제오늘의 일이 아니니까.

"대신 나도 블랙 네트워크에서 얻어 온 정보를 가르쳐 주지."

"정보?"

팬텀의 눈썹이 불신의 궤도를 그렸다. 마치 네까짓 게 얻어 온 정보가 얼마나 대단하겠냐, 라고 말하는 듯했다. 그러자 앙리 유이는 헛기침을 하며 말했다.

"비스트가 오늘쯤 러시아에 입국할 것 같다는 거지."

비스트라면 팬텀이 만들어낸 마법의 총을 말한다. 하지만 이 경우는 한세건을 말하는 것이리라. 혼자서 테트라 아낙스에 대항한 흡혈귀 사냥꾼, 그리고 마인 실베스테르 신부를 제외하고 유일하게 살아남은 진마사냥꾼.

그의 움직임은 어둠의 세계 모두가 주시하고 있었다. 그러다 보니 조만간에 이렇게 되리라는 것은 모두들 알고 있었다. 한세건의 움직임은 흡혈귀와 이 사회 시스템 자체에 대한 광적인 증오를 담고 있었으니까 예측하기도 쉬웠다.

그리고 그가 흡혈귀는 물론이고 테트라 아낙스가 구축한 시스템 자체를 증오한다면 그는 필연적으로 테트라 아낙스와 릴리쓰의 관계를 추적해야 한다. 그러니 언젠가는 그가 릴리쓰의 궤적을 찾아 한국을 떠나리란 것도 예견하고 있었다. 하지만 그게 오늘이라니.

다시금 그를 보게 되는 건가? 팬텀은 그리 생각하며 문득 이전 서울에서의 밤을 떠올렸다.

"예의 리림도 함께겠지? 이름이 서린이라는?"

"물론이지."

그 순간 팬텀의 얼굴에 그늘이 졌다.

러시아에는 이미 플렉스 메디칼의 사업부가 모스크바 내의 15층짜리 복합건물을 사들여 법인 등록까지 끝마친 뒤였다. 그 말인즉슨 테트라 아낙스의 흡혈귀 전투 부대가 진입했다는 것이다. 이대로라면 한국에서의 그 무력 충돌이 다시 일어날 가능성이 있다.

"그래서? 설마 손을 쓴 건가? 이미?"

"내가 무슨 힘이 있어서 손을 쓰겠나? 나는 아무런 손도 쓰지 않았지만 테트라 아낙스가 이미 알고 있으니 어쩌면 본때를 보여줄지도 모르지. 너무 설쳐 댔잖아, 그 인간?"

앙리 유이는 그리 말하고 팬텀이 끌고 있던 카트를 대신 잡았다. 팬텀은 카트에서 손을 놓고 앙리 유이와 발을 맞추어 걸었다.

"그, 그렇군. 아무리 테트라 아낙스가 그 건에 대해서 침묵한다 하더라도 언제까지 관대할 수는 없겠지."

"왜? 걱정되나? 그 녀석은 흡혈귀의 적인데? 적은 멸망시키는 게 원칙이라는 말은 네가 먼저 했을 텐데?"

아직도 기억하고 있는 건가? 팬텀은 약간 질려서 앙리 유이를 바라보았다. 그는 팬텀을 흥미롭다는 듯 쳐다보면서 신문을 들어서 입을 가렸다. 이 녀석은 사법사 팬텀을 알고 있다. 사악한 힘을 사용하기를 주저하지 않고 모든 것을 얻기 위해 남을 희생시킬 줄 알던 과단성 있는 어둠의 마법사 팬텀을…….

그러니 지금의 팬텀을 의아하게 여기는 것도 당연하리라. 하지만 사람이란 변하게 마련이고 흡혈귀라고 불변하는 것은 아니다.

"그때는 내가 어렸지."

팬텀은 자신의 과거를 부정하듯 고개를 가로저었다.

"하지만 생각해 봐. 재미없고 따분한 삶이라면 살기 위해서 그렇게 모든 적을 거세하며 발버둥 칠 가치가 없다. 악이 도의를 저버리고 모든 것을 얻는 편안한 길이라면 그 길은 정말 매력이 없어! 절대적인 강자가 자신의 적들을 거세하며 그 자리를 굳힌다 한들 그것은 따분할 뿐이지."

"그래서? 매력적인 적에게 대신 죽어주기라도 하겠단 말인가?"

"매력적인 적이라면 죽어줘도 아깝지 않지. 어차피 따분함에서 달아나고 싶은 심정이었으니까."

팬텀은 솔직한 심정을 털어놓았다. 그러자 앙리가 코웃음 쳤다. 그로서는 이 친구의 반응을 도저히 이해할 수가 없었다. 인간 따위에게 매력을 느낄 여지가 남아 있었단 말인가?

"…그런 놈이 많이 있더군. 자신은 손가락 빨면서 그저 남이 뭔가 바꿔주기를 원해서, 계란으로 바위를 치는 것을 바라보며 힘내라고 속으로 응원하는 바보들이. 자기 목숨조차 주체하지 못하고 자신에게 주어진 불사의 생명조차 감당하기 힘들어하는 얼간이 주제에 아무것도 바꿀 생각 없는 무기력한 것들이라니."

"앙리 유이, 뭐라고 생각해도 좋겠지만 그래도 한마디 해두자면, 나는 바꿀 거야."

"아, 그래? 뭐, 상관없어. 잘 바꿔보라고. 일단 나도 릴리쓰만 찾으면 되니까."

그들은 그리 말을 나누며 공항 밖으로 걸어 나왔다. 이미 그곳에서 기다리고 있던 리무진이 미끄러지듯 다가와 문을 열었다.

북으로 올라가면 올라갈수록 바다는 진한 남색으로 바뀐다. 바람은 차고 거세어져서 살점이 떨어져 나갈 것 같았다. 가을의 바람이 이러할진대 과연 겨울이 오면 얼마나 더 추울 것인가?

수평선 너머, 회색 구름이 피어오르는 하늘과 점차로 추워지는 불길한 공기를 꿰뚫고 페리선은 마치 남색의 거울 위를 미끄러지듯 바다를 지나갔다.

"그렇지만 관광사에서 말하던 고급 페리라는 느낌은 안 드는데?"

한세건은 페리선 동춘호에 마련된 휴게실에서 캔 커피를 하나 들고 주위를 둘러보았다. 벽에 황색의 때가 꼬질꼬질하게 끼어 있는 모습을 보면 확실히 고급 페리선이라고 할 수는 없다.

주위의 사람들도 기능적인 복장을 하고 있을 뿐 누구도 고급 페리선의 항해를 즐기는 여행자로 보이지는 않았다.

서린은 차가운 캔 커피를 입에 댄 채로 바다를 바라보았다. 바람이 차가워서 손가락 끝이 얼어붙는 느낌이지만 서린은 추위에 강한 체질이라 아무렇지도 않게 스틸 캔을 붙잡고 홀짝거렸다.

세건은 그런 서린이 신기한지 따뜻한 캔 커피의 옆면을 손가락으로 꾹 눌렀다.

하늘이 우중충해서 그런지 바다는 진한 남색으로 보였다. 여기저기 조업 중인 어선들이 보였는데 찬바람이 나부끼는 바다 위에 떠다니는 고깃배들을 보니 왠지 불길한 예감이 들었다.

회색의 하늘과 남색의 바다. 그 경계면은 너무나 아슬아슬하고, 경계면의 파도를 타 넘는 어선들은 너무나 작고 약해 보인다.

"노인과 바다가 떠올랐어요."

서린은 바다를 바라보며 그리 중얼거렸다. 그러자 한세건은 캔 커피를 비운 뒤 캔을 양손으로 잡았다.

“터무니없는 소리. 왜 뜬금없이 그런 소릴 하는 거지? 노인과 바다는 배도 조각배고 바다 자체도 아무르 해가 아니라고.”

카드득!

스틸 캔이 손바닥 사이에서 납작해진다. 알루미늄 캔보다 훨씬 튼튼한 스틸 캔이 압축기에 넣고 당긴 것처럼 깨끗하게 납작해지는 그 모습은 정말 누가 볼까 두려운 것이었다. 하루키의 ‘하드보일드 원더랜드’에서 프로레슬러가 한 짓에 버금간달까?

서린은 놀라서 주위를 두리번거렸지만 세건이 한 일을 유심히 지켜보는 이는 그 외에 없었다.

“…무, 무슨 짓이에요. 다른 사람들이 보면 놀라요.”

“놀라봤자지.”

한세건은 캔을 쓰레기통에 던져 넣고 자리에서 일어났다.

흡혈귀를 죽여대고 사람조차 위험에 처하게 하는 모습을 보면 상상하기 힘들겠지만 그는 분리수거 등의 공중도덕에 매우 철저했다. 그런 그가 던진 것이다 보니 이 캔도 정확히 재활용 쓰레기통에 들어갔다.

도시 한복판에서 빌딩을 폭파시켜서 가라앉히는 테러범인 주제에 이런 원칙은 칼같이 지키다니, 서린은 의아해졌다.

‘하긴, 내가 세건 형을 놀려먹을 수 있는 것도 형이 원칙주의자이기 때문이지. 음, 의외랄 건 없구나.’

서린은 납득하면서 그 모습을 바라보았다. 세건은 무슨 농구선수가 3포인트 장거리 슛을 날리고 나서 공을 확인하는 것처럼 깡통이 쓰레기통으로 들어가는 것을 확인한 뒤 의자 위에서 빙글 몸을 돌렸다.

“자루비노는 지났고, 얼마 안 남았군. 블라디보스토크까지 가면 그 안에서… 군용 공항을 이용할까, 기차를 탈까?”

세건은 항로를 바라보며 중얼거리다가 문득 뭔가에 생각이 미쳤는지 검지의 둘째 마디를 입에 물었다.

“아!”

원래 러시아는 민간인들도 군용 공항에서 비행기를 타는 게 가능했다. 냉전 시절에 만들어진 수송기 중에는 민항용으로 개조된 것도 많았으니까.

그러나 아무리 개방되어서 돈맛을 본 러시아라 하더라도 회교 반군의 테러가 있은 다음에도 민간인들을 군용 공항에 들일 것 같지는 않다. 아니, 설사 가능하다 하더라도 이런 복제 여권으로는 좀 힘들지도 모른다.

“어디…….”

세건은 걱정스러운 표정으로 AAA건전지 한 개가 겨우 들어갈 만한 라디오를 꺼냈다. 이미 그들은 러시아 영해를 지나고 있는 중이다. 아마 여기서는 러시아 방송을 수신하는 것이 가능하리라.

“라디오예요?”

서린은 세건이 던져 주는 라디오를 받아서 살펴보았다. 극소형의 트랜지스터라디오지만 전파관리법에 어긋나는 광대역 개조가 되어 있는 것이라서 세계 어디를 가도 쓸 수 있는 것이었다.

서린은 몇 번 살펴보다가 이내 조작법을 터득했다. 이렇게 작은 라디오인데도 오토 스캔 기능이 붙어 있었다. AAA건전지 하나보다 약간 더 큰 크기인데 이렇게 괜찮은 기능이 들어가 있다니? 놀란 서린은 라디오를 살펴보았지만 위에는 찬란하게 메이드 인 차이나의 마크가 새겨져 있었다.

"의외네요?"

"내가 지금 준 게 라디오 보고 신기해하라고 준 줄 알아?"

"어? 아닌가요?"

"일단 뉴스나 좀 들어봐. 지역 뉴스로. 아마 대부분 이번 반군 테러사건을 떠들겠지만……."

혹시 어떤 움직임을 감지할지도 모른다. 흡혈귀들이나 라이칸스로프들이 아무리 인간들의 문명이 상상하기 힘든 초과학적인 힘을 사용한다 하더라도, 인간들의 이목을 속이기란 쉽지 않다.

정보를 통제하고 가공하는 과정에서 은폐는 가능할지 몰라도 일단 무언가 사건이 일어났다면 그 사건 자체를 없던 일로 만들 수는 없는 것이다. 그렇기에 매스컴이 잡아낸 정보를 분석해 보면 때로는 겉으로 알려지지 않은 뒷세계의 일을 앉아서도 알 수 있다.

세건은 그런 기대에 서린에게 라디오를 건네준 것이다. 그러자 서린이 깜짝 놀라서 세건을 바라보았다. 다른 것도 아니라 정보 분석 작업을 맡기다니?! 한국에서라면 도저히 상상할 수 없는 일이었다.

그러고 보니 러시아어를 못하는 세건은 이제 서린에게 전적으로 의지할 수밖에 없다! 지금까지와는 전혀 다른 인간관계가 형성되는 것이다. 아마 앞으로는 일방적으로 두들겨 맞거나 그런 일도 없을 것이다.

그렇게 생각하니 왠지 모르게 입이 귀밑으로 가서 걸리는 게 아닌가?

"후후후, 헤헤헷, 하하하핫."

"뭐냐, 갑자기 음흉하게……."

한세건은 실성한 듯이 음흉한 웃음을 지어대는 서린을 바라보았다. 서린은 그런 한세건의 반응을 보며 다시금 기쁜 웃음을 지었다. 그동안 자신을 짐짝 취급하던 세건이 이제 그에게 기댈 수밖에 없다고 생각하니 절로 웃음이 나온다. 만약 어디 이상한 곳에서 통역을 살짝 틀어주거나 하면 골탕 먹일 여지는 너무나 많다.

게다가 이제는 수틀린다고 서린을 칠 일도 없지 않은가? 이런저런 생각을 해보니 왠지 웃음이 절로 나온 것이다.

"아, 웃을 때가 아니지."

서린은 세건의 부탁대로 라디오를 틀었다. 방송국 주파수를 몰라서 그냥 오토 스캔을 작동시키니 처음으로 잡힌 방송이 블라디보스토크 지역 방송이었는데, 역시 체첸 반군의 러시아군 학살에 초점이 맞춰져 있었다.

체첸 회교 반군을 제압하기 위해 카스피 해 방면으로 투입된 기갑여단이 순식간에 몰살당한 것이다. 이미 오랜 내란으로 피폐해진 체첸 반군이 기갑병력을 상대로 이런 전과를 올린 것은 처음 있는 일이었다.

이곳뿐만 아니라 어느 채널로 돌려도 지금 러시아는 그 사건으로 떠들썩한 상태였다.

최근 들어서 체첸 반군의 움직임은 없었다고 해도 과언이 아닌데, 그들이 갑자기 움직였다는 것도 우습고, 기갑여단을 멸절시킬 만큼의 화력을 지닌 부대가 흔적도 없이 자취를 감췄다는 것도 믿기 힘들다.

그것만으로도 충분히 괴담이라고 할 만한데 이 방송에는 그것보다 더더욱 신경 쓰이는 부분이 있었다.

"설마?"

서린은 안에서 들려오는 말들에 귀를 기울였다. 어린 시절 알고 있던 말들이었다. 웅웅거리는 소음, 시끄러운 사람들의 목소리 속에 섞여서 생존자는 진술하고 있었다.

정신 나간 사람처럼 같은 소리만을 계속 반복하는데 그 말은 서린에게 있어서 너무나 신경 쓰이는 것이었다.

'뭐야, 이건?'

서린은 그 라디오에서 들리던 소리를 해석하며 눈살을 찌푸렸다. 러시아가 고향이라고는 하지만 어린 시절에만 살아서 그런지 조금만 어려운 단어가 나와도 알아듣기 힘들었다. 그러나 그 실성한 병사가 계속해서 반복하는 말만은 명확하게 알아들을 수 있었다.

"체첸 반군이 허깨비처럼 사라졌다고 하네요. 기갑여단 하나를 멸절시키고 귀신처럼……."

서린은 한세건을 돌아보며 굳은 얼굴로 말했다. 그러자 한세건은 턱을 괴고 휴게실 옆의 창을 통해서 바다를 바라보았다. 슬며시 눈을 굴리는 것을 보니 서린의 눈치를 살피는 모양이지만, 서린은 시치미를 떼었다. 세건은 서린에게 들은 말을 분석했다.

"기갑여단을 전멸시키고 시체 하나 남기지 않고 사라졌다고? 그건 인간 병사들에게 가능한 움직임은 아니군. 아니, 애초에 체첸 반군인지도 의심스러운데? 반군 측에서는 무슨 성명이 없었나?"

물론 성명은 없었다. 이만큼의 전과를 거두었으면 뭐라고 떠들 만도 한데 발표가 없는 게 신기하다.

"설마요. 형은 너무 이쪽으로 신경 쓰는 거 아니에요?"

서린은 세건에게 핀잔을 주었지만 그 자신도 왠지 그럴 것 같다는 생각이 들었다. 기갑여단을 상대하면서 사상자 한 명 없는 유령 같은 부대라니.

혹자는 벌써 탐 클랜시의 소설과 게임 등에서 이름을 따와서 고스트리콘이라고 부르는 모양이지만, 전차를 소리 소문 없이 부수고 피해자 한 명 없이 이탈한다는 것은 있기 힘든 일이다.

이런 일이 가능하다면 그것은 오로지 괴물들뿐이다.

'그렇지만 역시 아무리 생각해 봐도 이건 괴물의 짓이군. 그것도… 젠장. 내 생각이 빗나가길 바라야겠군.'

서린은 그렇게 생각했지만 입 밖으로 자신의 생각을 내지 않았다. 굳이 말하지 않아도 세건 역시 그렇게 생각하고 있음에 틀림없었다.

러시아에는 전차부대조차 없앨 수 있을 만큼 강력한 괴물들이 있다?

한세건은 팔짱을 낀 채 의자의 등받이에 몸을 기대고 바다 쪽을 돌아보았다. 차가운 북해를 바라보는 그의 입꼬리가 치켜 올라가고 있었다. 괴물이 많다면 외려 바라는 일이다. 괴물들에 대한 증오가 그를 살게 하였으니, 이는 그의 영역이었다.

"즐거운 일이로군. 세상은 넓고 괴물은 많고… 한국에서 뱀파이어 놈들이 안 보여서 심심했었는데 아주 잘되었어."

그때 실내 방송이 시작되었다. 이제 곧 블라디보스토크 항에 도착한다는 소리가 무미건조한 어조로 3개 국어로 나뉘어 방송되었다.

세건과 서린은 누가 먼저랄 것도 없이 일어나서 객실에 놓아둔 짐을 찾으러 걸어갔다.

오늘 새벽에 발생한 테러 때문인지 블라디보스토크 국제항은 역시 공기가 변해 있었다. 나태하기로 유명하던 공무원들의 눈빛이 먹이를 노리는 맹수처럼 번뜩이는 것으로 보아 이번 사태 이후 상부에서도 좀 조여오고 있는 모양이었다.

그러나 그렇다고 해서 딱히 통관 작업이 예민해지거나 하지는 않았다.

아무리 사건이 터졌다고 해도 보따리장수들이 주로 이용하는 국제항의 통관 인원은 여전하다. 목구멍이 포도청이라고 지진

이 나든 화산이 터지든 간에 보따리장수가 손을 놓고 놀 수는 없는 일 아닌가?

그러다 보니 세관원들도 힘들긴 매한가지다. 사건이 터졌다고 해도 그렇게 많은 사람을 상대하면서 딱히 뭔가를 더 할 만큼 인원이 많지 않다.

물론 러시아에서 통관 작업이 오래 걸리는 것은 어제오늘의 일이 아니지만 아무리 생각 없는 놈들이라 해도 공항이나 항구를 통과하는 데 몇 시간씩 걸리게 하지는 않는다.

게다가 지금 항구로 들어가고 있는 이들의 태반은 러시아 국적을 가진 자국 상인이다. 외국인은 세건과 서린을 포함해 그리 많지 않았다. 외국인 입국 심사는 그리 오래 걸리지 않으리라.

"하암."

서린은 하품을 하며 여권 심사를 기다리고 있었다. 블라디보스토크 항은 역사 깊은 러시아의 부동항 중 하나였지만, 대부분의 무역을 내륙으로 하고 있는 러시아답게 항구에는 그리 큰 자본이 투입되지 않았다.

그렇지만 대륙붕 탐사 작업이 한창이라 번화하지 않겠는가 하면 그건 아니고… 굳이 말하자면 사람은 많은데 별로 살기 편한 곳으로 보이지는 않는달까? 그래도 곳곳에 삼성이나 LG 등의 국내 대기업 광고 등이 붙어 있는 것은 신기하다고 여겼다.

제대로 된 비싼 광고판은 아니지만, 아마도 저런 걸로 한국에 오는 보따리장수들에게 기업 이미지를 좀 심어주려고 한 것 같았다.

"어?"

그때 여권 심사대 쪽으로 일단의 사람이 다가오는 게 보였다. 창백한 수은등 아래, 각진 인상의 얼굴을 한 남자들이 무뚝뚝한 표정으로 여권 심사대로 다가오더니 직원들과 이야기를 나눴다.

그러자 세관원이 안경을 고쳐 쓰고 입국 심사를 기다리고 있는 외국인들의 줄을 다시금 살펴본다. 이런 분위기가 되면 설령 러시아어를 모른다고 해도 일이 잘못되어 가고 있음을 알 수 있었다.

서린은 깜짝 놀라서 그들의 목소리에 귀를 기울였다. 잘은 모르겠지만 그들은 지금 산업스파이 혐의가 걸린 외국인을 잡기 위해 여기에 온 것 같았다.

그것도 남자 이 인조의 팀을 지적하고 있는데 니콜라이 킴과 성우현이라는 두 명, 즉 서린과 세건의 여권 명을 들먹이고 있었다. 그것도 대한민국 국적의 여권이라고 명시하고 있으니, 목표가 누구인지는 더 말하고 생각할 필요도 없으리라.

"이런."

서린은 당황해서 어쩔 줄 몰라 하며 자신의 여권을 바라보았다. 이름을 바꿔볼까 하는 망측한 생각이 번쩍 들었다. 라이칸스로프인 서린은 굉장히 섬세한 작업도 잘할 수 있어서 정확하게 1밀리미터 간격으로 바느질을 해서 재봉틀로 박았는지 손으로 꿰맸는지 알지 못하게 한다거나 잉크로 정확하게 폰트를 그려서 인쇄물처럼 보이게 하는 등의 잔재주가 가능했다.

그러니까 어떻게 가공해서 이름을 바꾼다거나 하면 피할 수 있지 않을까?

하지만 비록 가짜 여권이라고 해도 이제 와서 금방 바꿀 만큼 헐렁하게 만들어진 게 아니다. 글자 위에는 복제 방지용 문양이 들어간 비닐 스티커가 붙어 있어서 숫자를 함부로 훼손하거나 변경할 수 없게 되어 있었다.

물론 복제 방지용 문양이 들어간 비닐 스티커 자체가 복제품이지만 이제 와서 손을 댈 수 없는 건 마찬가지다.

서린은 여권을 접고 심사대를 바라보며 다시 한 번 겁에 질렸다. 마치 숙제 안 해 간 날 선생님에게 불려 나가는 기분이었다.

설마 입국 심사에서부터 이런 일이 벌어지다니? 새삼스럽게 적의 권력과 정보력에 두려움이 느껴졌다. 적들은 역시 세건과 서린의 움직임을 완전히 꿰고 있다. 그리고 그들을 억압할 권력과 금력이 있다. 과연 세건은 무슨 대책이 있어서 혈혈단신으로 그런 적들에게 도전하는 것일까?

서린은 걱정스러워서 세건을 바라보았다. 뭐 말해줄 필요도 없을 것이다. 세건이 러시아어를 모른다고 하지만 자신의 여권 이름을 직접 호명하고 있는데 귀도 좋은 그가 저 말을 못 들었을 리 없다.

하지만 세건은 코웃음 칠 뿐이었다.

"괜찮아."

"아니, 그래도 형. 저건 지금 우리를 노리고 있는 거라고요. 우리 여권명까지 알고 있어요."

세건답지 않게 안심시켜 주는 건 고맙지만 지금 상황은 전혀 괜찮지 못한 상황이다. 평상시 속 편하던 서린이 아우성을 치는 것도 무리가 아니었다. 그러나 세건은 태연히 말했다.

"아직 밤이 아니다."

"바, 밤이 아닌 게 뭔 상관이에요?"

"밤이 아닌 대낮에 당당히 거리를 활보할 정도면 저놈들은 흡혈귀가 아니겠지. 인간 정도라면 다 처리할 방법이 있으니까 오들오들 떨지 마. 벌써부터 그러면 앞날이 걱정된다."

세건은 자신만만하게 말했다. 그러자 그들 뒤에 서 있던 대학생이 놀라서 세건과 서린을 바라보았다.

"…무, 무슨 소리 하시는 거예요? 흡혈귀?"

"아, 게임 이야기예요. 죄송합니다."

세건은 별거 아니라는 듯 휘휘 얼버무리고 태연스럽게 여권 심사대로 향했다.

그는 전혀 거리낄 게 없다는 듯 포켓에서 여권을 쓱 뽑더니 직원에게 펼쳐 보여주었다. 러시아 공무원은 의례적으로 이 중년 사업가에게 눈길을 주었지만, 한세건은 태연스럽게 무명지로 선글라스의 테를 들어 올려 그와 시선을 마주했다.

"……."

그 순간 직원의 눈빛이 풀려 버렸다. 간단한 동작과 마법의 힘에 의해서 암시에 걸려든 것이다.

한세건은 쉽사리 그를 제압한 뒤 여권에 심사 완료 스탬프를 받고 앞으로 걸어갔다. 세관 직원에게 말을 걸었던 군인들은 의아하다는 듯 세건을 바라보았지만, 경쾌하게 걸어 나가는 그를 제지하는 이가 없었다.

하긴 방금 직원에게 말을 걸었는데 그 직원이 문제가 될 여권에 스탬프를 찍어주었을 리가 없지 않은가? 그들은 팔짱을 끼고 그다음 사람들을 바라보았다.

쿵!

서린의 여권에도 경쾌하게 스탬프가 찍혔다. 서린은 군인들의 위압감 있는 눈초리를 피해서 세건의 뒤에 따라붙었다.

"괜찮은 거예요?"

"그래. 여기선 태연히 빠져나가, 태연하게."

한세건은 서린에게만 들릴 정도로 작게 한국어로 말한 뒤 선글라스를 벗었다. 밖은 슬슬 땅거미가 지고 있어서, 더 이상 선글라스를 쓰고 다니면 이상한 사람 취급을 받을 판이다.

항만 건물 밖으로 나서자마자 무시무시한 바람이 불어왔다. 바닷가임에도 불구하고 바람이 매우 건조해서 맞는 순간 피부가 얼어버릴 지경이었다.

아무르 만을 감싸고 있는 항만 건물 밖에는 낡은 한국제, 중국제 중고차들로 만들어진 택시와 행상들, 그리고 이름을 적은 판을 들고 있는 사람들이 있었다. 그중에는 고려인들도 있었는데 그들은 한국인인 세건을 보더니 대뜸 달려왔다.

그들은 약간 어색한 한국어로 한세건에게 통역이나 가이드 사무실의 전화가 적혀 있는 명함 등을 건네주었다. 요즘 사업한다는 사람 중에 현지에 문의도 없이 직접 뛰어온 사람이 있겠냐마는 그들은 그래도 영업용 미소를 유지한 채 세건에게 자신들의 명함과 쪽지 등을 건네주는 것이었다.

현지 무역 안내 사무소 등의 업체 명함과 광고 전단을 받아 든 한세건은 난처한 표정을 지었다. 설정상 그는 사업가라고 되어 있지만 이런 것들은 그에게 있어서 필요 없는 것이었다.

"쓰레기통은 어딨냐?"

"버릴 거면 왜 받아요?"

서린이 의아해하자 한세건은 머쓱해했다.

"아니, 그냥."

서울이나 한국의 다른 도시들에 비하면 그리 크다는 느낌은 들지 않지만 사방에서 불어오는 바람 속에 서 있는 제정러시아 시절과 별로 다를 것 없어 보이는 예스러운 건물들과 왠지 좀 낡아 보이는 현대식 건물들은 획일화된 한국의 도시들과는 전혀 다른 멋이 있었다.

물론 블라디보스토크라 해서 인민 블럭으로 만든 조립형 아파트가 없는 건 아니다. 조립식 건물로 빨리빨리 건물을 짓기 위해 만들어진 인민 블록 아파트는 그 을씨년스러운 모습으로 도시의 미관을 해친다. 하지만 그래도 블라디보스토크가 동양의 진주라는 것은 틀림없는 사실이었다. 역시 동유럽도 유럽은 유럽이라는 걸까?

외려 도시의 미관을 해치는 것은 따로 있었다.

그것은 바로 광고판들이었다. 특히 도시 곳곳에 서 있는 플렉스 메디칼의 알코올중독 치료제인 '파빈'의 광고가 눈에 거슬렸다. 광고 자체는 세련되게 만들어놓았지만 도시와는 전혀 어울리지 않는다.

게다가 테트라 아낙스의 산하 기업인 플렉스 메디칼이라는 것도 마음에 들지 않았다. 러시아에 진출한 흡혈귀들의 손길이 숨통을 조여오는 듯하니까.

원래 러시아는 의약 의료 부문을 개방하지 않고 있었지만 그것도 개방의 물결 앞에는 그리 오래 가지 못했다. 하지만 알코올중독 치료제 광고를 일반 거리에 붙여놓다니, 저런 것은 의사의 관리하에 투약해야 하는 향정신성 약물이 아니었던가?

"흥, 천민자본주의는 여전하군."

세건은 누가 들으면 골수 사회주의자라도 되는 것처럼 투덜거리며 택시 정류장으로 향했다. 택시 정류장에는 중국 공장에서 만들어진 폭스바겐 택시가 주차해 있었는데 세건과 서린이 다가가자 택시기사가 성급하게 시동을 걸었다.

"이런."

저렇게까지 반응하면 이제 와서 그냥 지나칠 수가 없다. 손님이 왔구나 하고 잔뜩 기대하고 시동을 걸어대는데 헛다리 짚었수, 그냥 모른 체할 수는 없는 노릇이다.

서린은 가이드북을 펼치고 여기저기 둘러보면서 좋아하고 있었는데 세건은 그런 서린의 뒷덜미를 잡고 번쩍 들었다.

"아, 저기, 형. 구경 안 하고 가요? 블라디보스토크는 동방의 진주래요."

"시베리아 횡단철도가 시작되는 역 정도는 구경할 수 있을 거다. 너는 방금 몰려든 군인들 보고도 관광할 마음이 드냐?"

"그건 형이 가볍게 처리했잖아요. 역시 인간은 형에게 밥인 거죠? 아무리 한국이 아니라고 해도……."

그러니까 경찰이 몰려오든 군대가 몰려오든 걱정이 없다고 하는 것 같았다. 하긴 여권을 보겠다는 인간을 암시로 제어할 수 있으면 어지간해서는 걸릴 일이 없으니까.

그러나 세건은 서린을 택시 뒷좌석으로 거칠게 던졌다.

"닥쳐. 짐이나 좀 받아!"

세건은 뒷좌석에 파묻힌 서린을 향해 짐을 던졌다.

분명히 여기서 관광할 상황은 아니다. 적들의 손길은 이미 블라디보스토크에 닿아 있다. 방금 전에는 인간들을 상대하는 것이라 쉽게 세건의 암시 능력으로 돌파할 수 있었지만 밤이 되면 어떨까?

휘이잉!

바람이 건물들 사이를 달리며 울부짖는다. 저러한 건물들 사이마다 흡혈귀들이 있을지도 모른다고 생각하니 신경이 쓰인다.

하지만 서린은 택시에 던져져도 신이 나서 디카를 꺼내 들고 창문 밖의 전경을 찍었다. 보고 있자니 첫눈 오는 날 공원에서 뛰어 다니는 강아지 같다. 만약 그에게 꼬리라도 매달려 있다면 맹렬히 흔들어댔을 테지.

세건은 혀를 차고 자신도 택시에 몸을 실었다.

"어디로 모실까요?"

사투리가 많이 섞인 영어로 말하는 택시기사를 보며 세건은 PDA를 꺼내 블라디보스토크 역을 보여주었다. 이렇게 하면 말이 필요 없다. 택시기사는 사진을 알아보더니 고개를 몇 번 끄덕이고 액셀을 밟았다.

"췻, 무미건조하군요. 외국에 나와서 바로 이동이라니. 아, 저거 현대 엑셀이다. 아직도 현역으로 굴러다니다니, 처음 봤어요."

서린은 구경 못 하는 걸 아쉬워하면서도 길거리를 돌아다니는 중고차나 시가지 등을 열심히 카메라로 찍어대고 있었다. 아무래도 이 녀석은 진짜 여행 기분으로 온 모양이다.

"곧 있으면 해가 진다. 해 지자마자 흡혈귀들이 움직이는 것은 아니지만 밤이 되기 전에 이동해야지."

"비행기를 타는 게 낫지 않아요?"

"군인들이 쏟아져 나온 걸 보아하니 군용 공항은 쓸 수 없어. 바이칼―아무르 간선철도를 타고 이르쿠츠크로 간다."

한세건은 서린의 투덜거림에 그리 답하고 PDA의 덮개를 덮었다. 과연 그들이 역에 도착할 때 즈음에는 해가 지고 드문드문 나 있는 가로등들이 불을 밝혔다.

블라디보스토크 역의 역사(驛舍)는 시베리아철도의 역사(歷史) 그 자체라고 해도 과언이 아닌 고풍스러운 건물로 지금도 그 모습 그대로를 유지하고 있었다. 물론 최근에는 전광판을 달기 위해, 또 바람과 매연 등에 의해 손상된 모습을 복구하기 위해 일부 구역이 공사 중이었다.

공사용 발판과 지방 등이 미관을 좀 손상시키긴 하지만 서린은 그래도 신기한지 손가락으로 카메라 구도를 잡아보았다. 특이한 러시아 양식의 건물을 보니 호기심이 동한 모양이었다.

"아! 이게 시베리아 열차가 시작하는 역이군요. 여기는 그냥 사진이 아니라 역시 인물 사진을 찍어야지."

서린은 세건의 몇 차례에 걸친 경고를 콧구멍으로 처들었는지 삼각대를 세우고 사진을 찍을 준비를 했다. 택시 요금을 지불하고 내린 세건은 한심하다는 듯 그를 바라보았지만 서린은 그런 세건을 보더니 미소를 지었다.

"뭐야?"

세건은 왠지 불안해져서 한 걸음 뒤로 물러났다. 무수한 흡혈귀를 상대할 때도 물러섬 없던 그가 서린의 웃음에 물러난 것이다. 서린은 음흉한 미소를 지은 채 다가오더니 문득 세건의 소매를 잡아끌었다.

"형도 참, 뭐 해요? 여행에서 남는 건 사진밖에 없어요."

"야, 이 자식아. 지금 사진 찍을 때냐? 곧 해가 진다고. 얼른 시베리아철도에 타지 않으면 안 된다."

물론 해가 진다고 바로 흡혈귀가 움직일 수는 없다. 해가 진 뒤에야 비로소 야외 활동을 할 수 있다면 이동에 소요되는 시간을 생각해 볼 때 조우하게 되는 시간은 그보다 한참 뒤가 되는 게 정상이다. 장갑차처럼 빛을 차단할 수 있는 차량을 통해 이

동한다면 이야기가 달라지겠지만 그렇다 해도 태양은 흡혈귀들에게 있어서 부담스러운 존재다.

러시아처럼 드넓은 곳에서 무슨 일이 벌어질지 모르는데 낮부터 이동할 흡혈귀는 없다. 그리고 서린이 그러한 사실을 이해할 리 없었다.

하지만 그래도 그는 막무가내였다.

"그렇긴 해도 일반적인 여행자라면 이런 데서 사진 찍는 게 당연하지 않아요?"

"그러니까 우리가 일반적인 여행자냐고!"

세건의 언성이 높아졌다. 주위 사람들이 그 언성에 놀라서 이 외국인 둘을 바라보자 세건은 치잇 하고 입을 다물었다. 서린은 그런 세건을 보며 히죽히죽 웃고 있는데 정말 얄밉기 짝이 없다. 사람들 눈이 없다면 한방 쳐 버리고 싶을 정도다.

"바로 거기가 허점인 거죠! 일반적인 여행자처럼 사진을 찍으면 이목을 속일 수 있잖아요. 형은 왜 평상시엔 똑똑하면서 이런 때는 머리가 안 돌아가는지 모르겠어요. 지금 형이 얼마나 수상해 보이는 줄 알아요? 오만 가지 인상 팍팍 쓰면서 돌아다니는 게 '나는 곧 사고 칠 놈이닷!' 라고 얼굴에 써 붙이고 다니는 거랑 마찬가지라니까요."

"뭐?"

"그런 표정으로 다니면 한국에서라도 경찰들이 세울걸요. 안 그래요? 저처럼 웃고 즐기면서 와하하핫! 해봐요. 세상에 그런 테러범이나 범죄자가 어디 있겠어요? 당연히 의심도 덜 사게 되고 일이 편해지죠. 형도 어떤 쪽으로 보면 가끔씩 생각이 없단 말야."

나름대로 옳은 말이다. 그 속에 숨겨진 시커먼 속내를 제외하고 말만으로 보자면 틀린 게 없다. 세건이라고 해서 서린의 시커먼 속내를 모르는 것은 아니지만 한세건의 특이한 원칙은 그의 행동에 제동을 걸었다.

왜 흡혈귀들 상대로는 아무렇지도 않게 나쁜 짓을 저지르면서 이런 일에는 또 제동이 걸리는지 모르겠다. 브레이크 부러진 기관차처럼 폭주하다가도 이내 소심하고 조용한 성격이 되는 게 세건의 특징이었다.

서린은 그걸 파악한 것은 물론 이제 그 흐름까지 읽어낼 수 있게 된 것이다.

"음. 뭐, 그것도 그, 그렇군."

한세건은 왠지 서린이 자신의 머리 위에 올라오는 걸 불쾌히 여기면서도 납득해 버렸다. 말만으로는 너무나 옳은 소리이기 때문에 반론의 여지가 없다.

지금 한세건이 하는 짓은 객관적으로 보면 수상히 여길 구석이 많다. 게다가 러시아에서는 원래 외국인 관광객 등에게 경찰이 공공연히 서류 제시를 요구하고 뇌물을 받는다고 하지 않던가? 그러니 이 경우는 남들에게 묻혀서 평범한 행동을 할 필요가 있었다.

"하지만… 굳이 사진을 찍는다면 이런 모습으로는 좀……."

한세건은 자신의 모습이 가공을 가한 상태라는 것에 불만을 표현했다. 사진을 찍는다면 그 자신의 모습이 아니고서는 의미가 없지 않은가?

그러나 그런 말을 한 순간 서린이 멍한 표정으로 세건을 바라보았다. 갑자기 눈이 탁 풀린 게 뒤통수에 망치라도 떨어진 듯한 표정이어서 세건은 깜짝 놀랐다. 왠지 모르겠지만 얼굴이 마구 달아오르고 어딘가로 숨어버리고 싶은 기분이다.

"뭐, 뭐야?"

"아뇨, 아무것도. 푸하하핫, 하하핫. 진짜 아무것도 아니에요, 크크큭."

서린도 당황해서 손을 내저었다. 아마 입 밖으로 내면 맞아 죽기 딱 좋은 생각을 품고 있었음에 틀림없으리라.

"그러면 변장 해제하면 어때요? 화장실이라도 들어가서."

"이봐."

한세건은 서린을 노려보았지만 서린은 다시 한세건을 재촉했다.

"언젠가 나나 형이나 죽게 되면 남는 건 사진밖에 없어요. 찍을 기회 있을 때 찍어두는 게 좋지 않아요?"

방금 전의 이야기와는 전혀 다른 차원의 말이다. 사람들의 이목을 속이기 위해 사진을 찍자고 하더니만 이제는 뜬금없이 원래 모습으로 사진을 찍자니?

하지만 세건은 화를 내지 않았다. 사진이라? 갑자기 가슴 한쪽이 아파온다. 약물을 남용한 부작용일까? 아니면 설마 아파한단 말인가?

'하하하, 설마?'

실제로 그는 갈등하고 있었다. 그는 가족사진을 아직도 품고 있다. 큰 애정 표현 없이 사회가 가르친 관습대로만 맺어져 있을 뿐인 가족들과 함께 불편한 표정으로 찍은 사진이 전부였다.

그렇지만 그 사진조차 없었다면 그때는 과연 어떻게 되었을까?

세건은 문득 아랫입술을 깨물었다. 기록은 기억을 지배한다던가? 무슨 디지털 카메라의 광고 문구였지만 그건 정말 옳은 이야기이다. 살아간다는 것을 실감하지 못하는 그는 하룻밤을 자고 나면 과거를 실감하지 못했다. 그저 남는 것은 기록들뿐.

문제는 서린이 과연 그에게 있어서 기록할 가치가 있는 존재인가 하는 것이다. 만약 이번의 여행에서 서린이 살아남고, 자신의 목적이 완수된다면 그때는 그의 손으로 서린을 직접 죽여야 한다.

한 치의 의심도 없이 자신에게 다가오는 이 소년을 그는 거리낌 없이 죽일 수 있을 것이다. 한세건은 인간을 버린 인간, 스스로 마물이 된 인간이니까.

하지만 그래도 그와 함께했었다는 사실 정도는 사진으로 남길 가치가 있으리라. 언젠가 긴 세월이 지난 뒤에… 기억으로 남을 것은 그것밖에 없으니까.

"할 수 없군. 잠깐 동안은 상관없겠지. 그런데 꼭 여기 광장에서 찍어야겠냐?"

"이래야 역사(驛舍)가 사진에 잘 나온다고요."

서린이 그렇게 투덜거리는 사이 한세건은 화장실로 들어가서 엑토플라즘 마스크를 해제하고 복장마저도 바꾼 채 나왔다. 옷을 갈아입는 데 채 2분이 걸리지 않는 걸 보니 패션모델을 해도 손색이 없겠다.

그는 안감이 털로 되어 있는 재킷을 입고 선글라스를 벗은 채 녹색의 머리칼을 그대로 드러내고 약간 부끄러워하면서 서린의 곁에 섰다.

"아아, 알았으니까 빨리 찍어."

"예예, 알겠습니다."

서린은 그리 말하며 리모컨을 들어 디지털 카메라의 셔터를 누르고는 카메라를 향해 자랑스럽게 브이 자를 그려보았다.

"이봐, 브이를 그리고 사진 찍는 게 가장 촌스럽단 말야!"

"에이, 뭐 어때요. 망가지는 재미로 찍는 거지."

그렇게 몇 차례 사진을 찍는 동안 세건은 퉁명스러운 표정으로 옆에 서서 딴청을 부렸다. 서린이 LCD로 사진을 확인해 보니 한껏 웃고 있는 서린과 한눈에 봐도 부끄러워서 딴청 피우고 있는 세건의 모습이 찍혀 있었다.

"어디 보자."

"제가 쥐고 있을 테니 그냥 보기만 해요."

서린은 그리 말하며 카메라를 소중히 쥐고 화면을 세건에게 보여주었다. 잠시 카메라의 화면을 확인하던 세건은 무뚝뚝하게 중얼거렸다.

"역시 안 되겠어. 지우자."

"이럴 줄 알았다니까. 안 돼요! 어림도 없어요! 형, 사진이란 건 찍은 사람에게 저작권이 있는 거예요. 알겠어요?"

서린은 세건의 손을 피해 카메라를 챙겨 넣었다. 세건은 '그럼 내 초상권은?' 하며 투덜거렸지만 서린은 일부러 못 들은 체 하고 삼각대를 거둬서 등에 멨다.

그들은 티격태격 다투고 떠들면서 시베리아철도의 시작점인 블라디보스토크 역으로 걸어 들어갔다.

3

특급 85호 러시아호는 해가 지자 하바로프스크 주의 수도, 하바로프스크를 향해 출발했다. 아직 자리를 못 찾고 헤매고 있던 남자 둘은 흔들거리는 객차 안에서도 태연히 걸어 다니며 좌석 번호를 확인했다.

약간 주름이 잡힌 중년의 남자와 오드아이에 호기심을 잔뜩 담은 채로 걸어 다니는 혼혈 청년이 바로 그들이었다. 물론 중년 남자는 엑토플라즘 마스크를 뒤집어쓴 한세건이고, 오드아이의 청년은 서린이다.

말이 안 통해서 열차표를 사는 데 시간이 좀 걸리긴 했지만 아슬아슬하게 제시간에 열차를 탈 수 있었다.

"이런 젠장, 여기군. 한참 찾아다녔네."

옛날 영화 등에서의 열차를 기대하고 안에 들어선 세건은 현대적으로 바뀐 객차 내부에 약간 실망했다. 그리고 그런 자신에게 또 실망했다. 동행인 서린에게는 그렇게 개념 없다고 타박을 줘놓고서도 자신도 또한 뭔가 이상한 기대를 품고 있었다니, 웃기는 일 아닌가?

중년 남자로 변장한 한세건은 불만스러운 표정을 지은 채 긴 가방을 창문 쪽에 세우고 팔짱을 낀 채 좌석에 앉았다. 그가 고른 여행용 가방은 재질 자체가 아라미드 수지와 세라믹스로 되어 있어서 소총탄까지 방어가 가능한 일종의 방탄벽이다.

세건은 그걸 창가에 세워서 혹시 모를 저격을 방어한 뒤 앉았다.

하지만 그런 세건의 속내를 아는지 모르는지 서린은 세건의 옆자리에 앉아서 창문 쪽을 바라보았다.

"아, 밖의 경치를 보고 싶은데……."

서린은 손을 휘휘 저어서 가방을 치워달라는 시늉을 했다. 한순간 분노가 치밀어 올랐지만 여기는 보는 사람이 많다. 과분한 분노 표출은 주위 사람들의 호기심을 끌게 되고 그러면 그것은 죄다 사람들의 관심과 의심으로 바뀐다. 밀입국한 주제에 남들의 이목을 사봐야 좋을 게 없는지라 세건은 화를 삭이고 말했다.

"안 돼. 저격당한다."

"에이, 형도 참. 이렇게 넓은 땅을 달리는 열차에서 어떻게 우리를 찾아보고 저격을 해요? 막말로 우리가 어제 블라디보스토크에서 머물고 아침 차를 타고 나올 수도 있는데. 형, 지금 말하는 거 그대로 옮겨놓으면 무슨 피해망상증 환자 같은 거 아세요?"

서린이 그렇게 핀잔을 주었지만 터무니없는 소리다. 애초에 블라디보스토크 항에 들어올 때부터 적들은 세건과 서린을 잡기 위해 포위망을 좁혀오고 있었다. 그러니 뭘 해도 피해망상이라고는 할 수 없는 것 아닌가?

"흡혈귀 중에는 예지력을 가진 놈들이 있어. 나나 너나 인간의 길을 벗어났기 때문에 그리 쉽게 마법의 대상이 되지는 않지만 그렇다 해도 테트라 아낙스의 눈을 피할 수 없어. 여긴 더 이상 한국이 아니야. 우리가 적지 한복판으로 뛰어들었다는 걸 명심해!"

한세건은 손가락을 풀며 만반의 준비를 취했다. 적의 모습이 확실하지 않은데도 이렇게까지 경계하는 세건의 모습은 정말 생소하다.

한국에서의 그는 대담무쌍하고 과격했다. 재생력도 변변치 않으면서 상처 입는 것을 두려워하지 않아서 보고 있는 서린이 다 걱정될 정도였다. 그러나 지금의 그는 돌다리도 두들겨 보고 건널 만큼 신중하다. 역시 총도 없고 방탄복도 입고 있지 않으니까 불안한 모양이었다.

'이제 와서 뭘 불안해하고 있는 거지, 나는?'

세건은 입술을 깨물고 가방을 옆으로 슬쩍 민 뒤 창 쪽을 바라보았다. 블라디보스토크를 지나니 금세 문명과 거리가 먼 한적한 광경이 펼쳐진다. 확실히 이런 곳이라면 저격도 하기 힘들 것이다.

그때 서린이 자신의 가슴을 두들겼다.

"그러면 형보다 제가 더 튼튼하니까 창 쪽으로 가 있을게요. 그러면 되잖아요."

"응?"

"제가 몸으로 형을 위해 총알을 막아주죠. 그러면 저격 염려도 없을 거 아니에요? 사진 정도만 찍으면 되니까요."

그렇게까지 밖을 보고 싶은 건가? 세건은 어처구니없어 하면서도 안전벨트를 풀고 자리를 바꿔주었다. 그러자 서린은 세건이 세워둔 방탄 가방을 살포시 옆으로 밀고 그 틈으로 밖의 경치를 바라보았다.

세건은 그런 서린을 바라보며 고개를 절레절레 저었다. 이해할 수 없는 일이다. 그 자신이 너무 무감정한 탓일까? 아니면 이 녀석의 감정이 지나치게 풍부한 것일까? 왜 이 녀석은 곧 죽을지도 모르는 이 상황 속에서 작은 것 하나하나에 기뻐할 수 있는 것일까?

마음이 살아 있다는 게 이러한 것일까?

문득 세건은 퀭한 눈으로 자신의 손을 바라보았다. 고개를 숙인 채 주위 사람들의 소리를 귀에 담는다. 알아들을 수 없는 이국의 말이라 그에게는 그저 웅성거림으로 들릴 뿐이지만 그것들은 곧 그의 내면에 봉인된 망귀들의 속삭임으로 변했다.

'너는 알고 있어. 비스트, 너 자신이야말로 네가 증오하는 마물들보다 더한 마물이라는 것을.'

'그리고 이 아이는 너와 다르지. 마물로 태어나긴 했지만 그야말로 인간이야.'

'세상 사람들 누구도 네가 이 소년을 죽이는 것을 허락하지 않을 거야. 그렇지 않나, 마물? 인간을 짐승과 구별하는 게 마음이라면 짐승의 마음을 가진 인간은 짐승인 게고 인간의 마음을 가진 짐승은 인간이지. 그것도 모르지는 않을 텐데?'

녹티스가 사라져서인지 망귀들은 다시금 그에게 파괴의 언어를 속삭였다. 그것은 하나하나가 세건 그 자신이 끌어안고 있는 상처를 후벼 파는 것이었기에 증오가 마음을 불태우고 살의가 전신을 내달렸다.

하지만 세건은 팔짱을 끼고 눈을 감았다. 지금은 보는 이들의 눈이 많아서 망령들을 떨어뜨릴 시간이 없었다.

"사람들 사이에서도 나타나다니, 상태가 심각하군."

세건은 조용히 투덜거리며 시트에 몸을 파묻었다. 그러자 깜짝 놀란 서린이 그를 돌아보았다. '대체 왜 이러지?' 라고 눈으로 묻는 듯한 표정이었지만 세건은 그를 돌아보지도 않고 잠에 빠져들었다.

그렇게 얼마나 지났을까?

"음."

세건은 오른쪽 눈을 힐끔 뜨고 창가에 붙어 있는 서린을 바라보았다. 좀 눈을 붙인 것 같은데도 서린은 뭐가 그렇게 신기한지 창문에 얼굴을 대고 계속 밖을 바라보고 있었다. 몇 시간째 봐도 질리지 않는 것 같았다.

"그렇게 신기하고 재밌냐? 자두는 게 좋을 텐데?"

"졸리면 알아서 자겠죠. 그래도… 참, 여기가 제가 태어난 땅이군요?"

서린은 왠지 감개무량해져서 창밖을 바라보았다. 그러나 세건은 그런 서린의 머리를 신문지로 내려쳤다.

"바보냐? 땅덩이가 붙어 있는 걸로 치자면 한국도 네가 태어난 땅이 맞지. 같은 유라시아 대륙이니까. 지금 이 지역 보고 그렇게 감격에 겨워하면 바보천치지. 거리가 얼마나 되는데 말야."

"그, 그렇죠?"

방금 전까지 감개무량해하던 서린은 얼굴을 붉혔다.

"게다가 러시아는 연방이야. 체첸이나 다른 곳이 독립하겠다고 난리인 거 보면 모르냐? 지역이 다르면 국가가 다르다고 해도 과언이 아니지. 각 주마다 수도도 따로 있을 정도니까. 그러니까 지금부터 벌써 고향 찾은 기분 내지 말아줬으면 해. 네가 진짜 고향을 찾았을 때가… 그때의 감정이 어쩌면 기억의 열쇠가 될지도 모르니까."

세건은 그리 말하며 다시 눈을 감았다. 아직 계절이 춥지 않은 때라서 그런지 침대칸이 아니라도 충분히 앉아서 잘 수 있을 것 같았다. 서린은 다시 잠드는 세건을 바라보다가 다시 창밖으로 시선을 돌렸다.

"형은 참 잠꾸러기야."

"닥쳐."

세건은 투덜거리며 모포를 덮은 채 몸을 뒤척였다.

멜키츠 벨라모프는 유대계 러시아인으로 하바로프스크에 위치한 경호업체에서 무장 경호원을 하고 있었다. 이제 러시아 사회도 많이 안정되어서 마피아라고 무턱대고 총질을 해대지는 않지만 그럼에도 불구하고 여전히 경호업은 황금기를 누리고 있었다.

그 이면에는 더러운 뒷거래가 있다. 예전에는 마피아의 폭거를 방지하기 위해 경호업체가 있었지만 이제는 그게 돈벌이가 되니까 마피아가 경호업에 뛰어들게 되었다.

개방 초기의 러시아에서 경호원을 고용한다는 것은 마피아로부터 자신들의 몸을 지키기 위한 장치였지만 이제는 그 의미가 달라졌다. 경호원들을 이용해 마피아로부터 몸을 지키는 게 아니다. 경호업체에 의뢰를 함으로써 마피아에게서 보호를 받는다.

어느 쪽이든 간에 일개 경호원에게는 상관없는 이야기였다. 그는 그저 합리적인 자기 일을 하고 돈만 제대로 받을 수 있으면 만족했다. 러시아의 마피아는 이제 삶의 일부가 되었다고 해도 과언이 아니라서 굳이 마피아의 질서에 편입되었다고 죄책감도 들지 않았다.

하지만 최근 뒤쪽 마피아 세력은 빠르게 재정비되고 있는 듯했다. 대개 지방 유지와 같이 힘이 있던 이들로 구성되어 있던 군소 마피아들이 보다 거대한 조직과 보이지 않는 힘에 의해 통일되어 가고 있었다.

특이하게도 그런 움직임에는 어떠한 무력 충돌이나 유혈 사태도 없었다. 게다가 그 보이지 않는 힘이 이미 멜키츠 벨라모프가 속한 경호업체 'T3 경호유한회사' 도 집어삼킨 뒤였음에도 불구하고 멜키츠 자신조차 그들의 정체를 알지 못했다.

아무것도 요구하지 않고 그저 자신의 수족을 확장하는 것 자체를 목표로 삼고 움직이던 그 조직을 멜키츠는 애써 무시했다. 어차피 그는 돈만 벌면 됐고 달리 바라는 것도 없었으니까.

윗대가리가 누가 되었든 간에 그들에게는 지금 당장 벌어들이는 돈으로 누릴 안락함이 전부였다.

어제까지는 그러했다…….

하지만 그동안 움직이지 않던 조직으로부터 마침내 명령이 하달되었다. 왼쪽 눈동자가 붉은색을 띤 혼혈 청년과 녹색 머리칼의 동양인 청년, 이 두 남자를 찾아내라는 조직의 명령이 떨어진 것이었다.

이들은 이미 테러 혐의와 그 동조자로 몇몇 국제기업에 의해서 고발이 된 상태고 특히 녹색 머리칼의 청년 쪽은 그도 눈에 익었다.

그는 분명히 한국에 설립된 플렉스 메디칼의 본사를 폭파시켜 버린 장본인이었다. 특이하게 폭발시키기 전에 각 방송국에 테이프를 보내서 자신의 얼굴까지 당당히 드러내고 폭파 예고를 했었음에도 경찰은 그것을 막아내지 못했다.

도시 한복판에서 철근 콘크리트로 만든 대형 건물이 완전히 파괴되는 그 모습은 정말 너무나 스펙터클해서 21세기가 끝나는 날에도 10대 사건으로 손꼽히리라.

그런데 그런 그가 놀랍게도 이미 입국했다고 한다. 그것도 밀입국이 아니라 블라디보스토크 국제항을 통해서 입국한 것이다. 그렇다면 역시 성형수술을 한 건가?

"젊고 잘생겼는데 성형수술이라니. 하긴 극악한 범죄자니까 어쩔 수 없었겠지만, 이 녀석 성형수술 했으면 사진도 의미가 없을 테고, 옆의 이 녀석의 눈도 컬러렌즈를 쓰면 해결될 일 아닌가?"

결국 이들을 찾아낼 단서로 남는 건 남자 2인조라는 것과 여권에 적힌 이름뿐이다. 그렇지만 상대가 블라디보스토크 국제항을 돌파했는데 그 정도 단서만으로 찾을 수 있을 리가 없다.

"남자 이 인조에 한국 국적 여권이라는 게 정보의 전부인가? 젠장, 장난하는 것도 아니고. 게다가 목적지가 이르쿠츠크라면 바이칼—아무르 간선철도를 타고 올 텐데, 일개 경호 회사가 열차를 세울 힘이 있을 리가 없잖아?"

어지간히 하기 싫은 일이라서 그런지 아니면 원래 이 명령이 무모한 것인지 몰라도 이것저것 따져 보면 따져 볼수록 맘에 들지 않는다.

그렇다고 안에 들어가서 수색을 할 수도 없는 일이다. 러시아는 쓸데없는 데 국법이 지엄해서 일반적으로 '되는 것도 없고 안 되는 것도 없는 땅'이라고 불리고 있다. 법 때문에 되는 건 없는데 부패해서 안 되는 게 없다는 소리였다.

"딱히 어떻게 언제까지 잡아 오라는 것도 아니고, 내버려 두는 게 낫겠지. 게다가 이 한세건이란 놈은 특급 테러리스트니까 괜히 얽혀봐야 위험하기만 하지. 그리고 경호 회사라는 건 어디까지나 경호를 하는 곳이지 인간을 사냥하는 곳이 아니라니까? 나 원 참, 노년을 편히 보내려고 했는데 힘들겠군."

멜키츠는 그리 중얼거리며 테이블 위의 리모콘을 잡고 TV를 켰다. 그러나 이게 웬일인가? TV에서는 지금 막 끊어진 BAM(바이칼—아무르 간선철도)를 보여주고 있었다. 어떤 미친놈들이 철도경비대를 죽여 버리고 철도를 폭파시켜 버린 것이다.

'철도경비대에서는 사건의 원인을 신흥 반군 세력에 의한 테러로 보고 있습니다. 이로 인해서 특급 85편 러시아호는 회차, 하바로프스크로 귀환 중입니다. 최근 계속되는 이와 같은 무장 폭력에 대해서 정부는 강경 대응할 것을 표명하고 있습니다. 다음 뉴스입니다…….'

놀란 멜키츠는 리모컨을 손에서 떨어뜨렸다. 세상에 우연도 이런 우연이 또 있을까? 철도가 끊어지면 블라디보스토크로 입항해 이르쿠츠크로 가려고 하는 이들은 하바로프스크에서 차로 갈아탈 수밖에 없다.

하바로프스크의 중국인 렌트카 업체가 약 40여 곳, 외국인에 대해서는 여권을 체크하지 않을 수 없으므로 이 정도를 체크하면 쉽게 상대방을 잡을 수 있으리라.

이렇게 상황이 좋게 돌아가면 도저히 우연이라고 생각할 수가 없다. 누군가가 의도적으로 BAM 철도경비대를 살해하고 철도를 파괴했음에 틀림없다.

"이런 미친!"

멜키츠는 자리를 박차고 일어났다. 아무리 돈이 좋아도 철도

경비대를 서슴없이 죽여 버리는 위험한 조직에 몸담고 싶지 않았다. 편법과 탈세가 횡행하는 러시아라지만 해도 될 일과 해서는 안 될 일이 있는 것이다. 군인과 경찰에 도전하는 것은 목숨이 열 개라도 부족하다.

그때 문이 벌컥 열리고 멜키츠와 함께 일하고 있는 경호원들이 차례로 들어왔다. 개인 경호 임무를 맡고 있는 몇몇을 제외한 전원이 들어온 것이었다.

깜짝 놀란 멜키츠가 황급히 떨어뜨린 리모컨을 집어 들고 TV를 끄니 그들 사이에서 모르는 얼굴 하나가 걸어 나왔다. 유달리 음영이 도드라지는 얼굴이어서 흡사 무슨 미술학원용 석고상이 아닐까 싶은 각진 얼굴의 남자가 짧게 깎은 돌격 머리를 하고 걸어 들어온다.

몸 역시 터질 것 같은 근육으로 가득한데 그 위에 입은 경비병용 전투복이 위압적이다. 멜키츠도 여기저기 총알 밥 먹고 살아왔다고 자부하지만 이렇게 전쟁 영화에서 방금 튀어나온 것 같은 놈은 본 적이 없었다.

"그래서 이게 남은 하나로군."

그는 사무실을 지키고 있던 멜키츠를 쓰레기 보듯 내려다보고 있었다. 멜키츠도 키가 상당히 큰 편인데 이 남자는 신장이 2미터 20센티미터를 넘는다. 농구 선수라고 해도 믿을 만한 키인데 그 몸에 육중한 근육이 붙어 있으니 근육의 벽이라고 해도 과언이 아니다.

이런 거구의 남자가 들어와서 잡아먹을 듯한 눈초리로 내려다

보고 있으니 그 위압감은 이루 말로 표현할 수 없을 정도였다.

"예? 나, 남은 하나라니요?"

멜키츠는 저도 모르게 막 들어온 신병처럼 벌벌 떨었다. 그러자 그 남자가 자신을 엄지손가락으로 가리키며 말했다.

"지금부터는 내가 부대장이다. 군인 출신이라면 나의 지휘 체계를 잘 따라올 수 있겠지?"

"어, 아, 아니, 그렇긴 하지만 당신은 누굽니까? 미하일? 이 자는 뭐야?"

멜키츠가 동료를 돌아보았지만 동료들은 모두들 입을 한일자로 굳게 다물고 고개를 가로저었다. 고개를 돌리는 행동 하나하나가 기계적이다. 마치 로봇 군대가 아닐까 싶을 만큼 군기가 잡혀 있었다.

"내 이름은 블라드. 그 정도만 알면 된다! 자, 알겠으면 따라오라고! 오늘은 아주 뒈져 봐야 할 테니까, 이 돼지들아!"

남자는 그리 말하고 경비원들에게 호령했다. 모두들 다 나름대로 총알 밥을 먹어온 역전의 노장인데 블라드라는 남자의 앞에서는 신병처럼 빠릿빠릿하게 움직였다. 멜키츠는 얼떨결에 그를 따라서 움직이며 물어보았다.

"블라디미르가 아니라 블라드라고요?"

"닥치고 따라와라!"

그는 그리 말하고 BMP1 장갑차에 그들을 밀어 넣었다. 이미 대부분의 무장이 완전히 갖춰져 있어서 누가 보면 지금 바로 전쟁터에 투입되는 줄 알겠다.

아니, 누가 보면 이 아니라 당장 멜키츠가 봐도 전쟁터 투입 직전이었다. 장갑차와 무장 병력들, 트럭과 밴 등에 전 병력이 나누어 타니 그야말로 전운이 감돌았다.

"어이, 미하일. 무슨 일이야? 저 괴물은 또 뭐야?"

멜키츠는 동료의 옆에 앉아서 조용히 물어보았다. 그러자 미하일이 눈짓으로 말 좀 걸지 말아달라고 사정하면서 조용히 대답했다.

"어제 공문이 오더니 사장이 시키잖아, 젠장."

"이거 이러다가 우리 죽는 거 아냐?"

"알 게 뭐야. 까라면 까야지."

미하일은 투덜거리며 소총을 점검했다.

"범죄자가 안 되었으면 좋겠는데. 경호업체가 할 일이 아니잖아, 이건?"

멜키츠는 그리 투덜거리면서도 자신의 소총을 잡고 실탄을 장전했다. 어쨌거나 저 남자, 블라드의 명령에는 왠지 사람을 복종하게 하는 힘이 있었다. 지금 같은 때에 무장 경호원이란 자리를 잃으면 일자리 구하기도 힘들고 회사 위에 있는 마피아의 힘이 너무 거대하니 그들의 명령을 거부하면 과연 살아남을 수 있을지도 의문이었다.

"일이 이렇게 되는군."

한세건은 멈춘 창밖을 바라보며 혀를 찼다. 한창 신나게 평원을 가로지르며 달려가던 열차는 도중에 ATS(비상 운행 정지 시스템)가 작동해 멈춰 버리고 말았다.

사람들은 무슨 일이 일어났는지 알지도 못하고 당황하고 있었지만 예민한 오감을 가지고 있는 세건과 서린은 미세한 폭발음을 들을 수 있었다. 아마도 누군가가 철도를 폭파시켜 버린 것 같았다.

"그래도 양심적인걸. 기차를 폭파시킨 게 아니라서. ATS 때문에 자동으로 멈추었으니 현재로선 사상자도 없겠군."

"다, 다행이군요."

창문에 매달려서 창밖을 구경하고 있던 서린도 당황스러운 표정을 짓고 창문에서 몸을 떼었다. 적들이 이렇게 과격하게 나올 줄이야.

"우연의 일치… 같은 거는 아니겠죠?"

서린은 터무니없는 기대라는 것을 알면서도 그렇게 물어보았다.

"우연의 일치였으면 좋겠다만… 이건 필연이라고 봐야겠지. 그나저나 설마 이 녀석들 여기서 공격할 것은 아니겠지? 민간인도 이렇게 많은데."

한세건은 열차 안을 살펴보았다. 안에는 불안한 표정을 짓고 있는 사람들이 자신의 길동무들과 함께 소곤대고 있었다. 그런 사람들 속에서 세건만이 무표정하게 평정을 유지하고 있었다.

그때 한 소녀가 빼꼼 좌석 위로 고개를 내밀었다. 코카서스계 백인 소녀는 이 상황이 이해가 되지 않는지 역시 주위를 휘휘 둘러보다가 세건과 눈길이 마주치자 웃으면서 손을 흔드는 게 아닌가?

"어?"

"뭐 해요, 형. 같이 흔들어줘야지."

"그런 거냐?"

세건은 무뚝뚝하게 소녀에게 손을 흔들어주고 정신을 집중했다. 폭발로 열차를 멈출 정도라면 적은 수단 방법을 가리지 않는 녀석들이라고 할 수 있다. 아니면 그냥 우연히 체첸 반군처럼 러시아—CIS 정상회담을 앞에 두고 무력시위를 하고 싶어 하는 조직의 테러일지도 모른다.

그러나 원래 테러라는 것은 전시효과를 노린 폭력 행위이다. 의미가 있는 기념물, 인명 등을 대상으로 하면 모를까 BAM 철도의 한 구간을 애써서 파괴할 이유가 없지 않은가?

"설마 공격해 오진 않겠죠? 설마 무고한 사람들까지 무의미하게 해치면… 뭐, 인권은 신경 안 쓰는 흉악한 놈들이라도 입소문은 신경 쓰지 않나요?"

"그야 그렇겠지만 그러면 대체 뭐 하러 철도를 파괴한 거지?"

한세건은 서린의 질문에 답하면서 문득 불길한 생각이 들었다.

설마 이 자식들은 이 열차 내에 있는 인간 전원을 죽일 셈이란 말인가? 체첸 반군의 짓거리라고 주장하면 그것도 훌륭한 프로파간다(선전)가 되겠지만, 한두 명 죽이는 것도 아니고 이런 대량 학살을 하고 무사히 넘어갈 수 있을 리가 없다.

죽은 자들이 발하는 원념(怨念)은 테트라 아낙스의 정보 통제력으로도 지울 수 없는 것이기 때문에 한꺼번에 많은 사람이 죽은 대형 사건이라면 그리 쉽게 덮어지지 않는다.

"나가볼까요?"

서린도 자리를 박차고 일어났다. 적들의 표적이 세건과 서린이라면 객차에서 밖으로 나가서 민간인 피해를 줄여야 하리라. 그러나 그때 승무원이 와서 사람들을 진정시켰다. 꽤나 고압적인 자세의 이 승무원은 일어서 있는 세건과 서린에게 외쳤다.

"당장 앉으시오! 별일 없으니까!"

"뭐라는 거야?"

세건이 서린을 돌아보니 서린은 자리에 앉으며 말했다.

"아, 그게. 저희 잘못으로 고객님께 불편을 끼쳐 드려서 대단히 죄송하다고, 서계시면 다른 승객들이 불안해하니 앉아달라는데요?"

식은땀을 흘리진 않지만 어색한 웃음을 짓고 있는 게 걸린다. 분명히 저쪽은 말을 짧게 했는데 이렇게 길게 통역될 리가 없다.

하지만 따져 봐야 피곤할 뿐이라 세건은 아무런 말도 하지 않고 앉았다. 승무원이 와서 고압적으로 떠들 정도면 적들이 공격할 것 같지는 않았다.

그때 열차가 한 번 흔들리더니 천천히 뒤로 움직였다.

"대응이 빠르군."

하바로프스크에서 출발한 기관차가 열차의 후미에 연결되어 이 열차 전체를 하바로프스크로 끌기 시작한 것이었다.

세건이 힐끗 손목시계를 보니 시간은 심야를 훨씬 넘어서 새벽으로 달려가고 있었다. 해가 뜨기 전에 흡혈귀들은 안전한 곳으로 피신해야 할 테니까 만약 오늘 안에 승부를 보려 한다면 슬슬 흡혈귀들이 나타나야 할 때였다.

하지만 아직 흡혈귀가 다가오는 느낌은 없었다. 오늘 안에 승부를 볼 생각이 없는 건가? 철도를 끊어둔 것은 그저 서린과 세건을 하바로프스크에 묶어두기 위해서란 말인가?

"당장 도시 밖에서 해치울 생각은 없는 건가?"

세건은 잠시 생각에 잠겼다. 이런 인적 드문 곳에서 열차째로 습격해서 해치우려고 한다면 차라리 편하다. 그러나 도시에서라면 번거롭지 않은가? 그때가 되면 진짜 사람의 눈을 고려하지 않으면 안 된다.

"아니, 아니군. 생각해 보면 이쪽이 더 현명하다."

인적 드문 곳에서 열차째로 해치운다는 것은 인간과 한세건을 적으로 돌리는 행위다. 하지만 도시에서 잡는다면 이야기가 달라진다.

그렇지 않아도 이미 그들은 한세건과 서린에게 산업스파이 혐의를 씌워둔 상태다. 잡혀서 수사를 받게 된다면 가짜 여권 정도야 쉽게 탄로 날 테고 한세건과 서린은 흡혈귀들뿐 아니라 인간마저 적으로 돌려야 할 것이다.

게다가 여기는 러시아다. 권력자 한두 명 구워삶으면 사람 하나 범죄자 만드는 건 일도 아니다.

말하자면 고도의 차도살인지계라고 할 수 있었다.

"이거 참 기대되는걸, 테트라 아낙스. 이번엔 대체 무슨 수를 쓰려는 거지?"

한세건은 하품을 하며 다시 시트에 몸을 기댔다. 서린도 이제 좀 졸린지 시트 밑에 있던 모포를 꺼내서 쫙 펼친 뒤 이미 모포를 둘둘 말고 있는 세건과 자신을 함께 덮고 눈을 감았다.

"하바로프스크에 도착하면 그때부터 싸움의 시작이군요."

"그래. 좀 자둬라."

세건은 손목시계의 알람을 맞추어두고 조용히 잠에 빠져들었다.

第18夜

아무르의 호랑이

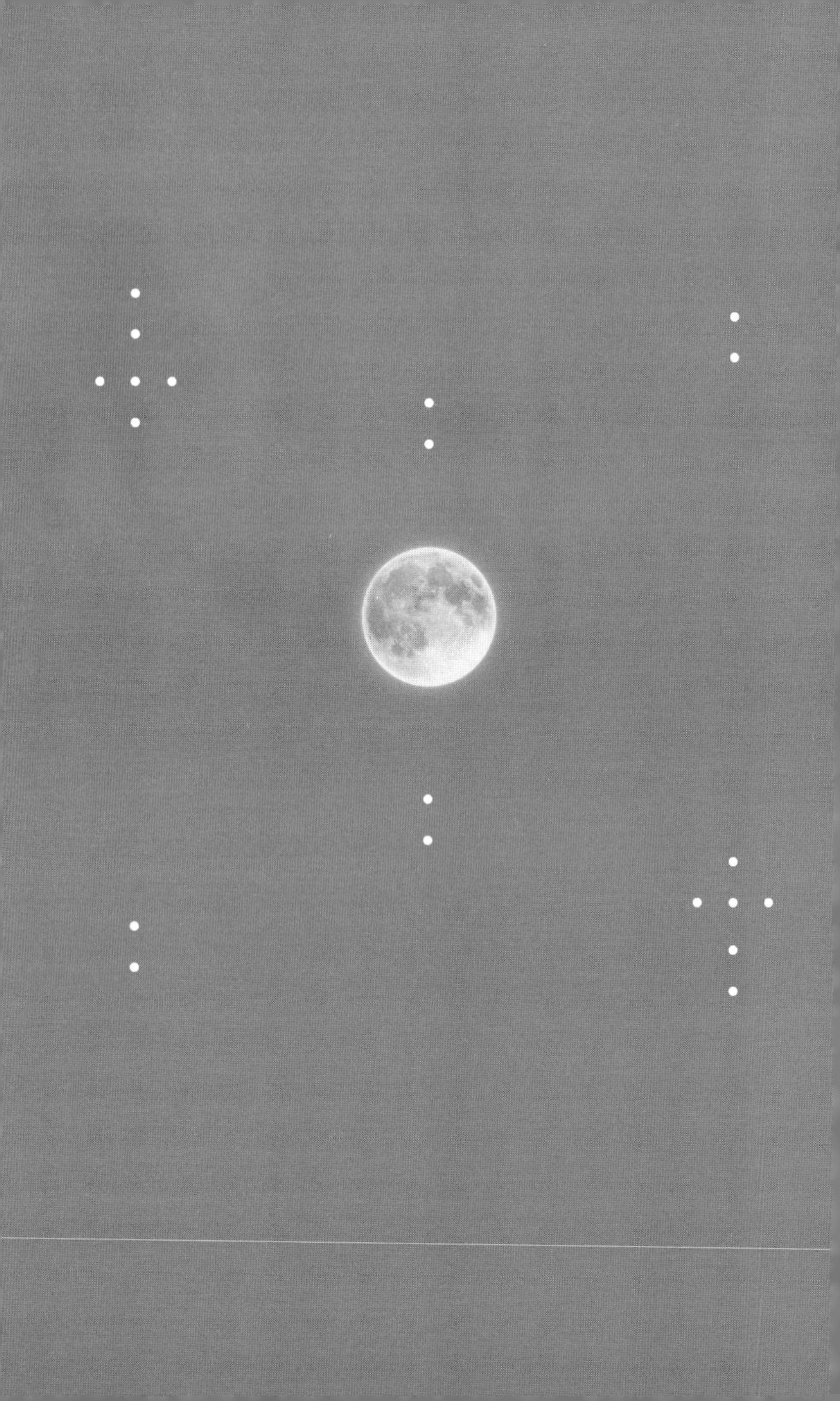

1

생활 소품부터 핵무기까지, 인간이 관여하는 모든 경제활동에 막대한 영향력을 끼치고 있는 세계 굴지의 대사업가 R. 고든. 그는 현재 상트페테르부르크와 모스크바, 이르쿠츠크에 세우는 메디칼 타운의 준공식에 참가하기 위해 모스크바에 도착했다.

막대한 부를 지닌 그는 이미 방송, 에너지, 교통, 유통 등을 통해서 러시아에 충분한 투자를 하고 있는 상황이었다.

하지만 그가 유달리 애착을 가지고 있는 방면은 바로 의료다. 왠지 모르지만 그는 플렉스 메디칼을 해외 투자의 중심으로 삼고 있었다.

사실 그 이유는 명백했다. 그는 인간들의 피를 통제하기 위해

의료를 '제압' 하려는 것이다. 인간의 피를 마셔야만 그 기능을 유지할 수 있는 흡혈귀로서 의료만큼 구미가 당기는 영역은 없으리라.

그리고 그것은 주효했다. 대부분의 국가가 공적의료보험을 부도내고 허덕일 때 고든은 막대한 기반 자본과 의료 조직을 투입해 보험과 의료를 재정비하고 의료계를 완전히 제압했다.

그는 이제 '국가는 하지 못해도 고든은 할 수 있다' 는 캐치프레이즈의 주인공이 되어 있었다.

지금 그는 호텔의 스카이라운지 위에 서서 야경을 바라보고 있었다. 매스컴에서는 휠체어에 올라탄 늙은이로 나오고 있지만 지금의 그는 똑바로 서서 제왕처럼 도시를 내려다본다.

휠체어에 올라탄 모습은 자신의 불사성(不死性)을 감추기 위한 연출에 불과했다. 그는 곧게 허리를 펴고 어둠의 도시를 꿰뚫어 보았다.

불사성을 가지고 있지만 그의 모습은 늙은 그대로였다. 영생불사를 추구하며 스스로에게 갖가지 시험을 반복한 결과 그는 흡혈인자에 의한 생장의 정지를 극복하고 노화해 버린 것이었다.

R. 고든은 그렇게 늙어버린 자신의 모습에 만족했다. 릴리쓰에 의해서 흡혈귀로 태어난 그는 자신의 의지로 늙었다. 이것이 그의 의지에 의한 모습이라면 설사 그것이 노화된 모습이라 하더라도 어찌 받아들이지 않겠는가?

"고든, 뭔가 재밌는 거라도 보는 모양이지요?"

그런 그의 곁에서 함께 라운지를 지키고 있는 다른 세 명이 말을 걸어왔다. 젊은 청년과 여성, 그리고 소년의 모습을 취한 그들은 고든과 함께하는 그의 분신이었다.

이들이 바로 네 마리의 뱀, 불사를 추구하고 불멸을 추구하는 흡혈귀 최고의 맹주이며 어둠의 왕이다. 태양이 지는 세계 전부가 그들의 왕국이었고 죽지 않는 불사자는 모조리 그들의 백성이었다.

마법사들과 라이칸스로프가 그들의 통제를 벗어나 있기는 하지만 그들조차 적개심을 넘어선 경외를 보였다.

그들이 바로 이 미친 달의 세계를 유지하는 기둥이니 그 힘은 세계를 창조하고 변혁할 만큼 강력하다.

그들은 지금 철의 장막 너머에 존재하던 도시를 내려다보며 약간 감상에 젖어 있었다.

"재미있군. 한때는 우리조차 접근하지 못했던 이 땅이 이렇게 변화하다니. 즐거운 일이야. 자본이 지니는 힘이라는 것은 정말 그걸 휘두르고 있는 우리조차 놀라게 한다니까."

고든은 코웃음 치며 술잔을 들었다.

안에는 인간의 피와 적포도주가 반쯤 섞인 특이한 음료가 찰랑거리고 있었다. 스카이라운지의 무대 한가운데에 놓여 있는 그랜드피아노가 미려한 소리를 튕겨내었다.

냉전 시대의 소비에트연방은 흡혈귀들조차 존재할 수 없는 완전 통제된 사회였다. 하지만 자본주의의 힘에 의해 개방된 지금의 러시아는 그야말로 무법천지나 다름없었다.

이 혼돈을 제압하고 모든 것을 얻어낸 자는 올리가르히(Oligarch), 즉 재벌이 되어서 천문학적인 부를 누렸지만 흡혈귀들의 입장에서는 그들 역시 철부지일 뿐이다.

인간을 암살하고 금력으로 억누르는 방법은 러시아 마피아와 결탁한 재벌들도 익히 알고 있지만 흡혈귀들은 인간을 세뇌하고 마법으로 조종한다. 게다가 예지력까지 가지고 있는 테트라 아낙스다.

인간 사업가들이 아무리 뛰어나다고 한들 작정하고 들어오는 흡혈귀들의 진입을 막아낼 수는 없는 것이다. 만약 흡혈귀들이 독한 마음을 먹고 이윤 창출을 위해 뛰어들었다면 그들을 막을 수 있는 것은 같은 괴물들뿐이니까.

"하바로프스크에는 아무르의 호랑이가 있지?"

피아노를 치던 젊은 여성이 물어보았다. 연한 붉은 갈색의 곱슬머리를 가진 그녀는 어깨가 훤히 드러나는 검은 비로드의 이브닝드레스를 입고, 가늘고 긴 손가락으로 애무하듯 섬세하게 건반을 스친다.

그런 그녀의 맞은편에 앉은 소년은 첼로의 현을 조율하며 대답했다.

"볼코프 레보스키 소장 말이죠? 아무르의 호랑이, 그도 알아챘겠군. 예지할 것도 없이 그도 움직일 겁니다. 게다가… 이번엔 정말 보통 일이 아니로군요. 절대로 좌시할 수 없는 거대한 일을 꾸미고 있습니다."

볼코프 레보스키 소장. 그는 러시아 육군 소장이면서 삼보 대회 우승자, 그리고 무제한급의 유도 선수로서 인민영웅의 칭호를 받은 올림픽 금메달리스트이기도 하다.

경력이나 무력, 그 모든 것에서 제2의 알렉산더 카렐린(불패를 자랑하던 러시아의 레슬링 선수)이라고 불리는 그는 러시아 정교당의 당원이기도 하며 보수정당의 지지를 받아 정계 진출까지 꿈꾸고 있는 야심가였다.

아직 정계 경험이 일천하지만 그가 군을 예편하고 정계에 뛰어들면 두마(러시아 의회) 한자리쯤은 따놓은 당상이라고 다들 예상하고 있었다.

게다가 그는 젊다. 장기적인 안목으로 볼 때 대통령이 될 가능성도 컸다.

테트라 아낙스는 그 막대한 힘으로 러시아 내에서 세력을 확장하고 있지만 아직까지 군부는 손에 넣지 못했다. 그 이유가 바로 아무르의 호랑이, 볼코프 레보스키였던 것이다.

"재미있군. 오래간만에 재미있는 체스를 둘 수 있겠어. 그러고 보니 러시아는 체스의 강국이었지?"

수정으로 만들어진 체스 말들을 움직이며 고든은 미소를 지었다.

"이번에는 체스가 아니라 바둑이 되겠군. 말이 좀 많이 필요해."

"그렇다면?"

소년은 고개를 들어서 고든을 바라보았다. 고든과 달리 시간에 찌들지 않은 푸른 눈동자가 호기심으로 빛났다. 연미복의 청년이 그런 소년의 곁에 서서 고든에게 고개를 끄덕였다. 그 역시 소년과 마찬가지로 붉은 머리칼을 하고 있었다. 아니… 소년이 나이를 먹어 자란다면 아마도 바로 청년이 되리라.

"초대장을 보내지. 이 북국에서 벌어질 축제의 초대장을……."

수정으로 만든 체스의 말들이 점차로 먼지가 되어 사라져 간다. 고든의 때가 낀 노란 눈동자는 그 모습을 바라보며 흐려졌다.

하바로프스크 역에서 내린 사람들은 플랫폼에 멍청히 서 있었다. 차가운 새벽 공기 때문인지 플랫폼과 돌벽으로부터 시리디시린 냉기가 피어오르는데, 견디기 힘들 지경이었다.

몇몇 사람은 날이 추워서 그러니 열차 안에 있게 해달라고 했으나 당국에서는 조사를 이유로 그들의 요구를 거절했다. 그러자 발 빠른 사람들이 환불을 위해 플랫폼에서 로비로 달려나갔다.

세건과 서린도 열차에서 내려 플랫폼 밖으로 빠져나왔다. 방탄 소재의 트렁크를 번쩍 들고 롱코트 자락을 펄럭이면서 사람들이 아우성거리는 플랫폼 사이를 대수롭지 않다는 듯한 표정으로 누비는 이 외국인은 아무리 보아도 눈에 띈다.

평범한 중년 남자로 모습을 바꾸었지만 얼굴이야 바꿀 수 있어도 행동의 시원시원함은 그대로라서 남들의 이목을 사지 않을 수 없는 것이다. 움직임 자체에 남다른 개성과 품격이 있달까?

"이리된 이상 차라도 빌려서 가야 하나?"

세건은 사람들 사이를 빠져나가며 서린에게 의견을 물어보았다. 역시 여기의 정세나 풍습, 문화와 지리에 익숙지 않다는 게 크게 작용한다.

'렌터카를 빌려야 하나, 아니면 철도가 복구되기를 기다리며 열차에 매달려 있어야 하나?' 이리저리 생각해 봐도 뭐가 올바른 판단일지 확신이 서질 않는다.

어차피 적들의 노림수가 열차를 하바로프스크에 묶는 것이라면 열차에 남아 있는 것은 그리 좋지 못한 일이라 생각되지만, 민간인들이란 방어벽을 포기하고 아는 것 하나 없는 외지로 나가는 것도 걱정된다.

"으음, 나가도 되려나?"

그들은 플랫폼에서의 간단한 수색에 응한 뒤 역 로비로 빠져나왔다. 러시아 경찰들이 막무가내이긴 하지만 바보는 아니라서, 열차 안에 타고 있는 사람들이 그보다 약 10여 킬로미터 떨어져 있는 곳의 철도를 폭파할 수 있다고 생각지는 않는 모양이었다.

즉, 이 열차 안에는 철도 폭파범이 있을 수 없는 것이다. 만약 정말 러시아 경찰이 열차 안에 범인이나 내통자가 있다고 생각했다면 이렇게 쉽게 수색하는 정도로 끝나지는 않았으리라.

차가운 회색 콘크리트의 플랫폼을 지나 역의 로비로 나아가니 사람들이 환불 처리를 위해 창구에 몰려 있는 게 보였다. 열차표가 그리 싼 게 아니라서 이렇게 발이 묶이게 되면 진짜 돈이 부족해서 역 앞에서 노숙자가 되어야 할 이도 많았다.

하지만 철도 공사 측은 무덤덤한 태도로 사람들에게 자신들의 약관을 명시하고 있었다.

테러는 인위적인 재해이므로 보상할 수 없다고 한다. 개방된 지 상당히 오래 지났어도, 외국 자본이 투입되어서 객차가 현대식으로 바뀌었어도 러시아는 여전히 공산주의의 잔재가 남아 있어 공무원들이나 직원들이 도도하다.

사업체의 구성 자체가 사용자나 서비스 중심보다는 노동자 중심으로 이뤄져 있기 때문에 서비스 업종의 서비스 정신은 10년간 사하라 사막에 방치한 포도 알처럼 바짝 말라 있다.

머리에 보자기를 둘러쓴 코카서스계 노파가 울며불며 매달려도 유리창 너머의 중년 여성은 하품을 하며 손톱을 매만지고 있었다.

그렇게 사람들이 창구에 몰리자 역을 경비하고 있던 경찰들이 몰려왔다.

삐이이익!

고막을 찢을 듯한 휘슬 소리를 시작으로 경찰들의 구두 소리가 밀려든다. 놀란 사람들이 일제히 창구에서 떨어져서 도망치는데 경찰들은 곤봉을 꺼내 들고 도망치는 사람들을 사정없이 내려쳤다.

그 과격함이란 흡사 무슨 대한민국 쌍팔년도의 백골단을 보는 듯했다.

"흠."

한세건은 그 장면을 바라보고 한 손으로 열차 티켓을 접어서 손가락으로 퉁 퉁겼다. 세건의 손을 떠난 열차 티켓은 고스란히 허공에서 두 조각으로 찢어지더니 쓰레기통 안으로 들어갔다. 어차피 환불받을 필요도 없을 만큼 돈도 있겠다, 저런 악다구니를 벌이는데 말려들고 싶지 않다는 뜻일까?

그러나 그가 악다구니에 말려들고 싶어 하지 않아도 그의 동행인 서린은 생각이 다른 듯했다.

"으와, 심하다. 너, 너무하는 거 아니에요, 저거?"

서린은 경찰들이 사람들을 폭행하는 것을 보고 말리기 위해 앞으로 나섰다.

"그만!"

세건은 그런 서린을 제지했다.

러시아 경찰은 조금만 위험해져도 총을 발포하기까지 한다는데, 그에 비하면 곤봉으로 두들겨 패는 정도야 그냥 애정 표현(?)이라고 할 수 있었다. 게다가 어찌 되었든 지금 저들은 공무 수행 중이다. 생판 남을 위해서 외국인인 서린이 할 수 있는 일은 아무것도 없다.

"하, 하지만 형!"

"멍청한 짓 하지 마. 여기서 이런 일은 일상다반사야. 네가 혼자 뭘 바꾸겠다고 그러는 거야?"

"그야 그렇긴 하지만 형! 그런 말 하지 말아요! 저런 걸 보고 가만히 있으라는 것 자체가 무리 아니에요?"

"괜히 사고 쳐봐야 아무것도 안 돼. 두들겨 맞는 거로 끝날 일을 총부림으로 바꾸고 싶냐? 네가 저들 인생 대신 살아줄 것도 아니고 스쳐 지나가는 주제에?"

그때 러시아 경찰 한 명이 씩씩 숨을 몰아쉬면서 서린과 세건에게 다가왔다. 수은등에 비치는 숨결이 새하얗게 서리가 되는 모습을 보고 있자니 차가운 도살장에 끌려 나온 황소 같았다. 아닌 게 아니라 덩치가 상당한 게 소를 연상케 하는 남자였다.

알지 못할 외국인들이 알지 못할 외국어로 떠들어대고 있는 게 눈에 밟히는 모양이었다.

"당신들 외국인인가? 어디 여권 좀 봅시다."

경찰은 시근덕거리며 서린과 세건을 적대적인 눈초리로 바라보았다. 다른 외국인들은 멀찌감치 떨어져서 조사에 응하고 있는데 서린과 세건만은 그 대열에서 이탈해 내국인들의 환불 소동을 구경하고 있었기 때문이었다.

"우와, 가이드북에서 러시아 경찰은 시시때때로 외국인을 뜯어먹는다더니 여전하군요. 이 가이드북 무려 이천삼 년판인데도 변화가 없다니. 으음, 이런 부정부패의 이미지가 경제 발전에 크나큰 마이너스 요인이라는 걸 알면 좀 자제할 줄도 알아야 할 텐데 말이죠. 안 그래요?"

"닥쳐, 좀."

세건은 유달리 말 많은 서린의 머리통을 여권으로 치고 자신과 서린의 여권을 경찰관에게 내밀었다.

물론 관례답게 10루블 화폐 두 장을 여권에 끼워 넣은 채로 건네준 것이다. 그러자 경찰관은 코웃음 치면서 지폐를 주머니에 구겨 넣고 무성의하게 여권을 보더니 그걸 돌려주었다.

"러시아에 온 걸 환영하오."

서린은 그 말을 듣더니 폭소했다. 러시아인들 특유의 무뚝뚝한 태도로 저렇게 말하니 그야말로 시비 거는 격이다. 하지만 한세건은 영문을 모르겠다는 듯 쌀쌀맞은 표정으로 엑토플라즘 마스크를 뒤집어쓴 채 인상을 찡그렸다.

"러시아에 온 걸 환영한다는군요. 하하하핫."

"어떤 의미로 환영한다는 거지? 젠장, 한 대 후려갈기고 싶군."

한세건은 투덜거리며 여권을 받아서 챙겨 넣었다. 그래도 돈 몇 푼으로 무마되는 건 차라리 다행이다. 만약 세심하게 조사하거나 각종 증빙서류를 계속 요구했다면 견디기 힘들었으리라. 그러나 그렇게 안심하고 있을 때였다.

쿠르르르르르르.

어디선가 지축을 울리는 듯한 차량의 소리가 들려왔다. 세건은 잠시 귀를 기울이다가 혀를 찼다. 엔진음이 두텁고 무한궤도의 소리가 없는 것으로 미루어 보아 타이어를 쓰는 장갑차의 소리다.

과연 하바로프스크 역 앞에 듬직한 BMP 장갑차량이 멈춰 섰다.

새벽의 역 앞 광장, 차가운 대륙의 공기를 꿰뚫고 나타난 장갑차는 위압적인 라이트를 사방에 뿌려대고 있었다. 그런 장갑차의 뒤를 이어서 밴과 트럭 등이 멈춰 서는데, 그 분위기만으로 보자면 지금 당장 어디서 포탄이 날아와도 이상하지 않았다.

드르르륵!

차량의 문이 열리고 마치 시가전이라도 불사할 듯한 중무장의 남자들이 차례로 뛰어내렸다. 방금 전까지 민간인들 상대로는 곤봉을 휘두르며 잘난 체하던 경찰들이 정작 무장한 이들을 보니 시큰둥하게 물러난다.

"경비 회사인가?"

한세건은 곤란한 표정을 지으며 앞으로 걸어 나갔다. 가급적이면 저 녀석들이 나오기 전에 빠져나가려고 했는데 일이란 게 역시 그렇게 만만치 않은 것 같았다.

이미 경찰과의 이야기도 끝났는지 차량에서 내린 남자 중 한 명이 경찰에게 다가가 이야기했다. 곧 경찰들도 그들의 움직임에 동조해 움직였다.

"차량에서 내린 사람 중 외국인은 모두들 이쪽으로 오시오! 한국인들은 특히!"

경찰들은 확성기를 잡고 무성의한 태도로 소리쳤다. 그러자 모두들 도살장에 끌려가는 소처럼 엉금엉금 경찰들이 말한 줄에 가 섰다.

"오, 맙소사."

한세건은 눈살을 찌푸리며 경비병들을 바라보았다. 그들 사이에는 유달리 덩치가 큰 슬라브계 백인 남자가 있었는데 황동색 안광이 새벽의 어스름을 꿰뚫고 이쪽에까지 보일 정도였다.

거리가 약 20여 미터 떨어져 있는데도 안광이 보일 정도라면 상대방이 인간이 아니라는 것쯤은 쉬이 알 수 있었다.

"저, 저는 라이칸스로프인데도 환술에 걸렸었는데. 이번에도 술법을 걸고 어떻게 통과하면 되지 않을까요?"

"저 녀석은 너 같은 얼간이로는 안 보이는걸?"

한세건은 당당하게 잘라 말했다. 확실히 한눈에 보아도 단련된 군인 같은 몸이다. 저런 녀석이 쉽게 환술에 걸릴 리가 없다.

"무엇보다도 사람이 너무 많아. 저 경비병들도 걸기는 좀 그렇군. 여기서부터 접전을 벌이면, 재수 없을 경우 한국까지 헤엄쳐서 가야 하는데."

그는 열차에서 앉아서 자느라 굳어 있는 몸을 풀었다. 보아하니 안 될 경우 접전을 불사할 생각인 것 같았다. 하지만 한국까지 헤엄쳐서 가다니? 도저히 그냥 넘겨들을 수 없는 발언을 하는 게 아닌가?

"예?!"

서린은 기가 막혀서 펄쩍 뛰었다. 아니, 설마 블라디보스토크에서 속초까지 헤엄쳐서 돌아가야 한단 말인가?

"나무로 만든 조각배도 상관없겠지. 경비선 같은 걸 만나면 가라앉히고 나서 물속으로 숨어들고 그래도 될 테니까."

세건은 별일 아니라는 듯 말했지만 듣고 있는 서린으로서는 심장에 각 얼음이 낀 듯한 기분이 들었다. 페리선으로도 12시간이 걸린 거리를 배로 저어 가자니? 그러다가 해안경비대 등에게 걸리면 바로 간첩으로 오해받아도 할 말이 없다.

아니, 그것도 어디까지나 러시아에서 모든 일을 끝마치고 난

다음의 일이다. 그러고 무사히 살아남아야 한국에 돌아갈 수 있는 것이니 지금 벌써 귀환을 걱정하는 것은 성급하다.

그런데 그때였다.

“여기야.”

남색의 색동 조끼를 입고 머리에는 어쭙잖게 회교모를 쓴 소년 한 명이 역의 화장실 앞에서 손짓했다. 나이는 이제 8살쯤 되었을까?

작은 몸집에 약간 큰 옷, 그리고 콧물을 질질 흘리고 있는 소년은 화장실 구석 벽에서 손을 흔들고 있었다. 너무나 노골적인 부름이라 깜짝 놀란 서린이 고개를 돌리니 세건 역시 그 소년을 바라보았다.

“가보자.”

한세건은 성큼성큼 화장실로 향했다. 경찰들이 힐끗힐끗 서린과 세건을 바라보았지만 세건은 그들의 시선을 무시하고 소년에게 다가갔다.

“어라?”

서린은 문득 경찰들의 시선이 이상하다는 것을 눈치챘다. 그들은 서린과 세건은 유의해서 보고 있지만 이 소년은 알아보지 못하고 있었다. 마치 보이지 않는 것처럼……. 하지만 그럴 수가 있는 걸까?

그러는 사이에 세건과 서린은 소년에게 이끌려 화장실 안으로 들어갔다. 소년은 그 나이에 어울리지 않는 민첩함으로 세면대 위로 뛰어오르더니 서린을 바라보며 손가락질했다.

“아, 진짜다. 이사카가 말한 대로야. 색이 좀 다르기는 하지만 역시 이사카랑 닮았구나.”

“이사카?”

서린은 깜짝 놀랐다. 이사카라니? 이사카라면 서린 그 자신의 이름이 아니었던가?

“이사카?”

세건도 눈살을 찌푸렸다. 러시아어를 잘 모르긴 하지만 그렇다고는 해도 눈치로 뭔가 이상하다는 것쯤은 알 수 있었다.

하지만 지금은 그걸 추궁하기보다는 당장 발등에 떨어진 불부터 꺼야 했다.

“어쨌거나 여기서 어떻게 빠져나갈 방법이 있는지 물어봐. 괜히 접촉한 건 아니겠지?”

한세건은 서린에게 그리 말하고 화장실 밖을 바라보았다. 몇몇 경찰이 서린과 세건을 수상히 여기는지 화장실 쪽으로 다가오고 있었다. 이 화장실은 도저히 밖으로 탈출할 수 없도록 되어 있는데, 서린과 세건이 들어선 지 얼마 되지도 않았는데 벌써 다가오다니…….

서방세계의 경찰과는 확실히 다르다.

“보통 화장실로 이렇게 빨리 오나?”

서린은 투덜거리며 손을 쥐었다 폈다 하며 만약을 대비했다. 안 되면 기절을 시키거나 하는 방법으로 일단 제압할 수밖에 없을 것 같다. 경찰이 많고 사람의 이목이 많으니 걱정되지만 한세건과 함께라면 저 정도 병력을 제압하는 것은 그리 어렵지 않으리라.

그러나 그때였다.

쿵쿵쿵쿵!

강렬한 비트가 무겁게 가라앉은 새벽 공기를 흔들었다. 화장실로 다가오던 경찰은 그 소리에 깜짝 놀라서 발길을 멈추고 역 입구를 쳐다보았다.

저속한(?) 서방 가수의 노래와 함께 두 명의 소년이 역으로 걸어 들어오고 있었다. 한 명은 묵직한 카세트덱을 어깨에 진 건장한 체구의 소년, 그 옆에는 동양계 혼혈아인 듯한 앳되어 보이는 소년이 양모 니트 모자를 쓰고 이어폰을 꽂은 채 음악에 맞추어 웨이브를 탔다.

"아니?"

경찰들은 놀라서 서로를 바라보았다. 밖에서는 무장 경비원들이 철통같이 경비를 서고 있는데 이들은 대체 어떻게 들어온 것일까? 마치 뭔가에 홀린 듯한 기분이다.

하지만 지금의 그들은 무장을 갖추고 있는 상태인데 고작해야 소년 둘에게 놀랄 이유는 없다.

시끄러운 댄스 곡과 함께 로비 안으로 걸어 들어온 두 소년은 주위를 휘휘 둘러보더니 피식 웃었다.

"너희는 뭐야?"

경찰들은 곤봉을 들고 고압적인 자세로 소년들에게 다가왔다. 그러자 그들이 피식 웃으며 사람들을 훑어보았다. 러시아에서 사는 사람이라면 경찰이 스쳐 지나가는 것만으로도 약간 주눅이 들게 마련인데 아직 어려 보이는 소년들이 그 경찰들을 비웃는 게 아닌가?

“과연 이중에 그 명성 자자한 비스트가 있을까? 두 번째 진마 사냥꾼! 마수의 마음을 가진 인간이라는 거창한 작자 말야. 구경하고 싶은데 말야.”

카세트덱을 짊어진 소년이 키 작은 혼혈아 소년을 보며 물어보았다. 그러자 소년은 고개를 도리도리 저었다.

“글쎄, 이사카가 있을 거라고 했으니 있겠지. 그런데 그 녀석 정말 소문대로 강해? 진짜 센 놈 맞아, 빼또쥬?”

“헤헹, 지들 사이에서 세다고 뻐겨봤자지. 낡아 빠진 체계에 눌려서 살만 찐 흡혈귀들, 지들끼리 진마라고 추켜세우는 데 정신없는 바보 몇 마리 잡았다고 뭐 대단할 게 있어? 진마니 뭐니 해도 유리안 너 혼자라도 당장 두 놈쯤은 상대할 수 있을걸? 이제 시대는 이사카의 것이라고!”

두 소년은 진마도 경찰도 안중에 없다는 듯 말을 주고받았다.

경찰들로서는 황당하기 짝이 없는 노릇이었다. 앞에 와서 뭐라고 수다를 떨어대는데 자신들은 쳐다보지도 않는다. 길 가는 사람을 두들겨 패도 문책 한 번 받지 않는 권위적인 경찰들이 이 소년들에게 무시당하고 있는 것이다.

무장 경비원들을 무시하고 들어온 것을 의아히 여겨서 손대길 꺼려했지만, 이렇게까지 눈앞에서 무시를 당하면 이야기가 다르다. 경찰들은 분노하며 달려들었다.

“오오! 성깔 좀 있는데?”

소녀들은 그 용기가 가상하다는 듯 심드렁한 표정으로 자신에게 달려드는 경찰들을 바라보았다. 경찰들의 용기에 놀란 것이지 결코 그들의 기세에 놀란 게 아니다. 두려워하는 기색도 전혀 없다.

"흠, 그래도 보기 전엔 모르는 일이지. 왜 이사카는 이런 일에 우리더러 나서라는 거지? 여긴 아무르의 호랑이 아저씨 관할이잖아? 그 아저씨 구역에서 사고 치고 싶지는 않은데."

소녀의 손가락이 우두둑하며 콩 볶는 듯한 소리를 냈다.

"이러니저러니 해도 명령이니까. 행하자고."

그 순간 소녀에게 달려들던 경찰의 몸이 허공으로 붕 떴다.

"어어?!"

경찰은 뒤로 천천히 가속되며 날아가 오랜 역사를 자랑하고 있는 하바로프스크 역 구내의 벽면으로 내던져졌다.

텅!

벽에 충돌한 경찰의 입과 눈, 코에서 피가 튀었다. 단번에 즉사한 것이다.

"뭐야?!"

모든 경찰은 깜짝 놀라서 소녀을 바라보았다. 눈앞에서 이런 일이 벌어지다니. 모두들 굳어버렸다. 냉기가 등골을 따라 흐르고 전신에서 소름이 돋았다.

대체 이건 뭐지? 무슨 일이지? 어떻게 인간이 갑자기 허공을 날아가 벽에 부딪쳐 죽을 수 있는 거지? 그들은 그런 의문을 품으며 굳어버렸다.

그때 카세트덱을 진 소년이 히죽 웃으며 호주머니에서 둘둘 말린 실패 같은 것을 꺼냈다. 군용으로 쓰이는 인계철선이었는데 그는 그것을 삽시간에 풀어내더니 경찰에게 철선 끝을 던졌다.

푸확!

멍청히 서 있던 경찰의 미간이 뚫리고 피와 뇌수가 튀었다.

“맙소사!”

경찰들은 즉각 권총을 빼 들었지만 이 두 소년은 다시금 코웃음 칠 뿐이다. 총구를 앞에 두고도 겁에 질린 기색이 없었다.

“뭐 하는 거지, 이건?”

하긴, 외려 겁을 먹은 것은 경찰들 쪽이었다.

차라리 총을 들고 경찰을 쏘았다면 그들은 겁을 먹지 않았으리라. 그러나 이런 상식을 초월한 방법으로 사람을 쉽게 죽여버리다니! 그것도 아직 어린 소년 둘이다. 공산주의 사회나 전체주의 사회일수록 사람의 목숨이 값싸다고 하지만 이 둘은 인간의 목숨을 무슨 장난감처럼 경솔하게 다루고 있었다.

“하하하하. 인간 주제에 용감한걸? 총구를 들이밀다니. 하지만 그런 것치고는… 너무 떨고 있는데? 아주 귀엽게 떨고 있어.”

그들은 경찰들의 저항을 비웃으며 카세트덱의 볼륨을 더더욱 높였다. 그들에게는 이들의 목숨 건 저항도 그저 유흥에 불과할 뿐이었다.

“좋잖아? 어차피 너희는 죽으면 천국에 간다지?”

“조금 일찍 보내주는 것뿐이니까.”

“그렇게 생각하면 나쁠 것도 없군.”

두 소년은 마치 천국행 티켓을 배부하는 매표원 같은 소리를 주고받으며 음악에 맞추어 움직였다.

2

"뭐, 뭐야 저놈들은? 꼬마 테러리스트들이냐?!"

멜키츠는 갑자기 역 안에 들어가 있는 두 명의 인간을 보고 기겁했다.

하지만 뭔가 이상하다.

일단 그들은 역 앞을 철통같이 경계하고 있었다. 만약의 사태에 대비해서 역 근처에는 저격수를 배치해 두었고 광장에는 장갑차와 무장 차량이 대기 중, 그리고 투입된 병력은 30명이 넘는다.

경비 회사라고 불리는 합법적인 사병 집단, 그들의 실체는 CIS와 러시아연방 내의 전직 군인들과 용병들이다. 그런 이들의 감시를 뚫고 소년 둘이 역 안으로 들어간다는 것은 도저히 있을 수 없는 일이다. 그렇다고 저놈들이 유령인 것도 아니다.

저 작은 꼬마가 손도 닿지 않는 거리에서 거구의 성인 남자를 10여 미터 이상 내던질 수 있단 말인가? 인계철선을 원거리에서 뿌려서 사람의 두개골을 찢을 수 있단 말인가? 그런 게 과연 인간에게 가능한 일이란 말인가?

그때 그의 옆에 두꺼운 육체의 벽이 내려섰다. 장갑차 위에 올라서서 지휘를 하던 블라드가 총을 뽑아 든 것이다.

"젠장, 하필이면 저놈들이군! 쏴버려!"

블라드는 무장 경비원들에게 발포를 명했다. 역 밖에서 안쪽 로비는 큼지막한 강화유리로 덮여 있었는데 블라드는 그 강화 유리를 향해 발차기를 날렸다.

도저히 다리가 닿지 않는 간격이었지만 마치 직접 발에 맞기라도 한 것처럼 강화유리가 순식간에 박살 났다. 그러고도 충격의 기세는 사그라지지 않아서 파편들이 폭풍처럼 안으로 쏟아져 들어갔다.

"이런? 성급하군."

소년은 카세트덱을 하늘로 던지고 양팔을 빙글 돌려서 다가오는 유리 파편의 선두를 기세 좋게 강타했다. 그러자 날아들던 유리 파편들이 좌우로 갈라지며 두 소년을 피해 경찰들에게 쏟아졌다.

"으아아악!"

경찰들은 놀라서 뒷걸음질 쳤지만 소년은 그들을 놓아줄 생각이 없었다. 지면을 따라 인계철선이 달리며 총을 든 경찰들을 습격했다. 마치 거대한 오징어의 다리처럼 날아든 철선이 경찰들을 강타하니 흡사 검과 도끼처럼 손쉽게 경찰들의 육신을 베어냈다.

"오! 성모마리아시여!"

역 안에 비명이 울려 퍼졌다. 환불을 위해 몰려들었던 사람들은 그들을 두들겨 패고 진압하던 경찰들이 무력하게 살해당하는 것을 보며 비명을 질러댔다.

자신들을 무자비하게 탄압하던 경찰들이 살해당하는 모습을 보면서도 비명을 질러대는 건 그들이 착해서일까, 아니면 그저 눈앞에 벌어지는 일이 그들이 알던 상식을 벗어난 참혹한 광경이어서 그런 것일까?

카세트덱은 이 아비규환에 어울리지 않는 댄스 곡을 연주하며 허공에서 춤췄다. 소년은 손을 뻗어서 허공에 떠올랐던 자신의 카세트덱을 받았다.

"상쾌하군."

두두두두!

그러나 그때 카세트덱이 총탄에 맞아 박살 났다. 카세트덱뿐만 아니라 그걸 들고 있던 소년과 그 옆의 소년도 총탄을 맞았다.

퍽퍽!

피가 튀고 살점이 떨어졌다. 두개골이 깨지고 뇌수가 비산하는 것으로 보아 이만저만한 대구경탄이 아닌 듯했다. 하긴 장갑차에 매달린 기관총으로 갈겨댄 것이니 인간의 몸으로 그걸 맞고 성할 리가 없다. 흉곽이 찢어지며 내장이 쏟아지고 새하얀 늑골이 수은등 아래로 드러났다.

쿠르르르르!

장갑차가 정문을 꿰뚫고 안으로 달려들었다. 유리가 깨지고 앙상하니 뼈대만 남은 문의 새시가 장갑차에 깔려 기분 나쁜 쇳소리를 냈다.

"상당히 설치더니 이걸로 끝인가? 역시 풋내기로군!"

블라드는 약간 실망했는지 코웃음 쳤다. 상대방의 공격력은 꼬마아이들답지 않게 강력했다.

하지만 총탄 앞에 이렇게 무방비로 있어서야 초짜일 뿐이다. 기관총을 맞아서 저 정도로 망가지면 어지간한 재생력으로는 되살아날 수가 없다.

블라드는 한숨을 내쉬고 인간들을 노려보았다. 역시 경찰들도 경비원들도 방금 전 그 꼬마들의 무시무시한 행동에는 질려버렸다. 하긴 인간들이니 겁을 집어먹지 않는 게 이상하다. 그래도 일단 지금은 이들을 움직이는 게 중요하다.

"자자! 얼간이들은 처치했다. 얼른 한세건과 그의 동료를 찾아내!"

그가 경비원들에게 외치자 겁에 질린 경비원들이 천천히 움직였다. 흡혈귀에게 주어진 특이한 카리스마가 겁에 질린 경비원들을 움직이게 했다. 이것은 밤의 영주로서 태어난 흡혈귀의 특권이다.

그 압도적인 어둠의 카리스마는 먹이에 불과한 인간들의 마음을 빼앗는다. 그들은 자신들이 대체 무엇을 하고 있는지도 이해하지 못하면서 블라드의 명령에 따랐다.

이제 저 인간 중에서 비스트와 리림만 찾아내면 된다! 그렇게 생각하고 있을 때였다.

"후후후후후후! 풋내기가 아니라 젊은 거라고요, 아저씨!"

죽었다고 생각되었던 소년의 몸이 일어났다. 총탄에 의해 머리통이 박살 나고 뇌수가 튀어 니트 모자가 벗겨졌지만, 그의 머리는 급속히 재생을 시작했다.

지면에 떨어졌던 뇌수와 육체가 스스로 튀어 올라 그의 육신에 달라붙는 것이었다.

"마… 맙소사!"

보고 있던 인간들이 모두 겁에 질려 버렸다. 블라드의 명령을 받아서 인간들을 수색하려던 경비 업체의 사병들조차 굳어 버렸다. 기관총을 맞아서 산산조각 난 주제에 바로 이렇게 재생하다니?!

"제법이군!"

블라드도 기가 막혀서 소년을 바라보았다. 어지간한 흡혈귀들은 꿈도 꾸지 못하는 뇌사 재생을 이 소년은 해내고 있었다.

"아저씨도 흡혈귀치곤 허세가 제법인데?"

소년이 몸을 일으켜 세웠는데 일어나는 그 순간 이미 모든 재생이 끝났을 정도였다. 아무리 은 탄환이 아니라지만 이 정도의 상처에서 바로 소생했다. VT가 10만 근처가 되지 않으면 불가능하다는 뇌사 재생을 이런 어린 라이칸스로프들이 해내다니.

블라드는 질려 버렸다.

"허세라고?!"

블라드는 다시 장갑차의 기관총을 그들에게 겨누었다. 하지만 소년이 기관총을 노려보자 기관총의 총신이 위로 휘어버렸다.

콰직!

"뭣?!"

병사들은 모두 놀라서 이들을 바라보았다. 마치 악몽 같다! 총을 겨누긴 했지만 방아쇠를 당기는 순간 자신이 죽을까 두려워졌다. 녀석들을 향해 총을 쏘면, 자동으로 자신이 죽을 것 같다는 미신 같은 생각마저 들었다.

"자자, 장난은 그만하자. 어이, 유리안! 다 없애 버려!"

소년은 질렸다는 듯 와이어를 거두었다. 그러자 유리안이라 불린 소년은 총격을 당해 구멍이 뚫린 니트 모자를 발로 차올려서 머리 위에 고쳐 쓰며 투덜거렸다.

"내 모자에 구멍을 내다니! 흥! 일단… 체첸 반군이라고 해두는 게 서로에게 편하겠지? 그러려면 민간인을 해쳐야 하나 말아야 하나? 빼또쥬 생각은 어때?"

"흐흠."

빼또쥬라 불린 소년이 사람들을 둘러보았다. 로비에 있던 승객들은 그들을 피해 다시 플랫폼으로 도망치고 있었는데 몇몇 사람은 이 격전의 유탄에 맞았는지 피를 흘리며 쓰러져 있었다.

"하지 말지? 러시아군 놈들에게 미움받는 건 상관없는데, 체첸 반군에게 미움받으면 그건 골치 아파. 우리가 멋대로 이미지 더럽히는 건 안 좋지 않아?"

"그래도 한바탕 날뛰면 죽을 것 같은데? 게다가 그놈들 이미지는 깨끗했었나? 흥이다!"

유리안은 투덜거리면서 경비병들을 바라보았다. 미신적인 정교회의 영향인지 그들은 이해할 수 없는 힘을 가진 유리안과 빼또쥬에게 겁을 집어먹고 있었다. 블라드가 그들에게 호통치고 있지만 일단 겁을 먹어버린 녀석들에게는 무용지물이다.

"살고 싶으면 어디 도망쳐 보시지?"

유리안은 양팔을 변화시켜 날카로운 손톱을 가진 맹수의 것으로 바꾸었다. 모두들 놀라서 유리안을 향해 총구를 겨누었지만 그 앞을 빼또쥬가 막아섰다.

"어허, 뭘 하려고?"

두두두두두두두!

그 순간 총알 비가 쏟아졌다. 아무리 미신에 약한 이들이라 하더라도 눈앞에서 변신하는 괴물을 본 순간의 공포 때문에 또 다른 공포가 끊겼다!

공포를 살해하는 공포 앞에서 그들은 저절로 방아쇠를 당기고 만 것이다. 쏘기 위한 의지란 없이 그저 이끌려서 발사한 총알! 그런 총알이라고 해도 피와 살로 이루어진 육신을 파괴하기에는 충분하다. 명중한다면!

우우우웅!

그러나 총탄들은 공중에서 휘었다. 놀랍게도 빼또쥬는 무슨 특별한 힘으로 총탄들을 휘어버린 것이다.

"기관총탄이면 모를까 돌격소총 정도야!"

"그럼 한다!"

빼또쥬의 뒤에 있던 소년이 수화된 팔을 휘둘렀다. 그러자 두꺼운 대리석으로 만든 기둥이 마치 치즈덩이처럼 서걱 잘려 나갔다.

"아하하하핫! 이쪽은 어때!"

반대편으로 손톱을 휘두르자 이번엔 다른 쪽 기둥이 잘려 나간다. 기둥이 두 개나 잘려 나가자 하바로프스크 역 천장이 무너졌다.

콰지지직!

비록 서방세계에서는 인기가 없지만 유서 깊은 벽화가 손상되었다. 역장이 특별히 신경 써서 가져다 놓은 고화(古畫)들 위로 돌덩이가 떨어져 내렸다. 그 모습을 보던 빼또쥬가 비명을 지르며 유리안을 끌어안았다.

"난리 났군! 천장화가 박살 나잖아. 이사카가 화낸다고! 그는 저런 거 매우 좋아하니까."

"복구하면 돼!"

빼또쥬는 지면을 박차고 장갑차가 뚫고 들어온 문으로 뛰쳐나갔다. 깜짝 놀란 블라드가 그들의 앞을 막았지만 빼또쥬는 마치 훌륭한 농구 선수가 수비수를 젖히듯 그의 앞에서 빙글 몸을 돌리더니 순식간에 빠져나갔다.

그러면서 하늘에서 떨어지는 콘크리트 파편 하나를 블라드에게 차 날렸다.

푸슉!

블라드의 미간에 콘크리트 파편이 꽂혀 버렸다. 하지만 블라드 역시 군용 대검을 뽑아서 빼또쥬의 아킬레스건을 그어버렸다.

"쳇!"

빼또쥬는 몸을 굴리며 무너져 내리는 역의 문밖으로 아슬아슬하게 빠져나왔다. 하지만 블라드는 그러지 못하고 무너져 내리는 역사의 파편 속에 깔려 버렸다.

서로 일격을 주고받았지만 이게 바로 차이다. 입구 쪽의 기둥 두 개만 부순 거니 하바로프스크 역의 역사는 앞부분만이 충져서 무너진 것뿐이다. 이로 인해서 제정러시아 말기의 천장화와 고미술품 몇 개가 파손되긴 했지만 역 자체가 보수되는 데는 그리 오랜 시간이 걸리지 않을 것이다.

역의 전면부만 붕괴한 것이기 때문에 계속되는 발포를 피해 플랫폼 쪽으로 피한 민간인들에게는 피해가 없었다.

"아, 그런데 비스트는?"

빼또쥬와 유리안은 빠져나오고 나서야 그들의 임무를 떠올렸다. 그들의 원래 역할은 비스트가 도주하기 쉽도록 관심을 끌어주는 것이었지 여기에서 하바로프스크 역을 파괴하는 건 임무가 아니었다.

만약 이 사실을 그들의 보스가 알게 된다면 과연 어떻게 될까?

"오, 맙소사!"

좌르르르르르르륵!

그러나 그들이 비명을 채 지르기도 전에 그들의 양옆 땅 밑으로부터 검은 사슬이 치솟아 올랐다.

"아니?!"

깜짝 놀란 유리안이 손톱을 휘둘렀지만 검은 사슬은 흡사 유리안의 힘을 빨아들이기라도 하듯 손쉽게 그의 공격을 흡수했다.

"이런!"

그들이 사슬에 정신이 팔려 있는 사이, 하바로프스크 역 정문으로부터 한 명의 남자가 튀어나왔다. 잔해를 뚫고 나온 그는 무시무시한 속력으로 그들에게 쇄도하며 요즘 세상에선 도통 보기 드문 대검을 꺼내어 빼또쥬에게 휘둘렀다.

"어라?"

빼또쥬는 그의 검을 막아내기 위해 와이어를 전개했다. 칼날을 막아내고 타 넘으며 적을 습격한다! 적의 공격은 단조로운 평 베기이니 기술이고 뭐고 그런 게 없었다.

그러나 그의 검은 빼또쥬의 상상을 가볍게 초월했다. 검은 강철로 만들어진 와이어를 삽시간에 자르고 빼또쥬의 팔조차 갈라냈다. 그나마 빼또쥬가 몸을 뒤로 날려서 피하지 않았다면 몸까지 한꺼번에 두 동강 났으리라.

바닥에 고인 물방울이 튀어 오른다. 새벽의 안개 속으로 튀어 오르는 물방울이 거대한 클레이모어의 칼날에 닿아 부서진다. 그 모든 장면 하나하나가 마치 슬로우 비디오처럼 천천히 보이는 데도, 이 중년 남자의 움직임은 빨랐다. 마치 그만이 다른 시간을 살고 있는 듯했다.

퍽!

그는 다리를 거는 것과 동시에 빼또쥬의 몸을 팔꿈치로 강타했다. 순식간에 빼또쥬는 바닥에 내동댕이쳐졌다.

"이!"

날아드는 사슬을 처리하던 유리안은 깜짝 놀라서 몸을 돌렸지만 그 순간 그의 미간에 쇳소리 나는 석궁이 겨누어졌다.

콰직!

빼또쥬의 얼굴에 그의 발이 올라가나 싶더니 무자비하게 밟는다. 광대뼈가 깨지며 얼굴이 함몰되어도 그는 아랑곳하지 않고 발을 짓누른 채 칼을 쥔 손을 휘둘러 칼날을 그의 목에 대었다.

다마스커스 강 특유의 문양이 떠오른 그 칼날은 아무르 강가의 새벽 공기보다도 더 싸늘했다.

"네놈은?!"

상대방은 평범한 동양계 중년 남자의 모습을 하고 있었다. 하지만 그것을 '평범'이라고 할 수 있을까? 이 새벽에 어울리지 않는 선글라스까지 끼고 있고, 풍채가 당당하고 나이에 비해 어울리지 않는 매끈한 목의 피부와 탄탄한 근육을 가지고 있다.

그리고 무엇보다도 감출 수 없는 눈 밑바닥으로부터 타오르는 귀화!

겉모습이야 어찌 되었든 이자는 굉장히 매력적인 야수다.

"그렇군! 당신이 비스트인가? 하하하, 재미있군. 도와주려고 온 우리에게 되레 역정이라니. 소문대로야. 어디 한번 쏴보시지?"

유리안은 자신의 이마를 석궁에 들이댔다. 그러자 쓰러져 있던 빼또쥬 역시 호기를 부렸다.

"그래, 어디 나도 갈라보시지! 한번 죽는지 안 죽는지 보자고!"

비스트는 피식 웃었다. 어색하게 입꼬리가 올라가는 그 모습 속에서 그들은 이자가 가면을 뒤집어쓰고 있다는 것을 깨달았다.

투확!

대답 대신 발사된 것은 석궁이었다. 순식간에 두개골이 깨지며 볼트가 미간에 박혔다. 그와 동시에 그는 춤추듯 몸을 돌렸다. 그의 팔에 들려 있던 클레이모어가 지면을 스치듯 달려서 쓰러져 있던 빼또쥬의 목을 갈라 버렸다.

촤악!

선혈이 튀었다. 하지만 그때 머리에 볼트를 꽂은 소년, 유리안이 뒤로 몸을 젖힌 채 비스트에게 손을 뻗었다.

유리안의 머리에 박힌 것은 수분을 빼앗아 겔화시키는 특수 수지 '셀룰러' 가 듬뿍 담긴 것이다. 이걸 뇌에 박으면 뇌수가 빨려 나가서 뇌가 순식간에 죽어버리는 데다가 재생도 불가능하다.

아니, 재생보다 먼저 영혼이 죽어버리기 때문에 죽어야 정상이다. 그러나 상대는 이 상황에서도 자유자재로 움직였다. 상어가 뇌를 제거해도 헤엄친다고 하지만 그건 어디까지나 헤엄치는 것뿐, 고등한 동작은 할 수 없다.

하지만 이 녀석은 뭔가? 최고급 흡혈귀들이나 가지는 뇌사 재생도 셀룰러 볼트를 머리통에 맞게 되면 안 될 텐데?

'소울 백업인가?'

세건은 기가 막혀서 그들을 바라보았다.

영혼이란 본디 육체의 지배를 받는다. 뇌 내 물질이 감정을 움직이고 신경계가 감각을 제어한다. 그러므로 육체를 파괴하는 것으로 영혼은 죽는다.

하지만 소울 백업 능력이 있는 존재들은 다르다. 육체가 파괴되어 영혼 자체에 치명상을 입을 경우 아스트랄체로 영혼을 전사(傳寫)시켜 자신의 기능을 유지한다.

진마들이 설사 머리통을 날려도 죽지 않고 살아나는 이유가 바로 이것이다. 하지만 그렇다면 이 녀석들은 진마급의 힘을 가지고 있단 말인가? 그것도 둘이나?

"아! 진짜 화나는데!"

유리안은 자신의 머리를 손톱으로 가르고 겔화된 뇌를 끄집어냈다. 뇌와 연결된 시신경을 따라 안구까지 쑥 빠지지만 그는 투덜거리며 겔화된 자신의 뇌를 비벼서 부숴 버렸다.

그러자 곧 육신은 빠르게 눈과 뇌를 재생하기 시작했다. 그 모습은 너무나 끔찍해서 보는 사람들을 질리게 했다.

"이 자식!"

세건은 다시 칼날을 쥐었다. 소울 백업 능력의 유효 시간은 그리 길지 않다. 이때 공격을 가해서 작살내면 제아무리 강력한 놈이라 해도 소생하는 게 불가능하다. 그러니까 여기서 끝장을 내지 않으면!

하지만 그때였다.

부우우욱!

안개가 갈라지며 무형의 힘이 그를 덮쳤다. 그는 롱코트 자락을 잡고 몸을 날려 힘을 피하고 역 앞에 설치된 가로등 위에 내려섰다.

그사이에 그의 밑에 깔려 있던 빼또쥬도 일어났다. 검으로 목을 갈랐는데 살아나질 않나, 뇌수를 굳혀 버리는 볼트를 맞고도 움직이질 않나! 이 녀석들은 이미 상식을 벗어난 존재였다. 진마급의 힘을 가진 라이칸스로프 두 명이 함께 다닌다니?

"젠장."

너덜너덜해진 롱코트를 바라보며 그는 이를 악물었다. 이런 놈들은 처음이다. 능력 면에 있어서는 이미 최상급 흡혈귀조차 상대가 안 된다. 러시아에서 강적을 만날 거라는 것은 각오한 것이지만 설마 이런 어려 보이는 놈들이 이 정도 능력을 가지고 있을 줄이야.

"너희들, 정체가 뭐냐고 묻고 싶었지만 생각해 보니 말이 안 통하는군. 답답한 일이지만 어쩔 수 없지."

한세건은 한숨을 내쉬며 그들을 내려다보다가 광장 근처의 건물들을 노려보았다. 역시 역 앞 광장 쪽에는 저격수들이 배치되어 있었다. 하지만 방금 전 파편에 깔린 거대한 흡혈귀가 이들의 리더였는지, 그들은 섣불리 발포를 못 하고 있었다.

안의 상황을 모르고 지휘자도 없으니 발포를 할 수 있을 리가 없다.

"썩 기분 좋은 시선은 아니군. 여기서는 일단 물러날까?"

아무리 함부로 발포하지 못할 거라는 것을 알아도 저격수들의 총구가 자신을 노리고 있는데 좋은 기분일 리가 없다.

한세건은 가로등에서 뛰어내린 뒤 유리안과 빼또쥬를 바라보았다. 그들은 한세건을 씩씩거리며 노려보고 있었지만 아무래도 입장이 있어서 그런지 먼저 공격하지 않았다.

편잡을 쓴 그 꼬마를 먼저 보낸 것이나 이런저런 정황을 생각해 볼 때, 이 녀석들은 서린과 세건을 돕기 위해 보내졌음에 틀림없다. 개인적인 생각으로는 죽여 버리고 싶은 마음이 굴뚝같지만 저만한 녀석들을 움직이는 수령이 궁금하다. 게다가 보아하니 이곳의 세력도 꽤나 복잡하게 얽힌 것 같았다.

서린은 편잡을 쓴 소년을 잡아끌고 붕괴한 역 앞을 뛰어넘어 빠져나왔다. 차가운 새벽 공기 속으로 피 냄새가 번진다. 러시아에 올 때부터 각오는 했지만 설마 일이 이렇게 빨리 커질 줄은 몰랐다.

바이칼—아무르 간선철도는 폭파당했지, 하바로프스크 역은 붕괴되지… 곳곳에 시체는 즐비하게 쌓이지. 이건 정말 미친 짓이다.

"우와, 이러다가 진짜 형 말대로 헤엄쳐서 돌아가야겠다! 이게 뭔 짓이야? 외국에서!"

서린은 그리 중얼거리며 소년을 바라보았다. 소년은 걱정스러운 눈초리로 세건과 다른 두 명의 싸움을 지켜보고 있었다.

"걱정되냐?"

"으응. 무, 무섭다. 유리안과 빼또쥬를 동시에 상대하는 자는 처음 봤어!"

소년은 한세건의 강력함에 놀라고 있었다. 저 둘을 유리안과 빼또쥬라고 하는 걸 보니 확실히 이 소년은 저들과 한패인 모양이었다.

"…그, 그래?"

하지만 그건 서린도 마찬가지였다.

지금까지 서린이 본 이들 중에서 한세건을 상대로 제대로 싸울 수 있는 자는 진마 아르곤뿐이었다. 아르곤은 흡혈귀들 사이에서도 알아주는 맹자이니 그렇다 쳐도 뒷세계에서 그 이름도 알려지지 않은 소년들이 한세건을 상대로 저렇게까지 호각으로 싸우다니.

게다가 재생력은 언뜻 보아도 서린 이상이지 않은가?

대단한 것은 재생력만이 아니다. 방금 보인 그 공격력도 이미 상당해서 아마 한세건도 지금 상당히 부담을 지고 있으리라. 서린은 그들의 싸움을 지켜보면서 문득 소년에게 물어보았다. 너무 놀라서 말이 더듬더듬 튀어나온다.

"그런데 이사카라면… 역시 '그' 인가? 나의……."

"응. 이사카 베르게네프, 롯시니의 형이야. 롯시니가 모를 거라고는 말했지만 형제끼리 모른다니 이상하다."

소년은 태연히 그렇게 말했다. 서린도 나름대로 짐작은 하고 있었지만 이렇게 확인 사살을 당하니 말문이 막힌다.

"내… 형인가?"

서린은 기가 막혀서 그를 바라보았다.

애초에 러시아로 올 때 들은 라디오 방송에서 이미 예상은 하고 있었다. 흑해 연안 도시에 투입되었다가 살아남은 러시아군 병사는 안개를 꿰뚫고 빛나는 붉은 눈동자가 자신을 주시하더라며 성모마리아의 이름을 불러댔다.

그것만으로는 판단의 자료가 부족했지만 서린은 왠지 그럴 것 같다는 생각이 들었다.

테트라 아낙스는 네 마리의 뱀.

흡혈귀의 맹주로 군림하고 있는 R. 고든을 위시한 4인 일체의 존재다. 나머지 3명의 존재는 알려져 있지 않지만 테트라 아낙스가 4인이라는 것은 한세건이 테트라 아낙스 한국 지부를 공격한 뒤 얻은 자료를 공개함으로써 알려졌다.

굳이 한세건이 찾아낸 정보가 아니라 하더라도 진마들 사이에서는 이미 일반적으로 널리 알려져 있는 사실이니 테트라 아낙스가 네 마리 뱀이라는 것은 의심할 여지가 없다.

"하기야 증식을 위해서라면 기반 개체 수가 많은 게 중요하겠지만."

릴리쓰가 만약 라이칸스로프를 증식시키기 위해 자식을 낳았다면 이제 와서 서린 하나를 낳았을 리가 없다. 신화에서도 릴리쓰는 하루에 12,000마리의 악마를 낳는다고 하지 않았던가?

그렇지만 자신에게 형이 있었다니, 좀 기분이 이상하다.

'이제 와서 형제애 따위는 없겠지?'

서린은 그런 생각을 하며 실소했다.

이사카 베르게네프의 부하인 유리안과 빼또쥬는 아무렇지도 않게 사람들을 죽였다. 사람 죽이는 것에 전혀 죄책감이 없는 저들은 뼛속까지 괴물이리라. 그런 괴물들을 다스리는 이라면 그 역시 인간의 마음이 없는 마물이겠지.

인간의 마음을 가지고 인간으로서 자라난 서린으로서는 그런 자를 결코 용납할 수가 없었다.

하지만 그것과는 별개로 그를 만나보고 싶은 마음도 강하다. 아무래도 자신의 형이라고 생각하니 호기심이 동하지 않을 수 없었다.

"역시 릴리쓰를 만나려면 그를 만나는 게 더 빠르겠군. 듣고 싶은 이야기도 하나둘이 아니고. 그러고 보니 너는 나를 안내하러 온 거지, 꼬마야? 이름은 뭐라고 하지?"

"응. 난 히람이라고 해."

소년은 밝게 웃으며 서린에게 악수를 청했다.

서린은 주위에 죽어 있는 사람들을 보면서 눈살을 찌푸렸지만 소년에게는 밝게 웃어 보였다. 어느 때고 웃을 수 있는 것이 서린의 장기였고 실제로 그 웃음은 거짓이 아니었다.

마물들 사이에서 자라난 이 히람이란 소년은 사람들의 시체 앞에서도 순수할 수 있었고 서린은 그 순수를 존중했다.

차가운 새벽 공기로 곱은 고사리 같은 손을 잡으며 서린은 물어보았다.

"그래, 히람. 만나서 반갑다. 나랑 세건 형을 이사카에게 안내해 줄 수 있어?"

"응. 하지만 나 저 사람 무서워. 롯시니만 오면 안 돼? 롯시니는 굉장히 좋아. 이사카랑 닮은 것도 닮은 거지만… 왠지 편하달까?"

히람은 몸을 배배 꼬면서 눈을 초롱초롱하게 뜨고 서린을 바라보았다.

'어린놈이 사람 보는 눈은 있어가지고.'

서린은 그렇게 생각하며 풋 하고 웃었지만 곧 고개를 저었다.

"안 돼."

여기까지 와서 세건과 떨어진다니 있을 수 없는 일이다. 게다가 이사카의 의도를 믿을 수가 없다. 서린과 달리 상당한 세력을 구축한 듯한 그가 대체 왜 서린을 만나고자 하는 것일까?

"그, 그러면 나 안내할 수 없어. 이사카는 용사 중의 용사지만, 그래도 적의를 가진 사람, 이사카에게 오면 안 돼."

"그래도 할 수 없어. 나 역시 세건 형을 버릴 수는 없으니까."

서린은 그리 말하며 히람에게 자신의 손수건을 건네주었다.

"자자, 콧물 흘릴 땐 빨리빨리 닦아. 여긴 추운 나라지? 콧물로 동상도 걸린다며?"

"으응."

히람은 깜짝 놀라서 서린을 바라보았다. 서린은 웃으면서 히람의 어깨를 토닥였다.

"그러면 히람, 돌아가도록 해. 세건 형이 싸우고 있는 동안 빨리. 그렇게 하지 않으면 내가 곤란해져."

서린이 알고 있는 한세건의 성격상 여기서 물러나게 된다면 히람을 납치하려고 할 수도 있다. 아무리 어린아이라 해도 일단 라이칸스로프인 이상 세건은 그를 용서하지 않으리라. 그럴 바엔 빨리 풀어주는 게 낫다.

서린은 히람에게 작별 인사를 하고 밖으로 빠져나왔다.

"서린!"

과연 세건은 서린이 나오기를 기다리고 있었다. 그는 서린이 혼자 나오는 것을 보고 깜짝 놀라서 물어보았다.

“그 꼬마는 어디 갔어?”

“아, 패거리가 오는 것 같아서 보내 버렸어요. 바, 발신 장치 같은 게 있을 수도 있고.”

발신 장치라는 말을 들으니 세건의 이마에 주름이 잡혔다. 역시 너무 어쭙잖은 변명이었을까? 한세건은 한숨을 내쉬었다.

“너는 대체 나를 얼마나 얼간이로 보는 거냐? 모르는 척 몇 번 당해주니까 이제는 아주 물로 보이나 보구나. 그건 됐고, 그럼 얼른 빠지자! 너도 지금 이 소리가 들리겠지?”

“예?”

깜짝 놀란 서린이 정신을 차리고 청각에 집중을 하니 멀리서부터 뭔가 둔탁한 소리가 들렸다. 아마도 헬기 로터가 돌아가는 소리 같은데 낮게 지면을 따라 날고 있어서 그런지 소리가 도시의 건물 등에 의해 흡수 반사되어 제대로 들리지 않았다.

“설마?”

“전투 헬기다! 피해!”

새벽의 잿빛 하늘을 뚫고 하인드 헬기 편대가 날아오른다. 구름이 잔뜩 낀 잿빛 하늘로 날아오른 하인드의 실루엣을 따라 빛이 반사된다. 하인드가 떠오르는 것과 동시에 서서히 일출이 시작된 것이다.

헬기 조종사에게 있어서는 꽤나 까다로운 시간일 텐데 이 하인드들은 전혀 흔들림 없이 똑바로 날아들고 있었다. 소비에트연방 해체 이후 모라토리엄 선언까지……. 러시아의 군대는 그야말로 박살이 나다시피 했다.

예산은 깎이고 장비는 줄고 기술과 실력을 갖춘 인력은 빠져나갔다. 그러나 그런 험난한 불황을 겪고 난 뒤에도 러시아 군대의 질은 여전했다. 이 헬기들의 비행만 해도 일사불란하지 않은가?

그 하인드 중의 하나에는 두꺼운 러시아 군용 코트를 걸치고 털모자를 눌러쓴 강건한 모습의 중년 남자가 앉아 있었다. 화강암을 연상케 하는 딱딱한 백회색의 피부, 면도를 한 지 좀 되었는지 야성적으로 자라난 수염들, 그리고 동양인에 비해 움푹 들어가 있는 눈 등 모든 면에서 명암이 분명했다.

그의 어깨에 붙은 견장에는 자랑스러운 별 두 개가 달려 있었다.

볼코프 이바노포비치 레보스키. 제2의 알렉산더 카렐린, 그리고 아무르의 호랑이란 별명을 가진 이 러시아 육군 소장은 직접 전투 헬기에 타고 현장으로 출동했다.

그는 잠을 거의 자지 않는 편이고 그렇다고 활력을 잃지도 않는다. 나폴레옹이 하루에 네 시간만 잤다는 이야기가 있는데 그는 하루에 세 시간도 채 자지 않는다.

하지만 어젯밤에는 체스를 좀 오래 둔 탓에 약간의 피로를 느끼고 있었다. 그래서 오늘 새벽, 하바로프스크 역 광장의 사건을 입전받았을 때는 특히 신경이 곤두서 있었다. 그러나 사정을 자세히 들은 그는 미소를 지었고, 곧 자신의 부대를 움직여 직접 그들을 잡기 위해 나선 것이다.

하지만 소장이나 되는 이가 직접 움직이는 것은 드문 일이다. 육군 소장이 직접 이런 일에 나선다는 건 있을 수 없는 일 아닌가? 아무리 그가 파쇼 군부 마피아의 일원이라고 해도 이건 이례적인 일이다.

"흐음, 슬슬 일출 시간이 다가오는군."

볼코프 장군은 하품을 하며 시계를 살펴보았다. 어느덧 해가 뜰 시간이 되어간다. 아니, 실제로 일출은 시작되고 있었다.

하지만 아직은 멀었다. 산맥 너머로 천천히 떠오르는 태양은 아직 도시를 비추지 못한다. 높이 나는 헬기에서는 보이지만 지상에서는 아직 태양을 보지 못하리라.

그때 그의 눈앞에 하바로프스크 역의 모습이 들어왔다.

"개자식들."

헬기 조종사는 장군이 뒤에 있음에도 불구하고 욕설을 내뱉었다. 오랜 역사를 자랑하는 하바로프스크 역사의 앞면이 무슨 모래성이라도 되는 것처럼 무너져 있는 모습을 보니 속이 쓰릴 수밖에 없었다.

누구인지는 모르지만 러시아의 재산과 문화유산을 해치다니, 우익 파쇼 집단의 일원인 헬기 조종사가 분개하는 것도 당연하다. 비록 비뚤어진 애정이지만 그들은 자신들의 조국 러시아를 사랑하니까.

"AT—2를 준비하도록."

장군은 마치 체스의 훈수를 두듯 조종사에게 명령했다.

AT—2는 대전차 미사일이다. 갑자기 그게 무슨 소리란 말인가? 도심 한복판에서 대전차 미사일이라도 발사할 생각이란 말인가? 그러나 조종사는 장군의 명령을 바로 이해했는지 목소리로 경례를 붙였다.

"핫!"

"그럼."

볼코프 레보스키 장군은 헬기의 옆을 열고 그대로 뛰어내렸다. 약 24층 건물 정도의 높이가 되지만 그는 아랑곳하지 않고 뛰어내려 고풍스러운 석조 교회의 탑에 발을 댔다.

스르르륵!

새벽이슬이 장화 아래로 미끄러지면서 사방으로 튄다. 그는 모자를 눌러쓰고 우아한 자세로 첨탑을 미끄러지더니 속도가 극에 달한 순간 도약해 건물과 건물 사이를 날아올랐다.

그는 남색의 새벽 공기를 가르며 거칠게 광장 위로 뛰어내렸다. 거구의 남자가 바람을 가르며 날아든다.

"이건 또 뭐야?"

한세건은 기겁했다. 갑자기 황갈색의 코트를 걸친 러시아 군인 한 명이 광장으로 뛰어내리는데 흡사 멀리서 투석기로 발사한 듯하다. 헬기 소리가 아직도 멀리서 들려오고 있는데 이만큼의 거리를 단숨에 날아들다니?

덕분에 그는 미처 자리를 피하지도 못했다.

쿠웅!

지면이 약간 흔들리며 남자가 섰다. 이만한 거리를 날아서 왔으면 보통은 몸이 산산조각 나야 정상이리라. 그러나 그는 대수롭지 않다는 듯 손으로 모자를 누른 채 어깨에 내려선 이슬을 털어냈다. 일출을 등지고 선 남자의 실루엣이 무슨 바위 산맥과 같았다. 왠지 보는 것만으로도 거센 위압감이 느껴진다.

"와, 왔다!"

한세건과 대적하고 있던 두 라이칸스로프 소년의 입에서 비명이 터져 나왔다. 유리안과 빼또쥬, 두 소년은 아침 하늘을 날아온 거구의 러시아 군인을 알아보고 기겁하더니 도망쳤다. 그뿐 아니라 건물 위에 서 있던 저격수들도 모조리 놀라서 허겁지겁 자리를 피했다.

마치 이자가 걸어 다니는 원자폭탄이라도 된다는 듯한 반응이다. 위압감이 느껴진다고 생각은 했지만 실제로도 이 남자는 대단한 모양이었다.

세건은 그런 반응을 보고 멍청한 표정으로 군인을 바라보았다. 다른 이들은 모를까 라이칸스로프 소년들까지 도망치는 것은 의외다. 소울 백업 능력까지 지닌 녀석들조차 두려워하는 상대란 말인가?

"어이, 서린! 우리도 피하자!"

한세건도 왠지 불길한 생각이 들어서 그를 피하려 했다. 그러나 그때 그에게 이 군인이 영어로 말을 걸어왔다. 근엄해 보이는 외모와 달리 슬랭이 좀 섞인 저속한 언어였다.

"자, 그래. 빌어먹을 원숭이 꼬마. 영어 나부랭이 정도는 할 수 있겠지?"

"별 단 나이 지긋하신 아저씨치고는 제법 화끈한 성미로군그래."

한세건은 석궁을 들어 그에게 겨누었다. 석궁이지만 명중했을 때의 위력은 총탄보다 더하다.

아까 전의 유리안이란 꼬마가 이걸 맞고 살아나기는 했지만 조금만 더 시간이 주어졌다면 틀림없이 죽일 수 있었으리라. 그러나 이 군인은 세건의 석궁을 바라보며 코웃음 쳤다.

아침 바람이 거칠게 광장을 할퀴었다. 녹색 블리치로 색을 입힌 세건의 머리칼이 바람에 흩날린다. 그 머리칼 아래로 드러난 눈동자에는 공포나 두려움이 없었다. 이 녀석은 방아쇠를 바로 당긴다. 그리고 그게 맞든 빗나가든 간에 계속 싸우리라. 그렇게 생각한 군인은 손가락을 까딱였다.

"자자, 상황을 모르나 본데."

그는 손을 들어 하늘을 가리켰다. 그러자 하인드 헬기 두 대가 일출과 함께 위로 떠올랐다. 광장 한복판이다 보니 피할 곳도 숨을 곳도 없는데 전투 헬기가 두 대나 떠오른 것이다. 탱크조차 순식간에 걸레로 만드는 것들이 떠오르는 것을 보니 눈앞이 캄캄하다.

"이런 실정이지. 그러니 저항하지 말고 잡히는 게 어때? 대전차 미사일을 막을 수 있나, 자네?"

"음?"

한세건은 깜짝 놀라서 주위를 둘러보았다. 육군 소장과 헬기에 신경 쓰는 사이에 주위로 병사들이 몰려들었다. 하인드 헬기에 타고 있던 병사들이 건물들 위로 뛰어내려서 주위를 완전히 포위한 것이다.

끈도 없이 그냥 건물 위로 뛰어내리는 것으로 보아 모두들 인간이 아니라는 것을 알 수 있었다. 그럼 인간이 아닌 것들의 부대란 말인가?

'최악이군.'

한세건은 치를 떨었다. 적은 AKS—74로 무장한 괴물들의 군대다. 저런 놈들에 비해 자신이 가진 무장은 빈약하기 짝이 없다. 도폭선과 폭탄, USAS—12, 비스트 더블 바렐 등의 막강한 화력이 있다면 모를까 지금의 상황에서는 과연 몸이라도 뺄 수 있을지 장담할 수가 없다.

아니, 그 혼자라면 그래도 어떻게 가능하겠지만 서린을 데리고서는 도저히 불가능하다.

"대전차 미사일 정도는 어떻게 할 수 있다는 건가? 대단한 자신감이군. 그러면 공대지 미사일이나 로켓포는 어떤가? 어머니 러시아의 아름다운 도시를 파괴하는 것은 나로서도 애석하지만 그래도 후대에 길이길이 남을 좋은 교훈이 될 거라고 생각하는데? 그렇다면 상처 정도는 감수할 각오가 되어 있지. 교훈이라는 건 중요한 거라고."

볼코프는 흥미롭다는 듯 한세건을 바라보며 덧붙였다. 이 녀석은 이런 절망적인 상황에서도 눈빛이 살아 있다. 정말 신기한 놈이 아닐 수 없다. 변변찮은 무장도 없고 안개도 깔리지 않은 상황에서도, 하인드가 발사하는 대전차 미사일쯤은 대책이 있다는 걸까?

"교훈? 그런 걸로 파괴가 정당화된다면 어머니 러시아라는 것에 대한 당신의 사랑도 그 정도밖에 안 되나 보지?"

세건은 투덜거리며 골목으로 피신한 빼또쥬와 유리안을 바라보았다. 이 군인은 저 두 명에게는 관심이 없는지 그들에게는 시선도 주지 않아서, 두 테러리스트는 수월하게 골목으로 빠져나간다.

적어도 지금, 이 군인의 목적은 그와 서린임에 분명했다.

"우, 맙소사. 형, 우리 왠지 큰일 난 것 같은데요?"

서린도 상황이 안 좋게 돌아가는 것 정도는 알 수 있는지 주위를 둘러보며 식은땀을 흘렸다. 인간이 아닌 병사들이 광장을 중심으로 다가오고 있는데 위압감이 대단하다.

게다가 이 녀석들은 결코 허접한 라이칸스로프가 아니다. 이 많은 놈이 진성 라이칸스로프일 리는 없지만 그렇다 해도 이건 하나의 클랜이다. 클랜 리더에 의해서 훈련받고 통제된 라이칸스로프들은 자신의 능력조차 알지 못하고 허우적거리는 다른 괴물들과 달리 진정한 마수가 된다.

"나 혼자라면 도망이라도 칠 수 있겠다만 서린, 넌 어떠냐? 대전차 미사일이나 공대지 미사일, 그게 아니면 저 헬기에서 발사할 로켓탄을 피할 수 있겠냐?"

"뭘 새삼스럽게 물어봐요? 당연히 무리죠."

"역시 그렇지?"

한세건은 어깨를 으쓱해 보이더니 석궁과 검을 바닥에 내려놓았다. 서린은 깜짝 놀라서 세건을 바라보았다. 한세건은 손을 살며시 머리 위로 들면서 태연스럽게 말했다.

"항복하지."

"혀, 형?"

"가만히 있어."

세건은 당황하는 서린에게 눈총을 주고 짜증 난다는 듯 눈을 감았다. 그러자 볼코프는 미소를 지었다.

'겉모습은 다르지만 이 녀석이 그 소문 자자한 비스트인가?'

한국어로 서로 말해서 무슨 뜻인지는 잘 모르겠지만 옆의 소년, 리림도 저항을 포기하는 것으로 보아 상황 파악이 제법 빠른 듯하다.

볼코프는 웃으면서 손을 들었다.

"말귀를 잘 알아듣는군. 좋아, 그렇다면 나도 신사적으로 데려가지."

그러자 곧 광장을 향해 군인들이 몰려들었다.

3

하바로프스크 역사의 전면부 기둥 두 개가 붕괴함으로써 앞의 역사 벽 전체가 가라앉는 대사건이 벌어졌다. 하바로프스크주 정부는 즉시 중장비를 동원해 추가 붕괴를 막고 철근으로 주위를 보강하는 한편 사건 관계자를 찾아 진술을 듣기로 했다.

이게 세간에 알려진 일의 진행 절차였다. 그러나 웬일인지 그 일에 관련된 경비 업체의 직원들은 간단한 심문도 없이 바로 풀려났다. 그러자 돌격소총을 여전히 등에 지고 있는 경비 업체의 직원이 무너진 잔해를 차며 되레 화를 내는 게 아닌가?

"아아, 한심하군! 이런 짓거리를 벌이고도 무사히 풀려나다니, 정말 한심해. 이 나라가 어떻게 되려는 거야?"

경비 업체의 직원인 멜키츠는 무너진 잔해를 발로 차며 주위를 둘러보았다. 경찰들이 몰려와서 조사 중이지만 상부에서는 이미 이야기가 끝난 일인지 그들에게 책임을 묻지 않았다.

하바로프스크 역의 파손은 어디까지나 체첸 테러리스트의 짓이라고 결론지어진 모양이다. 그편이 아귀도 들어맞지만 멜키츠는 심란해졌다.

일이 풀려도 너무 잘 풀린다. 이렇게 자신들이 빠져나가게 된 것은 좋지만 과연 이만한 사고를 저질러 놓고도 빠져나갈 구멍을 만들 만큼 그들의 상부 조직의 힘이 강하단 말인가? 왠지 이 정도쯤 되면 돈 많고 힘 있는 권력자라기보다는 악마가 아닌가 싶다.

혹시 나는 악마에게 혼을 판 게 아닐까 하는 그런 불안감마저 드는 것이다. 물론 그냥 악마를 논한다면 정신병원에서 나오는 밥 세끼 받아먹으면서 썩어갈 게 분명하다. 하나 그는 보았다.

악마 같은 힘을 발휘해 경찰들을 농락하는 두 명의 소년을! 게다가 한 소년의 팔은 악마의 것이라 해도 좋을 예리한 발톱이 달린 것으로 변했다. 눈앞에서 그런 것을 보았는데 어찌 두려워하지 않을까? 그게 과연 체첸 테러리스트의 짓이란 말인가? 그 소년들이 과연 체첸의 테러리스트란 말인가?

만약 그렇다면 멜키츠는 러시아군을 동정한다. 그런 무시무시한 괴물들이 체첸의 테러리스트라면 러시아 군인들은 목숨이 열 개라 해도 남아나지 않을 것이다.

하지만 정말 그놈들은 뭐였을까? 그들의 말도 안 되는 능력들은 흡사 낮에 꾸는 악몽과 같아서 도저히 믿어지지 않는다. 만약 남에게 자신이 본 것을 설명했다가는 정신병원에서 여생을 보낼 공산이 크다.

군화들이 건물의 잔해를 밟으며 기계적으로 움직인다. 구조대원들은 능숙하고 피곤한 손짓으로 쓰러진 사람들을 들것으로 실어 날라 구급차에 들이밀었다.

"어이, 미하일. 살아 있나?"

그는 구급차에 실려 있는 미하일을 보며 웃었다. 그리 큰 상처는 없는 듯하지만 파편이 튀어서 눈을 찔렸는지 미하일은 붕대로 얼굴 반쪽을 칭칭 감고 있었다. 의사가 시력에는 지장이 없을 거라 하지만 그는 매우 걱정스러운 표정으로 툴툴거렸다.

"아, 젠장. 빌어먹을 체첸 놈들. 왜 여기까지 와서 난리야?"

"그래. 빌어먹을 체첸… 응? 뭐라고?"

멜키츠는 깜짝 놀라서 그를 내려다보았다. 지금 이 친구 뭐라고 한 거지?

"하여튼 요새는 정상회담이 얼마 안 남았으니까 난리란 말야."

"뭐? 노, 농담하는 건가?"

멜키츠는 자세히 미하일을 바라보았다. 행여 농담인가 싶어서였다. 이 녀석과는 하사관 학교를 같이 나온 사이라서 잘 알고 있다. 원래 그가 알던 미하일은 이런 농담을 할 녀석이 아니었다. 하지만 상처 때문에 뇌라도 다친 건가?

"이러다가 눈멀면 어쩌지, 젠장."

미하일은 투덜거리고 있었다. 그 태도를 보니 아무리 보아도 농담으로 하는 말이 아닌 듯하다.

"어이, 그, 꼬마들이 어떻게 체첸 반군이라는 거야? 애초에 그런 것들은 인간도 아니라고! 그게 가능할 리가 없잖아? 인간에게 그런……."

손으로 사람을 집어 던지고 철사를 던져서 인간의 머리를 터뜨리는 짓 등의 행위가 인간에게 가능할 리가 없다! 그런데… 그럼 그 불가능한 장면을 왜 머릿속에 기억하고 있는 거지? 멜키츠는 흠칫 놀랐다.

"뭔 소릴 하는 거야? 넌 수염 나고 큼지막한 놈들이 꼬마라는 거냐?"

"어?"

멜키츠는 갑자기 뭔가 기괴한 위화감을 느꼈다. 그러고 보니… 꼬마라고는 생각하고 있었는데 얼굴이 기억나지 않는다.

"어라라? 이, 이상하군."

애초에 그런 일이 가능이나 할까? 할리우드 영화에서나 나올 법한 일들이 과연 자신의 눈앞에서 벌어졌다고 확신할 수 있는 건가?

"나 원 참, 이번에는 일 좀 제대로 하나 했더니만 또 부상이야. 이것도 병가 되려나?"

미하일은 투덜거리며 링거를 살펴보았다. 그러더니 문득 자신의 팔을 바라보고 호통을 쳤다.

"어이! 구급대원! 링거 잘못 꽂았어! 어쩐지 진짜 아프다 했더니!"

"그렇게 팔팔하면 자신이 알아서 다시 꽂으슈."

구급대원은 무너진 돌무더기들 사이를 뛰어넘으며 퉁명스러운 어조로 대답했다.

"너무 엄살떨지 마. 다 잘될 거야."

멜키츠는 턱에 손을 가져가 댔다. 내가 대체 무슨 생각을 하고 있었더라? 갑자기 기억이 나지 않는다. 뭐, 이런 건망증이야 한두 번 있었던 일이 아니니 더 이상 골머리 앓아봤자 소용없다. 생각나지 않는 것은 생각나지 않는 거니까.

"음, 그럼 나중에 문병이나 좀 가지."

그는 구급차의 문을 나오며 손을 흔들었다.

"어어, 올 때 과일 통조림 좀 사 와."

"그만 처먹어."

멜키츠는 동료에게 중지를 세우고 경비 회사 밴으로 달려갔다.

하바로프스크 역사의 일부가 무너진 모습이 아침 햇살을 받았다. 앞쪽의 기중 두 개가 부러지며 외벽 앞부분이 무너지는 바람에 역사적인 가치가 있는 하바로프스크 구 역사의 외벽이 붕괴했다.

덕분에 터키계 자본이 들어온 대형 쇼핑몰 겸 역사가 새로 지어지기 쉬워지겠지만 그것은 일단 먼 훗날의 일이 되리라.

"…호되게 당했군."

하바로프스크 광장의 맞은편, 사무실과 상가가 밀집한 낡은 복합건물들의 2층에서 블라인드 틈새로 창밖을 지켜보던 이가 피식 웃었다. 지켜보았다고는 하지만 그의 눈에는 양쪽 눈을 확실히 가리는 두꺼운 안대가 걸려 있었다. 그리고 가운데 가르마를 따라서 좌우로 흘러내린 긴 아마색 머리칼이 새하얀 셔츠에 닿아 있다.

"당해서 죄송합니다."

카펫이 깔리고 벽난로가 불타고 있는 거실, 그 위에는 어울리지 않는 근육 덩어리 군인이 부복하고 있었다. 그는 이번 건의 실패를 책임이라도 지겠다는 건지 과묵한 태도로 머리를 숙이고 있었다.

그러자 창가에 붙어 있던 남자는 다시 피식 웃었다. 마치 자신 빼고 세상 모든 게 한심해 보인다는 듯한 웃음이었다. 눈이 보이지 않아서 표정을 잘 알지는 못하겠지만 입이 움직이는 것만으로도 그렇게 느껴진다.

"아아, 됐어, 블라드. 한 번 실패는 병가지상사지. 게다가 아무르의 호랑이 볼코프가 나타났잖아? 거기선 물러나는 게 현명하지. 볼코프 레보스키는 지금 우리가 상대할 수 있는 적이 아니니까.”

그는 조용히 웃으며 고개를 돌렸다. 눈을 뜨지 않고 양쪽 눈을 동시에 가리는 안대를 한 그는 마치 눈이 보이기라도 하는 것처럼 테이블 위에 놓인 찻잔을 들었다.

“한잔하겠나?”

“아닙니다.”

“하긴 티 세트를 새로 꺼내야 하니 안 마시는 게 낫겠군. 귀찮아.”

방금 권한 주제에 바로 물린다.

그는 중국산 자기로 만들어진 찻주전자를 기울여 흑차를 잔에 따랐다. 바닐라 에센스와 잼, 그리고 생우유를 부은 뒤 티스푼을 젓는 게 도저히 앞이 안 보이는 이의 손놀림이 아니다.

“그런데 이제 어떻게 될까. 아무르의 호랑이에게 비스트가 잡히다니, 예상외인걸. 전투 헬기를 들이댔으니 비스트가 그를 상대할 수 있을 리 없었겠지만, 그래도 너무 맥 빠지는군.”

그는 한세건이 아무르의 호랑이에게 순순히 잡혀간 것을 보며 의외라고 생각하고 있었다. 블라드는 신기해져서 그를 바라보았다. 미래를 예지하는 힘을 가진 그에게도 의외라고 할 일이 있단 말인가?

“비스트 한세건이라면 조반니도 엿 먹인 녀석이잖아? 설마 저대로 당할 생각은 아니겠지?”

“뭣하면 구출이라도 하러 갈까요?”

블라드가 조심스럽게 물어보자 그는 고개를 저었다. 흡혈귀가 비스트를 구출한다? 그런 일이 벌어지면 물론 재미는 있을 것이다.

"볼코프 레보스키 소장과 싸우면서까지 구출할 의리는 없잖아? 게다가 잘못하면 이쪽이 죽는다고. 아니, 지금 같은 경우는 솔직히 승산이 없군."

그는 솔직한 심정을 말하며 투덜거렸다. 이 역시 의외다. 블라드도 아무르의 호랑이라면 잘 알고 있지만 자존심 강한 흡혈귀가 승산이 없다고 직접적으로 말할 정도라면 그건 정말 대단한 일이다.

"테트라 아낙스의 석세서인 당신도 말입니까?"

"물론이지."

그는 그리 말하며 한숨을 내쉬었다. 또 무언가를 예지한 것일까? 그의 안대 안쪽에서 무언가가 꿈틀거렸다.

"이런, 이런. 비스트 군은 대체 무슨 생각일까? 이렇게 순순히 잡히다니. 뭐, 생각이 있으니까 그런 거겠지?"

그는 투덜거리며 왼손으로 찻잔을 받쳤다.

카칙.

찻잔의 고리가 부러지며 찻잔이 그의 왼손으로 떨어졌다. 그는 예상대로 부서진 찻잔을 바라보며 아랫입술을 혀로 핥았다.

전투비행여단의 활주로에서는 군인들이 공을 차며 한가한 점심때를 보내고 있었다. 축구는 어딜 가나 군인에게 인기가 있는지 정비공들은 축구를 즐기고 있었다.

그러지 않는 사람들은 오래간만에 쏟아지는 햇볕을 만끽하며 체스를 두거나 카드놀이를 하고 있고, 간혹 벽면 옆에는 그림자를 보며 사교댄스를 연습하는 이들도 있었다.

그런 평화로운 일상이 벌어지고 있는 곳에서 벽 하나 차이, 즉 격납고 안에는 지금 차가운 사슬에 매여 있는 청년이 있었다. 녹색으로 물들인 머리칼을 늘어뜨린 그는 약간 화난 듯한 표정을 하고는 고집스럽게 눈을 감고 있었다.

지상에서 약 2미터 정도 높이에 매달려 있으니 피가 쏠릴 법도 한데 그는 미동조차 하지 않았다.

다행히 폭행의 흔적은 없었다. 순순히 항복한 탓일까? 아니면 심문할 가치가 없어서일까? 그를 잡아 온 군인들은 그저 매달아둘 뿐, 다른 수작은 걸지 않았다.

"역시 소문의 비스트라 이건가? 하지만 설마 내가 비스트를 사슬에 매달 줄은 몰랐군."

볼코프 레보스키 소장은 간이 탁자에 앉아서 체스를 두며 비스트라 불리는 청년을 바라보고 있었다. 사실 잡아 오긴 했지만 심문할 필요는 없는 상대다. 이미 저들의 입국 목적 따위는 잘 알고 있었으니까. 정체도 알고 있고 목적도 알고 있는데 매달아 둔 것은… 글쎄, 굳이 말하자면 시험이라고 할까?

"길들여지진 않을 것 같은데?"

"당연하지. 괴물 따위에 길들여지기 위해 이런 구차한 삶을 이어가는 게 아니니까. 그나저나 우리 서로 인사나 하는 게 어때? 나도 당신이 누군지는 대충 짐작이 가지만 그래도 직접 듣고 싶은걸? 오래간만에 러시아에서 말 통하는 상대도 만났겠다."

한세건은 매달려 있는 상황에서도 태연스럽게 말했다. 그러나 눈은 뜨지 않고 있었다. 그 모습이 고집스럽긴 하지만 왠지 마음에 들어서 볼코프는 피식 웃었다.

"이 몸은 볼코프 이바노포비치 레보스키. 이름 정도는 들어봤겠지?"

"아아, 역시로군. 제이의 카렐린, 아무르의 호랑이라 했던가. 카렐린 리프트 같은 것도 할 수 있겠군."

카렐린 리프트라는 것은 러시아 육군 중장이자 레슬링 영웅인 알렉산더 카렐린의 특기로 소위 말하는 빠떼루(파테르:Parterre) 상태에서 엎드린 상대방을 아예 번쩍 들어 올려 뒤집어 버리는 기술이다.

엄청난 힘이 뒷받침되어 주지 않으면 불가능한 기술이지만 한눈에 보아도 괴물의 영역에 들어선 볼코프 레보스키가 그걸 못할 리가 없었다.

"유도 선수에겐 딱히 매력 있는 기술이 아니지. 그가 존경스러운 사람이기는 하지만."

"그런데 당신은 대체 언제부터 괴물이 되었지?"

"날 때부터."

볼코프는 다시 체스 판으로 시선을 돌렸다. 그의 맞은편에 앉아서 체스를 두던 보좌관의 손이 살며시 떨렸다.

문득 한세건이 눈을 떴다. 어두운 창고 속에서 청백색으로 불타오르는 눈동자가 볼코프를 주시했다.

"진성(眞性)의 라이칸스로프? 그런 주제에 인간들 틈에서 군인 행세나 하고 있다니. 게다가 보아하니 다른 부하들도 죄다 라이칸스로프로 만든 모양인데?"

"라이칸스로프는 훌륭하지. 손쉽게 전투력을 증강시킬 수 있는데 왜 하지 않겠나?"

볼코프는 당연하다는 듯 반문했다. 틀린 말은 아니다. 하지만 그것은 엄청난 통제력을 유지할 수 있을 때 비로소 가능한 말이다.

"러시아 전체를 라이칸스로프로 뒤덮을 셈인가?"

"아니. 충성심 깊고 자제력이 있는 내 부하들만 바꿨지. 조국에 대한 사랑과 열정을 가지고 사기와 도덕심이 높은 이들로 고른다면 그 정도가 적당해. 길거리에서 무고한 인민들을 잡아먹게 할 수는 없지 않나? 체크메이트."

그는 건성으로 나이트의 말을 내려놓고 의자에서 빙글 몸을 돌려 세건을 바라보았다.

"서린은 어쨌지? 설마 뜯어 먹고 있는 건 아닐 테고."

아무래도 서린 녀석이 리림이라는 것도 알고 있을 테니 걱정된다. 이 녀석들 설마 무슨 과학 연구를 하겠다고 서린을 해부하고 있는 것은 아닐 테지?

볼코프는 그런 세건의 불안을 읽었는지 피식 웃었다.

"아아, 그쪽은 자네와 달리 귀빈이니까 잘 대접하고 있지. 그나저나 매달려 있으니 기분 좋은가?"

"아니. 전혀."

아무리 혈액의 흐름을 자유자재로 제어 가능한 그라 하더라도 매달려 있다는 것은 역시 불쾌한 경험이다. 게다가 차가운 창고 안에 방치된 사슬에 손목이 닿다 보니까 냉기가 전신을 엄습한다. 이것도 신체 제어 능력을 이용해 물리칠 순 있지만, 냉기 하니 왠지 아르곤이 떠올라서 이가 갈린다.

"그래서 말인데, 우리 협력하는 게 어떻겠나?"

회유인가? 세건은 배 속으로부터 혐오감이 들끓어 오르는 걸 견딜 수가 없었다. 인간을 잡아먹는 숙명을 타고난 괴물이 자신에게 손을 벌리다니? 한세건에게 타락한 헌터가 되라는 것인가?

"당신 정도의 거물이 나 같은 외국인의 손을 빌려서 어쩌겠다는 거지? 자기의 일은 스스로 하자, 알아서 척척척, 이라는 한국의 잠언(?)이 있지."

한세건은 유언비어(?)를 유포하며 볼코프를 노려보았다. 웃지도 않고 이런 거짓말을 태연스럽게 해대다니, 능청스럽기 짝이 없지만 볼코프가 한국의 사정을 알 리가 없다.

"그런가? 쓸 만한 잠언이군. 기억해 두지."

그는 손뼉을 쳤다. 그러자 트레이 위에 고정되어 있는 구형 미그 24가 천천히 움직였다.

곧 미그 24는 제트엔진의 분사구를 한세건에게 향했다. 어두운 창고에서도 터보제트엔진의 분사구가 선명하다. 꽤 오래된 기체인데도 분사구의 모서리가 빛을 발하는 게 마치 기요틴의 칼날 같았다.

"그러고 보니 제트엔진의 정비를 좀 해야 할 때인데… 슬슬 시작해 볼까?"

볼코프 소장은 부하들에게 턱짓을 했다. 특이하다면 매우 특이하지만 약간의 상상력만 있으면 바로 유추할 수 있는 린치였다. 그 방법의 참신함만은 대단하다. 제트엔진의 분사로 사람을 죽이겠다니.

그러나 한세건은 코웃음 칠 뿐이었다.

"소장씩이나 되어서 정비공 흉내를 낼 줄은 몰랐는걸? 인기 있는 이유가 있구만, 레보스키 소장. 그런데 당신 육군이잖아? 어디서 이런 걸 구한 거지? 아니면 당신이 속한 군벌 마피아가 좀 폭이 넓은 건가? 육해공 삼군 어디에나 이런 월권행위를 할 수 있을 만큼?"

말 한마디 한마디가 호쾌하다. 그런 호기로운 모습은 솔직히 너무나 매력적이었다. 이 매력적인 동양인 청년은 절대적인 위기를 앞에 두고서도 태연하다.

죽어도 상관없다는 각오는 뒷골목 양아치에게도 이따금 보이곤 한다. 황폐해진 그들의 삶이 너무나 무가치해서 죽음 또한 가치를 잃을 때 그렇게 되곤 한다.

하나 그런 무가치한 삶을 사는 이가 진마사냥꾼이 되지는 못한다. 그냥 헌터라면 얼마든지 되겠지만 무가치한 삶과 죽음으로 진마의 목숨을 끊어내지는 못하는 것이다. 한세건이 지금 내뱉는 한마디에서 배어 나오는 여유가 더더욱 그런 확신을 더해주었다.

위이이이잉!

전투기의 엔진이 점화를 위해 부들부들 떨었다. 흡혈귀화한 육체를 가지고 있으니 엔진 점화가 된다고 해서 바로 죽지는 않으리라. 하나 제트기류가 흐르는 바로 뒤쪽에 매달려 있는 이상 강한 열기와 빠른 속도의 바람을 맞게 된다. 그렇게 되면 역시 결론은 죽음뿐이다. 제아무리 흡혈귀화한 육체라 해도 그것을 견딜 수 있을 리 없다.

하지만 한세건은 어디 해볼 테면 해보라는 듯 태연히 전투기 꽁무니를 노려보고 있었다. 뭔가 방법이 있으니까 저러고 있는 것인가?

"아니! 무슨 짓이에요, 지금?!"

그때 날카로운 목소리가 들려왔다. 볼코프가 의외라는 듯 창고 앞을 보니 문을 열고 들어온 서린이 기겁하고 있었다.

"그만."

볼코프가 손을 들자 엔진이 멈추었다. 서린은 즉시 달려오더니 볼코프에게 손가락질을 했다.

"빨리 풀어줘요! 나 참, 이게 뭐하는 짓인지……."

"…내려와도 좋네."

볼코프는 영어로 세건에게 말해주었다. 그러자 세건은 코웃음 치며 손을 흔들었다.

콰직!

사슬로부터 검은 연기가 피어오르더니 이내 끊어졌다. 세건은 격납고의 콘크리트 바닥 위에 소리도 없이 내려섰다.

"알고 있었나?"

한세건은 손을 털면서 볼코프를 노려보았다. 그러자 볼코프는 태연히 말하는 게 아닌가?

"어떤 얼간이도 사슬 정도로 밤의 야수를 잡을 수 있을 거라고는 생각 안 하지. 수단은 자세히 모르지만 결과는 예측하고 있었어."

그렇다는 것은, 설사 한세건이 사슬을 풀고 나와 덤벼들어도 상대할 자신이 있었다는 것일까?

세건은 볼코프 레보스키를 노려보았다. 삼보와 유도의 달인이기도 한 저자를 순수한 격투전으로 이길 자신은 별로 없었다. 볼코프에 비하면 작은 체구인 아르곤과 검을 가지고 겨뤘을 때도 충격의 반동으로 몸이 망가졌었다.

볼코프 레보스키는 아르곤보다도 훨씬 더 크고 튼튼해 보인다. 한세건과의 체중 차는 약 40킬로그램 이상! 저런 거구의 라이칸스로프와 육탄전으로 싸운다는 것은 자살행위다. 하물며 볼코프 레보스키는 삼보와 유도의 금메달리스트! 아무리 인간을 상대로 따낸 메달이라고 해도 그 기술은 확실히 위험하다.

"그런 것치고는 장난이 지나치셨는데, 아무르의 호랑이 양반."

한세건은 노골적인 적의를 드러냈다. 아무리 상황이 상황이라지만 그가 밤의 마물들에게 갖는 증오는 원천적이다. 설사 저 녀석이 세건에게 어떤 호감을 갖고 있다 하더라도 세건이 그 호의에 호의로 응해야 할 의무는 없다. 외려 구역질만 날 뿐이다.

한세건이 적의를 드러내자 병사들이 움직여 세건의 앞을 막아섰다. 움직임이나 살기, 그 모든 것으로 미루어 보아 이놈들은 죄다 라이칸스로프다. 역시 라이칸스로프로 이뤄진 군대란 말인가?

그때 볼코프가 손뼉을 쳤다.

"그만, 거기까지. 아무래도 손님에 대한 예의는 지켜야 하지 않겠나?"

그러자 몰려든 병사들이 일제히 자리를 비켰다. 한세건이 달려들어도 볼코프 레보스키는 쉽게 당하지 않으리라고 생각하는 것일까?

철컥!

하지만 병사들은 AK—74 돌격소총에 탄창을 끼우고 노리쇠를 전진시켰다. 여차하면 언제든지 발포하겠다는 모습이다.

차가운 창고 안에서 공기는 일촉즉발로 달아오르는데 정작 세건과 볼코프는 태연하기만 했다. 서린은 손에 땀을 쥐고 그들을 바라보았다.

4

낡아서 빛이 군데군데 스며드는 격납고 안에서 거대한 체구의 러시아 군인과 녹색 머리칼의 한국인 청년이 서로를 노려보고 있다. 쇠와 공업용 기름의 비린내가 가득한 격납고 안에는 전운이 감돌았다.

슬라브와 코카서스 인종이 뒤섞인 백계 러시아 군인은 2미터에 약간 못 미치는 신장에 두꺼운 근육질의 몸을 군용 코트로 덮었는데, 어깨 견장에는 별 두 개가 찬란하게 빛을 발하고 있었다. 이제 40대 초반 정도의 외모로는 믿겨지지 않는 승진이었다.

반면 그를 마주하고 있는 이는 20대 초반으로 보이는 한국인 청년이다. 녹색 머리칼을 하고 도전적인 눈길로 그를 바라보고 있는 눈동자 아래에는 검은 그늘이 져 있었다. 주위에는 총구가 그를 겨누고 있는 데도 전혀 신경 쓰지 않는 태도다.

그들은 서로를 잡아먹을 듯 노려보고 있는데 눈빛이 도끼날 같았다. 하지만 그때 문득 거구의 러시아 군인이 손뼉을 쳤다.

"여하튼 장난이 심하기는 피차 마찬가지 아닌가? 그렇게 잡혀 있다니. 까딱 잘못하면 목숨이 날아갈 텐데 너무 여유 부리는 것 아닌가?"

"당신에게 내 목숨 걱정해 줄 의리는 없어."

"흠. 어이, 손님들에게 달짝지근한 흑차라도 타드려야지? 아니면 식사를 하겠는가? 아침도 못 먹었을 텐데. 짜디짠 돼지고기와 매콤한 소시지라면 있는데?"

"이제 와서 신사적으로 나온다고 해도, 적이 주는 음식에 입을 대는 건 바보짓이지."

"리림 쪽은 이미 먹었는데."

"뭐?"

녹색 머리칼의 청년, 한세건이 병사들 사이에 얌전히 서 있는 서린을 째려보니 서린은 머쓱한 표정으로 머리를 긁적였다. 반응이 저러한 것을 보니 진짜인가 보다.

세건이 사슬에 매달려 있는 동안 서린은 저들이 대접하는 따뜻한 식사를 받아먹으면서 노닥거렸나 보다.

"저, 저는 형이 이렇게 있는 줄 몰랐어요. 그냥 신사적으로 잘 풀리나 싶어서 그만. 진짜예요."

"후우우, 일단 그 이야기는 나중에 하자."

음식에 약을 탄 것도 아닐 테고, 세건도 딱히 매달려서 고문을 받은 건 아니지만, 기분이 좋을 리 없다.

"어차피 약 등으로 조종당할 인물도 아니니까, 음식에 뭘 넣는다고 변할 것도 없고. 안 그런가?"

볼코프는 그리 말했다. 자백제 등이 잘 통하는 체질이라면 넣고도 남았을 것 같은 말투다.

"대체 나에게 뭘 바라는 거지? 서린에게라면 이해가 가겠지만 나에게도 용무가 있는 건가?"

한세건은 아무르의 호랑이에게 질문을 던지다가 문득 체스판을 바라보았다. 대리석으로 만든 체스 말은 매우 정갈한 수로 킹을 묶어두고 있었다. 나이트에 의한 체크메이트.

한세건은 그 체스 판을 유심히 바라보았다.

"체스에 관심이 있나?"

"응?"

한세건은 깜짝 놀라서 볼코프를 바라보았다. 그는 세건에게 맞은편의 자리를 권했다.

“체스의 챔피언은 러시아인이라는 게 요즘 세간의 상식이지. 그만큼 즐기고 있고 말야. 어디 한번 해보겠나?”

“사양하겠어. 그런 건 잘 못 해서. 게임에 박살 나면서 당신의 허영심을 채워주고 싶지는 않아.”

세건은 그리 말하면서도 자리에 앉았다. 방금 전까지 그 자리에 앉아 있던 보좌관은 천천히 레보스키 소장의 옆으로 다가가 섰다.

“지는 게 싫은가 보군.”

격납고의 대비가 강한 그림자 속에서 레보스키의 호박색 눈이 빛났다. 그는 히죽 웃으며 세건의 맞은편 자리에 앉았다. 앉은키도 상당해서 호웅이라는 느낌이 들었다. 아니, 실제로 그는 호웅이다.

소비에트연방 시절, 인민영웅의 칭호를 받고 훈장도 질리도록 탄 그는 진짜 영웅이라고 할 수 있었다.

“뭐, 그런 것도 있고. 솔직히 인정하지, 그런 부분은. 방금 전까지 매달려서 제트엔진이란 값비싼 버너에 구워질 뻔했는데 당신이랑 질 거 아는 게임 따위는 하고 싶지 않아.”

“그것도 그렇군.”

볼코프는 세건의 말에 일리가 있다는 듯 고개를 끄덕였다. 그러자 세건은 의자 위에 발을 올리며 자신의 발목을 손으로 잡은 채 물어보았다.

“그럼 당신의 목적은 뭐지? 대중적인 인기도 있고 인망도 있는 승진 가도의 군인이자 인민영웅인 당신의 목적은? 불만도 없어 보이는데……. 행동을 보아하니 테트라 아낙스계는 아닌 것 같고. 설마 테트라 아낙스와 싸우기 위해서 나의 손을 빌리겠다는 건 아니겠지?"

지금까지 지긋지긋하게 들어온 이야기다. 테트라 아낙스와 싸울 테니 협력해 달라는 그 소리는 반테트라 아낙스에 속하는 흡혈귀들에게 몇 번이나 들어온 유혹.

하지만 세건은 그것에 응한 적이 없었다. 그런 유혹을 한다면 이 아무르의 호랑이도 별거 아닌 놈이겠지.

하지만 아무르의 호랑이는 피식 웃었다.

"테트라 아낙스라. 그 자본주의의 쓰레기 흡혈귀 말인가?"

"신선한 평가군."

테트라 아낙스를 그리 쉽게 설명하는 녀석을 본 적이 없어서 세건은 적잖게 놀랐다. 그러자 아무르의 호랑이, 볼코프는 코웃음 쳤다.

"그런 하잘것없는 것들이 내 목표인 게 아니야."

"하잘것없는 것들?"

세건은 눈살을 찌푸렸다. 지금의 이것은 허세인가? 어둠의 맹주, 테트라 아낙스를 하잘것없다고 할 만큼 그가 강력한 존재인가?

물론 러시아에서야 행세깨나 하겠지만 그렇다고 해도 국제적인 대자본가의 힘에 비할 바는 안 된다. 만약 테트라 아낙스가 마음을 먹는다면 미합중국 대통령이 직접 움직일 것이다.

과연 그런 녀석들을 하잘것없다고 할 이가 이 세상에 존재한단 말인가?

“너무 지나친 허세인데?”

“그렇지만 적어도 내 입장에서는 진실이지. 놈들은 하잘것없어. 그저 자신의 밥그릇을 지키는 데만 혈안이 된 나태하기 짝이 없는 놈들이니까.”

볼코프는 그리 말하며 문득 서린을 돌아보았다.

서린은 그런 볼코프의 시선에 놀라서 움찔거렸다. 저자의 눈길은 마치 지금이라도 당장 서린을 해체할 듯 번들거린다. 탐욕? 아니, 탐욕이라고는 할 수 없다. 다만 서린을 전혀 인간으로 보지 않는 잔학한 열의가 비쳤다.

‘맙소사. 이거 진짜 해부당하는 거 아냐?’

그런 생각이 잠시 들었지만 서린은 정신을 차렸다. 어찌 되었든 지금의 서린은 그냥 릴리쓰의 자식이라는 점도 중요하지만, 릴리쓰를 찾는 열쇠라는 점에서도 중요하다. 자신의 기억을 잘 지킬 수 있다면 저들은 결코 서린을 해치지 못한다.

“목표는 릴리쓰인가, 아니면 서린 자체인가? 릴리쓰겠지? 녀석에게는 능력이 없으니까.”

세건은 서린을 바라보며 고개를 가로저었다. 리림이라고 말하고 있지만 서린의 능력은 별다를 게 없다. 그렇다면 그에게 남는 가치는 릴리쓰의 행방을 알기 위한 열쇠라는 것뿐.

볼코프도 거기에 동감하는지 고개를 끄덕였다.

“능력이 없다… 그렇군. 아직까지 아무것도 개화하지 못하고 있군. 그래도 좋아. 그는 우리에게 있어서 훌륭한 도구다."

"도구? 릴리쓰를 찾는 데 말인가?"

"그래. 테트라 아낙스에게는 강력한 예지의 힘이 있지. 그놈들에게 그것이 있는 이상, 누구도 그놈들의 뜻을 벗어날 수 없어. 녀석들의 예지의 힘, 그것이 바로 지금의 세계를 통치하는 가장 뛰어난 '정보'다. 그렇지 않나? 하지만 릴리쓰를 통해서 우리도 그것을 얻을 수 있을지도 모르지."

한세건은 한숨을 내쉬었다.

대개 비디오 숍에서 빌려서나 볼까 싶은 싸구려 B급 영화에서는 테이프가 얼마 안 남은 무렵부터 악당들이 수다쟁이가 되게 마련이다. 볼코프 레보스키도 그런 곳에 나오는 악당인 양 수다를 쉽게 떨어대고 있었다. 하지만 과연 그럴까?

"아니, 당신의 목적은 그게 아닐 텐데? 그것도 목적 중의 하나이기는 하겠지만 진짜 목적은 현재로서는 그게 아닌 것 같아. 아닌가?"

세건은 현혹되지 않았다. 볼코프 레보스키가 자신의 목적을 이렇게 나불거리고 있는 것은 일종의 연막이다. 그런 목적이 없는 것은 아닐 테지만 그것을 솔직히 말하는 것은 자신의 진심을 가리기 위한 것일 뿐이다.

세건의 지적이 정확했는지 볼코프 레보스키는 적잖이 놀랐다. 그 모습을 보던 세건은 눈살을 찌푸렸다. 자신도 B급 영화에나 나올 것 같은 실수를 범하고 말았다.

알아챘어도 그냥 조용히 입 다물고 있을걸, 워낙에 눈앞에서 뻔한 짓을 하고 있어서 한마디 내뱉지 않고는 견디지 못했나 보다.

"이거 참… 상당히 똑똑하군, 비스트. 그래, 내 진짜 목적은 뭐라고 생각되지?"

"거참, 알면서 꼭 캐물어야 직성이 풀리나? 이쪽도 진짜 목적이라고는 생각되지 않지만 CIS 정상회담이 다가오는 이 마당에 파쇼 집단의 수괴가 라이칸스로프 특수부대를 이끌고 있으면 할 짓은 뻔하다고 생각되는데?"

한세건이 말을 돌려 하자 볼코프 레보스키는 흥미롭다는 듯 그를 바라보았다. 이 정도면 더 이상 숨길 것도 없다는 것일까? 볼코프는 화강암을 연상케 하는 턱을 움직여 말을 꺼냈다.

"이런 말 하기는 뭐하지만… 나는 내 조국 러시아를 사랑하고 있다. 이곳이야말로 내가 태어난 나의 조국이고 나의 어머니이다. 설령 내가 인간이 아니라고 해도 그 감정은 애국심으로서 내 속에 살아 숨 쉬고 있지. 내 이 감정은, 비스트, 당신 같은 아웃사이더는 알지 못할 거야."

볼코프가 이렇게 말하는 것을 보아하니 결코 허언이 아닌 듯했다. 하긴 애초부터 그의 태도는 농담을 하고 있는 게 아니었다.

세건은 기가 막혀서 볼코프를 바라보았다. 지금 괴물 주제에 애국심을 논하고 있는 건가? 인간들조차 가지기 힘든 감정을 이 라이칸스로프가? 역시 전체주의자라는 건가?

"으음, 뭐, 뭐라는 거예요?"

영어로 말하고 있자니 이번엔 서린이 못 알아듣는다. 하지만 세건은 서린을 무시했다.

“애국심을 가진 괴물이라니, 우습군. 뭐 당신이 파쇼 극우 정당인 러시아 정교당의 일원이라는 건 알고 있어. 격투기 잡지 등에서 당신을 제이의 알렉산더 카렐린이라고 소개할 때부터 봤으니까. 아마 당신 파벌도 그럴 테고. 그래서 그 애국심이 어떻다는 거지? 갑자기 번개라도 맞은 것처럼 가슴에서 애국심이 불타오르기라도 한단 말인가? 그래서 어쩌겠다고?”

“흥. 지금 이 상황에 애국심이 끓어오르지 않으면 그게 바로 매국노지. 얼간이 같은 상트페테르부르크 마피아에게 정권을 쥐여줬더니 해낸 건 결국 이 모양이야! 자본주의의 썩어빠진 망령이 밀려들어 오고, 한때 위대했던 연방은 완전히 찢어져 미국의 개가 되었지. 우리들은 대지를 캐서 그 자원을 바치고 맥도날드나 MTV, AOL 등에게 돈을 쏟아붓고 있어. 더 이상 영웅은 없고 모두들 소비 욕구에 휘둘리지! 이제 우리는 영웅도 없는 소시민의 미래를 강제받고 있다고! 그래, 우리는 미래를 약탈당한 거야!”

볼코프는 흥분해서 열변을 토했다. 흔히 말하는 개방 반대 보수 세력들의 논리가 이런 것일까?

한세건은 들어주기도 민망한지 귀를 만지작거렸다. 그러나 주위의 병사들은 감동받은 듯했다. 전체주의자의 생각이라고 해서 동감하지 못할 것은 없다. 구국의 결단이니 애국심이니 듣기 좋은 소리인 것도 사실이니까.

하지만 한세건은 애초에 그런 것 자체에는 관심이 없었다.

"설령 그 영웅이란 게 전체주의가 만들어낸 환상이라고 해도? 당신도 금메달을 따서 인민영웅이라고 불리지만 한국에선 올림픽에서 금메달 따봤자 따고 끝이야. 연금이나 좀 받다가 끝나지. 한국이 영웅에 대해서 보상을 제대로 안 해주는 것일 수도 있지만, 반대로 보자면 여기는 전체주의가 영웅의 허상을 만들어내서 민중들을 호도하는 거지."

"뭐라고?"

"뭐, 잘 알겠어. 적어도 한 가지는 분명하군."

한세건은 기죽지 않고 볼코프를 올려다보았다. 두 사람의 눈길이 맞부딪치며 불꽃이 튀는 듯했다.

"확실한 건, 당신은 조금 많이 돌았다는 거야. 라이칸스로프에게 애국심이라니, 최악의 조합이야."

지금까지 세건이 만난 월야의 주민들은 모두 사회적으로는 아웃사이더였다. 흡혈귀들은 돈을 벌어서 사회의 중심 요직을 차지하고 있기는 했지만 그렇다 해도 그들은 거시적으로 손을 댈 뿐, 미시적인 세계에 있어서는 아무런 영향을 끼치지 않았다.

그러나 이놈은 다르다.

아무르의 호랑이, 그는 지금 당장에라도 변혁을 일으킬 자다. 자신의 초자연적인 힘을 이용해서 당장 눈에 보이는 세계를 바꾼다. 이런 사고를 가진 자가 용케도 살아남을 수 있었구나 생각하니 오한마저 들 정도다.

소비에트연방 시절부터 살아온 작자다 보니 이념의 장벽 아래 감춰져 있었다고 생각되지만, 테트라 아낙스의 체제하에서 이런 강맹한 성격의 놈이 용케도 살아남았다. 그런 생각이 불끈 불끈 들었다.

볼코프는 세건의 이해는 애초부터 구하지도 않았던 듯 다시 열변을 토했다.

"흥, 돌았다고 해도 상관없어. 애국심으로 돌아버리고 싶은 판국이니까 이 정도가 딱 좋지. 나는 그래서 어머니 러시아를 강간하고 있는 미국을 증오해. 알루미늄, 석유, 가스, 우라늄, 니켈……. 모든 걸 약탈해 가고 허접한 워싱턴과 프랭클린 초상화를 뿌리는 그 매음 행위를 증오한다. 그리고 그 미국을 뒤에서 움직이는 자본들, 그 머리통 위에 흡혈귀들이 있다는 건 자네도 익히 알고 있는 일이겠지, 비스트?"

"그래서?"

테트라 아낙스를 치겠다는 것인가? 한세건은 그리 생각하며 코웃음 쳤다. 동기야 어찌 되었든 테트라 아낙스도 여기저기서 미움을 많이 받는 모양이다. 정점에 선 제왕은 그를 뒤엎고자 하는 이들의 도전을 받는 법인가?

"하지만 녀석들은 우릴 얕봤어. 우리에게는 아직… 괜찮은 게 있지."

"핵미사일이라도 쏘겠다는 건가? 확실히 예상외의 방법이군."

한세건은 그리 말하다가 자신의 말에 놀랐다.

핵미사일이라니?

갑자기 손이 덜덜 떨렸다. 아무리 사선을 넘어온 세건이라지만 핵미사일이라면 이야기가 다르다. 그건 미친 짓이다. 한세건은 냉전 시대를 살아본 적이 없지만 그래도 아버지 세대가 가지고 있던 핵전쟁에 대한 막연한 공포는 그대로 물려받은 세대다.

냉전이 끝나고 핵전쟁에 대한 불안이 어느 정도 걷히면서 세계는 변했다.

하지만 핵미사일 자체는 고스란히 남아 있다.

이상한 일이다. 핵미사일은 지금도 존재하고 있는데 핵에 대한 공포는 줄어들다니? 냉전이 끝나고 절대적인 대량 살상 무기들은 다 필요 없어졌으니까 싹 분해해서 폐기 처분되었단 말인가? 물론 서류상에는 그렇게 되었겠지만 세상일이란 또 그렇게 돌아가지 않는 법, 어딘가에는 서류에 관계 없이 남아 있는 게 있으리라.

"미친!"

한세건의 손에서 체스 말이 떨어져 테이블 위를 굴렀다. 그러자 볼코프 레보스키는 딴청을 부렸다.

"혼자 너무 앞질러 나가는군. 뭐, 그렇다고 부정하진 않겠네. 하지만 한 가지 물어봐도 될까? 자네는 죽음에 상하가 있다고 생각하나?"

핵미사일에 대해서 부정하지 않는다? 이건 긍정이나 다름없는 소리가 아닌가?

세건은 기가 막혀서 그를 바라보았다. 이런 이야기를 하다니, 이놈은 미친 게 아닌가? 일단 이 이야기를 들려준 이상 녀석들은 한세건과 서린을 살려두어서는 안 된다. 서린이야 리림이니 죽여서는 안 되겠지만 세건을 살려둘 이유는 없다.

그럼에도 불구하고 볼코프 레보스키는 진지한 태도로 다시금 물어보는 것이었다.

"그러니까 총에 맞아 죽는 것보다 원폭에 피폭되어 죽는 게 더 비참하다고 생각하는가 그 말일세."

"그런 도구는 의미가 없지. 죽음에 상하가 있다면 그건 언제, 무엇을 하다 죽었느냐가 중요하지, 죽음 자체에는 질이 없어."

한세건이 그리 대답하자 볼코프 레보스키는 만족스러운 미소를 지었다. 세건이 체스를 거부했기 때문일까? 그는 체스 대신 색다른 지적 유희를 즐기고 있었다. 한마디 한마디가 전기의자형을 면치 못할 살벌한 대화를 적이라 할 수 있는 세건과 나누고 있는 것이다.

'엄청난 놈이군.'

한세건은 혀를 내둘렀다. 강력한 라이칸스로프인 것도 있지만 볼코프 레보스키는 한세건조차 주눅 들게 하는 강력한 힘과 카리스마가 있었다.

"그러면 어차피 죽는 쪽에서는 마찬가지인데 왜 원폭은 써서는 안 되는 무기가 되었을까? 자연을 파괴한다거나 민간인이 죽으니까, 라고 생각하지는 않겠지? 세계대전 이후로는 병사보다 민간인이 더 많이 죽었으니까. 아니, 민간인과 병사의 차이가 모호해지지. 총력전이 되고 보면……. 자네 생각은 어떤가, 비스트?"

정말 대답하기 애매한 질문이었다.

사실 전쟁이 나게 되면 핵을 쓰나 뭘 쓰나 그다음은 마찬가지다. 어차피 죽음은 공평하니까, 총에 맞아 죽든 원폭에 맞아 죽든 같다.

혹자는 원폭의 방사선 피폭과 방사능 오염을 염두에 두고 있지만 병기에서 인도적인 것을 찾는 것 자체가 모순이다. 죽일 때는 하다못해 편안하게 보내달라는 것인가? 아니면 생존자들의 후유증을 걱정해 달라는 것인가?

병기의 본질은 결국 살생이다. 그 살생이란 목적을 생각해 보면 원폭이든 뭐든 결국 살인 그 자체가 본질적으로 나쁘다고 할 수 있다.

하지만 그렇다고 볼코프가 살인하지 말란다고 하지 않을 놈도 아니고 세건 자신도 그리 착한 놈이 못 된다.

“원폭이야 총이나 다른 무기에 비해 섬세하지 못한 수단이니까. 스푼으로 퍼 나르는 설탕과 각설탕이 다른 것처럼 제어되지 않는 살상은 어리석지.”

“설탕이라, 그거 좋은 비유로군. 역시 자네는 현명해. 죽여 없애기엔 아까운 인재로군.”

“그런가?”

한세건은 피식 웃은 다음 테이블 위에 놓인 체스 판을 잡았다. 그리고 그 다음 순간…….

팩!

체스 판이 공기를 가르며 칼날처럼 볼코프 레보스키의 목으로 날아들었다. 레보스키 소장의 목을 단숨에 잘라 버리기 위함이었다. 날이 없는 체스 판이라 해도 한세건의 손에 잡혀서 휘둘리게 되면 충분히 위험한 병기다!

콰직!

하지만 체스 판은 허망하게 산산조각 났다. 볼코프 레보스키는 자신의 팔만을 수화시켜 그 두터운 가죽으로 목을 감싼 것이다. 팔뚝으로부터 호박색의 털이 삐죽삐죽 자라나고 검은 줄무늬가 있는 것으로 보아 역시 그는 별명대로 호랑이인 것 같았다.

"웨어타이거(WereTiger)인가?"

레보스키는 두꺼운 호랑이의 가죽으로 체스 판을 막아내고 병사들에게 손을 들었다. 그는 총을 쏘지 말라고 병사들을 제지하려 한 것이었지만 병사들의 행동이 더 빨랐다.

드드드득!

둔탁한 총성이 울려 퍼졌다. 하지만 한세건은 그들이 총구를 겨누는 것보다 더 빠르게 뒤로 뛰어서 볼코프 레보스키로부터 물러났다. 어차피 이 안은 좁은 창고인 데다가 총탄이 날아가는 궤도나 탄도 등을 생각해 보면 그리 쉽게 총을 쏠 수 없다.

세건은 몸을 날려서 간격을 벌린 뒤 욕지거리와 함께 양팔을 휘둘렀다.

촤르르르륵!

검은 그림자의 사슬이 양팔로부터 뻗어져 나와 주위를 휘감았다. 깜짝 놀란 라이칸스로프 병사들이 한세건을 향해 집중사격을 가했지만 그는 사슬을 자신의 몸에 감아서 두꺼운 방탄의 벽을 만들었다.

팅!

총탄들이 두꺼운 검은 사슬을 뚫지 못하고 튕겨 나갔다. 이것은 그 옛날… 사멸한 진마 유다가 쓰던 전법이다. 그는 어둠을 구현화한 흑영박을 전신에 휘감아 두꺼운 사슬 갑옷으로 만들어 총탄들을 막아냈다.

아무리 소총탄이라 하더라도 사슬 하나하나를 이루고 있는 고리가 엄지손가락만 한 굵기로 이뤄져 있는데 그 사슬을 뚫을 수는 없으리라.

"젠장!"

한세건은 식은땀을 흘리며 라이칸스로프들의 총탄을 막아내며 지면을 박찼다. 전신을 감싸서 총탄을 막아낼 두께의 흑영박을 만들고 유지하는 것은 너무나 힘든 일이다.

육신은 이미 흡혈귀나 다름없이 변한 상태이지만 그는 VT가 없었다. 마법들을 터득했기에 그나마 이만큼 흑영박을 쓸 수 있는 것이지 만약 혈인 능력으로 흑영박을 사용하려고 했다면 벌써 모든 힘을 소진해 죽었을 것이다.

"카아악!"

한세건은 분노를 이기지 못하고 포효했다. 갈증이 난다! 미치도록 피를 빨고 싶어진다! 한세건은 입술을 깨물고 라이칸스로프들을 노려보았다. 총탄이 통하지 않는다고 생각했는지 라이칸스로프 병사들은 직접 한세건에게 덤벼들었다. 육탄전을 벌일 심산인가?

촤르르르륵!

한세건은 자신에게 달려드는 라이칸스로프를 향해 검은 사슬을 휘둘렀다. 그러나 상대방은 몸을 숙여서 세건의 공격을 피했다. 최소한의 움직임으로 효과적으로 공격을 피하고 마치 그림자처럼 낮게 지면에 몸을 숙인 채 수화했다.

크르르르릉!

세건은 수화한 라이칸스로프의 머리통을 발로 걷어찼다. 퍽 하는 소리와 함께 머리가 터지고 목이 부러지며 라이칸스로프가 나가떨어졌다.

그러나 그때 그가 발을 뻗는 것과 동시에 뒤에 있던 라이칸스로프가 덤벼들었다. 공격의 딜레이를 노린 차륜전법이었다!

탕!

게다가 그사이에 옆에서는 격투전에 방해되지 않는 사계를 확보하고 세건에게 총질을 해댔다. 이 역시 흑영박에 의해 가로막히긴 했지만, 위험하다! 총탄을 방어하랴, 덤벼드는 놈의 공격을 피하랴 정신이 없다!

"제법이군!"

하지만 세건은 발차기를 거두지 않고 빙글 몸을 돌렸다. 적 앞에서 등을 돌려 버린 것이다. 그러나 그 순간 그의 몸에 매달려 있던 검은 사슬이 채찍처럼 휘어져 앞으로 날아든다.

이대로 라이칸스로프가 세건의 등을 노리고 덤벼들면 쇠사슬이 라이칸스로프의 옆을 덮칠 것이다. 몸을 틀어서 돌리는 동작으로 발을 거두면서 약간 간격을 벌린다. 그것만으로도 공수의 흐름이 뒤바뀌어 버리는 것이다.

"하!"

하지만 라이칸스로프는 공격을 포기하고 옆으로 몸을 굴리며 세건의 공격을 피해냈다. 분명히 시야의 사각에서 날아든 것일 텐데 이런 공격을 피해내다니, 상대방이 등을 보이면 치고 싶은 욕심이 생겨 망설이게 마련인데 주저 없이 공격을 버리고 피했다. 역시 이 녀석들도 대단하다.

세건은 지면을 박차고 훌쩍 뛰어올라 미그기 위에 올라섰다. 미그기 위에 엎드리는 것만으로도 일단 지상에 있는 병사들의 총격으로부터는 안전하다.

게다가 노후화된 기체라 해도 제트 전투기는 돈 덩어리다. 설마 이 위에 있는데 총질을…….

탕!

"총질을 해대는군!"

한세건이 손을 들자 그의 어깨에 매달려 있던 사슬들이 살아 있는 동물처럼 움직여 총탄을 막아냈다. 녀석들은 벽을 박차고 뛰어오르며 세건과 같은 높이에서 총을 쏘아대는 것이다. 점프하면서 총을 쏘아대는 폼이 우스꽝스럽기는 하지만 그럼에도 불구하고 사격은 놀랍도록 정확하다.

이 녀석들이 총질을 하는 것은 결코 미그기를 아끼지 않아서가 아니다. 애초에 그들은 아무리 난전 중이라 해도 총을 미그기에 맞히지 않을 자신이 있었던 것이다.

"칫!"

한세건은 미그기 위에 납작 엎드린 채 힐끗 서린을 보았다. 녀석은 어쩔 줄 모르고 있었다. 이 난전에 괜히 세건을 돕겠다고 발버둥 쳤다가는 살해당할 염려도 있으니 그러지 않는 게 현명한 일이지만, 대체 저 녀석은 그럼 뭐하러 있는 건가? 이 상황에서도 손가락 빨고 어버버 벙어리 삼룡이처럼 멍청히 있을 건가?

그때 서린의 옆에 붙어 있던 볼코프 레보스키의 보좌관이 코트를 벗어 던졌다. 근육질의 상반신이 드러나자 그는 자신의 상반신에 손가락을 대고 쓰윽 그었다. 시뻘건 선혈이 피부 밑에서 배어 나오나 싶더니 곧 전신에서 뻣뻣한 털이 돋아났다.

"크오오오오오오!"

보좌관의 얼굴이 길어지고 굳은 털이 돋아난다. 턱이 변형되면서 예리한 이빨이 턱 앞으로 삐죽삐죽 솟아나는데 쇠라도 뚫을 듯하다. 녀석은 늑대 인간으로 변신하고 있는 중이다!

그런데 그게 이상하다.

아무르의 호랑이, 볼코프 레보스키는 그 별명대로 웨어타이거인데 부관은 늑대 인간이라니? 처음 라이칸스로프의 군대가 편성된 것을 봤을 때 세건은 이 군대가 볼코프에 의해서 전염되었다고 생각했다. 그러나 웨어타이거에게 전염된 놈은 역시 웨어타이거가 되지 결코 다른 종으로 변하지 않는다.

하지만 지금 이곳에는 늑대, 개, 멧돼지, 여우, 쥐, 고양이 등 각종의 라이칸스로프가 혼재해 있었다. 그런 것을 보니 이 부대에 있는 라이칸스로프들은 모두들 다 볼코프에게만 전염된 것 같지는 않다. 전염의 원흉인 진성 라이칸스로프가 몇이나 더 있다는 것일까?

어쨌거나 이놈들은 지금까지 싸워왔던 흡혈귀와는 차원이 다른 녀석들이다. 도망을 치자면 못 칠 것은 아니지만 서린을 데리고 도망칠 수는 없다.

"…서린!"

"예?!"

서린은 어안이 벙벙해서 주위를 둘러보다가 세건의 부름에 대답했다. 지금 이 틈을 봐서 달아나겠다고 허우적거리지 않는 게 차라리 다행이다. 하지만 역시 가만히 있는 것을 보니 화가 난다.

"제법이군. 우리 병사들을 상대로 이 정도나 싸우다니."

볼코프 레보스키는 세건에게 솔직히 감탄했다. 무기를 미리 빼앗아둬서 망정이지 만약 세건이 무기를 가지고 있었다면 유능한 부하들을 죽일 뻔했다.

'진마사냥꾼을 상대로 지나친 여유다!' 라고 말하고 싶지만 실제로 이 병사들의 실력은 대단하다. 무기가 있었다고 해도 그리 호락호락한 상대가 아님은 분명하다.

"후우, 좋아. 여하튼 당신 목적을 알았으니 이대로 남아 있을 수는 없군."

"달아날 수 있을 거라 생각하나? 게다가 리림은 우리 손에 있는데?"

"…달아나지."

한세건은 그리 말하고 문득 한국어로 서린에게 말을 걸었다.

"아무래도 너는 잠시 여기 남아 있어라. 귀빈 대접을 할 테니까 그리 어려워하지 말고. 알겠지?"

"예?! 형, 그게 대체 무슨?!"

"간다!"

한세건은 미그기의 상부를 향해 손톱을 펴고 내려쳤다. 그러자 새카만 암흑이 한세건을 중심으로 소용돌이치면서 뿜어져 나오고 찢어질 듯한 귀곡성이 암흑에서부터 튀어나왔다.

"끼아아아아아아아아아아!"

미그기가 두 동강 나며 앞부분이 떨어지고 엔진 테스트용으로 주입되었던 제트연료에 불이 붙었다. 깜짝 놀란 라이칸스로프들이 총을 빼 들었지만 한세건의 모습은 어둠에 녹아들어서 보이지 않는다.

"장군을 지켜라!"

어둠 속에서 적의 모습이 사라졌다고 방심할 수는 없다. 병사들은 보좌관의 명령에 따라 돌격소총을 들고 장군의 앞을 가로막았다. 물론 볼코프 레보스키는 그들이 굳이 지켜야 할 만큼 약한 자가 아니다. 아니, 여기에 있는 그 누구보다도 강한 존재라고 해야 하리라.

"후후후, 이거 참 재밌군."

그러나 그는 직접 싸움에 뛰어들지 않고 박수를 치고 있었다. 그는 어둠을 피워 올리고 그 속으로 자취를 감춘 세건을 보며 내심 감탄했다.

"장군!"

늑대 인간의 모습을 취한 보좌관은 걱정된다는 듯 그를 바라보았다. 아무리 그래도 상대는 그들의 목적을 알아챘다. 쿠데타 계획을 알고 있는 자가 밖으로 내빼는데 그대로 내버려 둔다니 있을 수 없는 일이다. 지금이라도 당장 잡아서 살인멸구해야 하지 않겠는가?

"내버려 둬."

"그, 그렇지만?!"

병사들은 어둠을 꿰뚫고 안으로 들어가려고 했지만 망령이 깃든 어둠은 그들의 접근을 불허했다. 손을 대면 피부 속으로 망령들이 스며들어 인면창(人面瘡)이 된 뒤 끔찍한 비명을 지르며 터져 버린다. 피부가 터지면서 피와 생 고름을 주르륵 쏟아내는데 그 끔찍함이 이루 말로 할 수 없다.

그러다 보니 아무리 용감무쌍한 라이칸스로프 병사들이라도 감히 접근할 수가 없었다. 물론 이 격납고에는 그들이 막아서고 있는 곳을 제외하면 다른 출구가 없기 때문에 행여 달아날 일은 없겠지만 그래도 왠지 걱정이 된다.

한세건은 미그기 하나를 불 지르고 더 이상 움직이지 않고 있는 것이다.

"도망쳤군."

"예?"

보좌관은 뒷짐을 지고 돌아서는 볼코프를 보고 놀라서 미그기가 있던 곳을 바라보았다. 확실히 어둠이 걷히고 난 그곳에는 아직도 불타고 있는 미그기만 있을 뿐, 사람의 흔적이 없었다.

설마 분신자살한 것도 아닐 테고, 그렇다고 격납고 안의 출구는 그들이 지키고 있는데 어떻게 이런 일이 가능한 것일까?

"뭐, 좋아. 리림은 당분간 우리가 맡도록 하지. 그러면 되는 거야."

레보스키 소장은 그리 말하고 보좌관이 벗어 던진 코트를 들어서 그에게 던져 주었다.

"이르쿠츠크로 갈 비행기를 수배하도록 해. 내일쯤이면 좋겠군."

第19夜

Wild Bite Gangster

1

호텔 라운지에서 영자 신문을 보며 에스프레소를 홀짝이고 있던 금발의 젊은 사업가는 깜짝 놀라서 찻잔을 테이블 위에 놓았다.

"쿠데타라고?"

그러자 빌헬름이 입을 손가락으로 덮었다.

"쉬잇. 목소리가 너무 커요, 마스터. 제가 드린 보고서 전혀 읽지 않으셨군요."

"아, 그게."

팬텀은 기억을 더듬었다. 분명히 그런 게 있었던 것 같기도 하다. 하지만 그는 고개를 좌우로 저었다.

"그거 우간다의 이디아민 아니었어? 아니면 한국의……."

역시 오래 살다 보니까 이것저것 기억이 섞이는 기분이다. 그러자 빌헬름의 눈이 가늘어졌다. 눈초리가 예리하다.

"사인은 되어 있었잖아요? 정말 사업가 맞으세요? 내용도 안 보고 사인을 하시다니, 그래서야 사인하는 기계지요."

마치 숙제 안 한 학생을 심문하는 선생과 같았다. 하긴 입이 열 개라도 할 말이 없다. 상당히 중대한 보고였는데 그걸 검토하기 귀찮다고 부리나케 사인만 해댔으니 당연한 게 아닌가?

그 모습을 보던 앙리 유이는 어깨를 으쓱해 보였다.

"누가 마스터고 누가 에스콰이어인지 모르겠군, 팬텀."

"그야 당연히 우리 빌헬름이 마스터지! 내가 빌헬름을 보좌하는 에스콰이어인 게 당연하잖아?"

팬텀이 자괴감 섞인 발언을 하자 앙리 유이는 피식 웃었다. 권위적인 흡혈귀 사회에서 저런 농담을 할 수 있는 녀석은 그리 많지 않다.

"역시 아무리 보아도 많이 변했군, 팬텀. 인간도 아닌 흡혈귀가 이렇게까지 변하다니. 있기 힘든 일이지."

"그런 기억도 안 나는 옛날이야기 따위는 별로 하고 싶지 않군. 게다가 나는 지금 모습이 훨씬 마음에 든다고. 그래서 빌헬름? 쿠데타라니?"

빌헬름은 여전히 앙리 유이가 껄끄러운지 그의 눈치를 보면서 말을 이었다.

"이번 달에 다가오는 CIS—러시아연방 정상회담에서 쿠데타가 발발할 가능성이 높다고 해요. 그동안 계속된 개방 발전 정책 때문에 민족 우파의 요구는 극에 달하고 있는 데다가 현 대통령인 보리아 푸도브킨의 군부 장악력이 매우 떨어지기 때문에, 쿠데타는 이미 육 개월 전부터 예견되고 있었어요. 보리아 푸도브킨도 우익적인 사람이라고 할 수 있지만 극렬 민족 우파의 입장으로서는 만족스럽지 못하지요. 요사이 들어서 계속해서 경제성장을 위주로 한 개방정책을 시행하고 있으니까요. 러시아처럼 자원이 풍족한 곳에서 경제성장을 위주로 한다면 자원을 파는 일이 주를 이루죠. 실제로 러시아 경기 부양에 투입된 자금 대부분은 기름을 팔아서 만든 오일 달러와 비철금속이고요."

"그런데 육 개월 전이라면?"

팬텀이 의아해하며 물어보았다. 그러자 빌헬름이 눈살을 찌푸리며 대답했다.

"두마 선출 투표가 있었죠. 그때도 민족 우파는 의석을 많이 못 얻었지만… 그렇다고는 해도 군부는 민족 우파의 것이니까요. 당시의 투표는 결국 군부를 자극했을 뿐이에요. 그들은 외국 자본에 의해 잠식되는 일차적 자원 사업의 회수를 강력히 주장하고 있어요. 마스터가 투자한 송유관 사업이나 비철금속 처리 공장 같은 것들 말이죠. 특히 비철금속 처리 공장의 경우 국제적 단가보다 훨씬 싼값에 공급되는 전기를 이용한 알루미늄이 주를 이루기 때문에 이것 역시 사실상의 국부 유출이라 보는 견해가 많거든요?"

이건 도저히 어린 소년의 안목이 아니다.

물론 빌헬름이야 2차 세계대전부터 살아오던 녀석이니 20세기부터 21세기까지 살아온, 세기를 넘어온 흡혈귀이긴 하다. 하지만 그 겉모습에 현혹되다 보니 빌헬름의 날카로운 안목에는 마스터인 팬텀조차 깜짝 놀라곤 한다.

"국부 유출이라. 아, 그러면 전기료를 올려 받으면 될 일이지 원 참."

"그게 그렇게 쉽게 되는 게 아니잖아요? 그래서 제가 투자 리스크가 너무 높다고 한 거예요. 만약 극우파가 준동한다면 제일 먼저 막힐 곳이 그곳이니까요. 그에 비해서 테트라 아낙스가 진출하는 의료계는 정말 없으면 곤란해지니까 다르죠. 역시 테트라 아낙스라고 할까나? 진출 문턱이 높기는 하지만 테트라 아낙스의 투자는 한국을 제외하곤 단 한 번도 실패한 적이 없어요."

빌헬름은 요목조목 따지며 말했다. 물론 지금 그가 이렇게 쿠데타를 점치고 있는 것은 CIA 보고서에서 이미 밝혀진 내용을 다시 반복하고 있는 것뿐이지만, 일의 전후 관계를 명확하게 분석하고 있는 것만으로도 대단한 것이다.

세속적이면서도 거시적인 국제 관계엔 별 관심이 없는 팬텀에게 빌헬름이란 두말할 나위 없이 귀중한 인재였다.

"테트라 아낙스도 이 사실은 알고 있겠군."

팬텀은 약간 기분이 상했는지 신문을 접어서 앙리 유이에게 건네주었다. 앙리 유이는 신문을 받아들며 고개를 끄덕였다.

"음흉한 테트라 아낙스가 그 사실을 모를 리가 없지. 녀석의 능력은 예지력, 미래에 대한 정보를 획득하는 것이다. 세상에 일어나는 일 대부분은 이미 알고 있다고 해도 과언이 아니지.

덕분에 여기로 흡혈귀들이 몰려들고 있다고."

"맞아요. 이전의 한국 이상으로 많은 흡혈귀가 몰려들고 있어요. 아마 흡혈귀 세계대전이라도 벌일 심산인가 보죠, 테트라 아낙스는?"

빌헬름은 노골적으로 싫은 표정을 지어 보였다. 저번의 한국에서도 그렇지만 이번의 러시아는 그 이상으로 위험하다. 처음에는 사업 때문에 움직이는 팬텀이 흡족했었지만, 러시아가 이리 위험한 곳이 되자 생각이 바뀐 것이다.

"어쩌면 농담이 아니라 진짜 전쟁이 날지도……. 쿠데타가 일어나는 데는 미국이 개입하지 않겠지만 일차 자원의 가공업을 막아버린다면 그때는 전쟁을 일으키겠지. 기름이라면 환장하는 게 미국이니까."

"도저히 안 되겠군, 그럼."

팬텀은 즉시 자리에서 일어나 의자 위에 접어서 걸어둔 롱코트를 펼쳤다. 그러자 막 신문을 보고 있던 앙리 유이가 깜짝 놀라 신문을 접었다.

"어디 가려고?"

"아무래도 그 작자를 직접 만나봐야겠어. 테트라 아낙스 이 작자, 하고 싶은 대로 내버려 두니까 정말 흡혈귀들을 모조리 다 죽여 버릴 셈인가?"

역시 테트라 아낙스의 속셈은 믿을 수가 없다. 팬텀이 그리 주장하자 앙리 유이가 어깨를 으쓱해 보였다.

"그런다고 그놈들이 눈 한 번 깜빡이기나 하나? 원래 음흉하기 짝이 없는 놈들인데. 녀석들은 월야를 지키고 있지만 그 녀석들이 정말 흡혈귀나 그런 이들을 좋아해서 하고 있다고는 생각지 않는데?"

앙리 유이는 아쉽다는 듯 자리에서 일어났다. 그는 태연스럽게 계산서를 팬텀에게 넘기고 신문을 겨드랑이에 꼈다. 그러자 빌헬름이 그를 매우 마음에 들지 않는다는 듯 노려보았다.

"차값 정도는 자기 스스로 내세요."

"아, 아하하핫. 나를 마치 빈대 보듯 하는군. 내가 그렇게 없어 보이나?"

앙리 유이의 얼굴에서 혈색이 싸악 가셔서 정말 흡혈귀다워졌다. 하지만 빌헬름은 흥 코웃음 쳤다.

"꼭 무슨 '러브스토리' 나 '라붐' 에 나올 것같이 생겨 가지고 없어 보이긴 하죠. 아무리 흡혈귀라고 해도 너무 티내는 거 아니에요? 유행에 좀 따라와야지 그게 뭐예요? 나팔바지라니. 길 가는 사람들이 신기하다고 쳐다보잖아요. 아, 설마 지금까지 잘 생겼다고 쳐다보는 줄 알고 있었던 건 아니죠?"

빌헬름은 말로 앙리 유이를 난도질했다. 언어폭력도 이 정도면 시체를 쌓을 지경이다.

"그, 그나마 예로 든 것들이 흑백영화가 아니라서 다행이군."

앙리 유이는 8이닝을 연속으로 던져서 교체를 간절히 원하는 투수가 감독을 바라보듯 팬텀을 보았다. 빌헬름의 언어폭력에 두들겨 맞아 넝마가 되어가고 있는 듯하다. 여기서 그냥 내버려두면 빌헬름이 앙리 유이를 살해할지도 모른다. 거기에 생각이

미친 팬텀은 대신 계산서를 쥐었다.

"좋은 인연은 아니지만 그렇다고는 해도 옛날 친구다. 여기서 진마가 접시 닦이를 하게 내버려 둘 수는 없지."

"마스터!"

"아, 그 정도는 아닌데. 접시를 닦는다니 그 무슨……."

앙리 유이도 체면이 많이 구겨졌는지 투덜거렸지만 그래도 계산을 하겠다고 나서지는 않는 걸 보니 정말 부족하긴 많이 부족한 모양이었다. 빌헬름이 찌릿 흘겨보았지만 앙리 유이는 휘파람을 불며 딴청을 피웠다.

"그러면 내가 테트라 아낙스를 만나고 올 테니, 빌헬름, 앙리 유이를 부탁한다."

"예?"

"괜찮아."

"…괘, 괜찮을까요?"

빌헬름은 좀 찔리는 게 있는지 앙리 유이를 바라보았다. 과연 방금 전까지 빌헬름에게 언어폭력으로 두들겨 맞아 재생 불량성 빈혈 환자 같은 모습이던 그는 팬텀의 말에 급격히 혈색을 되찾고 있었다.

생글생글 웃으면서 팬텀에게 손까지 흔들어대는 게 아닌가?

"내 걱정은 말고 얼른 다녀오라고, 친애하는 친우여."

"……."

빌헬름은 그런 앙리 유이를 보며 무슨 생각에서인지 핸드폰을 들었다.

"그, 그럼 이왕 이리된 거 일을 좀 하죠. 그 사람을 불러도 되겠지요?"

"물론. 이번 일에 대해서는 너의 재량에 맡기지."

팬텀은 그리 말하고 엘리베이터로 향했다.

서린은 불안한 표정으로 식탁에 앉았다. 그가 들어선 곳은 평범한 군관용 식당이었다. 하지만 한 가지 다른 게 있다면 이들이 모두 라이칸스로프라는 것이었다.

"여기!"

식판 위에는 피가 뚝뚝 떨어지는 생고기가 얹힌다. 어디서 나온 고기인지는 모르지만 그들은 그것을 날로 씹어 먹는다. 육즙이 질질 배어 나오는 스테이크라고 생각할 수도 있겠지만, 피비린내 나는 생고기를 우적우적 씹어 먹는 모습은 분명히 정상이 아니다.

"저녁 식사는 꼭 생고기를 먹도록 하지요. 아무래도 욕구를 무작정 절제하라고만 할 수는 없으니까."

"으음."

서린은 옆에서 설명해 주는 군관을 보며 입을 가렸다. 대체 저 인간들이 무슨 고기를 먹어대고 있는지 궁금했지만 무슨 대답을 들을지 두려워서 차마 묻지를 못하겠다.

"정말… 끝장났군."

서린은 아직 이런 방면에 대해서 아는 게 없지만 이 부대는 이미 완전히 볼코프의 사조직화되어 있다는 것을 알 수 있었다.

라이칸스로프로 이뤄진 부대 하나 전체가 죄다 볼코프의 사병(私兵)이다. 게다가 돌아가는 이야기를 들어보면 볼코프 레보스키가 속한 파벌은 상당히 강력하고 거대한 곳임에 틀림없다.

서린이 행여 위험에 처할까 봐 스스로 저항을 포기하고 투항한 세건이 이제 와서 목숨을 걸고 달아난 것은 볼코프 레보스키와의 대화 이후였다.

그렇다면 두 사람의 대화에 뭔가 중대한 사실이 있어서일 것이다. 리림인 자신을 라이칸스로프들에게 바치다시피 하면서도 세건이 빠져나가야 할 그런 중대한 일이!

그래서 서린은 볼코프 레보스키와 세건의 대화를 떠올리며 생각에 잠겼다. 하지만 아무리 생각해도 결론은 하나뿐이다.

'역시 세계대전이라도 일으키려는 생각인가?'

아무리 서린이 고교 중퇴라고 해도 '뉴클리어(Nuclear)' 라든가 '쿠데타' 같은 단어를 못 알아들을 바보는 아니다. 어차피 한세건도 볼코프 레보스키도 둘 다 비영어권의 인간이다.

그들이 말하는 영어는 같은 비영어권인 서린으로서는 알아듣기 쉬운 편이었다. 고등학교 공부에는 충실하지 않았지만 각종 자격증 시험에는 관심이 있어 나름대로 공부했던 덕을 봤던 것 같다. 자세한 내막은 모르지만 그런 중요한 몇 가지 단어로 미루어 보아 귀결은 뻔하다.

볼코프 레보스키에 의한 쿠데타.

그것도 결행은 CIS 정상회담 때! 물론 CIS 정상회담 때면 모스크바 근교의 경계도 삼엄하겠지만 라이칸스로프 군대가 투입

되면 그들은 종이호랑이에 불과하다. 시가전에서 인간의 병사들은 도저히 괴물 병사들을 이길 수 없으니까.

아니, 아무리 그래도 3차 세계대전은 무리다. 설령 쿠데타가 일어나고 성공한다 하더라도 주변 국가가 가만히 있으면 될 게 아닌가?

러시아는 핵무기가 있으니 미국이나 그런 쪽이 함부로 개입하지는 못할 것이다. 인권에 매우 관심이 많은 이들이 체첸이나 그루지야 등의 무자비한 탄압을 비난하면서도 손을 못 대고 있는 이유가 그것이 아닌가?

지구 어디에라도 닿을 ICBM을 소지하고 있는 러시아를 상대로는 미국도 감히 전쟁을 벌이지 못할 것이다.

물론 그것은 러시아도 마찬가지다. 지금 한창 개방을 통해서 짭짤한 재미를 보고 있는 게 바로 러시아 개방파다. 그들은 러시아의 풍부한 석유와 알루미늄 자원을 팔아서 막대한 돈을 벌어들이고 있었다.

물론 자원이라는 것이 파내다 보면 결국 끝이 보이게 되는 것이니 자원을 외국에 팔아넘기는 것에 대한 반대파가 많았다. 하나 지금 당장 정권을 쥐고 있는 이들은 계속해서 자원을 팔았고 그 과정에서 발생한 막대한 이권을 챙겨 축재를 시작했다.

이미 돈맛에 길들여진 그들이 굳이 전쟁을 할 이유가 없다. 상식적으로 전쟁이 일어날 가능성은 없다.

볼코프 레보스키에 의해서 쿠데타가 성공한다 하더라도 개방파를 완전히 축출할 수는 없다. 국민들의 정신이 변혁되었다면 그것을 바꿀 방법은 없는 것이다.

이미 터진 둑이다. 물을 퍼 담아 올리고 둑을 다시 쌓는다 해도 땅은 젖어 있다. 그 물을 맛본 메마른 대지는 물을 막고 있는 둑을 용서치 않으리라.

그래, 이게 세상의 순리다. 한번 자유와 소비, 향락의 쾌감을 알게 된 이들을 애국과 파시즘으로 묶을 수는 없다! 경제가 불황이면 모르겠지만 지금의 러시아는 경제성장률 두 자릿수를 기록하며 호황을 누리고 있지 않은가?

"식사입니다."

그때 군관이 식판을 들고 서린의 앞에 무성의하게 그것을 놓았다. 깜짝 놀란 서린이 식판을 살펴보니 그 위에는 평범한 양고기와 스크램블 에그, 그리고 고기 죽이 있었다. 그도 피가 철철 흐르는 생고기를 주지 않을까 했는데 이런 것이라니 약간 의외다.

"이건?"

"생고기인 쪽이 낫습니까?"

"아, 아니요."

서린은 깜짝 놀라서 고개를 저었다. 그러자 군인들은 키득키득 웃어댔다. 마치 어린애를 놀리고 즐거워하는 듯한 모습이다.

서린은 아랫입술을 깨물었다. 어찌 되었든 간에 지금은 식사를 하고 휴식을 취해서 힘을 비축해 두어야 한다. 아직까지 볼코프는 서린에게 특별히 손을 대지 않고 있지만 리림인 그를 그냥 내버려 둘 리가 없다. 어렵게 손에 넣었으면 그만큼의 뭔가를 얻어내고 싶어 할 테니까.

하지만 쿠데타를 일으켜서 현실적인 힘을 손에 넣으려고 하는 그가 왜 자신을?

"내일은 이르쿠츠크로 떠날 예정이니 오늘은 식사를 충분히 하고 푹 쉬시기 바랍니다."

군관은 식사를 앞에 두고 우물쭈물하는 서린에게 그렇게 말했다. 아아, 역시 이건가? 서린은 군관을 바라보며 눈살을 찌푸렸다.

"그래요?"

서린은 투덜거리며 식사로 눈을 돌렸다. 어차피 먹는 걸로 인간을 어떻게 할 약은 그리 많지 않고, 서린의 몸은 신진대사가 빨라서 극독을 먹는다 해도 순식간에 해독이 가능하다.

저들도 애써서 손에 넣은 리림을 릴리쓰도 찾기 전에 약물로 망치고 싶지는 않겠지.

"나중에 세건 형에게 엄청 혼나겠는걸."

서린은 빵 조각을 집어 들며 생각에 잠겼다. 한세건이 이 자리에 있다면 뭔가 명확한 결론을 내려주었으리라. 하지만 그 혼자서는 아무리 생각해 보아도 머릿속이 몽롱할 뿐 뭔가 명확한 결론이 나지 않았다. 그저 입을 벌리니 나오는 것은 한숨뿐이다.

긴 은발의 청년이 약간 게슴츠레한 눈을 하고 의자에 앉아서 등받이에 몸을 기대었다 말았다 한다. 그때마다 의자에서 삐걱거리며 마찰음이 들렸다.

그런 그의 앞에는 아이들이 병원 대합실처럼 일렬로 늘어선 의자에 앉아서 TV를 보고 있었다. TV에서는 '사우스파크'의 프랑스어 버전을 틀어주고 있었는데 지금 막 어린아이 캐릭터 하나가 전기톱에 의해 찢겨 죽었다.

아이들은 그걸 보면서 마구 웃어댔다. 만약 이 보육원에 아이를 맡긴 부모들이 봤다면 기절하고 싶을 지경이리라.

"흠."

하지만 그때 은발의 청년이 리모컨을 잡더니 채널을 돌려 버렸다. 그러자 아이들이 모두들 깜짝 놀라서 자리에서 일어났다.

"신부님?! 방금 케니가 죽었는데… 안 보세요?"

"응?"

이 은발의 청년은 길게 자란 머리칼을 포니테일로 묶으면서 볼펜을 입에 물고 애들을 노려보았다. 이 신부도 만화를 좋아한다는 건 이미 아이들 사이에 널리 알려져 있기 때문에 다들 놀란 것이다. 설마 그가 직접 만화 채널을 돌려 버릴 줄이야?

TV에서는 한창 러시아 내에서 일어나고 있는 테러에 대한 뉴스가 방송되고 있었다. CIS 정상회담까지 이제 약 십여 일 남짓. 테러 조직의 움직임이 기승을 부리는 것도 당연하다.

하지만 그렇다고는 해도 기갑여단 하나가 통째로 전멸당했는데 적이 흔적도 보이지 않았다는 건 아무래도 이상하다.

"아무래도 가봐야겠군. 그럼 여길 누구에게 맡긴다?"

그는 투덜거리며 자리에서 일어났다. 애초에 보육원 따위는 이 교구에 자리를 박고 정보를 얻기 위해 시작한 일이다. 그러니까 정이 들었다거나 그런 건 전혀 없다. 어차피 그는 인간들에게 딱히 관심이 없으니까. 하지만 그렇다고 여기까지 키워둔 보육원을 이제 와서 팽개치는 것도 아깝다.

"프란체스카 수녀 전화번호가 어떻게 되더라?"

그는 핸드폰을 꺼내 들며 생각에 잠겼다.

요즘 들어서 파리에서 흡혈귀들이 대거 빠져나간다 했었는데 역시 러시아에서 일이 벌어지고 있는 것인가? 언젠가는 일이 일어나리라고 생각은 하고 있었지만 이렇게 갑자기 빠져나가다니, 이해하기 힘들다. 그렇게 생각하고 있을 때였다.

삐리리링…….

핸드폰으로부터 '파워퍼프걸' 오프닝 곡이 울려 퍼졌다. 깜짝 놀란 그가 전화를 드니 수화기 너머에서 소년의 목소리가 들려왔다.

—실베스테르 신부님이시죠?

"누구지?"

실베스테르는 깜짝 놀라서 고개를 갸웃거렸다. 생판 모르는 해외에서 전화가 온 것도 신기한데 실베스테르의 이름을 정확히 알고 있지 않은가?

—아, 신기하십니까? 전 빌헬름입니다.

"뭐?"

—판타즈마고리아의 에스콰이어 빌헬름입니다.

전화기 너머의 목소리는 자신의 정체를 밝혔다. 기가 막힐 노릇이었다. 흡혈귀 사냥꾼에게 흡혈귀가 전화를 걸다니. 세상에 이런 일이 있을 수가?

그것도 다른 놈이 아니라 실베스테르의 숙적인 진마 팬텀의 부하가 아닌가? 실베스테르는 기가 막혀서 화도 내지 못하고 반문했다.

"미친 녀석. 어떻게 내 번호를 안 거지?"

—제가 모르는 것 따위는 없.습.니.다!

건방지게도 이렇게 단언한다. 실베스테르는 어처구니가 없어서 핸드폰 쪽으로 고개를 기울였다.

—그나저나 당신도 참 한심하군요. 진마사냥꾼이라고 불리던 남자가 이제 와서 애들 돌보면서 잔챙이 흡혈귀들이나 사냥하고 있으니.

"뭐?"

—테트라 아낙스는 볼코프 레보스키를 위시한 민족 우파계 마피아의 쿠데타 계획을 막기 위해 흡혈귀를 소집할 겁니다. 당신이 좀 멍청하고 모자라다고 하더라도 모르지 않을 텐데요, 파리에서 흡혈귀들의 동향을 파악하고 있으면? 당신도 엉덩이에 살이 찌지 않았다면 여기로 오시는 게 어떨까요? 뭐, 싫으면 말고요. 골방에서 아동용 만화나 보면서 노는 게 당신에겐 딱 어울릴지도 모르지만요. 흥, 그런 주제에 우리 마스터를 라이벌이랍시고 쫓아다니다니, 주제를 모르는 거 아니에요? 그럼 이만.

"어?"

실베스테르가 뭐라고 반응하기도 전에 전화는 뚝 끊어졌다. 깜짝 놀란 실베스테르는 해외 전화용 번호를 누르고 빌헬름의 핸드폰으로 다시 전화를 걸었지만 한참 신호음이 가다가 들리는 소리는 '전화기가 꺼져 있습니다' 였다.

콰직.

실베스테르의 손에서 핸드폰이 깨졌다.

"아, 신부님… 저기, 어?"

아이들이 크레용으로 그린 그림을 들고 실베스테르에게 다가오다가 그의 싸늘한 표정을 보고 그림을 떨어뜨렸다. 한 애는 바지에 오줌을 지리며 울어댔다.

"우아아아아앙!"

"후우, 하여튼 퀄컴칩(퀄컴 사의 CDMA칩)이 들어간 전화기란 것들은……."

실베스테르는 부서진 핸드폰을 쓰레기통에 던지고 재킷을 걸쳤다. 그는 핸드폰 대신 벽에 걸린 벽걸이 전화기를 잡고 수녀회에 전화를 걸었다.

"아, 프란체스카 수녀? 접니다, 실베스테르. 아무래도 일이 좀 생겨서 장기 부재를 해야 할 것 같은데 이 보육원 좀 맡아주세요. 필요하다면 기증하는 형식으로 하지요. 서류는 가면서 보내겠습니다. 그럼."

—예? 하, 하지만 실베스테르 신부님?!

"전 오늘 당장 러시아로 떠납니다."

실베스테르는 그 말을 남기고 벽걸이 전화기에 수화기를 걸었다.

"흠, 열 좀 받았겠지? 다음은 아그니랑 아르곤인가? 아, 아니지, 아르곤은 핸드폰도 없지."

빌헬름은 핸드폰을 테이블 위에 던져 놓고 다른 핸드폰을 꺼내더니 번호를 눌렀다. 그 모습을 뒤에서 지켜보던 앙리 유이는 기가 막혀서 벌어진 입을 다물지 못했다.

"…무, 무서운 놈."

"뭐가요?"

"아니, 아무것도."

앙리 유이는 빌헬름의 시선을 피해 창밖으로 고개를 돌렸다.

2

이데올로기와 이데올로기가 충돌하던 냉전 시대. 지상에는 두 패자가 있었다. 하나는 자본주의의 미국이었고 다른 하나는 공산주의의 소비에트연방이었다.

그리고 이제 자본주의가 역사에서 승리함으로써 소비에트연방은 사라지고 CIS연방으로 쪼개졌다. 하지만 그럼에도 불구하고 러시아는 여전히 군사 강국이었다. 누구도 내정에 간섭할 수 없는 거대한 강국이기에 그 강국에서 벌어지는 일은 결코 법의 테두리에서 대응할 수 없었다. 아니, 법으로 대응하면 늦다.

테트라 아낙스는 그래서 흡혈귀들을 불러들이기 시작한 것이다.

모스크바 인근의 외국인 임대 아파트 계단을 베레모를 쓴 여성이 신경질적으로 걸어 오르고 있었다. 발목을 덮는 버클 스웨이드 부츠로 계단을 깨기라도 할 듯 신경질적으로 밟으며 올라온 그녀는 계단과 거주 구역을 연결하는 방화셔터를 발로 차고 걸어 들어왔다.

베레모에 말아 넣듯 아무렇게나 쑤셔 박은 붉은 머리칼이 찰랑거리며 빠져나왔다. 새하얀 피부에 피처럼 붉은 머리칼을 가진 놀라운 미녀이지만 지금 그녀는 굉장히 불만스러운 표정을 짓고 있었다.

맑은 가을 햇살이 아파트 현관 앞을 비추고 있어서 짜증이 난다. 게다가 더더욱 짜증 나는 것은 그 현관 앞에서 어쩔 줄 몰라 하고 있던 두 남자가 그녀를 바라보고 반가운 표정을 지어 보이는 것이다. 붉은 모자에는 선명하게 DHL이라는 택배회사 마크가 붙어 있었다.

"뭐죠, 이건?"

"아, 예. 택배입니다. 대형 브라운관 TV라고 되어 있는데요."

직원들은 비굴한 미소를 지으며 그녀를 바라보았다. 짐을 들고 온 것이야 그들의 일이긴 하지만 그렇다고 그들이 비굴해할 필요는 없다. 하지만 그녀에게는 주위를 압도하는 힘이 있었다.

"브라운관 TV?"

그녀는 시시하다는 듯 눈을 가늘게 뜨고 상자를 살펴보았다.

겉에는 'SONY WEGA' 라고 선명하게 상표가 붙어 있었지만 박스 자체는 약간 낡았다. 약 32인치쯤 되는 와이드 TV일까? 겉으로 보기에는 그렇다. 안에서 뭔가 이상한 소리가 들리지 않는다면…….

하지만 안에서는 작으나마 뭔가 기이한 소리가 들렸다. 소포나 선물을 가장한 폭탄일까 싶었지만 그런 소리는 아니다. 안에서는 미세한 숨소리 같은 게 들리고 있었다.

그녀는 한숨을 내쉬고 택배 직원이 건네주는 펜을 잡았다. 택배 직원은 카디건 위로 드러나는 그녀의 가슴을 힐끗 쳐다보다가 얼른 표정을 관리했다. 이미 들켰지만 그렇게 관리하는 걸 보니 아주 속물은 아닌 것 같다. 그녀는 한숨을 내쉬고 사인을 한 뒤 문을 열었다.

"안에 들여놔 드릴까요?"

두 직원은 누가 먼저랄 것도 없이 동시에 그렇게 말하며 머리를 긁적였다. 미인이라서 잘 대해주고 싶은 것일까? 이미 사인을 받은 이상 그냥 가버려도 누가 뭐라고 할 수도 없을 텐데 그들은 굳이 수고를 자처했다.

하지만 여성은 코웃음 치며 고개를 절레절레 저었다.

"됐어요. 동생들이 있으니까."

"예?"

벨을 눌러도 아무런 반응이 없는데 동생들이 있다니? 설마 현관 앞에 이 거대한 종이 상자를 그대로 방치할 생각은 아니겠지? 아니면 설마 그녀가 이걸 들여놓겠다는 건가?

그들이 그렇게 의아해하자 붉은 머리칼의 여성이 눈살을 찌푸렸다.

"빨리 안 가요?"

언성이 날카로워지자 그들은 모두들 움찔했다. 사실 그들이 잘못한 것은 없다. 아니, 되레 친절을 베풀었는데 이런 대접을 받다니 화를 내도 무방하다. 하지만 그들은 화를 낼 수가 없었다. 마치 독사가 그들의 발목 아래를 스치고 지나간 기분이랄까?

갑자기 드는 생리적인 공포심에 그들은 부리나케 달렸다. 붉은 머리칼의 여성은 그들이 사라지는 것을 보고 한숨을 내쉬었다.

"이제 그만 나와도 좋아!"

그녀의 말이 끝나기가 무섭게 종이 박스 위로 두터운 칼날 하나가 푹 솟아올랐다. 날 자체는 두텁지만 칼 코는 꽤나 예리한 장도였다. 상당히 크고 육중해 보이지만 뒤로 가면 갈수록 날이 두터워져서 무게중심은 뒤에 놓인다.

무거운 무기를 한 손으로 부드럽게 다루기 위해서 만들어졌다는 것을 알게 해주는 이 칼날은 이슬람의 시미터와 중국도의 특성을 다 가지고 있었다. 실크로드를 통해 이슬람과 중국의 교역이 활발할 무렵 만들어진 이 이름 없는 장도는 일본도처럼 날렵함은 없지만 세련되고 섬세한 파괴 병기였다.

지이이익!

물살 밖으로 드러난 상어 등지느러미처럼 칼날이 종이 박스 위를 미끄러졌다. 그러자 종이 박스가 갈라지며 좌우로 쓰러졌다. 안에는 칼을 쥐고 있는 백발의 청년이 있었다.

그러자 붉은 머리칼의 여성은 골치가 아프다는 듯 자신의 이마를 짓눌렀다.

"정말. 대체 이게 무슨 짓이야, 아르곤?"

하지만 백발의 청년은 대답 대신 몸을 풀었다. 비행기를 타는 대신 좁은 상자에 들어가서 화물로 자신을 부쳐 버렸으니 몸이 꼬일 만도 하다.

그는 그렇게 몸을 풀면서 자신에게 짜증을 내고 있는 여성을 보더니 웃음으로 화답했다. 방금 전의 택배 직원들은 비굴한 미소로 그녀의 분노를 회피했지만 이 녀석은 아주 대놓고 화사하게 웃는 게 다르다.

"와우! DHL 특급 배송 빠르네. 예전에 잘못해서 일반 화물로 부쳤을 때는 사 주간 배를 탄 적도 있었는데. 역시 배송비가 좀 비싼 만큼 제값을 하는걸?"

"미친……. 그냥 비행기를 타지 그랬어?"

그녀는 질려서 백발의 남자를 바라보았다. 그러자 백발의 청년은 당당하게 손가락으로 'V'를 그리며 대답했다.

"아껴야 잘살지!"

"……."

그녀는 기가 막혀서 이 남자를 바라보았다. 이제 20대 초반으로 보이는 용모를 하고 있지만 그의 정체는 천 년 이상의 세월을 살아온 흡혈귀 24계통의 계승자, 진마 아르곤이다. 그는 자신이 튀어나온 종이 박스 안을 주섬주섬 뒤지더니 웬 종이봉투를 꺼냈다. 종이 리본으로 주둥이를 묶은 걸로 보아 선물이랍시고 가져온 것 같은데 참 없어 보인다.

"아 참, 헤카테. 이건 선물이야."

"선물?"

아껴야 잘산다면서? 그런 놈이 무슨 선물이람?

헤카테는 그렇게 생각했지만 호기심에 지고 말았다. 없는 아르곤이 선물이랍시고 들고 온 것이니 궁금하지 않을 수 없다. 그녀는 종이봉투를 받아서 즉시 뜯어보았다.

안에는 화장품 등이 들어 있었는데… 색이 정말 마음에 들지 않았다.

"뭐야, 이건?"

"아, 아니, 저기, 그런 거 좋아하던 것 같아서."

"그냥 화장품이면 다 좋아하는 줄 알아? 색이 마음에 들어야지. 게다가 없는 살림에 이런 건 왜 샀어?"

그렇게 말하는 걸 보니 나름대로 아르곤을 걱정하는 것 같다. 백발의 흡혈귀는 씨익 웃으면서 혀를 날름 핥았다.

"그야 앞으로 신세 좀 질 테니까."

"누구 마음대로?!"

헤카테는 기가 막혀서 종이봉투를 머리 위로 치켜들더니 바닥으로 내던졌다. 하지만 아르곤은 발등으로 종이봉투를 받아서 차올린 뒤 손으로 그걸 받았다.

헤카테가 아무리 느리게 내던졌다고는 하지만 이건 이만저만한 속도로 내던져진 게 아닌데 그걸 순식간에 회수하다니.

역시 아르곤의 반응 속도는 대단하다. 만약 그가 나쁜 마음을 먹는다면 헤카테의 목숨이 위험할 판이다. 하지만 아르곤이 그럴 놈이라면 이렇게 자신을 종이 박스에 포장해서 보내는 미친 짓을 하지는 않았으리라.

“우와, 선물한 사람 앞에서 내팽개치다니, 너무한걸.”

아르곤은 종이봉투를 던졌다 받았다 하면서 핀잔을 주었다. 그렇게 말하고 있기는 하지만 정작 내던졌어도 별로 상처를 받은 것 같지는 않다. 넉살이 좋은 건지 둔감한 건지 모르겠다.

헤카테는 질려서 그를 바라보았다.

“선물이 아니라 뇌물이라고 하는 쪽이 더 정확하지 않아?”

“그렇기야 하지만 나도 정말 뇌물로서 선물한 건 아니라고. 내 나름대로는 헤카테에게 어울릴 거라 생각해서 산 건데.”

“닥치고. 여기서 머물겠다면 절대 반대야. 어차피 몸도 튼튼해서 어디서 자빠져 자도 끄떡없는 놈이 무슨 말을 하는 거야? 그리고 공식적으로 너와 나는 어떤 관계도 아니라고. 그런데 그런 놈이 내 아파트에서 살겠다니 내 밑의 놈들이 뭐라고 생각하겠어?”

“뭐라고 생각하기는, 노처녀 곧 있으면 시집가겠네, 라고 생각하겠지.”

“…….”

아르곤의 뻔뻔스러운 말에 헤카테는 질려서 그를 바라보았다. 지금 이 자식이 나를 유혹하는 건가? 아르곤은 싱글벙글 웃으면서 질린 표정의 헤카테에게 물어보았다.

“화났어?”

“당장 꺼져!”

헤카테는 얼굴이 빨개져서 팔을 크게 휘둘렀다. 후려갈길 듯한 기세긴 하지만 흡혈귀 간 공격은 곧 둘 중 하나가 죽을 때까지 싸워보자는 소리였다. 그들의 싸움은 어지간해서는 도중에 멈추지 않는다.

"그러고 보니 역시 오래 갇혀 있어서 배도 고프고 피도 좀 고픈걸. 잠시 나갔다 올게."

"잠시 나갔다 오는 게 아니라 아예 꺼져 버리라고!"

"아, 혹시 장 봐야 할 거 있어? 올 때 사 가지고 돌아올 테니까."

"없어!"

"그래? 그러면 진짜 다녀올게."

"그러니까 당장 꺼지라고!"

아르곤은 헤카테의 히스테리를 본체만체하며 아파트 통로의 창문을 열더니 지상으로 단숨에 뛰어내렸다. 물론 그는 지상에 사뿐히 착지한 뒤 재킷 주머니에 손을 푹 찔러 넣고 투덜거리며 걸어갔다.

하바로프스크와 비로비잔 사이의 철도가 끊어지자 비로비잔 역에는 사람이 넘쳐 났다. 그들은 역 앞의 대합실에서 낡은 TV 수상기에서 틀어주는 하바로프스크 역 붕괴의 현장을 보며 겁에 질렸다.

체첸 반군에 의한 하바로프스크 역 테러사건으로 유구한 역사를 자랑하는 하바로프스크 역의 건물 앞부분이 폭삭 가라앉아 버리고 말았다. 그리고 그 체첸 반군에 협력한 용의자 두 명, 유리안 레브넨코와 빼또쥬 이슬라모프의 사진이 화면에 떠오르고 있었다.

미디어와 마법, 문명의 힘과 어둠의 힘을 동시에 통제해 세계를 지배하는 테트라 아낙스는 인간들이 어둠의 세계를 엿보지 못하도록 정보를 제어하고 있었다. 하지만 역시 명백한 적들에 대해서는 그다지 관대하지 않은 것 같았다.

"빌어먹을 테트라 아낙스. 사건은 무마시키지만 그래도 그냥 내버려 두진 않겠다는 건가? 아, 젠장. 내 모자, 모자……."

유리안은 모자에 뚫린 구멍에 손가락을 꽂고 빙글빙글 돌리면서 계속해서 투덜거렸다. 그러자 사람들 사이에 앉아서 턱을 괴고 있던 빼또쥬가 TV를 보며 버럭 화를 냈다.

"그만 좀 해! 내가 잃어버린 카세트덱 쪽이 훨씬 비싸단 말야! 까짓것 모자 가지고 징징대다니 확 패버릴까 보다!"

"그건 훔친 거잖아. 내 것은 누나가 직접 만들어준 거란 말야. 그 정성을 장물 따위와 비교한단 말이야?"

"흥! 시스터 콤플렉스 변태 같으니. 언젠가 그러다가 해외 토픽에 날 짓 하지 마라."

빼또쥬는 그리 말하며 카세트덱 대신 히람을 번쩍 집어 들어서 어깨 위에 올려놓았다. 히람은 짐짝처럼 번쩍 들린 상태에서도 서린에게 받은 손수건을 코에 대고 연신 흐르는 콧물을 닦아내고 있었다.

하바로프스크와 비로비잔 사이의 철도가 끊어지면서 역의 대합실은 그야말로 사람 전시장 같은 꼴이 되긴 했다. 그러니 그들이 그 사이에서 다툰다 해도 그리 신기한 것은 아니다.

하지만 지금 당장 방송에서 그들의 얼굴을 대문짝만하게 띄우며 찾아대고 있는데도 아무도 알아보지 못한다는 것은 이상하다. 그들은 자리를 탁탁 털고 일어나 근처에서 몸 둘 바를 모르고 있는 사람들에게 자신의 자리를 양보하고는 태연하게 사람들 사이를 빠져나와 거리로 향했다.

금요일이라 그런지 아니면 퇴근 시간이 되어서 그런지 역 앞의 광장은 차들이 밀려서 주차장처럼 되어 있었다. 땅은 오라지게 넓은 주제에 도로는 그렇게 만들지 않아서 개방된 이래 각지에서 몰려든 중고차들에 의해서 도로는 완전히 주차장이 되어버렸다.

하지만 러시아 사람들이 중고차 좋아하는 것은 소비에트연방 때부터의 관습이라 그런지 모두들 설사 걷는 것보다 차가 더 느릴지라도 차를 끌고 나왔다.

차도는 차의 물결, 인도는 인파로 시장통을 이루고 있는데 이 두 테러범은 그런 거리를 마치 무인지경처럼 태연히 거닐었다. 사람들이 자신이 인식하지도 못하는 사이에 그들을 피해 좌우로 갈라지는데 흡사 모세가 홍해 쪼개듯 인파가 갈라지는 게 아닌가?

몇몇 예민한 사람은 이상하다는 듯 주위 사람들을 돌아보았지만 그것도 잠시, 빼또쥬가 '짐승의 눈'으로 노려보자 그들은 다들 자신의 갈 길로 향했다.

운명이 정한 인간의 포식자, 그 위치를 차지하고 있는 라이칸스로프들은 인간을 압도하는 힘을 가지고 있었는데, 그것이 바로 '짐승의 눈' 이었다.

진성의 라이칸스로프들에게나 있는 능력이긴 한데 유리안과 빼또쥬는 마치 별거 아니라는 듯 태연스럽게 그 힘을 사용했다.

"역시 사람이 많으면 예민한 이들이 꼭 있단 말야?"

유리안과 빼또쥬는 자신들이 가진 '짐승의 눈' 으로 인간들을 압도하며 골목으로 향했다. 낡은 중고차들이 매연을 뿌리며 달리는 거리 옆에 뚫린 작은 이 골목은 사방에서 불어오는 바람을 차단해 주는 좋은 길목이었음에도 불구하고 아무도 없었다.

이런 곳에는 으레 알코올중독자나 시골에서 올라온 행려들이 진을 치고 있어야 정상인데 주위에는 사람의 그림자조차 보이지 않았다.

"이번 접선 장소가 여기가 맞나?"

유리안이 투덜거리며 빼또쥬를 바라보았다. 그러자 빼또쥬는 물에 젖어서 휴지와 다름없게 된 종잇조각을 들더니 유리안을 노려보았다. 팩스 용지였는데 물에 젖어서 완전히 알아볼 수 없게 되었다.

"맞겠지. 아무리 우리라고 해도 인라인 스케이트를 타고 하바로프스크에서 여기까지 달려오는 건 좀 힘들었어."

그들은 약 500킬로미터나 되는 도로를 태연스럽게 인라인 스케이트로 달려온 것이다. 뭐, 가을철이고 하바로프스크 주에서도 아무르 강 유역은 원래 사람이 살기 좋은 곳이기는 하다.

그렇다고는 해도 인라인 스케이트로 500킬로미터를 달리는 건 미친 짓이다. 아무리 체력이 강한 라이칸스로프라고 해도 이

건 지나치게 강한 게 아닌가?

"철도는 끊어졌지, 도로는 검문검색 심하지, 차는 미어지지. 비로비잔이 아니고 다른 곳 어디가 접선지겠어?"

빼또쥬는 그리 말하며 너덜너덜해진 인라인 스케이트를 들어 보았다. 역시 고속으로 이동했더니 베어링이 마모되다 못해서 바퀴가 프레임에서 덜그럭거릴 정도다.

그는 길을 가다가 문득 한 소년이 자신을 유심히 바라보는 것을 보고 그 아이에게 인라인 스케이트를 건네주었다.

"발에 맞을지 모르겠다만 써라."

"아? 주, 주는 거야?"

"그럼 파는 거겠냐?"

빼또쥬는 투덜거리며 유리안의 인라인 스케이트도 빼앗아 그에게 주었다. 그러자 유리안이 입을 삐죽 내밀었다.

"뭐 하는 거야? 내 건 아직 쓸 만한데!"

"또 구하면 되지, 뭐."

"그나저나 헬기나 비행기를 빼앗아 타고 오라는 의미에서 치타였을지도?"

"불길한 소리를 하는군. 그래 봤자 책임져야 할 건 너지만."

신경이 날카로워진 빼또쥬는 유리안의 이마를 손으로 꾹 누르며 그리 말했다. 그러자 유리안이 깜짝 놀라서 자신을 엄지손가락으로 가리키며 물어보았다.

"어? 왜 나야?"

"이 종이를 이 모양으로 만든 건 누구라고 생각해?"

"그야… 나지?"

"그걸 알면 누구 책임인지 분명히 알겠지?"

"아무리 그래도 치타로 오라고 하면 그건 이사카 잘못 아닌가?"

유리안이 그리 투덜거리며 골목 옆에 설치된 창고 벽에 손을 대었다. 그러자 마법이 풀리며 비밀의 문이 드러났다. 낡은 밀조주 창고로 쓰이던 곳이라 원래 사람들 눈에 잘 안 띄는 데다가 거기에 환술까지 걸어놨으니 일반인들이 보기 힘든 것도 당연하다.

유리안은 투덜거리며 문고리에 손을 가져갔다. 그러나 그때였다.

"이제 오는 거냐?"

문을 미처 열기도 전에 안쪽에서 사람의 목소리가 들려왔다. 깜짝 놀란 유리안이 문을 열고 고개를 들어보니 붉은 눈동자가 어둠 속에서 빛을 발하고 있었다.

거칠게 자란 회색 머리칼이 한쪽 눈을 덮고 있는 청년이 시미터를 턱 밑에 받친 채 유리안을 노려보고 있었다. 머리칼 사이로 드러난 오른쪽 눈동자는 색소가 하나도 없어서 모세혈관이 그대로 비쳐서 토끼처럼 붉었다.

살기등등하고 싸늘한 그 표정에 유리안은 겁에 질려서 파들파들 떨면서 손을 들어 인사를 했다.

"아, 이, 이사카. 직접 기다리고 있었어요?"

철컥!

칼자루에 무게가 실리자 칼집과 칼날이 마찰해 쇳소리가 났다. 그는 한숨을 내쉬며 천천히 일어났다.

"보아하니 데려오는 건 실패한 것 같군. 뭐 그럴 거라고 생각은 했지만, 이렇게까지 늦어졌다면 내게 보고할 게 있겠지?"

그는 일어나며 칼집에서 시미터를 뽑았다. 다마스커스 강으로 만들어진 시미터가 스르릉 울며 빠져나온다. 검이 빠져나오는 궤도가 깨끗하니 이자 역시 이만저만한 고수가 아니리라.

그는 그 검극으로 부서진 전화기를 가리켰다. 보고가 늦어지니까 성질대로 전화기를 작살낸 모양이다. 그걸 본 유리안은 더더욱 겁에 질렸다. 보다 못한 빼또쥬가 나섰다.

"아무르의 호랑이가 도중에 낚아챘습니다."

"그러니까 네가 하고 싶은 말은 임무를 수행하지 못한 것도 못한 것이려니와 아예 표적을 다른 놈에게 선물까지 했다, 이 말이지?"

이사카는 생긋 웃으면서 그렇게 물어보았다. 표정은 웃고 있는데 보고 있는 쪽은 다들 파랗게 질려 버렸다. 하지만 그는 칼을 거두었다.

"목숨으로밖에는 묻지 못할 죄이지만… 그래도 소중한 전력이니 죽일 수는 없지. 그러니 나를 위해 죽어라."

그는 칼을 칼집에 넣었다. 아마도 더 이상 죄를 묻지 않을 생각인 듯했다. 그러자 방금 전까지 벌벌 떨던 유리안이 생긋 웃었다.

"그야 당연히 이 목숨, 이사카의 것인데 뭘! 죽는다면 당연히 이사카를 위해서 죽어야지."

참 놀라운 일이다. 그냥 농담 삼아서 하는 게 아니라 어디까지나 진심으로… 기꺼이 죽어주겠다는 마음으로 유리안은 말하고 있었다. 세상에 이렇게까지 강한 충성심이 있을 수가 있을까?

그러나 이사카는 그런 충성스러운 부하들을 보고도 심드렁했다. 마치 너무나 당연한 걸 왜 입 밖으로 내어서 싸게 구느냐는 듯한 표정이었다.

"당연한 소리를 하는군. 그나저나 군용 비행기를 타면 하루도 안 되어서 이르쿠츠크에 도착하겠지? 골치 아프군."

"이르쿠츠크에 남긴 것도 없잖아요? 거기 간다고 걱정될 게 있나요?"

빼또쥬는 의아해서 이사카를 바라보았다. 이미 이사카가 이르쿠츠크에, 그리고 릴리쓰에 대해서도 손을 써놨기에 그들이 이르쿠츠크에서 무슨 짓을 한다 하더라도 딱히 릴리쓰의 흔적을 찾을 수는 없을 것이다.

"이르쿠츠크에 도착하면 롯시니가 기억을 되찾을 가능성이 있어. 아니, 아마 되찾을 거다. 녀석의 기억은 그리 강력하게 봉인된 게 아니니까. 게다가 내가 살아 있는 한 녀석의 기억이 완전히 소멸한다는 것은 불가능하지. 나와 그 녀석은 둘이면서 하나니까."

이사카는 그리 말하며 자신의 오른쪽 눈동자에 손가락을 댔다. 그러자 유리안과 빼또쥬가 서로를 바라보았다.

그들은 비스트의 뒤에 숨어서 히람을 데리고 있던 롯시니를 기억하고 있었다. 그는 마치 이 세계의 모든 것이 신기하다는 듯 경이의 눈초리로 이쪽을 바라볼 뿐 아무런 짓도 하지 못했다. 흡사 생판 모르는 인간이라도 된 것처럼.

"그래도 보니까 영 아니던걸요? 비스트라는 녀석은 확실히 좀 세긴 세더만 롯시니는 영. 진짜 이사카의 형제 맞아요?"

빼또쥬는 조심스럽게 물어보았다. 이사카는 그들에게 있어서 신이나 다름없는 존재다. 하지만 그와 같은 날에 태어난 동생, 롯시니는 도저히 이사카와 같은 유전자를 타고난 존재로 보이지 않았다.

"비스트도 뭐, 다음번에 싸우면 이길 자신 있는데."

유리안은 투덜거리며 이마를 쓰다듬었다. 그 석궁 볼트는 진짜 유리안이 당해본 공격 중 가장 악랄하다고 할 만했다. 스스로의 손으로 두개골을 깨고 뇌와 눈깔을 뽑아내야 할 정도였으니까.

그렇지만 유리안은 자신이 비스트에게 당한 것은 그를 너무 얕잡아 봐서였지 절대로 자신이 비스트보다 약해서라고 생각지 않았다.

하지만 이사카는 고개를 저었다.

"호오? 그건 너희들의 착각이다. 비스트는… 그 자신은 알고 있는지 모르겠지만……. 흠, 아니, 아마 모르겠지만 그래도 그를 얕볼 마음은 없는걸? 인간의 몸으로 진마를 사냥한 녀석이 이제 흡혈귀의 몸을 가졌다. 그리 만만한 게 아니지."

유리안과 빼또쥬는 이사카의 평가에 납득 못 하겠다는 표정을 지었지만 반박하지는 않았다.

만약 이사카가 해가 서쪽에서 뜬다면 그때부터는 해가 서쪽에서 뜨는 것이다. 태양이 네모라고 하면 네모인 거고 하늘이 노랗다고 하면 노란 것이지 거기에 반박할 이유가 없다.

"그렇지만 롯시니가 그 정도로 아니던가? 녀석은 나의 다른 모습, 나의 형제다. 그런 녀석이 그 정도라니 실망인걸."

이사카는 한숨을 내쉬며 창고의 안쪽을 살펴보았다.

원래 밀조주를 저장하는 창고로 만들어진 이 비트에는 말라 비틀어진 인간들의 시체가 있었다. 메틸알코올을 섞어서 가짜 보드카를 만들어대던 놈들이라 이사카는 아무렇지도 않게 그들을 죽이고 이 창고를 손에 넣어버린 것이었다.

"아무르의 호랑이에게 비스트가 생포당한 것도 다 그를 빼내지 못해서였던 것 같던데요."

빼또쥬는 한세건이 아무르의 호랑이에게 저항도 하지 않고 항복하던 것을 떠올렸다. 영어로 말해서 알아들을 수는 없었지만 말을 못 알아들어도 일이 흘러가는 분위기는 읽을 수 있다. 한세건이 저항하지 않고 생포당한 것은 그 상황에서 롯시니를 지키면서 싸울 자신이 없었기 때문이었다.

"그렇겠군. 그런데 비스트가 아무르의 호랑이에게 생포당했다고?"

이사카의 회색 눈썹이 살짝 들렸다. 차가운 표정에서 서서히 살기가 드러났다.

"예."

유리안은 분위기를 읽지 못하고 밝게 손을 들었다.

"이 녀석들, 보고의 기본이 안 되어 있군. 너희들… 그런 일은 보고해야겠다는 생각이 안 드냐? 안 되겠군. 벌칙이다. 이르쿠츠크로 가서 루스킨과 합류해라."

"예?"

모두들 깜짝 놀랐다. 비로비잔에서 이르쿠츠크까지는 1,000마일이 훨씬 넘는다. 그런데 가라니?

"못 들었냐? 이르쿠츠크로 가라고."

"잠깐만요. 뭐로요?"

"이거다."

이사카는 창고 옆에 세워진 자전거 한 대를 가리켰다. 트랙의 알루미늄 보디에 시마노 LX 변속기가 얹혀 있는 고급 MTB였는데 그 뒤에는 특이하게 스틸로 만든 안장이 달려 있었다.

저 비싼 MTB에 웬 스틸 안장이 달려 있단 말인가? 그걸 본 빼또쥬와 유리안의 얼굴에서 핏기가 싹 가셨다.

"여, 여기서 이르쿠츠크까지 자전거를 타고 가라고요? 며칠 안에요?"

"내일모레까지. 지금부터 출발해야 할 거다. 기어랑 체인이 튼튼하니까 속도 좀 내도 부서지지 않을 거야. 잘해봐."

"……."

유리안과 빼또쥬는 서로를 바라보며 덜덜 떨었다. 아무리 그들이 라이칸스로프라고 해도 이거는 좀 너무했다.

"이, 일단 교대로 자면서 시속 백 킬로미터 이상으로 쉬지 않고 가야겠네."

"누가 먼저 하지?"

유리안과 빼또쥬는 이런 무모한 명령에도 불복하거나 반항하지 않고 조심스레 순번을 정했다. 그러자 이사카는 코웃음을 치더니 자리에서 일어났다.

"그러면 나는 좀 움직여 볼까?"

"예? 어디 가시는데요?"

"신경 끊어. 그러면 다음번에는 이르쿠츠크에서 만나도록 하지. 히람은 나를 따라와!"

이사카는 히람의 손을 잡고 골목 밖으로 걸어 나갔다. 회색 머리칼을 가진 혼혈아 청년은 군용 코트의 깃을 올려 세워서 얼굴을 가리고 히람과 함께 골목 저편으로 사라졌다.

3

밤이 되자 하바로프스크에는 가을비가 내렸다. 대륙성 기후인 탓에 밤이 되면 기온이 급강하하지만 그렇다고는 해도 아무르 강을 끼고 있는 이 일대는 밤이 되어도 비교적 따뜻하다.

그 빗줄기 속을 투덜거리며 걸어가는 청년이 있었다.

"젠장. 난리 났군."

그는 몸을 적시는 비가 저주스럽다는 듯 하늘을 올려보았다. 비는 어떤 의미에서는 눈보라보다 더 질이 나쁘다. 옷을 쉽게 침투하는 빗줄기는 손쉽게 체온을 빼앗아 간다.

그의 체력은 남다른 면이 있었지만 아무리 그라 하더라도 지금의 몸 상태는 말이 아니다. 그런 몸으로 차가운 빗줄기 앞에서 있자니 물 대신 바늘이 쏟아지는 것을 몸으로 맞고 있는 것 같았다.

"헉헉……."

숨이 차고 눈앞이 어지럽다. 자신의 몸이 이렇게 무거웠던가? 그는 그리 생각하며 빗속을 헤맸다.

대륙의 비는 정말 무섭게 쏟아진다. 가을에도 이런 장대비가 쏟아지다니, 한국인인 그로서는 참 상상하기 힘든 일이었다.

"크윽!"

그는 하바로프스크 시내의 중국인 거리 앞에 멈춰 섰다. 다른 곳은 빨리 불이 꺼졌지만 이곳은 밤에도 여전히 불을 밝혔다. 화려한 홍등들이 불을 밝히고 있는 이곳은 지금 이 시간에도 거래가 한창 진행되고 있었다. 자신의 할 일만 정확히 하면 되는 공산주의 체계에 길든 러시아인들과 달리 화교로서 이미 세상에 이름을 날린 중국인들이다.

그들은 대부분의 직장이 퇴근할 시간이 되도록 불을 밝히고 보따리장수들을 통해서 들여온 각지의 상품들을 전시해 두고 있었다. 그들의 상점이 늘어선 거리 쪽으로 내밀어진 천막을 따라 빗물이 폭포수처럼 쏟아져 내렸다.

쏴아아아아아아.

청년은 빗소리를 들으며 휘청거렸다. 길을 지나는 사람들이 그를 피해서 좌우로 갈라졌다. 러시아에서 알코올중독자는 꽤나 흔한 존재이기 때문에 사람들은 대부분 그를 알코올중독자라 생각하고 쉽게 자리를 비켜주었다.

"아, 짜증 나!"

그는 한국어로 투덜거리며 빗길 위에 주저앉았다. 각종 외국산 통조림 등을 진열한 중국인 상인은 그가 가게 앞에 주저앉자 노골적으로 싫은 표정을 지었지만 뭐라고 하진 않았다.

어차피 손님도 잘 안 오던 판이라 그가 앞에 쓰러져 있다고 해서 이제 와서 장사에 방해가 된다거나 그런 일은 없었으니까. 괜히 알코올중독자에게 뭐라고 했다가 시비가 붙으면 그게 더 손해라서 중국인 상인은 그가 주저앉아 있는 것을 그냥 지켜보았다.

"묘하군."

중국인 상인은 그 알코올중독자를 바라보며 무심코 중얼거렸다. 저 알코올중독자는 상당히 어려 보이는데 녹색으로 머리칼을 물들이고 있었다. 머리칼을 녹색으로 물들이려면 이만저만 손이 가는 게 아닐 텐데 그런 걸 한 녀석이 알코올중독자라니 이해가 되지 않는다.

대개의 알코올중독자는 꼬질꼬질한 거지꼴을 하는 게 정상 아닌가?

"그냥 취한 건가?"

상인은 그렇게 생각하며 먼지떨이를 쥐었다. 비 오는 날 먼지가 날릴 리 없지만 그는 짐짓 상품들의 먼지를 터는 척하며 녹색 머리칼의 불청객을 관찰했다.

"치잇!"

그때 녹색 머리칼의 청년이 일어났다. 방금 전까지 휘청거리던 사람이라고는 믿기 힘든 기백으로 일어난 그는 잠시 주위를 두리번거렸다. 그리고 그 순간 눈앞에서 자취를 감췄다. 깜짝 놀란 상인이 먼지떨이를 떨어뜨렸을 정도였다.

"아니?!"

방금 전까지 비실거리던 남자가 순식간에 눈앞에서 사라져 버렸다. 말 그대로 증발이라고 할까? 그런 현상이 눈앞에서 일어난 것이었다. 너무나 놀라운 장면이라 그는 혹시 자신이 미쳐서 환각을 보는 게 아닐까 의심했다.

하지만 맞은편에서 향채와 차를 팔던 상인도 놀란 표정으로 저울을 잡고 있는 걸 보니, 자신만 본 게 아닌 듯했다.

"지, 지금 그거 봤나?"

부들부들 떨리던 손으로부터 저울이 떨어졌다. 눈앞에서 벌어진 일이지만 정말 믿기 어려운 일이다.

"아아, 믿을 수가 없군. 자네의 얼빠진 표정이 없었다면 나는 그냥 내가 미쳐서 헛것을 본 줄 알았을 거야."

"거참, 뚫린 입이라고 상큼하게 놀리고 있군."

그들은 그렇게 농을 걸면서도 혹시 몰라서 방금 전 사람이 사라진 자리로 다가가 보았다. 깨끗하게 도로가 포장되어 있는 탓에 무슨 흔적이 남아 있는 건 아니지만, 방금 전에 그들이 본 게 허깨비나 유령이 아니라는 것은 왠지 확실하게 느낄 수 있었다.

"정말 귀신이 곡을 할 노릇이군."

상인들은 겁에 질려서 오들오들 떨었다. 유령인가? 굿을 하고 제사를 지내야 할까? 아니면 풍수사를 불러? 그들은 그렇게 고민을 하며 다른 상인들에게 다가갔다.

"질기군, 이 녀석들."

한세건은 가슴을 쥐어뜯으며 골목으로 빠져나갔다. 그런 그를 뒤따라서 두 명의 군인이 쫓아왔다. 이 일대의 군인은 죄다 볼코프 레보스키의 손에 떨어져 있는지 철도경비대나 공정대의 병사들조차 세건을 알아보았다.

엑토플라즘 마스크를 써서 얼굴을 바꿀까 했지만 볼코프 레보스키에 투항했을 때 그것도 이미 빼앗겼다.

이럴 줄 알았으면 차라리 투항하지 말고 장비가 있을 때 전력을 다해서 항전하는 편이 나았다. 하지만 그때는 볼코프 레보스키의 목적을 몰랐었기에 그리 판단한 것이다.

한세건은 숨을 헐떡였다. 흡혈귀의 혈인 능력을 끌어다 쓴 탓에 몸 안은 정말 엉망이다. 지금 당장 길 가는 사람의 목이라도 물어뜯고 싶은 심정이었다.

물론 그는 절대로 그런 짓을 하지 않는다. 그는 사이키델릭 문과 코카인 등에 중독되어서도 금단증상을 견뎌낸 강인한 정신력을 가지고 있다. 이제 와서 흡혈 충동 따위에 질 리가 없다.

하지만 정신력과는 별개로 육체의 반응이라는 것은 결국 화학 작용에 지나지 않는다. 그가 정신력으로 흡혈 충동을 이겨낸다 하더라도 몸이 둔해지고 무기력증이 전신을 짓누르는 것만은 어쩔 수가 없었다. 과연 이 상태로 추격자들을 이길 수 있을까?

철컥!

그렇게 생각한 한세건은 주저 없이 권총을 장전했다. 적들에게서 빼앗은 권총과 군용 나이프를 양손에 각각 쥐고 있는 힘, 없는 힘을 모두 끌어모았다.

차라리 체력이 있는 동안에 추적자들을 해치우고 휴식을 취한다. 그게 현명하다. 하지만 그 생각을 몇 번이나 했더라? 몇 번이나 하면서도 그것을 실행에 옮기지 않은 것은 이 녀석들이 그렇게 호락호락한 상대가 아니기 때문이었다.

일개 졸개에 불과한 주제에 전투력은 적어도 VT가 만 단위는 되는 흡혈귀에 맞먹는다. 아니, 훈련된 군인이라는 점에서는 그것보다 더더욱 질이 나쁘다.

한세건은 골목 옆의 어둠에 숨었다. 자신의 몸에서 냄새가 나고 있다는 것은 알고 있었지만 흘러내리는 이 빗물이 그의 냄새의 방향을 감춘다. 녀석들은 계속 추격할 수 있겠지만 이 가까운 거리에서 세건이 어디 있는지는 알 수 없을 것이다.

여기서 승부를 가르는 것이다. 그동안 전속력에 가깝게 도망쳐 왔으니 녀석들의 이동속도는 상당할 것이다. 천천히 움직여서 추격했다면 세건이 암습한다 해도 통하지 않겠지만 지금은 먹힌다!

쏴아아아아.

길목에 숨어서 적들이 접근하기를 기다리고 있는데 적들은 오지 않고 빗줄기만 거세게 쏟아진다. 대륙성 기후의 영향인지 빗줄기는 차고 무겁다. 눈이 되기 직전의 것이 아닌가 싶을 만큼 차가워서 계속 맞고 있을 수도 없다.

그런데 대체 어찌 된 거지? 이제 와서 추격 속도를 늦추었단 말인가?

철벅!

그때 누군가가 물을 밟는 소리가 들려왔다. 거리에 고인 물을 밟으며 누군가가 다가온다. 깜짝 놀란 세건은 총을 잡고 조심스럽게 정신을 집중했다. 몸이 좋지 않은데 정신을 집중하는 것은 매우 짜증 나는 일이다. 마치 머리카락에 불이 붙어서 타들어가고 있는데 정신을 집중하는 것 같다.

속에서 짜증이 울컥울컥 치밀어 오르고 신경질이 난다. 그리고 초조함이 그를 갉아먹는다.

"여기에 있지, 비스트?"

그때 흠잡을 데 없는 한국어가 골목 입구에서 들려왔다. 깜짝 놀란 세건이 도로를 살펴보니 빗줄기가 쏟아지는 곳 위로 차가운 그림자가 드리워져 있는 게 아닌가?

"안심해. 추적자들은 다 따돌렸으니까."

상대방의 목소리는 굉장히 젊다. 그리고 한국어를 말하는 데 있어서 전혀 어색함이 없었다. 마치 서울 한복판에서 만난 사람을 대하는 것 같았다.

흡혈귀 중에는 오랜 세월을 유용하게 써보겠다며 외국어를 배우는 데 열중하는 이들도 있었다. 그러나 오랜 세월을 어학에 투자한 그들도 막상 말하는 것은 어딘지 모르게 어색했다.

외국인이 그 정도 말하면 굉장한 것이긴 하지만 그래도 자신의 기초적인 어학 중추의 지배를 받아서 발음 같은 부분에 어색함이 있었다.

그런데 이 녀석에겐 그런 게 없었다. 그래서 세건은 혹시 텔레파시나 환청이 아닌가 의심했다. 그러나 그런 것도 아니다.

"…일단 이야기나 해보지. 이렇게 도망쳐 나온 것을 보면 역시 볼코프 레보스키의 목적을 알아차렸다고 해도 되겠지? 그렇지 않나?"

상대방은 점차 그에게로 다가오고 있었다. 물을 밟는 소리가 가까워진다. 한세건은 숨을 죽인 채 귀를 기울였다. 귓가에서 자신의 심장 소리가 들려올 지경이었다. 괴롭다. 이 녀석은 그런 한세건을 괴롭히면서 다가온다. 대체 뭐지? 무슨 생각이지? 정체는 뭘까?

어찌 되었든 세건은 각오를 해야 했다. 그 순간 그는 자신이 몸을 숨긴 어둠에서 뛰쳐나왔다.

그리고 즉시 권총을 골목 입구를 따라 다가온 이에게 겨누었다. 하지만 상대방은 거기에 없었다. 방금 전까지 물소리를 내던 적이 없다?

"여기군."

그 순간 세건의 뒤에서 싸늘한 인간의 목소리가 들렸다. 세건은 즉시 몸을 앞으로 던지고 공중제비를 돌며 뒤를 향해 총을 겨눴다.

칵!

하지만 총이 미처 격발되기도 전에 상대방이 따라왔다. 한세건은 반사적으로 총을 세워서 자신에게 날아드는 칼날을 막아냈다. 쇠와 쇠가 충돌하며 불꽃이 튀었다. 세르유코프 SPS 권총이 강력한 검격을 이기지 못하고 휘어버렸다.

"크!"

"이거 참. 몸 상태가 안 좋은 모양이군."

상대방의 눈동자가 어둠 속에서 빛을 발했다. 오른쪽 눈동자는 붉고 왼쪽 눈동자는 푸른, 오드아이의 청년이 세건을 바라보고 있었다. 그의 손에는 시미터와 쿠크리가 들려 있었는데 그는 그것을 판초 우의 속으로 가볍게 거둬들였다.

휘리리릭!

그가 움직이자 좁은 골목 안의 바람이 그를 휘감는다. 쓰레기통 위에 있던 고양이가 놀라서 도망친다. 그가 두르고 있는 판초 우의가 펄럭거리며 빗방울을 튕겨냈다.

"네놈은?!"

한세건은 녀석을 보고 놀라서 물러났다. 볼 것도 없이 이 녀석이 바로 이사카 베르게네프라는 것을 알 수 있었다. 서린을 닮은 용모지만 서린과 대칭적인 오드아이를 지니고 있다.

대칭적인 것은 눈동자만이 아니다. 온후한 인상의 서린과는 달리 이사카는 차갑고 강인해 보이는 얼굴에 모든 것을 비웃는 듯한 냉혹한 눈빛을 지니고 있다.

게다가 그의 복장은 전형적인 반군의 모습이다. 머리에는 터번을 두르고 있고 낡은 판초와 AK—47, 도검 등으로 무장한 그 모습은 아프가니스탄이나 체첸 등의 반군 청년병이라 해도 믿겠다. 아니, 어쩌면 그게 사실일지도.

'질이 다르군.'

형제지만 성질이 완전히 다르다. 평화로운 일상에 길들여진 온화한 서린과 달리 이 녀석은 전장을 누비는 한 마리 늑대다. 서린과 같은 혈통을 타고났으면서도 서린과는 정반대인 녀석! 이 녀석이 바로 또 다른 리림이었다.

그는 한세건을 내려다보며 피식 웃었다.

"지금 몸으로 나를 상대하려 한다는 건 미친 짓이라고. 아니면 그 알량한 권총 한 정으로 날 어쩔 수 있을 거라고 보나? 굉장히 낙관적인데, 그거?"

"이사카 베르게네프인가?"

한세건은 확인차 물어보았다. 그러자 이사카는 고개를 끄덕였다.

"아아, 그래. 내가 이사카 베르게네프지. 잘 알고 있는 모양이군. 하긴, 히람이 말해주었나?"

그는 자신이 이사카임을 시인했다. 서린의 형, 또 다른 리림인 그는 태연자약하게 팔짱을 꼈다. 한세건은 나이프를 손아귀에서 빙글빙글 돌리며 그를 노려보았다.

"의외로군. 한국어를 잘하는걸?"

"그야 당연하지. 그런데… 그 나이프 치워두시지? 거슬리는데."

이사카는 그리 말하며 쿠크리에 손을 가져갔다. 날 길이가 약 60센티미터에 달하는 쿠크리다. 이런 컴뱃 나이프로 저런 거랑 육탄전을 벌였다가는 당해낼 재간이 없다. 몸 상태도 좋다고 할 수 없으니 여기서 싸움을 걸어봤자 무리다. 한세건은 나이프를 칼집에 꽂아 넣고 그를 노려보았다.

"한국어라. 그래, 그게 그렇게 신기한가? 여기에는 고려인도 많아서 한국어 듣기가 그리 어려운 일은 아닐 텐데. 아, 고려인 중에도 한국어 잘하는 사람은 그리 많지 않던가?"

"아아, 사투리 하나 없이 완벽한 발음으로 말하는 건 정말 어려운 거거든. 어지간한 공부를 쌓아서 될 일이 아니야."

한세건은 그리 말하며 골목 입구를 노려보았다. 분명히 추적자는 더 이상 오지 않고 있었다. 설마 이사카 이 녀석이 해치운 것일까?

"그야 이 말은 배워서 안 게 아니니까. 애초에 나는 한국어뿐만 아니라 현재 존재하는 인간의 언어라면 뭐든지 할 수 있는걸?"

"뭐?"

이 녀석, 갑자기 무슨 말을 하는 거지? 그러면 라틴어나 스와힐리어 같은 것도 할 수 있단 말인가? 아니면 뉴질랜드나 호주 원주민의 토속 언어 같은 것도? 하지만 그렇다면 저렇게 한국어를 잘하는 것이 납득된다.

"이럴 게 아니라 우선 자리를 피하도록 하지. 아무리 나라고 해도 아무르의 호랑이랑 지금 당장 전면전을 벌이고 싶은 생각은 없으니까. 나를 따라오겠나? 아니면 카드도 지갑도 여권도 없이 여기서 부랑자처럼 허우적거리다가 멍청히 아무르의 호랑이가 사고 치는 걸 구경하든가."

"…네놈은……."

이 녀석도 아무르의 호랑이, 볼코프 레보스키가 저지를 일을 알고 있는 건가? 세건은 자신이 왠지 한심해져서 고개를 갸웃했다. 러시아 정부를 대상으로 쿠데타를 일으키겠다는 계획을 이 녀석도 알고 있다니. 자신만 바보였던 걸까?

이사카는 한세건이 머뭇거리자 호통을 쳤다.

"대답은 'Yes' or 'No' 두 가지뿐이야. 마음대로 하라고. 강요할 생각은 없으니까. 아, 강요가 조금 들어가긴 들어가야겠군. 시간! 빨리 결정지어. 녀석들 또 온다."

"어째서?"

이미 추적자는 해치운 것 아닌가? 아무리 녀석들이 군대라고 해도 하바로프스크 일대는 굉장히 넓은데 벌써 추적자들이 알아챌 리가 없다. 무엇보다도 녀석들은 무전기도 휴대하지 않았으니까. 그러나 이사카는 신경질적으로 대답했다.

"집단의식으로 묶인 녀석들이라 한 놈이 당하면 금세 다른 놈들이 알게 된다고. 이건 우리도 마찬가지이지만. 그러니 선택을 빨리해 주시지?"

"… 'Yes' 다."

"그러면 따라와, 비스트! 당신도 야수이니 라이칸스로프들과 놀기엔 어울리는군."

"웃기지 마."

한세건은 투덜거렸지만 몸 상태가 점차로 나빠져서 서 있기조차 힘들 지경이었다. 그러자 이사카는 세건에게 다가와 그를 부축했다. 한세건은 그가 접근하는 것을 용납하지 않으려고 했지만 몸이 움직이지 않는다. 무리하게 힘을 끌어 쓴 탓에 피가 마르고 환각이 보일 지경이다. 귓속에서는 망령들이 속삭이는데 그것조차 제어가 안 될 판이다.

"그러면 바로 가볼까? 좀 참으시지."

이사카는 그리 말하고는 한세건을 매단 채 쓰레기통 위로 훌쩍 뛰어올랐다. 양철로 만들어진 쓰레기통이 북소리를 내는 것과 동시에 그는 화살처럼 위로 쏘아져 올라가 건물들 위로 날아올랐다.

4

헤카테의 부하 흡혈귀들은 소파에 앉아 있는 백발 포니테일의 청년을 멍청한 표정으로 바라보았다. 그는 양 무릎에 턱을 괴고 소파에 앉아서 몸을 흔들며 TV를 보고 있었다. 그러면서 양파맛 프링글스의 뚜껑을 열고 소금을 털어낸 뒤 입으로 가져가는 것이다.

"뭐 해?"

헤카테는 어이가 없다는 표정으로 서 있는 부하들을 노려보았다.

"아니, 저자는……."

부하들은 당황해서 백발 청년을 바라보았다. 머리칼도 하얗지만 피부도 하얗고 몸도 전체적으로 날씬하다. 그러면서도 피부 밑의 혈관이 비치지 않는 데다가 콧날의 선이 분명하고 눈빛도 깊다.

굉장한 미남이지만 전신에서 풍겨 나오는 없어 보이는 느낌은 분명히 에스프리의 리더, 진마 아르곤의 특징이었다.

헤카테와는 공식적으로 세 번이나 목숨을 걸고 싸웠고 그때마다 헤카테의 클랜은 궤멸을 면치 못했다.

게다가 그의 혈인 능력인 동결 저주는 진마 팬텀의 크림슨 글로우에 상극이기에 팬텀의 강력한 라이벌이라고 할 수 있었다. 하지만 굳이 혈인 능력을 들 것도 없이 그는 바이킹 왕족으로 태어나 바이킹 시대부터 지금까지 각지의 전장을 누비며 다녔다. 그러면서 각지의 지식과 무예를 연마한 그는 흡혈귀들 사이에서도 알아주는 강력한 존재였다.

그런데 그런 그가 지금 헤카테의 아파트에서 뒹굴거리며 TV를 보고 있는 것이다.

"아, 냉장고에 콜라 넣어놨으니까 마셔요."

짐짓 선심 쓰는 체하며 아르곤이 손을 휘휘 휘저었다. 흡혈귀들은 모두들 당황해서 헤카테를 바라보았다. 헤카테는 그런 부하들의 눈길을 보며 헛기침을 했다.

"뭔가 할 말이라도? 역시 콜라는 인이 들어 있어서 싫은가?"

"아, 아니요. 물어보고 싶은 마음은 굴뚝같지만 저희도 바보는 아닙니다."

그렇게 말하는 것부터가 매우 신경에 거슬린다. 헤카테는 자신의 부하들이 멋대로 자신과 아르곤을 연관 짓는다는 걸 깨닫고는 한숨을 내쉬었다.

그녀의 부하들이야 자유의지가 거의 없다시피 한 충직한 수족이 대부분이다. 그래서 그들은 그녀의 심기를 거스를까 봐 말 한마디 한마디를 조심했다.

하지만 이 경우는 멋대로 심기를 거스를 것 같다고 조심하는 것 자체가 짜증 난다. 그녀에게 있어서 아르곤은 한때의 강적이었을 뿐이다. 처음에는 테트라 아낙스의 충실한 추종자였던 헤카테는 테트라 아낙스의 지배 체계를 용납하지 못하는 아르곤과 충돌해 몇 차례나 싸워왔다.

그러던 그녀가 테트라 아낙스에 대한 신뢰를 잃게 되자 아르곤과 싸울 이유가 없어진 것이다. 단지 그뿐인데도 부하들은 아직도 아르곤을 적이라고 여기고 있었다.

하긴 이제 와서 싸울 이유가 없어졌다고는 해도 헤카테의 성격으로 미루어 보면 한 번 적은 영원한 적이어야 한다. 자존심 강한 그녀가 아르곤이 잘못했다고 손이 발이 되도록 싹싹 빈 것도 아닌데 이렇게 화기애애(?)하게 한 지붕 아래에서 생활하는 건 있을 수 없는 일이다.

"아르곤, 뭔가 해명해 봐."

헤카테는 부하들의 시선이 신경 쓰이는지 아르곤을 노려보았다. 그러자 아르곤은 소파에 앉아서 흡혈귀들에게 손을 흔들었다.

"한동안 신세 지게 된 아르곤입니다! 보잘것없는 몸이지만 잘 부탁해요, 여러분!"

뭔가 데릴사위로 들어온 듯한 분위기다. 부하들은 고개를 끄덕이며 수긍하고 말았다.

"그게 해명이냐? 소개지?"

헤카테는 질려서 아르곤을 바라보았다. 어쨌거나 한동안이라니 좀 다행이다. 영원히 신세 진다고 했으면 어쩌려고 했나. 뭐, 그럴 리는 없겠지만 부하들 앞에서 아르곤이 저러고 있으니 매우 불안하다.

하지만 아르곤은 헤카테의 불안함을 아는지 모르는지 콜라캔을 입에 물고 그녀를 돌아보았다.

"그건 됐고. 사실 부하들에게 알릴 것도 없잖아? 좋을 대로 생각하라고 내버려 둬. 언제부터 부하들 시선을 신경 썼다고 그러는 거야?"

"그건 그렇지만. 그래서 여기서 계속 빌붙어 있을 거야? 돈 한 푼 없다면서 이런 건 어디서 사 온 거야?"

그녀는 프링글스에 손을 가져가서 몇 개 집어 들었다.

그러자 아르곤이 피식 웃었다.

"그야 도박을 살짝 했지."

"또 도박인 거야? 작작하지. 인간들에게 그렇게 빌붙기는……."

헤카테는 질려서 아르곤을 바라보았다. 신분증이나 여권이 없어서 제대로 된 카지노 같은 곳은 들어가지도 못했을 것이다. 그렇지만 아르곤 성격상 소매치기를 하거나 들치기를 하지는 않았으리라.

"그런데 헤카테, 상황은 어떻게 되는 거야? 나는 릴리쓰가 나타날지도 모른다는 이야기 때문에 왔는데. 릴리쓰는 코빼기도 안 비치는 것 같은데? 게다가 테트라 아낙스는 대체 무슨 생각인 거지? 요새 테트라 아낙스 때문인지 불안하고 잠도 잘 안 오고 속도 거북해."

아르곤은 그렇게 중얼거리며 목을 매만졌다. 테트라 아낙스가 어떤 마음을 강력하게 품음으로써 진마인 그는 뭔지 명확하게 알 수 없는 불안을 느끼고 있었다. 그건 헤카테도 마찬가지다. 흡혈귀들의 의식 밑바닥을 지배하다시피 하는 테트라 아낙스의 의지가 그들의 심경을 자극하고 있는 것이다.

"릴리쓰에 대한 단서는 없어. 테트라 아낙스는 모른다고 하고 있지만, 글쎄, 그놈들을 과연 어디까지 믿어야 할지."

헤카테는 테트라 아낙스에 대해서 강한 불신을 표명했다. 그녀도 테트라 아낙스에 대해서는 정이 떨어진 지 오래다.

테트라 아낙스의 능력은 더할 나위 없이 소중한 것이지만 그 힘을 행사하는 테트라 아낙스의 태도는 자존심 강한 그녀의 신경을 긁기에 부족함이 없었다.

"하지만 테트라 아낙스는 분명히 흡혈귀들을 모으고 있지. 벌써 유라시아 익스프레스를 타고 많은 흡혈귀가 유럽에서 흘러들어오고 있어. 공항으로 들어오는 쪽도 꽤 되는 듯하고…….
뭔 일을 벌일 생각이긴 한 것 같은데, 왜 진마인 나에게도 안 알려주는 거지?"

"찾아가서 물어보면 어때?"

아르곤이 그렇게 묻자 헤카테는 도리질 쳤다. 번거로운 것도 번거로운 거지만 테트라 아낙스는 역시 껄끄러운 존재다. 같은 흡혈귀이긴 하지만 그는 왠지 다른 이질적인 존재라는 느낌이 강했다.

"굳이 물어볼 것도 없이 녀석이 무슨 생각 하고 있는지는 대충 알 수 있는걸."

헤카테는 그리 말하고 신문을 들었다. CIS연방 정상회담이 얼마 남지 않아서 그런지 각지에서는 반군 활동이 더더욱 활발해졌다. 그래서 회담이 벌어지는 모스크바 회장 주위의 병력을 강화하고 있었다.

"이날 무슨 일이 벌어지는 건 확실한 것 같은데 말야. 반군 조직원 중에는 왠지 인간이 아닌 녀석도 많다고 하고."

그녀도 기갑여단이 순식간에 몰살당했다는 사건을 잘 알고 있었다. 카스피 해 연안에서 벌어진 괴사건은 흡혈귀나 라이칸스로프 혼자서 할 수 있는 일이 아니다. 즉 인간이 아닌 것들로 이뤄진 무장 집단이 이 러시아에 존재한다는 증거였다.

"볼코프 이바노포비치 레보스키인가? 그런데 그 아저씨 성격에 아무리 필요하다고 해도 자기 나라 군인을 죽일 수 없을 텐데?"

아르곤은 그리 중얼거렸다. 볼코프 레보스키가 들으면 억울해서 펄쩍 뛸 말이다. 비록 외모로는 볼코프 레보스키가 더 들어 보이지만 실제로 나이를 헤아려 보면 아르곤 쪽이 훨씬 많지 않은가?

하지만 헤카테도 흡혈귀다 보니 그런 나이는 헤아리지 않았다.

"볼코프 이바노포비치 레보스키?"

"아무르의 호랑이라고 하는 아저씨인데, 음… 시베리아계 웨어타이거의 정통을 잇고 있지. 예전에 여기서 용병 생활 할 때 몇 번 본 적이 있어서 잘 알아. 러시아 육군 소장이고 좀 안 좋은 파벌에 속해 있기 때문에 사고 칠 가능성이 높다고는 생각해 왔는데."

"그래? 잘 알고 있네, 의외로?"

"용병 장사 하려면 자주 오게 되거든. 여하튼 간에 일이 벌어질 거라면 너무 늦었다고 생각해. 이제 이 주도 남지 않았고, 한 열흘 남았지? 그런데 어떻게 막을 수 있겠어? 될 대로 돼라."

아르곤은 소파에 누워서 뒹굴거렸다. 그 행동이 너무 얄미워서 한 방 갈기고 싶은 심정이 굴뚝같았다. 하지만 그렇다고 정말 쳐버렸다가는 유혈 사태가 벌어질지도 모른다.

"으으, 참을 인 셋이면 살인도 면한다고."

"헤카테는 참을성도 많아요."

"……."

참고 있는데 이런 소리를 하다니, 열 받으라고 하는 걸까?

"왜? 태어나서 처음 듣는 칭찬이야?"

아르곤은 순진무구한 표정으로 그렇게 물어보았다.

"소, 솔직히 처음 듣는 소리기는 한데."

헤카테는 이를 딱딱 부딪치며 아르곤을 노려보았다. 그때 갑자기 벽걸이 전화기에서 시끄러운 전화벨 소리가 들렸다.

"받아!"

헤카테는 신경질적으로 외치며 부하들을 노려보았다. 그러자 데님 슈트를 입은 말쑥한 모습의 젊은 남자 흡혈귀가 전화기에 다가갔다.

"예. 아! 예… 예!"

전화기를 들고 있던 녀석의 얼굴에서 핏기가 싸악 빠졌다. 게다가 전화기 너머의 상대에게 굽실거리는 게 무슨 빚 독촉 전화 받은 신용 불량자 같다. 헤카테는 대체 자신의 부하가 왜 저러는지 궁금해져서 물어보았다.

"뭔데 갑자기 그래?"

"팬텀입니다."

팬텀이란 이름을 듣자마자 소파에 드러누워서 뒹굴거리던 아르곤이 스프링처럼 튕겨서 일어났다. 그는 가죽 칼집에 꽂힌 장도를 등 뒤로 휙 둘러메었다.

"시간이 얼마 없기는 하지만 팬텀이라면 할 수 있을지도 모르겠군."

"난 싫은데. 그 기생오라비 같은 놈! 느슨해 가지고! 물론 그 녀석이 이끈다면 테트라 아낙스보다는 낫겠지만, 밑에 들어갔다가 또 빚지게 되는 거 아냐? 잘은 모르지만 그 녀석은 사법사잖아? 지금 당장 실실 웃으면서 느슨해 보인다고는 해도, 나중에 그것에 크게 물릴지도 모른다고 생각되니 영 내키질 않는걸."

헤카테는 팬텀이 마음에 안 드는지 험담을 해댔다. 하지만 결국 지금 이 상황을 해결할 능력은 테트라 아낙스가 아니면 팬텀밖에 없으리라는 것에는 의견이 일치했다.

"뭐, 역시 이 상황을 타개할 인물은 녀석밖에 없지만."

"그렇게 생각하지? 아무튼 어쩌라는 거야, 그래서?"

"이쪽으로 택시를 보낸다고 합니다만."

전화기를 들고 있던 흡혈귀는 당혹스러운 표정을 지어 보였다. 함정일지도 모른다는 생각이 불현듯 들었기 때문이었다. 하지만 아르곤은 태연자약했다.

"역시 행동 한번 시원시원하군. 좋아, 일단 기다려서 합류하도록 하지."

이르쿠츠크는 그림처럼 아름다운 옛 시가지를 가지고 있는 바이칼 연안의 도시다. 바이칼 호수가 낮의 태양열을 흡수하기 때문에 밤이 되어도 기온이 온후하고 풍부한 수량 때문에 주변의 자연환경이 풍요롭다.

물론 그런 바이칼 호수 근처에도 공장들이 들어서고 발전소가 들어서면서 수질 오염이 염려되고 있지만 최근 들어서 친환경적인 정책을 통해 바이칼 호수 근처의 개발이 제한되면서 오염이 완화되었다고 한다.

오염되었느니 어쩌느니 떠들어도 여전히 최고의 투명도를 자랑하는 호수이니 이 근처에 위치한 이르쿠츠크가 얼마나 축복받은 도시인지는 말할 필요도 없을 것이다. 원래 이르쿠츠크는 데카브리스트의 난 이후 유배지로 선정된 도시이지만 지금은 모든 러시아인이 노후를 보내고 싶어 하는 천혜의 도시가 되어 있었다.

그러나 아무리 그렇다고는 해도 대도시인 이상 어둠이 있게 마련이다. 러시아에서 무단 쓰레기 투기는 길바닥에서 경찰에게

두들겨 맞아도 할 말이 없는 중죄인데도(그렇다기보다는 경찰이 원래 난폭하다고 해야…) 뒷골목에는 쓰레기가 넘쳐 나고 있었다.

개방과 개혁을 견디지 못하고 낙오한 이들은 메틸알코올이 섞인 가짜 보드카나 코냑 등을 마시고 알코올중독자가 되어 조금이라도 온기가 있는 골목에 널브러졌다.

살기 좋은 곳은 언제나 물가가 오르게 되고 그 와중에 각광받는 직업이 또 거지와 소매치기라, 거주 허가가 나지도 않은 인근 사람들이 몰려들고 행려가 생긴다. 계속되는 고도성장 때문에 물가는 하늘 높은 줄 모르고 치솟고 있다 보니 시골 생활을 견디지 못하고 거주 허가를 얻기도 전에 무작정 상경한 시골뜨기들이 행려가 되는 것을 막을 수가 없었다.

그런 거리의 뒷골목으로 터번을 두른 청년이 한 남자를 끌고 걸어왔다. 터번과 판초 우의를 두른 그는 한눈에 보아도 무슨 아프가니스탄 반군 같은 복장을 하고 있었는데 용케도 주위 사람들에게 신고당하지 않고 여기까지 왔다.

아닌 게 아니라 사람들은 무의식중에 그를 쳐다보지도 않고 있었다. 간혹 그와 눈이 마주치기라도 하면 겁에 질려서 고개를 돌려 버리고 잠시 후에는 자신이 왜 고개를 돌렸는지조차 잊어버린다.

그는 그런 인간들을 비웃으면서 길거리를 걸었다. 한 남자를 끌다시피 부축하고 걸어온 그는 골목을 굽이굽이 돌았다.

데카브리스트는 옛 유럽 각지에 유학을 하고 선진 문물을 배워 온 의욕적인 젊은이들이었다. 그들은 러시아의 군인 귀족이었으나 입헌군주제를 꿈꿨고, 그를 위한 움직임을 보이다가 숙청당해 당시로서는 오지라 할 이르쿠츠크로 유배당했다.

그런 이들이 이 도시의 모습을 바꾸어놓았는지 거리에는 유럽의 풍모가 남아 있었다. 그런 유럽의 풍모가 있는 골목을 돌면서 그는 걷고 또 걸었다.

"이런, 이런. 벌써 맛이 갔나."

그는 투덜거리며 늘어진 남자를 살펴보았다. 여전히 깨어날 기미가 안 보이기는 하지만, 쓰러질 만도 했다. 하바로프스크에서 이르쿠츠크까지는 천 마일이 넘는 거리다. 그걸 비행기에 매달려서 날아왔으니 녹초가 되는 것도 당연하다. 가뜩이나 몸 상태도 안 좋았으니, 잘못해서 떨어지지 않은 것만으로도 용하다.

"하긴. 반인반귀의 몸에서 혈인 능력을 써댄 모양이군. 피도 안 마시면서 혈인 능력을 써댔으니 죽지 않은 게 용하지. 괜찮으려나?"

VT인자를 소모하는 혈인 능력은 VT에 중독된 흡혈귀의 몸으로는 견디기 힘든 일이다. 일단 VT 고갈 상태가 되면 육신은 피를 소모해서 VT를 만들어대고 그 손실을 보충하기 위해 인간의 피를 간절히 원하게 되는 것이다.

하지만 이놈은 피를 마시지 않고 버티고 있다. 흡혈귀들에게 있어서 피를 마시지 않는 것만 한 고통이 없을 텐데도 버티고 있는 것을 보면 뭔가 중요한 의미가 있는지도 모른다. 아니면 그냥 기회가 없었다든가.

터번의 청년, 이사카 베르게네프는 그런 생각을 하며 턱을 쓰다듬었다. 그가 끌고 오고 있는 이 녹색 머리칼의 청년이야말로 월야의 세계에 등장한 혜성 같은 신예, 한세건이었다.

비스트라고 불리는 그는 인간의 몸일 때 이미 진마를 살해했고 그들의 피에 감염되어 반은 흡혈귀나 다름없는 몸이 되었다 한다. 흡혈귀 사냥꾼이 흡혈귀가 되는 것은 흔한 일이지만 여기서 명심할 것은 그가 피에 '감염' 되었다는 사실이다. 결코 자의로 흡혈귀가 된 게 아니다.

타락한 헌터들은 종종 죽음이 두려워서 스스로 죽여 버린 흡혈귀의 피를 빨아버리곤 한다. 공포에 계속 쫓기던 사람들이 정신의 한계에 도달하게 되면 결국 그 공포와 하나가 됨으로써 공포심으로부터 해방되고자 한다.

그게 진마의 것이라면 더 말할 나위 없다. 뱀파이어의 귀족, 영주, 설령 방금 전까지 그것들과 적대하던 헌터라 해도 부귀공명을 누리는 귀족의 지위가 약속되었다면 전향하지 않을 이유가 없다.

만약 그런 절호의 상황에서도 뱀파이어의 적으로 남을 수 있다면 그자는 뱀파이어와 타협할 수 없는 무언가를 가진 이일 것이다.

한세건 역시 그러했다. 뱀파이어의 귀족, 진마를 직접 살해하고도 뱀파이어의 일원이 되지 않았다. 그의 정신력은 이미 사이키델릭 문에 의해 너덜너덜해진 육신을 억지로 움직이고 있을 정도다.

그러므로 지금 그가 쓰러져 있는 것은 더 이상 정신력으로 어떻게 할 수 없는 생리적인 반응에 의한 것이다.

"이러다가 죽는 게 아닌가 모르겠군."

이사카는 투덜거리며 세건을 살펴보았다.

"어이!"

그때 골목에서 험상궂은 남자들이 걸어 나왔다. 골목길 옆에 놓인 굴뚝에서는 수증기가 많이 섞인 김이 새하얗게 뿜어져 나오고 있었는데 그들은 마치 그 김에서 나타난 것처럼 불쑥 모습을 드러낸 것이다.

거구의 남자 세 명으로 차 한 대가 지나갈 만한 골목길이 가득 차버렸다. 멧돼지처럼 씩씩거리는 저능해 보이는 20대 초반의 남자, 안경을 쓴 중년의 군인 같은 남자, 그리고 키는 상당히 큰데 목이 짧고 어깨가 떡 벌어진 벽 같은 남자가 있었다.

이사카는 그들을 보며 한숨을 내쉬었다.

"아무리 보아도 이 녀석들은 흡혈귀들에 비해서 너무 비주얼이 딸리는군. 좀 예쁜 녀석들을 모을 걸 그랬나? 뭐 그래서 뽑은 게 유리안과 빼또쥬이긴 하지만……."

이사카가 그렇게 중얼거렸지만 세 명은 이사카의 말을 알아듣지 못했다. 이사카는 그들이 들어도 알아채지 못하도록 일부러 스페인어로 말하고 있었기 때문이다. 그때 목이 짧은 남자가 손을 들어서 흔들었다.

"이사카 아냐? 벌써 도착했어?"

"아아, 루스킨은?"

"루스킨은 전에 있던 아지트 정리하고 있어서. 유리안이랑 빼또쥬 만나면 같이 오라고 하지, 뭐. 그런데 옆에 그건 뭐야? 먹을 거야?"

씩씩거리는 돼지 같은 남자는 이사카가 옆에 끼고 있는 청년을 보며 입맛을 다셨다.

"아니, 먹긴 좀 아까운 거지. 사람은 넘쳐 나게 있으니까 이런 녀석은 먹지 마. 소화불량 생긴다."

이사카는 그리 중얼거리며 부축하던 한세건을 다른 남자에게 건네주었다. 그는 마치 짐짝이라도 되는 양 한세건을 번쩍 들어서 어깨에 둘러메었다. 그러자 이사카는 판초 우의를 손으로 쳐서 위로 나부끼며 성큼성큼 걸어갔다.

"현재 모인 병력은 얼마나 되지?"

"우리 쪽은 아홉 명. 유리안하고 빼또쥬가 오면… 어… 열한 명이 되겠지? 히람은 너무 어려서 싸움에 투입할 수가 없고. 그게 다예요."

멧돼지를 연상시키는 두꺼운 턱을 가진 남자가 손가락으로 수를 헤아리면서 그렇게 말했다.

"다 모였네?"

"이사카 성질이 워낙 더러워서 그런 거죠. 모이라고 하는데 안 모이면 죽을 테니까."

그들은 그리 말하며 뭐 재밌는 이야기라도 된다는 듯 자기들끼리 피식피식 웃었다. 그사이 그들은 낡은 옛 석조 건물로 들어섰다.

이 석조 건물은 원래 옛 귀족의 저택이었음에 분명하다. 그러나 귀족은 몰락하고 넓은 저택은 착취의 흔적이라고 경멸받게 되었다. 그래서 뒤뜰에는 미관과 상관없이 새로운 건물들이 다닥다닥 붙어서 좁은 골목길을 이루었고 흔히 있는 뒷문 등은 시멘트를 부어서 막아놓았다. 하지만 지금 그 오랜 뒷문은 깨끗하게 뚫려 있었다.

"여기야?"

이사카가 안으로 들어가니 안에는 수갑에 묶인 사람들이 겁에 질려 떨어대고 있었다. 지금 이사카는 터번을 머리에 두르고 미군이 뿌린 판초 우의를 입고 거기에 시미터와 쿠크리, AK—47로 무장하고 있었다. 아무리 보아도 반군 병사로 보이는 패션을 하고 있으니 사람들이 겁에 질리는 것도 당연하다.

실내는 마가목을 깎아서 만든 천장 장식이 있어서 벽돌을 쌓아서 둥글게 만든 지붕을 받치고 있었고 그 틈새틈새에는 지점토로 만든 조잡한 아기 예수와 성모상이 곳곳에 놓여 있었다.

불을 땐 적이 없어서 막아둔 벽난로 위에는 동판으로 만든 성모마리아의 아이콘이 있었는데 그 밑에는 이름 없는 작가의 사인이 들어가 있었다.

"아이콘에 사인이라니, 별짓을 다 하는군?"

이사카는 특이하다는 듯 동판을 보다가 코웃음 쳤다. 그리 대단한 작품은 아니다. 하지만 그렇다고는 해도 이 집 안의 풍경은 그의 마음에 들었다.

인간들이 만들어내는 문화와 예술, 그것들이야말로 인간의 힘이라고 이사카는 생각해 왔다. 오래 사는 흡혈귀들은 너무나 게을러져서 그런 것을 창조하지 못하고 그저 인간들이 만들어 내는 것을 착취한다. 그런 것은 이사카 역시 마찬가지라서 뭔가를 만들어내기보다는 빼앗고 파괴하는 쪽에 특화되어 있었다. 하지만 그래서 그는 이런 것들을 좋아했다.

"아, 가려워라. 며칠을 못 씻었는지, 원. 어이, 욕조 있나, 여기?"

이사카는 흥 하고 코웃음 치며 터번을 벗었다. 그러자 뻣뻣한 회색의 머리칼이 드러났다. 먼지를 뒤집어써서 머릿결이 많이 상한 듯한데 그래도 특이하게 보기 좋은 회색이다. 마치 설원을 달리는 한 마리 늑대의 모피를 연상케 한달까?

"예. 이, 있습니다."

수갑으로 손이 묶여 있던 집주인이 겁에 질려서 말했다. 그러자 이사카가 어깨를 으쓱했다. 그는 묶여 있는 사람의 구성을 살펴보더니 휘파람을 불며 동료들을 돌아보았다.

"이것 참, 여자도 있고 아이도 있군그래. 게다가 나에게 말을 걸어오는 걸 보면 아직 '그걸' 안 보여준 것 같은데?"

"그, 그러면 먹어도 될까, 이사카? 어차피 살인멸구해야 하잖아? 응? 응?"

멧돼지를 닮은 남자가 입에서 침을 질질 흘리며 이사카에게 물어보았다. 그는 잡혀 있는 사람들을 잡아먹어도 되냐고 이사카에게 허락을 구하고 있는 것이었다. 여기에 있는 것은 이미 인간 고기 맛을 아는 녀석들이다. 인간을 잡아두고 있으니 먹고 싶은 마음이 드는 것도 당연하다.

"글쎄. 집까지 빼앗아서 쓰고 있는데 죽여서 먹기까지 하면 좀 그렇지 않아? 아무리 우리가 맹수라 하더라도… 미학 정도는 지키자고. 그러지 않으면 그저 무식한 짐승이 될 뿐이야. 내가 있는 이상 살인멸구 말고도 입을 막을 방법은 여러 가지가 있으니까 말야."

미학을 중시하는 그로서는 당연한 말이다. 멧돼지처럼 턱이 불거진 남자는 고개를 갸웃거렸다.

"가끔 이사카의 말은 너무 어려워."

그러자 멧돼지의 옆에 있던 안경 쓴 거구의 중년 남자가 고개를 가로저었다.

"헹? '가끔' 이라고? 네놈 수준으로는 항상 어려울 텐데."

"그러면 난 목욕하고 있도록 하지. 아, 그리고 이 친구는… 비스트인데 성질 건드리지 말고 적당히 데리고 있어. 몸 상태가 안 좋은 것 같으니까. 인간 피 구해뒀어? 먹이든가."

이사카는 그 말을 남기고 욕탕으로 향했다. 그러자 안경잡이와 멧돼지는 서로를 쳐다보았다.

"인간 피?"

"지금 당장 저 사람 목을 따고 먹여야 하나?"

"아니, 전에 잡은 흡혈귀가 지니고 있던 혈액 팩이 있잖아. 상하지 않았을지 모르겠지만, 그거 있을 거야."

이사카가 이끄는 라이칸스로프들은 그리 중얼거리며 벽으로 다가갔다. 사용하지 않은 벽난로 옆에는 더플 백과 상자들이 쌓여 있었다. 그들은 탄약과 폭약 보관용 상자들을 치우고 더플 백을 꺼내서 안을 뒤적거리다가 어렵지 않게 수혈용 혈액 팩을 꺼냈다.

"흐음, 이걸 먹이면 되나? 저 녀석 반인 반흡혈귀라던데 그 상태가 더 낫지 않나? 햇빛 아래 노출되면 뒈지잖아?"

"이 정도 마시는 걸로 당장 흡혈귀가 되지는 않겠지? 이사카도 다 생각이 있으니까 그리 말하는 것일 테고."

안경을 쓴 거구의 남자는 목의 근육을 풀면서 혈액 팩을 쥐고 쓰러져 있는 세건에게 다가갔다. 세건은 목재를 깎아서 만들어진 고급 앤틱 가구 위에 주저앉아 있었는데 몸의 움직임이 없었다.

흡사 시체와 같은 상태여서 만약 소리를 내지 않는다면 죽었다고 생각될 지경이었다. 하지만 그는 이따금 신음 섞인 숨을 몰아쉬어서 자신이 아직 살아 있음을 증명했다.

"피를 먹여야겠지?"

목이 짧은 사내는 그리 중얼거리며 혈액 팩의 입구를 뜯었다.

第20夜

동맹(同盟)

1

종합의료센터 기공식에 참석한 고든은 불편한 몸을 휠체어에 실은 채 천천히 자신의 리무진으로 향했다. 그런 고든의 휠체어를 잡고 있는 젊은 여자와 소녀는 주위에서 터지는 플래시에도 눈 하나 깜빡하지 않고 조용히 리무진에 휠체어를 실었다.

운전기사가 나와서 고든을 안아 들어서 조심스럽게 리무진 안쪽에 태우자 두껍게 썬팅한 검은 유리창이 외부인들의 시선을 가렸다.

"불편한 사람 흉내 내려면 참 힘들겠군."

안에서는 백색의 슈트를 걸친 금발의 청년이 머리칼을 쓸어올리며 투덜거리고 있었다. 그러자 방금 전까지 몸이 불편한 늙은이로 위장하고 있던 고든이 총기가 넘치는 눈으로 그를 노려보았다.

"그래서?"

"아니, 세상 사람들도 다 얼간이인가 싶어서. 당신이 휠체어를 탄 지 벌써 십 년이 지났는데 아직도 죽지 않은 걸 이상하게 여기는 자도 없군."

젊은이는 그리 말하며 만년필을 꺼내서 손가락 사이에 끼고 빙글빙글 돌렸다. 그러자 고든은 피식 웃었다.

"죽기를 바라는 자는 많지. 그래, 팬텀. 무슨 일이지? 이렇게 아침 일찍 회담을 요청하다니."

"당신이 어제 나를 바람맞혀서 이렇게 나온 거잖아. 아무리 햇빛에 내성이 좀 있다고 해도 역시 괴롭다고. 햇빛을 많이 쐬면 많이 쐴수록 피도 많이 마셔야 하고."

팬텀은 그리 말하며 노골적으로 싫은 표정을 지어 보였다. 하지만 역시 사업을 하다 보면 태양광 앞에 노출되지 않을 수 없었다.

"그야… 그래서 방문 목적은?"

고든은 뻔뻔스럽게 고개를 들어서 팬텀을 바라보았다.

"러시아에 쿠데타가 일어날 거라던데? 알고 있었겠지, 물론?"

팬텀이 직설적으로 물어보자 고든은 고개를 끄덕였다. 그때 리무진이 출발했다. 두터운 엔진음과 함께 부드럽게 차가 나아가자 늙은 고든의 몸이 자연스레 시트에 파묻힌다.

그런 모습을 보면 도저히 그가 흡혈귀들의 맹주라고 여겨지지 않는다. 지금 당장 팬텀이 손만 뻗어도 그 쭈글쭈글한 피부를 찢고 목을 분질러 버릴 수 있을 것 같다.

그러나 테트라 아낙스인 그가 이렇게 자신을 노출하고 있는 것은 실제로 그러한 일이 일어난다 하더라도 대처할 수단이 있기에 그러는 것이다.

"당연히 알고 있었지. 정보를 분석하고 통제하는 것이 나의 임무이자 취미니까."

"임무야 그렇다 치고 취미는 좀……. 그런데 왜 흡혈귀들을 동원해서 일을 처리할 생각인 거지?"

팬텀은 기가 막혀서 R. 고든을 노려보았다. 국가 전복 음모같이 표면적인 일에 흡혈귀들을 쓸 생각이라니, 그게 어디 될 법한 이야기인가? 하지만 고든은 되레 반문했다.

"그럼 지금 당장 미군을 투입해서 세계대전이라도 일으키란 말인가?"

"아니, 그건 아니지만, 일단 러시아 정부에도 알려줘야 할 것 아닌가? 왜 흡혈귀들이 이 일을 처리하는 데 사병으로 차출되어야 하는 거지?"

아무리 그가 이 사회를 유지하는 원동력이라 할 만한 존재라지만 다른 흡혈귀들에게 죽으라고 명령할 권리는 없다. 그런 권리는 누구에게도 없다. 하지만 고든은 태연했다. 그는 리무진 안에 비치되어 있는 담배함에 손을 가져가더니 아바나 송연을 하나 꺼냈다.

툭!

엄지손가락을 송연의 끝에 대고 당기자 그것만으로 송연이 잘려 나갔다. 그는 그것에 불을 붙이고 입에 물었다.

“뭐라고 대답해야 할까. 자네는 라이칸스로프의 군대가 준동하는데 그걸 인간 병사들로 막을 수 있다고 생각하는 건가?”

“그야…….”

보리야 푸도브킨이 쿠데타 사실을 알고 미연에 그걸 방지하고자 한다 해도 결과는 뻔하다. 육군 사령부의 대부분이 단 하루 만에 라이칸스로프 병사들에게 점거당할 테고 반대파의 장군들은 모조리 세뇌당하거나 조종당할 게 뻔하다.

그렇다면 뭐라고 할까. 보리야 푸도브킨에게 ‘인간이 아닌 병사들’에 대해서 자세히 설명해 주어야 한단 말인가?

확실히 이 상황에서는 흡혈귀들이 나서는 것 이상으로 좋은 게 없다. 그것은 팬텀 자신도 동감이었다. 하지만 테트라 아낙스의 방식은 납득할 수 없었다.

“무기도 정보도 안 주고 통일된 조직을 만드는 것도 없이 막무가내로 흡혈귀들을 불러들이면 무수한 피해자가 나올 텐데? 솔직히 말해서 그런 방식으로는 아무리 많은 흡혈귀가 투입된다 해도 군대식으로 훈련된 라이칸스로프를 당해낼 수 있을 리 없어. 스페르쯔나쯔 일개 소대에 유치원생 세 개 사단이 덤벼든다고 해도 결과는 뻔할 테니까.”

팬텀도 아무르의 호랑이에 대해서는 들어본 바가 있다. 그가 살아온 시간에 비하면 정말 찰나라는 순간을 산 라이칸스로프지만 라이칸스로프들은 바로 그런 점이 무서웠다.

인간 수명의 약 3배 정도를 사는 라이칸스로프들은 흡혈귀들과 달리 인간적인 욕망을 버리지 않는다. 그들의 영광과 명예에 대한 욕구는 정치와 문화 등으로 발전하게 되고 그 욕구와 의지가 라이칸스로프를 흡혈귀와 전혀 다른, 힘 있는 존재로 만드는 것이다.

그렇기 때문에 천년의 삶을 살아온 흡혈귀도 솜털이 부스스한 어린 라이칸스로프에게 종종 사냥당하곤 했다.

인간의 욕망을 고스란히 간직한 마물은 그래서 무서운 것이다.

하지만 고든은 태연자약했다.

"그 정도도 하지 않으면 이 흡혈귀 사회가 썩어버릴 게 아닌가? 적당한 자극이 없으면 다들 썩어버리고 말 테지?"

"역시 일부러 좀 줄일 생각인 게군, 흡혈귀를."

팬텀은 질려 버렸다. 옛날부터 테트라 아낙스가 이런 심정으로 움직이고 있다는 것은 알고 있었다. 20세기부터 전기가 일반적인 에너지의 전달 매체가 되면서부터 흡혈귀가 급속도로 늘어났다. 밤이 인간들의 시간이 되는 순간 흡혈귀들은 지긋지긋한 태양의 위협으로부터 해방된 것이다.

그 결과 흡혈귀들은 지금 통제가 되지 않도록 늘어나고 있었다. 명확한 클랜을 중심으로 확장하는 흡혈귀 세력들도 자신들의 혈족의 발전을 위해, 항쟁을 위해서 무분별하게 수를 늘린다.

권력에 관심이 없는 흡혈귀들도 인간을 사랑하게 되고 그래서 인간을 흡혈귀로 바꾸어 그들의 수명을 늘려주려고 하는 경우도 있다. 이런저런 이유로 흡혈귀들은 늘어만 가는데 헌터는 반대로 줄어들어 갔다.

하지만 흡혈귀의 제왕이 흡혈귀들을 죽여서 줄이겠다는 발상을 하다니 위험하다. 그런 안일한 마음으로 볼코프 레보스키의 쿠데타를 방치했다가는 세계의 흐름 자체가 바뀌어 버린다.

"그래. 진정으로 중요한 것은 선택받은 피를 가진 몇몇뿐. 이대로 흡혈귀가 늘어나다가는 인간도 흡혈귀도 같이 사라질 수밖에 없지. 안심하라고 팬텀, 당신은 살아남는 쪽에 있으니까."

고든은 팬텀을 비웃었다. 살아남는 쪽이 되니까 가만히 있으라는 건가? 팬텀은 어처구니가 없어서 그를 바라보았다. 이자는 지금 나를 모욕할 셈인가?

"나는 당신의 방식에 동의도 동감도 할 수 없어. 정보를 통제해서 흡혈귀들이 살기 좋은 세상을 만든 건 바로 당신이야. 그런데 이제 흡혈귀가 늘어난다고 이런 일을 방관해서 죽게 내버려 두겠다니? 당신이 신이라도 된 기분인가?"

팬텀은 그리 말했지만 이내 후회했다. 이것은 이미 예전부터 테트라 아낙스와 그가, 아니, 다른 흡혈귀들도 나눠왔던 대화다. 나이를 너무 먹어서 지나간 과거도 기억하지 못하고 그때의 우문을 되풀이한 건가? 그때도 지금도 테트라 아낙스의 대답은 같으리라.

"신? 흡혈귀가 신을 찾는 건가, 지금? 옛날에도 들어본 농담 같은데 다시 들어도 정말 웃기는군, 팬텀. 신이 존재한다는 걸 믿지도 않거니와 만약 존재한다 하더라도 인정할 수가 없다네, 나로서는……. 그러니까 딱히 신이 된 기분이니 뭐니 그런 건 알 수가 없어. 그저 한 가지 분명한 것은 이 결단을 행사할 힘과 의지, 갈망이 나에게 있다는 것뿐이지. 오래 살아서 할 짓도 별로 없는 나에게는 그것만으로도 충분해. 이 소중한 욕구를 내버리고 싶지 않네."

R. 고든은 테트라 아낙스로서 그렇게 답했다.

되풀이되는 우문우답(愚問愚答). 역시 이전에 했던 말과 별로 다를 게 없는 소리다. 흡혈귀는 신의 존재를 믿지 않는다. 설령 있다고 하더라도 인정하지 않는다. 그저 그에게 그 일을 할 의지가 있고, 갈망이 있고, 능력이 있기 때문에 테트라 아낙스는 하는 것뿐이다.

강자의 권리라는 것일까? 팬텀은 기가 막혀서 달리는 차에서 문을 열었다.

"너무 오래 살아서 노망마저도 당신의 의지라는 건가? 테트라 아낙스! 당신에게 그럴 힘이 있을지는 몰라도 그럴 권리는 없어. 그렇다면 내가 가진 능력과 의지를 이용해서 이 일을 내 방식대로 처리해도 된다는 거겠지? 그렇게 알고 나는 물러나지!"

팬텀은 그 말을 남기고 달리는 차에서 뛰어내렸다. 보통의 액션 영화에서라면 머리를 감싸고 데굴데굴 구르겠지만 그는 지면에 구두를 대고는 빠른 속도로 걸으면서 점차로 속도를 줄여나갔다.

휘이이익!

R. 고든이 타고 있는 리무진은 빠른 속도로 도로를 따라 사라져 갔다. 팬텀은 그런 리무진을 바라보며 옷자락을 펄럭였다. 모스크바의 아침 공기는 매연이 득시글거려서 기침이 절로 나

지만 그는 눈을 흐릿하게 뜬 채로 리무진의 뒤를 바라보았다.

"어쩔 수 없군. 그렇다면 일단은 다른 진마들에게 협력을 구해볼까!"

아무르의 호랑이 볼코프 이바노포비치 레보스키와 그 수하들은 그야말로 최강의 라이칸스로프 갱(Gang)이다. 무장 상태, 훈련 상태가 모두 극한에 달할 정도로 완벽하다.

인간으로 이뤄진 스페르쯔나츠라고 해도 이미 위협적인 조직인데 라이칸스로프로 만들어진 스페르쯔나츠 부대라면 그 위험도는 극상이다. 진마인 팬텀의 크림슨 글로우라면 별 피해 없이 적들을 제거하는 게 가능하겠지만 혈인 능력을 마구 써대다가는 흡혈 충동을 견디지 못하게 될 가능성이 크다.

그렇다면 이럴 때는 뜻이 통하는 동료들을 모아야 하는 것이다.

"아르곤과 아그니 녀석이 와 있으면 좋겠는데. 초대를 위해서 항공권이라도 몇 장 사서 보내야 하려나?"

팬텀은 엄지손가락을 깨물며 생각에 잠겼다.

진마들을 규합해서 라이칸스로프의 군대와 조직적인 항쟁을 벌인다? CIS 정상회담까지 이제 열하루 남짓 남았는데 그 시간 안에 얼마나 제대로 된 조직을 만들 수 있겠는가?

하지만… 그 짧은 시간 안에 쿠데타를 방어할 수 있을 만한 조직력과 카리스마를 갖춘 이는 팬텀밖에 없다.

"정말! 이십일 세기는 매우 바쁘군. 이럴 줄 알았으면 종말론이라도 들어맞아서 세상이 끝났어야 하는데."

팬텀은 투덜거리며 인도로 올라섰다.

이제부터는 일분일초를 다투는 시간 싸움이 될 것이다. 지금까지 낭비한 시간을 보충하기 위해서 단 한순간도 헛되이 할 수 없다. 그렇게 생각하는 것만으로도 심장이 뛰고 전신으로 골고루 혈액이 흘러 산소와 영양분을 공급하는 것이다. 팬텀은 새하얀 장갑을 낀 손을 입으로 가져가 장갑을 물었다.

"그러면 어디 해볼까?"

서린은 침대에서 천천히 눈을 떴다. 잠깐 잠을 잔다는 게 꽤 오래 잔 것 같았다.

"아, 젠장. 정말 생각 없이 자버렸네?"

서린은 일어나서 주위를 둘러보았다. 마침 옆에 세면대가 붙어 있어서 그는 자리에서 일어나 세면대로 다가갔다. 창문 너머는 아직 어두웠지만 천천히 동이 트고 있는 듯했다.

서린은 세수를 하고 군용 배급품임에 분명한 칫솔과 치약을 뜯어서 이를 닦았다.

어제 밤새도록 생각을 하고 몸을 좀 움직이다가 자신도 모르게 잠든 게 이 모양이라니. 서린은 자신이 한심해서 한숨을 내쉬었다. 이대로 가만히 볼코프 레보스키가 휘두르는 대로 움직여야 하나?

"세건 형이 걱정인걸? 만리타향에서 말도 안 통하는데 잘 살고 있으려나 몰라."

그래도 이 라이칸스로프 군대가 세건을 잡았다면 서린에게 알려주기라도 했을 텐데 그런 기미가 없다. 추적대를 보내긴 보낸 것 같은데 돌아올 때의 표정이 별로 좋지 않았다. 그런 걸 보니 용케 달아나긴 달아난 모양이다.

인가나 시가지까지 약 20마일 정도 떨어져 있는 부대 주둔지에서 삼엄한 포위망을 뚫고 탈출한 것도 신기할 판인데, 전투 헬기와 지프차를 탄 추격대를 피하다니 역시 한세건답다고 할까?

하지만 달아나면 달아나는 만큼 세건이 위험해진다.

서린은 김성희에게 들었던 세건의 상태를 떠올리며 세면대의 거울을 바라보았다. 적어도 한 달에 한 번씩 외과 수술로 약물 재킷을 교체해 주지 않으면 흡혈귀가 되는 걸 막을 수 없다. 그리고 그것이 아니라고 하더라도…….

그때 문이 열리고 노란 머리칼의 여자 군인이 방탄복을 완전히 걸친 모습으로 걸어 들어왔다. 마치 고양잇과 생물이 걷는 것처럼 걸음걸이가 조용해서 서린조차도 발소리를 듣기 힘들 정도였다.

"일어나셨습니까?"

그녀는 조용히 경례를 붙였다. 이제 20대 초반으로밖에 보이지 않는데 약간 주근깨가 있는 걸 제외하고는 눈처럼 새하얀 피부를 가지고 있었다. 가르마 선을 따라서 머리핀을 하나 꽂아서 목을 덮는 보브 커트의 머리칼이 삐죽 올라서 있다.

상당히 귀여운 인상이지만 표정은 더할 나위 없이 사무적이다. 서린은 깜짝 놀라서 물을 뱉어내고 수건으로 얼굴을 급히 닦은 뒤 꾸벅 인사를 했다.

"아, 예. 안녕하세요?"

그러자 그녀도 적잖이 당황한 듯 서린을 살펴보았다. 그녀가 알고 있는 릴리쓰의 자식이라면 서방세계의 자본을 좌지우지하고 있는 테트라 아낙스였다.

하지만 서린은 아무리 보아도 아직 세상물정 모르는 순진한 청소년이 아닌가? 도저히 세계를 제압하고 있는 마물들과 같은 존재라고 여겨지지 않았다.

"레보스키 소장님께서 함께 식사를 하고 싶다고 하십니다만. 어쩌시겠습니까?"

"그거 의사를 물어본다는 건 역시 거절해도 되는 건가요?"

"예. 별문제는 없을 겁니다."

여자 군인은 당연하다는 듯 고개를 끄덕였다. 하지만 서린으로서는 좀 믿기 힘든 일이었다. 식사를 같이하자고 하는 건 이미 식사 준비가 끝났다는 뜻이 아닐까?

"으음."

왠지 골치 아픈 일이 생길 것 같지만 볼코프 레보스키 소장이 아침 식사를 함께하자는 것을 거절하면 뭔가 뒤탈이 생길 것 같았다. 그렇게 생각한 서린은 고개를 끄덕였다. 솔직히 소장씩이나 되는 직위의 아침 식사라면 당연히 화려할 것이라고 생각한 탓도 있었다.

"큰일이네. 이렇게 식탐이 많아서야."

"예?"

"아니, 아무것도 아니에요."

서린은 손을 휘휘 내저었다. 어쨌거나 여자라니 이것도 좀 난

감하다. 탈출을 하려면 역시 눈에 보이는 병사를 죽이거나 무력화시키고 그 장비를 빼앗아야 하는데 여자에게는 손을 대고 싶지 않았다.

'그럼 남자는 죽어도 된다는 건가?'

서린은 자신에게 그렇게 물어보았지만 역시… 남자랑 여자는 대하는 마음가짐 자체가 다르다. 남성 중심의 사회에서 자라왔고 교육받았기 때문인가?

사실 그의 앞에 있는 이 여자도 라이칸스로프에 러시아 특수부대인 스페르쯔나츠 대원이다. 서린이 지금 당장 공격을 가한다고 해도 그리 만만한 적이 아닐 텐데, 여자라는 이유로 얌전을 빼다니 그거야말로 정말 기고만장한 짓이다.

그녀는 서린을 볼코프 레보스키의 관저에 있는 식당으로 안내한 뒤 경례를 붙이려다가 문득 물어보았다.

"고개를 숙이셨죠?"

"예."

"…그럼 저도 그렇게 하겠습니다."

"아, 예."

그녀는 차렷 자세에서 고개를 꾸벅 숙여서 서린에게 인사를 하고 물러났다. 서린은 왠지 그녀가 마음에 들어서 그런 그녀의 뒷모습에 대고 물어보았다.

"아, 저기, 이름이 어떻게 되나요?"

"제 이름 말입니까?"

그녀는 멈칫 멈춰 섰다. 예절 바른 태도로 보건대 역시 남들이 말을 걸어오면 대답하지 않고 무시할 수 없는 것 같았다. 서린은 웃으면서 자신을 소개했다.

"예. 아, 저는 음, 한국 이름은 서린. 여기 이름으로는 롯시니 베르게네프라고 해요. 아, 이미 알고 있으려나?"

"저는 라토바 세노포바 안드로포프 중사입니다."

그녀는 자신의 이름이 적힌 가슴팍의 군복을 가리켰지만 방탄복에 가려서 보이지 않았다. 서린은 히죽 웃으며 다시 물어보았다.

"음, 그러면 뭐로 부르면 돼요?"

"안드로포프 중사라고 부르면 됩니다."

"아, 안드로포프 중사? 그렇게 말하니까 이름이 영 여자 같지 않은걸요?"

성으로 부르는 거니까 당연하겠지만 안드로포프라니, 무슨 안드로이드 같아서 기분이 요상하다. 그러자 그녀는 잠시 생각에 잠기더니 고개를 끄덕였다.

"역시 그렇습니까? 그러면 그냥 편하게 라토바라고 부르셔도 됩니다."

"아. 그, 그래도 돼요?"

"남들 없을 때는요."

라토바는 그렇게 말하고 다시 고개를 숙여서 인사했다.

"그러면 편안한 식사 되십시오."

볼코프 레보스키는 은으로 만든 식기를 손수 냅킨으로 닦으면서 서린을 기다리고 있었다.

서재 겸 사무실로 꾸며져 있는 그의 관저는 구 제정러시아 시절의 지주가 쓰던 건물을 개조한 것이어서 고풍스러운 모습을 유지하고 있었다.

레보스키 소장이 쓰는 책상 뒤쪽으로는 각 유리를 돌출시켜서 만든 채광창이 있었는데 그 창 너머로는 연병장과 군인들의 막사, 그리고 창고 등이 한눈에 보인다.

애초에 관저가 있는 지대가 약간 높아서 2층임에도 불구하고 무슨 전망대에 올라온 것처럼 주위가 한눈에 들어오는 것이다. 창문 옆에는 큼지막한 단풍나무가 붉은 나뭇잎을 떨어뜨리고 있었는데 2층 높이까지 자라는 단풍나무도 특이하지만 벌써 낙엽이 지는 게 신기하다. 역시 너무 추운 걸까?

"자, 편히 앉게."

그는 서린이 들어오자 쳐다보지도 않고 그렇게 말했다. 하지만 말로 편해지란다고 편해지면 정신과 의사는 다 길거리에 나앉게 될 것이다.

"아, 예. 그럼 말씀에 따라서!"

그러나 서린은 대뜸 의자에 자신의 몸을 휙 던져서 털썩 주저앉았다. 카키색의 합성 섬유로 된 낡은 소파였는데 몸을 던진 순간의 감상은 '겉보기와 달리 매우 딱딱함' 이었다. 그래도 워낙에 몸이 튼튼해서인지, 아프다는 생각은 들지 않았다.

"이, 인간이었다면 좀 아프겠네요."

"그렇지. 엉치뼈가 쑤셔서 아마도 퇴화를 증오하게 되지 않을까 싶네."

볼코프 레보스키는 그리 말하며 자신도 식탁에 앉았다.

식탁에는 두부를 튀겨 만든 유부와 치즈를 발라 구운 토르테, 호박과 스파이스가 들어간 빵과 흔히 보르시치라고 하는 스튜에 소금장을 한 돼지고기와 삶은 사슴 고기 등이 있었다.

역시 소장의 아침 식사… 라고 하기에는 부담스러워 보이는 식단이다. 그러나 피차 라이칸스로프다 보니 그 정도 식사량은 별문제가 되지 않는다.

"음… 그런데 세건 형은요?"

서린은 은 식기를 쥐며 부담스러워했다. 은이란 존재는 라이칸스로프나 흡혈귀의 재생력 자체에 상처를 주는 힘이 있었다. 물론 그 효과는 영화 등에서 보는 것처럼 과장된 것은 아니다.

그렇지만 라이칸스로프가 은 식기를 쓰다니 왠지 기분이 야릇하다. 수틀리면 식탁에서 포크로 찍고 나이프로 쑤셔서 죽이기라도 하잔 말인가?

"무사히 탈출했네. 덕분에 애꿎은 부하들만 죽고 말았지."

그렇게 말하는 걸 보니 안도의 한숨이 나오려고 한다. 하지만 볼코프 레보스키 앞에서 안도의 한숨을 쉴 수가 없어서 서린은 머뭇거렸다.

"다행이라고 생각하는 건가?"

볼코프는 미소를 지으며 서린을 바라보았다. 역시 서린의 표정쯤은 쉽게 읽힌다. 그러자 서린은 노선을 바꿔서 솔직히 말했다.

"아, 예, 솔직히. 하지만 에……."

"레보스키라고 불러도 좋네. 장군님이라고 부르면 그게 더 좋고."

"자, 장군님? 어쨌거나 음… 장군님이 쿠데타를 일으키려고 한다면 세건 형을 내버려 둬서는 안 되는 것 아닌가요?"

쿠데타라는 것은 정보가 새어 나가면 도저히 성공할 수 없는 일이다. 볼코프 레보스키가 속한 민족 우파계의 군인이 많다고 하지만 보리야 푸도브킨을 편드는 군부 파벌도 있기 때문에 만약 보리야 푸도브킨이 이 사실을 안다면 깔끔하게 끝날 쿠데타가 내란으로 번질 가능성이 크다. 그러니 정보가 새어 나가는 것을 막아야 하는 게 아닌가?

이렇게 말하고 보니 마치 세건을 죽여 버리라고 부채질하는 것 같아서 서린은 내심 씁쓸해했다. 그러나 볼코프는 태연했다.

"글쎄? 이미 CIA나 NSA, 모사드 등 각국의 정보기관에서도 어느 정도 눈치를 채기는 챘을 텐데. 무엇보다도 궁극의 예지 능력을 가지고 있는 테트라 아낙스가 있어. 거기에 한 명 정도 더해진다고 해서 바뀔 건 없지."

"아."

테트라 아낙스가 있었지. 서린은 고개를 끄덕였다. 그러고 보면 정말 예지라는 능력만큼이나 압도적인 힘을 가진 게 없다.

'예지력이 나에게도 있다면 당장 로또라도…….'

소시민적인 발상이지만 현대사회에 있어서 예지력이라는 게 얼마나 대단한 능력인지 보여주는 단적인 예다.

볼코프도 그래서 자신들의 쿠데타 계획이 새어 나가는 것은 어쩔 수 없다고 여기고 있는 모양이었다. 그렇다는 것은 설마 내란까지도 불사하겠다는 것일까?

"릴리쓰를 찾는 것은 그러면 그것 때문이겠군요? 예지력을 얻거나… 아니면 테트라 아낙스를 죽이기 위해서?"

서린은 빵을 집어 들어서 와작와작 씹으면서 레보스키를 바라보았다. 그러자 레보스키는 고개를 끄덕였다.

"그렇다고 해두지. 일단 테트라 아낙스를 제거하지 않으면 뭘 해도 안 되지."

"그럼 저는 뭘 하면 되지요? 릴리쓰를 찾으면 되는 건가요?"

"자네는 별로 알 필요가 없네. 그냥 가만히만 있으면 돼."

"……."

살짝 자존심이 상하는데?

서린은 그렇게 생각했지만 입 밖으로 내지는 않았다. 아무리 그가 흘러가는 대로 떠다니는 해파리 신세라지만 이 정도로 무시받으니 기분이 나쁘다.

보나 마나 그 자신보다는 그가 리림이라는 입장 자체가 중요한 것이겠지. 한세건이 리림에 꼬이는 흡혈귀들을 잡겠다고 그를 낚싯바늘에 꽂는 지렁이 다루듯 한 것도 그러하다. 리림이라는 입장 자체만으로도 그에게는 충분한 가치가 있다.

하지만… 그러면 대체 서린이라는 '인간'의 정신과 영혼에는 무슨 가치가 있는 거지?

"아, 성질나네."

서린은 투덜거리며 음식들을 먹어치웠다. 그러자 볼코프는 천천히 테이블에서 몸을 일으켜 세웠다. 워낙에 덩치가 크다 보니 눈앞에 산맥 하나가 불쑥 융기하는 기분이다.

"그러면 이제 비행기를 타러 가볼까?"

볼코프 레보스키는 식탁을 그대로 방치하고 자리에서 일어났다. 서린은 깜짝 놀라서 그를 뒤따라 일어났다.

"어, 어디로 가려고요?"

"이르쿠츠크지. 자네가 태어나고 유년 시절을 보낸 곳일 거야."

"아……."

서린은 깜짝 놀라서 자신의 손을 바라보았다. 자신도 모르게 손이 덜덜 떨리고 있었다. 아니, 손뿐만 아니라 몸 전체가 덜덜 떨린다. 애초에 한국을 출발할 때 세건에게 들었다. 서린의 진짜 고향은 이르쿠츠크 근교일 거라고. 그리고 그곳으로 데려가겠다고…….

젠장!

서린도 그때는 이르쿠츠크로 가고 싶다고 생각했었다.

자신의 고향을 되찾고 기억을 되찾는다. 그래서 자신을 지키고 살려준 한세건에게 조금이라도 보답을 하고 싶었다. 하지만 지금은 아니다. 이 녀석도 저 녀석도! 그저 서린의 기억을 깨워서 릴리스를 찾기 위해 그를 이용할 뿐이다. 서린이 아니라 다른 무엇이 있다 하더라도 그 취급은 같았을 테지!

'이대로 리림이라는 운명에 휘둘려서 끌려다녀야 하는 건가?'

서린은 리림으로 태어난 자신의 숙명을 거부하고 싶었다. 하지만 지금은 거부할 입장이 못 된다.

볼코프 레보스키는 물론이거니와 한세건을 상대하던 일반 병사들의 실력조차 무시무시한 것이다. 이곳에서 탈출하겠다고 설치다가는 죽기 딱 좋다. 한세건도 그를 내버려 두고 자신의 몸 하나 빼내는 게 고작이지 않았던가?

그런 생각을 하는 사이 서린은 군용 트럭을 타고 군용 비행장으로 향하고 있었다. 주위에는 라이칸스로프들이 득시글거려서 뭐라고 하지도 못하는 사이에 그는 부대 옆에 인접한 군용 비행장에 도착했다.

마침 아침 해가 떠서 주위를 환하게 비추고 있었다.

활주로에는 하얀색으로 칠해진 AN—12 수송기가 놓여 있었는데 굉장히 어색해 보였다. 보통 위장용 패턴으로 칠하게 되어 있는 군용 수송기가 어쩐 일인지 새하얗다. 저런 게 여기에 있어도 되나 싶은 위화감마저 느껴졌다.

하지만 안으로 들어가면 더더욱 어처구니없는 꼴을 보게 된다. 원래 공수부대 강하용으로 쓰는 이 수송기는 대체 무슨 생각인지 뒤에 짐이 잔뜩 실려 있었다. 아무리 보아도 이것들은 일반 화물이다.

"군용 비행장이 있는데 그냥 놀려먹을 수는 없지."

볼코프는 그리 말하며 비행기 안으로 걸어 들어갔다.

"아, 그렇습니까?"

서린은 그를 뒤따라 들어갔다. 애국심이 있어서 이런다는 놈 주제에 군용기를 함부로 쓰는 건가 싶어서 신기하다.

서린이 그를 뒤따라 가보니 안에는 손님들을 태울 수 있게 좌석이 비치되어 있었다. 역시 이건 현역에서 은퇴한 수송기를 민간인 수송용으로 개조한 비행기 같았다. 최근 체첸 반군 테러가 격렬해지면서 군용 비행장의 관리가 엄격해지고 있다고는 하지만 그래도 여전히 이런 장사는 되는 모양이었다.

"그러면 이르쿠츠크로 가는 건가요?"

서린은 그리 중얼거리며 자신의 뒤에 서 있는 라토바 안드로포프 중사를 바라보았다. 그러자 라토바는 볼코프 레보스키 소장을 염두에 두는지 작고 사무적인 목소리로 대답했다.

"예!"

고개도 돌리지 않고 그렇게 말하는 것을 본 서린은 더 이상 말을 걸지 않았다. 그녀에게도 입장이라는 게 있으니까 더 이상 말을 걸면 나중에 곤란하겠지. 그리 생각하니 더 이상 할 말도 없다.

어떻게 해서든지 탈출을 할 기회를 잡아야 할 텐데 그것도 쉽지 않은 듯하다. 아무래도 그는 이르쿠츠크로 가야 할 팔자인 것 같았다.

"젠장."

서린은 한숨을 내쉬며 자리에 앉아 안전벨트를 맸다.

2

이사카는 샤워기를 틀고 차가운 물로 바로 샤워했다. 며칠이나 흙먼지를 뒤집어쓴 탓인지 머리를 감자 고풍스러운 골동품 욕조 위로 모래가 우수수 쏟아졌다.

이사카는 어처구니가 없어서 그걸 보다가 비누를 들었다. 비누도 순식간에 모래덩어리가 되어버린다. 어차피 전쟁터를 전전하다 보면 청결과는 거리가 멀어지긴 하지만 이런 꼴을 하고 돌아다닐 수 있는 자신의 인내력에는 절로 감탄사가 터져 나온다.

그렇게 이사카가 스스로의 인내력에 감탄할 무렵 갑자기 밖에서 왁! 하는 비명 소리가 들려왔다.

"이런."

이사카는 젖은 머리를 한 채로 세면대 위에 놓아두었던 쿠크리를 뽑아 들었다. 그는 타월 한 장으로 몸을 가리고 조심스럽게 밖으로 나왔다.

"하아… 하아!"

고풍스러운 응접실에서 머리칼을 녹색으로 물들인 동양인 청년이 군용 나이프를 손아귀에서 돌리고 있었다. 숨을 거칠게 몰아쉬고 한 손으로는 자신의 가슴을 가리고 있지만 손아귀에서 움직이는 나이프는 예리한 칼끝을 번뜩이고 있다.

이사카의 라이칸스로프 부하들이 놀라서 물러나 있는 모습이 가관이다.

그들은 곧 녹색 머리칼의 동양인 청년을 향해 이빨을 드러냈다.

“이 자식이!”

“크르르르르르!”

이사카의 부하들이 분노해서 동양인 청년을 노려보았다. 그러나 이사카가 그들을 말렸다.

“뭐 하는 거야? 건드리지 말라고 했지?”

“네, 네놈은?”

녹색 머리칼의 청년은 예리한 눈동자로 이사카를 노려보았다. 이사카는 쿠크리를 빙글 돌려서 옆구리에 끼고 그를 바라보았다. 하바로프스크에서 그가 직접 주워 온 진마사냥꾼 한세건이 그를 노려보고 있었다. 이사카의 짐승의 눈은 흡혈귀나 라이칸스로프조차 위협하는 강력한 것이었는데 그는 별로 위축되는 기미가 없다.

“왜 그러는지 모르지만 몸을 생각해서 적당히 하시지?”

“왜 그러는지 모른다라?”

동양인 청년, 한세건은 천천히 뒤로 물러났다. 그런 그를 따라서 땅바닥에 떨어진 혈액 팩의 피가 흐르고 있었다. 피브린을 제거한 수혈용 혈액이라 그런지 핏물이 줄줄 잘도 흐른다. 그는 그 피를 피해서 도망치듯 벽으로 붙었다. 저걸 보니 무슨 일인지 알 수 있었다.

이사카는 어처구니가 없어서 물어보았다.

“그 몸 상태에 피를 먹지 않으면 만성 빈혈에 시달릴 텐데? 이제 와서 인간성에 연연하는 건가? 마수라고 불리는 당신이?”

“인간성에 연연? 틀려. 나는 단지 피를 마시는 나를 용서할 수가 없어. 그것뿐이다."

그게 그거 아닌가? 피를 마시게 되면 그 자신도 흡혈귀가 되어버릴 테니까 안 마시는 것이라면 그게 바로 인간성에 연연하는 것일 텐데?

이사카는 그리 생각했지만 더 따지고 싶은 마음도 들지 않았다. 그는 한세건에게 관심을 가지고 있기는 했지만 그의 내면에 관심을 가지고 있지는 않았으니까.

"그렇다면 걱정할 생각도 없지만……. 어이, 적당히 해둬."

이사카는 분노하는 자신의 부하들을 제지했다. 아마도 한세건이 휘두른 칼에 베인 것 같았다. 그래서 분노하는 거야 이해하지만 한세건은 그에게 있어서 꽤나 소중한 재원이다.

만약 부하들과 한세건이 서로 목숨 걸고 치고받게 되어서 어느 쪽이든 잃게 된다면 그건 진짜 멍청한 짓거리가 아닌가?

"그래도 몸은 많이 나아진 것 같군. 산뜻한 마음으로 칼부림을 해대는 걸 보니."

이사카는 쿠크리를 어깨에 걸치고 다시 욕실로 향했다. 그러자 한세건은 피에서 멀찌감치 떨어져 소파에 앉았다.

그로서는 자신의 입에 피를 넣으려 했던 저 괴물들을 도저히 용서할 수 없었지만… 따지고 보면 애초에 죽이지 않은 것만 해도 저들이 호의로 다가왔다는 것을 알 수 있다. 라이칸스로프에게 목숨을 구걸받은 셈이다.

한세건은 자신이 한심해서 견디기 힘들어졌다. 그러나 한국을 떠나올 때부터 어느 정도의 굴욕은 각오하고 있었다. 게다가

굴욕을 당하더라도 일을 해결하는 쪽이 낫다. 자신의 하잘것없는 자존심 때문에 대사를 그르치는 것은 얼마나 어리석고 한심한 일인가?

"이사카! 아무리 그래도 저놈! 도저히 용서가 안 됩니다! 왜 우리가 하잘것없는 저런 놈에게 이런 취급을 당해야 하는 거죠? 저는 저 녀석을 도우려고 했단 말입니다! 그런데 갑자기 칼부림이라니!"

라이칸스로프들은 갑작스러운 세건의 공격에 놀라서 분노했지만 세건은 그들의 항의를 들은 체 만 체했다. 하지만 그때 욕실에서 날카로운 목소리가 들려왔다.

"징징대지 마!"

그 한마디로 충분했다. 방금 전까지 으르렁거리던 라이칸스로프들이 일제히 입을 다문 것이다. 욕실 안에서 뿜어져 나오는 짙은 살기가 어찌나 강한지 검은 연기가 피어오르는 듯했다.

'상당한 카리스마군. 그냥 폭압으로 입 다물게 하는 건 별게 없지만… 이놈들은 불만조차 갖지 않아.'

한세건은 라이칸스로프들이 입을 다무는 것을 보고 놀랐다. 야수성을 가진 놈들이 이렇게 조용할 수가?

물론 라이칸스로프 갱은 최초로 감염시킨 자가 무리의 리더로서 절대적인 권력을 갖는다. 하지만 그 절대적인 권력은 신성불가침이 아니다. 언제든지 도전자에 의해서 흔들릴 가능성이 있는 자리일 뿐!

하지만 이사카의 자리는 이미 신성불가침의 것이라 해도 과언이 아닌 듯하다. 세건은 의자에 몸을 기댄 뒤 한국어로 이사카에게 말을 걸었다.

"이사카 베르게네프, 그럼 이제 이야기나 좀 들어볼까? 우선 세상의 언어를 다 안다는 그 소리는 대체 뭐지?"

"그게 그렇게 신기한 건가?"

이사카는 샤워를 하면서 세건의 질문에 대답했다. 역시 완벽한 억양의 한국어다. 한국어가 그리 인기 있는 외국어도 아닐 텐데 이렇게까지 잘하는 건 이상하다. 이사카의 나이가 서린과 같다고 생각하면 더더욱 그렇다.

"당연하지. 언어라는 건 학습으로 배우게 되는 것인데 네 경우는 너무나도 이상해. 리림이라서 그런 것이라는 것도 해답이 될 수 없어. 같은 리림인 서린의 경우는 그런 능력이 없으니까."

한세건은 그리 말하며 눈을 감았다. 피곤하다. 그의 몸은 더 이상 의식을 유지할 상태가 못 된다. 체내의 혈류가 요동치고 있고 아직도 공기 중에 떠도는 혈향이 흡혈 욕구를 자극한다.

하지만 이 녀석의 대답을 듣고 싶었다.

"나는… 글쎄. 인간의 전체적인 의식이 나에게 흘러들어 온다고 해야 하나? 굳이 말하자면 인간들의 마음이나 총체적 의식의 흐름이 흘러들어 온다고 해야겠지. 그래서인지 철이 들 무렵에는 인간들의 언어는 대부분 알게 되었어. 그들의 의식이 언어로서 존재하니까."

물소리에 섞인 이사카의 목소리가 들려온다. 역시 능숙한 한국어다. 러시아에 살고 있는 고려인이나 연변 쪽의 조선족 등을 통해서 배웠다고 하면 사투리가 섞여야 할 텐데 그런 것도 없다.

하지만 가만히 있어도 인간들의 의식을 통해서 언어를 배운다는 게 가능한 것일까? 도저히 믿을 수 없는 소리다. 그런 게 가능하다고 하면 그건 흡혈귀니 라이칸스로프니 하는 차원을 훨씬 떠난 존재가 된다. 그야말로 신에 가까운 존재 아닌가?

월야를 파멸시키고자 하는 한세건으로서는 절대 인정하고 싶지 않은 악몽이다. 그러나 이사카가 구사하는 한 치의 어색함도 없는 한국어가 그의 말을 증명하고 있었다.

"그러면 뉴질랜드 원주민어나 서역의 소수민족 언어 같은 것도 할 수 있단 말야?"

"물론. 그 언어를 모국어로 사용하는 인간이 있다면 뭐든지 알고 있으니까. 사장되어서 기록상으로 남은 언어는 몰라도 인간의 기저 의식에 깔릴 만큼만 되면 나도 그들에게서 영향을 받아 언어를 터득한다."

이사카는 자신만만한 태도로 대답했다. 너무나 무서운 이야기를 너무나 당연하게 말하고 있었다. 한세건은 기가 막혀서 이사카를 바라보았다.

"정말 짜증 나는군, 릴리쓰란 것도……. 이런 괴물들을 대책 없이 만들어내다니."

한세건은 얼굴을 손으로 가렸다. 바닥에 흐르는 피 냄새가 너무 강렬해서 머리가 어지럽다. 흡혈 충동이 일어나고 빈혈에 의한 현기증이 전신을 짓누른다.

그러나 이사카 앞에서 약한 모습을 보이고 싶지 않았다. 저건

적이다. 지금 당장은 어쩌지 못하겠지만 언젠가 그의 뜻을 이루기 위해서는 반드시 제거해야 할 적! 그렇다면 정보를 좀 더 얻어볼까?

"그런데 쌍둥이 형인 네가 그렇다면, 동생인 서린은 왜 그렇지 못하지? 너에게 가능한 일이 어째서 동생에게는 불가능한 건가? 둘 다 라이칸스로프의 중흥을 위해서 만들어진 마수가 아닌가?"

"틀려. 그와 나는 같지 않아."

서린과 이사카는 확실히 머리색부터가 다르다. 아마도 이란성 쌍둥이일 것이다.

하지만 그렇다고는 해도 쌍둥이임에는 변함이 없다. 한날한시에 태어난 쌍둥이인 이상 아무리 이란성이라 해도 닮게 마련이다.

"나는 릴리쓰의 '필요(Needs)'에 의해서 태어났고 롯시니는 '욕구(Wants)'에 의해서 태어났으니까. 나와 롯시니는 같으면서도 전혀 다른 존재야. 내가 할 수 있는데 롯시니가 불가능하다고 해서 이상할 것은 없지."

"필요와 욕구?"

한세건은 문득 이사카를 바라보았다. 그는 필요에 의해 태어났지만 서린은 욕구에 의해서 태어났다는 것인가? 하지만 그렇다면 무슨 필요란 말인가?

"대체 왜 모든 언어를 말하는 존재가 필요한 거지? 번역가나 통역자로 쓰려고? 하긴 모든 언어를 알고 있다면 그것참 유용하긴 하겠군."

"어이어이, 농담하는 건가, 비스트? 내 능력은 그것만이 아니라고."

"그렇다면 무엇을 위한 필요지?"

"글쎄? 역시 라이칸스로프의 중흥이겠지?"

그는 마치 남의 이야기를 하듯 담담하게 말하고 있었다. 하지만 라이칸스로프의 중흥이라? 그건 좀 웃기는 소리다.

서구 중심의 시각에서 보면 흡혈귀들은 계속 번창하고 라이칸스로프는 흡혈귀들에 의해 제거되어 왔다. 그러나 동구권에서는 라이칸스로프가 외려 더 융성했다. 볼코프 레보스키의 존재가 그것을 증명하고 있지 않은가?

태양광 아래 노출되면 손상을 입고 결국에는 한 줌 재로 변해버리는 흡혈귀와 달리 라이칸스로프는 만월에 덮쳐드는 광기를 제외하면 일상생활에 큰 지장이 없다.

만월이 되더라도 진성 라이칸스로프들은 자신과 자신의 부하들을 통제할 수 있다. 사회적 통제가 강력한 동구 공산사회에서 살아남은 것은 결국 라이칸스로프였다.

이사카와 서린이 태어난 곳이 바로 러시아인데 러시아에서 자식까지 낳은 릴리쓰가 라이칸스로프가 부족하다고 여길 리 없다. 볼코프 레보스키의 파벌에 속한 라이칸스로프들만 해도 흡혈귀들과는 비교가 안 되는 전투력을 가진 집단이 아니던가?

"필요와 욕구의 차이라는 건 그래도 확실한 것 같군."

그래도 한세건은 이사카의 말에 동의했다. 필요는 미심쩍은 부분이 많지만 욕구는 이해할 수 있었다. 릴리쓰는 자식을 갖고 싶다는 모정으로 서린을 만들어낸 것이다. 필요와 욕구, 그 욕망의 두 가지 이면이 이사카와 롯시니를 만들어낸 것이다.

"하아, 그렇군."

한세건은 갑자기 치밀어 오르는 분노에 이를 악물었다. 필요와 욕구라? 그렇다면 릴리쓰는 정말 저주받은 존재다. 아무리 릴리쓰가 자식을 가지고 싶어서 서린을 낳았다 해도 서린은 리림인 이상 절대 인간으로 살아갈 수 없다. 그리고 이사카 역시 그렇다. 필요로써 태어난 존재는 도구에 지나지 않는다.

대체 릴리쓰가 뭐기에 자신의 자식을 도구로 낳을 수 있단 말인가? 그것도 이렇게 터무니없이 강력한 놈으로? 만약 이사카가 마음만 먹는다면 인간 수백 명쯤은 정말 우습게 죽여 버릴 수 있으리라.

아니, 그건 욕구에 의해 태어난 서린에게조차 가능한 일이다. 릴리쓰라는 여자의 '필요'와 '욕구', 이 두 가지 때문에 세계의 흡혈귀들과 헌터, 라이칸스로프들이 얽혀 돌아가야 한단 말인가?

"그래서 그 릴리쓰는 어디에 있는 거지? 서린이야 기억이 봉해져 있으니 모른다 쳐도 너는 잘 알 것 같은데?"

한세건은 이사카에게 릴리쓰의 위치를 물어보았다. 애초에 그것을 위해 서린을 데려온 것이다. 여기서 이사카에게 릴리쓰의 위치를 들을 수 있다면 그런 번거로운 일은 하지 않아도 된다.

그래서일까? 이사카의 목소리에 비웃음이 배어 나왔다.

"어디에 있는지 알고 있지만 말해주지 않겠어. 내가 그걸 말하면 당신이 롯시니를 구하지 않을 수도 있으니까. 당신이야 롯시니와 친한 듯하니 롯시니에게서 듣지그래? 당신이 그에게 투자한 시간과 노력이 상당한 걸로 아는데, 그걸로 보상받아 보는 게 어때?"

이사카는 태연히 말하며 샤워기의 물을 잠갔다.

라이칸스로프들은 세건의 눈치를 살피며 엉금엉금 그에게 다가왔다. 멧돼지처럼 털이 삐죽 나와 있는 놈은 식탐을 이기지 못하고 바닥에 엎드려 흐르고 있는 수혈용 피를 핥았다. 한세건은 그런 그들을 바라보며 강한 혐오감에 부들부들 떨었다.

"네놈들은 그러면 무엇을 위해서 싸우는 거지? 볼코프 이바노포비치 레보스키는 조국 러시아를 위해서라고 치면 네놈은, 이사카?"

"무엇을 위해 싸우냐니? 너무 의식화되어 있군, 비스트. 하긴 당신의 강한 정신력은 그렇게 하지 않으면 형성되지 않았겠지."

샤워기가 다시 틀어졌는지 물소리가 난다. 그 물소리에 섞여서 이사카의 대답이 들려왔다.

"내가 원하는 대답은 그런 게 아니다."

"그러면 반문할까, 비스트? 내가 뭘 할까? 사람들 사이에서 적당히 취직하고 일하고 살까? 웃기지 마. 난 날 때부터 야수로 태어났어. 야수가 짐승을 사냥하는 걸 왜 사냥하냐고 물으면 안 되지. 삶에 의문을 품는 건 좋은 태도이지만 자신의 충동이나 욕구조차 의심해서는 안 돼. 그래서는 정말 삶이 재미없어지지. 나보다 오래 산 걸로 알고 있는데 그런 것도 모르는 건가?"

이사카는 태연스럽게 대답했다.

한세건으로서는 어처구니없을 만큼 당당한 태도였다. 사실 그가 본 흡혈귀 중에는 인간의 마음을 가진 이가 많았다. 피를 마시고 살아야 한다는 사실에 거부감을 느끼고 있는 이들이 있는가 하면 그 행위에 마모되어서 마음을 잃어버리고 괴물이 된 이들도 있었다.

그런 놈들의 머리통에 총을 겨누고 울어서 네 순수를 증명해 보라고 하면… 그들은 울지 못했다. 하지만 마음속으로는 눈물을 흘리는 이들도 있었으리라.

그러나 이 녀석은 다르다. 이 녀석은 날 때부터 야수로 태어난 놈이다. 볼코프 레보스키도 그렇고 이놈도 그렇다. 이들은 부조리한 자신의 존재에 의문이 없다. 자신의 능력을 이 세상에서 시험하고 야망을 성취한다. 세상에 태어난 이상 자신의 능력을 시험해 보고 싶은 것은 어찌 보면 당연하다.

"사혁도 그랬지. 순수한 욕구. 하지만 순수하다는 이유가 면죄부가 될 수는 없어……."

한세건은 맥이 풀려서 의자에 주저앉았다. 그러자 곧 샤워를 끝마친 이사카가 수건으로 물기를 닦으며 걸어 나왔다.

그는 뻔뻔스럽게 수건을 빨래 바구니에 던지고 집주인들을 바라보았다. 마치 그들에게 자신이 쓴 수건의 세탁을 위임한다는 듯한 행동이다. 아무런 죄도 없는 민간인들을 잡고 그들의 집을 빼앗아서 아지트로 쓰면서 이런 태도라니, 건방지기 짝이 없다.

하지만 그런 행동에서 사람들은 안도의 한숨을 내쉬었다. 빨래를 하라고 던져 둔다는 것은 이들을 살려주겠다는 소리나 다름없으니까.

이사카는 팔짱을 끼고 세건의 맞은편 의자에 앉아서 그를 바라보았다.

"아무래도 좋아. 나는 단지… 이 녀석들과 함께 세상을 손에 넣고 싶어. 그게 나의 꿈이고, 나는 그것을 이루기 위해 수단 방법을 가리지 않을 거야."

"이 녀석들?"

한세건은 문득 이사카가 이끌고 있는 라이칸스로프들을 바라보았다. 그들은 갑자기 자신들을 공격한 한세건에게 분노하고 있었지만 이사카의 명령 때문에 공격을 멈췄다.

야수성을 가진 라이칸스로프가 인간의 고기를 맛보게 되면 그 흉포함은 자제하기 어렵다. 그럼에도 불구하고 그들은 이사카의 명령을 수행하고 있었다. 이 녀석들은 이제 서린과 같은 나이에 불과한 이사카를 신이라도 대하듯 하고 있다.

이건 뭔가 다르다. 근본적으로 이놈들은 흡혈귀와 다른 뭔가를 지니고 있다.

"그건 내가 원한 대답이군그래."

한세건은 만족스럽다는 듯 웃었다.

그러자 이사카는 어디론가 가더니 러시아 공군 정복을 챙겨 입고 나왔다. 아직 물기가 마르지 않은 회색 머리칼은 린스를 한 번 바른 것만으로도 급속하게 영양을 흡수해서 생기를 머금었다.

그는 그것을 모자 안으로 구겨 넣다시피 하고 옷매무새를 바로 했다. 좀 어려 보이는 건 어쩔 수 없지만 지금 그는 영락없는 군인의 모습을 취하고 있었다. 그는 한세건을 똑바로 바라보더니 싱긋 웃었다. 그 웃음은 놀랍게도 서린의 웃음과 닮아 있었다.

"자아, 그러면 이번엔 내가 원한 답을 들어볼까, 비스트?"

이사카는 다시 한세건의 맞은편에 앉았다.

"뭐?"

"내가 설마 자선사업하느라 당신의 질문에 일일이 대답해 주었다고 생각하는 건 아니겠지?"

그야 그렇기도 하다. 이사카도 바보가 아닌 이상 적이 될지도 모르는 녀석에게 괜히 자신의 정보를 알려주지는 않았으리라. 하지만 그렇다면 그는 대체 한세건에게 무엇을 바라고 있단 말인가?

"그렇지만 나에게 뭐가 궁금하다는 거지?"

"아무것도. 내가 원하는 답은… 말로 할 수 있는 게 아니거든. 그저 행동으로 보여주면 돼. 오후에, 일몰과 동시에 볼코프 레보스키의 특별편이 이르쿠츠크 군사 공항에 도착해. 우리는 가볍게 한번 습격할 예정인데……. 어때? 합류하겠나?"

도저히 알 수 없는 소리를 하는 녀석이다.

게다가 이 녀석의 제안은 너무나 매력적이다. 마치 자살 테러를 해서라도 길을 열어줄 테니 한세건에게 뜻을 이루라고 하는 것 같지 않은가? 게다가 그게 가능하다 하더라도 그들이 얻어낼 것은 아무것도 없다. 유리안과 빼또쥬라는 두 라이칸스로프의 능력을 보았을 때 이들이 한세건의 손을 빌려야 할 필요도 없다. 이성적으로는 도저히 이유를 알 수 없는 것이다.

그러나 이 녀석은 어쩌면 이성이라는 것으로 재단할 수 없는 재목일지도 모른다.

"조건은?"

"조건 따위 없어. 필요하다면 거기서 볼코프를 죽여도 돼. 아니면 롯시니만 빼내서 탈출하든가."

물어보나 마나 한 질문이었다. 역시 이 녀석은 서린의 형이지만, 서린과는 비교할 수도 없는 그릇을 가졌다.

"단지 그것뿐인가?"

"너무 파격적인 조건이라서 못 믿는 것도 무리는 아닌데… 당신에게 달리 기회가 있나?"

"그렇다면 굳이 대답할 필요도 없겠군. 그 습격 전까지 좀 쉬겠어."

한세건은 이사카를 바라보며 태연히 눈을 감았다.

인육의 맛을 본 라이칸스로프들이 득시글거리고 있는데 그들 한복판에서 눈을 감고 잠에 빠진 것이다. 라이칸스로프들은 모두들 놀라서 그런 세건을 바라보았다.

"아, 아니, 대체 이놈은?"

"신경이 철사로 되어 있나?"

라이칸스로프들은 모두들 한세건의 두꺼운 신경에 놀라서 수군거렸다. 그러나 이사카가 손가락을 자신의 입으로 가져갔다.

"쉬잇. 잠들었잖아. 조용히 하자고."

"하, 하지만?"

라이칸스로프들이 놀라서 이사카를 바라보았지만 이사카도 다리를 꼬고 의자에 누워서 편안히 눈을 감았다.

3

테트라 아낙스가 제왕으로 군림한 이래 흡혈귀 혈족 간의 싸움은 줄어들었다. 모든 것을 테트라 아낙스가 통제하면서 그들의 분쟁을 도중에 완충해 주었기 때문이다.

그러나 그렇다고 해서 흡혈귀들이 사이좋게 지내게 되었다는 것은 아니다. 흡혈귀들은 여전히 서로를 시기, 질투했고 자신들의 끊임없는 무료함을 달래기 위해 싸움을 원했다.

그 결과 대부분의 흡혈귀의 교우 관계는 최악이라고 해도 과언이 아니다. 하지만 그것도 기나긴 시간 속에 시들해졌다. 한때 서로 목숨을 걸고 싸우던 흡혈귀들이 이제는 한자리에 모여서 자신들의 미래에 대한 대책을 강구하고 있는 것이다.

그들은 불이 완전히 꺼진 호텔의 최상층 그랜드 스위트룸에 모였다. 에스프리의 리더 아르곤과 밤의 마녀 헤카테, 그리고 네크로폴리스의 앙리 유이와 중국에서 온 파군, 유라시아 익스프레스를 통해 오늘 막 도착한 제마니까지…….

평소 보기 힘들었던 흡혈귀들이 한자리에 모여들었다.

그들은 불이 꺼진 테이블 주위에 앉아서 가볍게 목례를 했다. 테트라 아낙스의 패권을 인정하고 그에게 승복한 쪽도 있고 그렇지 않고 체제에 반항하는 이들도 있었지만 그들은 모두들 자신을 초대한 주인, 팬텀에 대한 예의를 차려 언쟁조차 하지 않았다.

칙!

유달리 긴 벽난로용 성냥에 불이 붙었다. 불을 붙인 주인은 그 불길에 손가락을 튕겼다. 그러자 불씨가 허공을 날아가 식탁 위에 놓인 촛대에 불을 밝혔다. 그는 그렇게 곳곳에 놓인 촛대에 불을 밝히고 성냥을 휙 휘둘러 껐다.

촛대에 불을 밝힌 이는 바로 이 모임을 주최한 장본인, 팬텀이었다. 그는 늘 입던 백색 슈트 대신 검은색으로 물들인 펠트의 로브를 입고 마법에 쓰는 검을 차고 있었다.

"다들 건강한 것을 보니 제 마음도 기쁘군요. 흡혈귀인 여러분이 건강하지 않으면 그게 더 문제겠지만."

그는 성냥을 검지로 튕겨서 재떨이 위에 던졌다. 그러자 다른 흡혈귀들이 모두 그를 바라보았다.

모두들 이 모임의 주인(Host)인 그에게 경의를 표했지만 아르곤은 풍선껌을 불며 팬텀을 노려보았다. 그가 풍선껌을 터뜨리는 소리가 정적을 깼다.

"오래간만이네, 팬텀. 여전히 잘 먹고 잘사나 봐?"

팬텀이 의식용 복장을 챙겨 입은 것에 비해 그는 여전히 편안한 캐주얼 차림으로 풍선껌을 불고 야구 모자를 눌러쓴 채 투덜거리고 있었다.

"아, 아르곤! 용케도 살아 있었군. 요새도 남들에게 폐 끼치고 사나?"

팬텀은 웃으며 아르곤에게 손을 들었다. 하지만 얼굴 표정과 달리 하는 말에 가시가 돋쳐 있었다. 아르곤과 팬텀도 오랜 숙적 관계였기 때문에 이러는 게 당연하다.

"나는 하늘을 우러러 한 점 부끄럼 없이 산다고! 이 악독한 녀석 같으니라고! 자기 몸에 걸칠 옷가지랑 먹을 거, 잘 거 부족함 없으면 그만이지 뭐가 아쉬워서 가련한 인간들 뒤통수를 후려치면서 살아? 부끄러운 줄 좀 알아!"

아르곤은 자랑스럽게 말하며 팬텀을 노려보았다. 그러자 팬텀이 아르곤의 옆으로 다가와 테이블보 위에 손을 얹고 숨결이 닿을 거리에서 아르곤을 노려보았다.

"그건 당신이 특별난 철면피이기 때문이지! 하늘이 당신 대신 부끄러워할걸! 대체 그렇게 오래 사는 동안 일 년만 근면했어도 그렇게 어설프게 살지는 않았을 텐데? 게다가 당신이야말로 이능과 마법을 섞어서 도박사들을 등쳐 먹고 살잖아?"

"그러는 팬텀이야말로 가난한 나라 사람들이 뭐 해보겠다고 하면 핫머니를 퍼부어서 쑥대밭으로 만드는 악당이 아닌가?"

"나는 그래도 학교도 짓고 병원도 만드는 데 돈도 기부하고 그러는데? 그렇게 말하는 당신이 씹고 있는 풍선껌도 미성년 노동자들을 착취해서 만든 향료와 검이 들어가 있어!"

둘이 그렇게 옥신각신하자 팬텀의 에스콰이어인 빌헬름이 헛기침을 했다.

에스콰이어의 신분으로 이 모임에 참관한 그는 레이스가 달린 예스러운 예복을 입고 램프를 든 채 테이블 뒤쪽에 떨어져서 장식품처럼 서 있었다. 그는 그렇게 서 있는 채로 힐끗 창밖을 바라보았다. 테트라 아낙스 계열의 흡혈귀들이 움직이는 기미가 있나 살펴보기 위해서였다.

어쨌거나 빌헬름이 헛기침을 하자 팬텀은 손을 털고 일어났다.

“뭐, 그런 이야기를 하려고 부른 건 아니고. 그냥 긴말할 것 없이 바로 본론으로 들어가지요.”

“아마도 CIS연방 정상회담 때 뭔가 한 건 터뜨리려는 거 아닌가?”

길게 자란 검은 머리에 동백기름을 바르고 곱게 땋아 내린 중국계 여성, 파군은 볼 거 없다는 듯 그렇게 물어보았다.

두꺼운 비단으로 만든 차이나 드레스에는 금색으로 수놓인 용이 그려져 있었는데 가슴의 융기를 따라 용이 살아 있는 듯 꿈틀거린다. 그녀의 심경이 매우 나쁘다는 것을 대신하고 있는 듯했다.

사실 팬텀이 흡혈귀들 사회에서 가장 뛰어난 인맥을 자랑하고 있다지만 그렇다고 해서 이런 무례한 호출을 기분 좋게 받아들일 이는 없었다. 파군은 곰방대에 불을 붙이고 깊게 담배 연기를 빨아들였다.

“뭔지는 잘 모르겠지만 테트라 아낙스는 별로 일을 처리할 생각이 없나 보군. 그래서 우리를 부른 것 아닌가, 팬텀? 다른 이들은 몰라도 나는 그 정도 눈치가 있다고."

신부복을 입은 검은 머리칼의 남자가 턱수염을 쓰다듬으며 중얼거렸다. 그때마다 그의 미간에 난 세 번째 눈동자가 빛을 발한다.

"그건 당신 혼자만 생각한 게 아니라고, 제마니. 우리도 마찬가지야."

앙리 유이는 그리 말하고 흥미로운 표정으로 팬텀을 바라보았다.

"이거 내가 실례했군. 모두에게 사죄하네."

제마니가 그리 말하자 모두들 고개를 끄덕여 동의를 표했다.

기나긴 세월을 살아서 삶에 즐거움을 느끼지 못하는 흡혈귀들이라고 해서 바보는 아니다. 그들은 곧 어떤 일이 일어날지 잘 알고 있었다. 명확히는 모르지만 지금 러시아에서 벌어지고 있는 일련의 사건은 단지 러시아에 릴리쓰가 있다고 해서 벌어지는 일이 아니다.

그보다는 오랜 냉전으로 인해서 격리된 세계가 다시 열리면서 벌어지는 해프닝이라고 할 수 있다.

"그런데 그렇다면 대체 뭐가 일어난다는 거지? 모두들 느끼고 있지? 테트라 아낙스가 뭔가 묘한 감정에 사로잡혀 있는 것을?"

헤카테는 본론으로 들어갈 것을 요구하며 팬텀을 노려보았다. 그러자 팬텀은 파일을 꺼내서 진마들에게 돌렸다.

"우선 첫째로 주의해야 할 일은 바로 이자, 아무르의 호랑이 볼코프 레보스키입니다. 그는 시베리아 웨어타이거의 혈족을 계승하고 있는 정통한 이 일대의 군주이며 동시에 러시아 육군 소장이기도 하지요. 하바로프스크 주 방어군도 그의 손아귀에 있고 그가 속한 파벌은 보수 우익들의 압도적인 지지를 얻고 있습니다. 일단 여기까지는 다들 알고 있겠죠?"

팬텀이 좌중에게 확인을 구하자 모두들 고개를 끄덕였다. 일단 러시아 땅을 밟고 나면 모르고 싶어도 모를 수 없는 인물이었다.

"이자가 쿠데타라도 벌일 모양인가 보군."

파군은 즉시 상황을 이해했다. 그러자 앙리 유이가 사진을 탁자 위에 꽂아 넣고 팬텀을 돌아보았다.

"이 녀석이 순종(純種)이라는 것도 알려주는 게 좋을걸. 순종 웨어타이거라니, 흡혈귀의 오랜 맞수지."

그러자 모두들 흥미롭다는 듯 사진을 다시 살펴보았다. 시베리안 웨어타이거라면 웨어타이거의 서러브레드라고 할 만한 종족이다. 오랜 세월을 산 진마에게 마법적으로는 손색이 있을지 몰라도 육체적인 능력은 훨씬 뛰어나다. 흡혈귀들에게 있어서 이만큼 위협적인 적이 없을 정도였다.

그때 촛대를 들고 있던 빌헬름이 입을 열었다.

"CIS—러시아연방 정상회담 때 쿠데타가 발발할 가능성이 높다는 것은 이미 CIA 방첩부에 보고서로 보고된 상태입니다. 미합중국 대통령이 알고 있을 정도면 보리야 푸도브킨도 이 상황은 알고 있다고 해야겠지요. 단, 그들은 자신들이 상대해야 할 게 라이칸스로프 군대라는 걸 모르고 있지요."

"인사이동을 시켜 버리면?"

헤카테가 그리 물어보자 빌헬름은 고개를 저었다.

"무리입니다. 인사이동이 아니라 곧… 그는 강제로 예편되고 국가 전복 혐의로 기소될 거예요. 그렇다고는 해도 이 일에 무슨 변화가 있을 거라고는 생각되지 않는군요. 이미 병사들은 볼코프 이바노포비치 레보스키의 사병화되어 있습니다. 어차피 그를 근원으로 하는 라이칸스로프 갱인 데다가 그들은 인민영웅인 볼코프 레보스키의 인망과 사상에 완전히 감화되어 있습니다. 차라리 종교라고 하는 게 옳지요. 그는 새로운 교조고 병사들은 다들 그의 신자입니다."

즉, 그들은 라이칸스로프 광신도들을 상대해야 한다는 것이다. 언제나 여유를 잃지 않던 진마들 사이에 싸늘한 공기가 감돌았다.

"이십일 세기가 되면서 번거로운 일이 너무 많아지는군."

아르곤은 투덜거리며 팔짱을 꼈다. 정야가 윤회의 마법을 통해 환생하면서 일어난 '한국 사태' 에 이어서 이제는 '러시아 쿠데타 사태' 인가? 덕분에 심심하지는 않지만 이 정도 되면 파란만장하기 이를 데 없다.

"흑사병이 퍼졌을 때랑 일이 차 세계대전 때보다 더 암울한 것 같아. 이십일 세기에 세계대전이 일어날지도 모른다니."

헤카테는 그렇게 투덜거렸다. 멍청한 인류가 지들끼리 싸우다 죽든 말든 그녀가 알 바 아니지만 이 전쟁은 확실히 질이 다르다. 만약 라이칸스로프인 볼코프 레보스키가 정권을 잡게 된다면 생각만 해도 끔찍하다. 세계대전이 일어나는 것도 일어나는 것이지만 이후의 변화를 상상할 수가 없다.

"역시 이십 세기 폭스사가 이십일 세기 폭스사로 개명했어야 했다니까. 이십일 세기에 이런 문제가 연달아 일어나다니 말야! 재수가 옴 붙은 거야."

아르곤이 탁자를 치며 주장하자 팬텀의 눈이 탁 풀렸다.

"그건 별 관계없는 것 같은데. 정 하고 싶으면 돈을 주고 사서 개명하지 그래?"

"실은 얼마 안 가면 내 생일인데 선물로 사주라."

"……."

팬텀이 아니꼽다는 듯 아르곤을 바라보자 아르곤은 다 안다는 듯 팬텀의 어깨를 두들기고 주머니에서 풍선껌을 꺼내 주었다. 팬텀은 아무런 말 없이 풍선껌을 받아서 입에 집어넣었다.

"후우. 아르곤, 내가 어지간하면 품위와 기품을 갖춘 멋진 마스터가 되고 싶었거든?"

"잘 안 되는 거야? 내가 또 그 마음 잘 알지."

아르곤이 반문하자 팬텀은 풍선껌을 짝짝 씹으면서 아르곤을 내려다보았다. 여하튼 간에 지금 볼코프 레보스키에 대한 정보를 가장 많이 알고 있는 것은 바로 아르곤일 것이다.

"그래서 아르곤, 당신은 볼코프 레보스키를 보았겠지. 그자는 어느 정도지?"

"음, 그때는 그냥 용병 캠프에 있을 때 잠깐 스쳐 지나가듯 본 거라 잘 모르겠지만… 테트라 아낙스의 진압 부대를 예를 들더라도 다들 죽지 않을까? 진짜 강자라고, 그 녀석과 녀석의 부하들은.”

“그 정도인가? 테트라 아낙스의 사설 부대도 굉장하다고 알고 있었는데?”

군사훈련을 수료한 흡혈귀 군사 집단은 일반 흡혈귀들과는 차원이 다른 힘을 지닌 존재다.

개개인의 힘이 더 뛰어난 조직폭력배와 1개 소대의 군인들이 맞붙게 된다면 승부는 명약관화하다. 아무리 조직폭력배의 개인적 힘이 뛰어나도 그들은 군인을 이길 수 없다. 그러니 군사훈련을 수료한 흡혈귀들로 이뤄진 부대라면 이 세상에서 무서울 게 없어야 정상이 아닌가?

“테트라 아낙스의 집행 부대도 굉장하다고 알고 있지만 상대는 스페르쯔나츠 훈련을 거친 라이칸스로프다. 인간이 훈련을 거듭해서 진마를 죽이는 것도 가능한데 라이칸스로프들이라면 말 다 했지.”

아르곤이 이렇게 말할 정도라면 사실일 것이다.

진마들이 모두들 걱정스러운 표정을 지었다. 하지만 아르곤은 팬텀을 보며 씨익 웃었다. 머리칼과 마찬가지로 새하얀 눈썹이 보기 좋은 곡선을 그리는데 그 모습을 보면 역시 아르곤도 팬텀을 꽤 신뢰하는 모양이었다.

“그러니까 팬텀, 생각이 있는 거지? 아무런 대안 없이 이 많은 진마를 부르진 않았을 테지?”

"물론."

팬텀은 로브 안에서 안경집을 꺼내서 도수도 없는 안경을 꺼내어 썼다. 그는 무명지로 콧잔등 위에 걸친 안경을 바로잡으며 말했다.

"쿠데타군이 모스크바로 진입하기 위해서는 저격 부대가 모스크바 시내에 진입해야 하는데, 그것을 방해받지 않기 위해서는 모스크바로 진입하는 동안 최소 루트를 잡더라도 주 방어군이랑 충돌하게 되어 있어. 연방 주 경계선을 많은 수의 군대로 넘을 수는 없겠지. 그렇다면?"

"라이칸스로프 특작 부대에 의한 지휘 체계 마비!"

헤카테는 손을 깍지 낀 채 테이블 위에 신발을 턱 올리고 대답했다. 그녀라도 그렇게 할 것이다. 대쿠데타 작전이라면 지휘 체계가 마비되면 아무것도 할 수 없다. 상대는 그들과 같은 군복을 입은 동지였던 이들이니까 지휘 체계가 마비될 경우 속수무책으로 돌파당할 수밖에 없다.

"나라도 그렇게 하겠어. 라이칸스로프 특작 부대라면 인간이 아무리 많아봤자 유유히 뚫고 들어와서 지휘관의 목을 따버릴 테니까."

아르곤도 고개를 끄덕였다. 그러자 흡혈귀들은 모두들 놀라서 팬텀을 바라보았다. 팬텀이 이렇게 말한다면 대안이 있다는 건데 그건 대체 무엇일까?

"설마 우리보고 그런 새카만 어린것들과 직접 싸우라는 건 아니겠지?"

제마니는 불쾌하다는 듯 중얼거렸다.

아무리 상대가 스페르쯔나츠 훈련을 수료한 라이칸스로프라 해도 그들은 진마다. 그들이 살아온 세월에 비하면 라이칸스로프들의 삶 따위는 찰나라 해도 과언이 아니다. 그런 놈들에게 진마가 직접 나서서 싸우라면 이것은 크나큰 모욕이다.

아무리 팬텀이 그들 사이에서 인망이 있다고 하지만 진마들에게 그런 것까지 요구할 권리는 없다.

하지만 팬텀은 태연히 말했다.

"이번에 볼코프 레보스키를 막아내지 못하면… 진마고 뭐고 남지 않아."

"뭐라고?"

제마니의 세 번째 눈이 빛을 발했다. 그러나 그도 팬텀에게 도전할 생각은 없었다. 크림슨 글로우의 사법사 팬텀, 네크로노미콘을 소유하고 있을지도 모른다고 하는 그에게 혼자 도전하는 것은 자살행위다. 팬텀은 아르곤에게 고개를 돌렸다.

"아르곤, 일반적인 흡혈귀를 부대로 편성해서 투입한다면 어떻게 될 거라고 보지?"

"흡혈귀들이라면, 음… 이십 대 일 정도?"

"이십 대 일?"

진마들은 모두들 깜짝 놀라서 그를 바라보았다. 지금 무슨 말인가, 이게?

"어중간한 놈들은 아무리 많아도 죽어. 녀석들은 최정예야. 서른 명의 적이 오면 이쪽은 적어도 육백 명은 있어야 균형이 맞아."

아르곤은 태연스럽게 말하고 있었다. 하지만 육백의 흡혈귀라니? 그렇게 많은 흡혈귀가 한자리에 모인 적은 없다. 테트라아낙스의 연구 성과로 만들어진 흡혈귀 병사를 다 끌어모으면 그 정도는 되겠지만 그것도 전 세계 곳곳에 퍼져 있다.

"…자존심이 상하는데. 정말 그렇게까지 될까요, 아르곤? 너무 적들을 과대평가하는 건?"

파군이 의문을 표시했지만 아르곤은 고개를 좌우로 휘휘 저었다.

"우리와 그들의 차이가 뭔지 모르는 건 아니겠지? 흡혈귀는 기본적으로 너무 나이가 많아. 하지만 인간의 약 세 배 정도의 수명을 가진 라이칸스로프는… 우리와 달리 야망과 욕망에 충실하지. 우리는 몇 세기를 앞에 두고 살지만 그들은 우리처럼 역사를 멀찌감치 방관하고 있는 게 아니야. 그 역사의 안에서 살기를 원하지. 이게 얼마나 큰 차이인지 알고 있겠지?"

흡혈귀들에게 있어서는 굉장히 모욕적인 사실이지만 역시 흡혈귀인 아르곤이 말하니 모두들 할 말이 없었다. 헤카테도 분해서 이를 아드득 갈았지만 인정할 수밖에 없었다.

"군사훈련을 받지 못한 흡혈귀들은 아무리 모아봤자 게임이 안 돼. 일 더하기 일은 이가 될 수밖에 없는 잡병들이야. 하지만 녀석들은 다르겠지? 일 더하기 일은 삼이 될 테고 이 더하기 이는 팔이 되겠지. 개개인의 역량도 더 뛰어날 테고. 분하지만 아르곤의 말이 옳아."

그녀는 시나몬 스틱을 꺼내서 입에 물고 투덜거렸다.

"수혈 팩이나 빨면서 엉덩이에 살이 쪄서 그래. 얼간이 녀석들, 너무 나태한 거 아냐?"

그때 앙리 유이가 일어났다.

"테트라 아낙스는 손가락 빨면서 수수방관하고 있으니 나라면 팬텀의 뜻에 따르겠소. 일단은 이 사태를 해결할 능력이 그에게 있으니까. 이 일을 막지 못하면 이후 진마고 뭐고 없을 거요. ICBM이 날아오는데 살아남을 자신은 없거든. 그러니까 팬텀, 당신에겐 이 사태를 해결할 명확한 청사진이 있는 게지?"

앙리 유이가 적절히 바람을 넣자 다른 흡혈귀들의 시선이 일제히 팬텀에게 향했다.

그러자 팬텀은 자신의 컴퓨터를 연결해 프레젠테이션을 시작했다. 중세 흑마법사의 복장을 하고 컴퓨터로 프레젠테이션을 하다니, 그 모습이 심히 어색하지만 누구도 이의를 제기하지 않았다.

하지만 프레젠테이션의 목차가 막 화면에 떠올랐을 때 제마니는 불쾌한 표정을 지으며 자리를 박차고 일어났다.

"아무리 그래도 그렇지, 이거 과장이 너무 심한 거 아니오? 라이칸스로프 따위는 거의 다 오합지졸이 아니었소? 이제 와서 이런 위협에 처하다니… 테트라 아낙스의 예지 능력으로 이걸 몰랐단 말이오?"

제마니는 이 상황을 믿지 않는다. 예언자인 테트라 아낙스를 상대하는 이라면 누구나 이런 의심에 빠질 수밖에 없었다.

"그들은 미사일을 쏘지 않을 겁니다. 그럴 능력도 없고요. 만약 정말 이게 세상을 위협하는 일이라면 테트라 아낙스가 미연에 막았을 테니……."

"레보스키 소장이 성격이 좀 많이 화끈하지. 그런데 그 작자가 그냥 위협 쇼를 하기 위한 거니까, 계속 엉덩이 무겁게 앉아 있겠다? 아무리 내가 무직에 늘 놀면서 사는 놈이라고 해도 어느 정도 사명감은 느낄 사항이라고 생각하는데 말야. 나보다 게으르고 몰지각한 뱀파이어가 되고 싶다면 그것도 나쁘지 않지. 나도 책임감 면에서 맨날 꼴찌하는 데 질렸거든."

아르곤이 그리 말하자 다들 당황했다.

'어, 언제 순위 먹이고 있었나? 우리 모르게?'

'그냥 하는 소리겠지?'

'하지만 확실히 아르곤보다 게으르고 몰지각하다는 소리는 듣고 싶지 않은데?'

뱀파이어들이 서로서로 시선을 통해 마음을 전달하는 모습을 본 아르곤이 좋아했다.

"좋아, 좋은 분위기로군."

아르곤은 그리 말하고 팬텀에게 손을 뻗었다.

"흡혈귀들이 여기저기서 수혈용 혈액이나 빼먹으면서 엉덩이가 무거워진 건 사실이니까. 그래서 말인데 나도 팬텀에게 협력하겠어. 어차피 테트라 아낙스가 윗대가리 차지하고 있는 것보다는 이 친구가 말이 통하잖아, 이번 세기에는?"

아르곤이 팬텀과 손을 잡는다? 그렇다면 그건 정말 대단한 일이 될 것이다. 팬텀은 아르곤을 바라보며 눈웃음치며 풍선껌을 불었다.

"글쎄, 이십일 세기도 이제 막 시작한 터라. 나도 테트라 아낙스는 더 이상 제왕으로서의 자격이 없다고 생각하니까. 그놈은 너무 오래 살아서 미쳤다고. 미치는 정신을 가진 녀석은 흡혈귀가 될 자격조차 없지."

헤카테도 투덜거리며 팬텀을 바라보았다. 할 수 없이 뽑아준다는 식으로 그녀는 고개를 끄덕였다.

"당신의 군문(軍門)에 잠깐 들어가기로 할까? 아, 잠깐일 뿐이야! 결코 오래 있다거나 그럴 생각은 없어! 잠깐의 군사협력체제(War Band)라고."

"바보 같군. 나는 사양하겠어. 당신들, 이 일을 벌이면 테트라 아낙스가 그냥 내버려 둘 거라고 보나?"

제마니는 완전히 일어나 의자를 정중히 원래 자리에 가져다 놓았다. 더 이상 이 테이블에 앉지 않겠다는 뜻을 그것으로 표현한 것이다. 그러자 헤카테는 시나몬 스틱을 으적 씹으며 제마니를 노려보았다.

"내버려 둔다에 걸지."

"…쳇. 어쨌거나 나는 팬텀의 밑에 들어갈 생각은 없어! 불쾌하군."

제마니는 팬텀에게 강한 불만을 표시하고 등을 돌렸다. 하지만 그렇게까지 반대하는 것은 그 혼자뿐이었다. 여기에 없는 진마들이라 하더라도 너무 괴팍하거나 황량한 놈들을 제외하고는 아마도 팬텀의 뜻에 따르리라.

"흥! 테트라 아낙스는 정보 조작에 예지라도 하지, 팬텀에게 대체 뭐가 가능하다는 거지? 뭐 어찌 되었든 잘해보시오. 다만 나는 진마가 되어서 그런 어린것들과 손을 섞고 싶지 않소! 무엇보다도 팬텀 당신의 군문에 들어갈 생각도 없고!"

제마니는 악담을 퍼붓고는 신경질적으로 밖으로 걸어갔다. 그러자 빌헬름이 제마니의 뒤에서 혀를 쑥 내밀었다.

"으, 성격 나쁜 거 하고는. 뭐, 좋아요. 저도 당신의 뜻에는 찬성이에요, 팬텀. 그동안 노느라 심심하기도 했고요. 당신 같은 미남자라면 잠시 주군으로 섬기는 것도 나쁘지 않군요. 흡혈귀들은 원래 다들 귀족이라면서요? 그렇다면 왕이 있어도 이상할 게 없지요."

파군은 그리 말하며 팬텀에게 입술을 오므려 보였다. 팬텀은 안경을 고쳐 쓰며 짐짓 모른 체했다. 그는 무명지로 안경을 고쳐 쓰면서 왠지 수줍어하는 소년처럼 얼굴을 붉혔다.

"그렇다면 앞으로 약 열흘간… 여러분이 제 지휘에 따라주신다고 믿겠습니다."

팬텀은 다시 프레젠테이션을 이어갔다.

그는 쿠데타군에 동조하는 군부 파벌들의 편성과 그들의 주둔지, 최근의 움직임, 라이칸스로프의 인원 등을 세밀하게 알려주었다. 그것들로부터 적들의 움직임과 보리야 푸도브킨의 반응, 그리고 필요한 물자의 수급 등에 대한 계획을 짜냈는데, 솜씨가 이만저만한 게 아니었다.

"…이거 네 솜씨냐?"

앙리 유이는 자신의 뒷자리에서 촛대를 들고 있는 빌헬름을 바라보며 물어보았다. 그러자 빌헬름은 말없이 고개를 끄덕였다.

비록 그가 만들어낸 계획이고 청사진이긴 하지만 그는 지금 자신의 마스터를 보고 감동해 있었다. 자칫 잘못하면 이 세계가 끝날지도 모르는 과격한 라이칸스로프 우익 군인의 쿠데타를 막기 위해 흡혈귀들이 동맹을 선언한 것이었다.

그 동맹을 이끌고 있는 이는 바로 팬텀! 늘 느슨하게 살아오던 그의 마스터가 드디어 진가를 발휘할 때가 온 것이다.

4

이르쿠츠크 대학의 앞, 대로를 따라 한 대의 자전거가 미끄러져 들어왔다. 자전거는 여기저기 열로 인해 윤활유가 마르고 손상을 입어서 꼴이 말이 아니었다. 그래도 상표들로 미루어 보면 상당한 고급 MTB였는데 특이하게도 뒤에는 짐받이용 안장이 있었다.

원래 고급 MTB는 무게를 몇백 그램이라도 더 줄이기 위해 설계되어 있으므로 안장이니 그런 거추장스러운 액세서리는 달지 않는다. 그런 액세서리는 생활용 자전거에나 다는 것이다.

하지만 자전거를 밟고 있는 이의 다리 힘이 어찌나 좋은지 속도가 대단하다. 뒤에 사람 한 명을 앉혀두고도 복잡한 시내를 빠르게 미끄러진다.

더더욱 놀라운 것은 뒤에 매달린 이가 꾸벅꾸벅 졸고 있다는 사실이었다. 자전거로 시내를 달리는 속도만 해도 이만저만이 아닌데 저렇게 졸고 있는 걸 보니 신기하기 짝이 없다.

"어이! 유리안! 다 왔어! 일어나!"

"응? 아아아, 벌써 내 차례야?"

"아니야! 이르쿠츠크야!"

자전거 페달을 밟던 소년은 자고 있던 소년의 복부에 팔꿈치를 찔러 넣었다. 그렇게 한눈을 팔던 그들은 가로수를 들이받고 말았다.

콰직!

자전거는 얼마나 정비를 안 했는지 들이받는 것만으로도 앞쪽 바퀴의 림이 휘어지며 망가져 버렸다. 하지만 위에 타고 있던 소년들은 날렵한 동작으로 자전거에서 뛰어내려 지상에 착지했다. 보통 고꾸라지게 마련인데 그렇게 착지하는 것을 보니 무슨 기계체조라도 한 모양이었다.

"오오오오."

서서히 떨어지고 있는 태양광을 즐기기 위해 공원에 나와 있던 사람들이 박수를 쳤다. 그러나 소년들은 사람들의 시선을 거추장스럽게 여기는지 쓰러진 자전거를 그대로 내버려 두고 잽싸게 인파 사이로 사라졌다.

그런 모습을 보면 자전거가 도난품인가 싶었지만… 누구도 신고를 하지 않았다.

"어떤 놈이야!"

그때 공원을 순찰 돌던 경찰이 휘슬을 불며 달려왔다. 가로수 앞에 너덜너덜해진 자전거의 잔해를 두고 사라졌으니 경찰이 분노하는 것도 당연하다. 하지만 이미 두 소년은 인파를 꿰뚫고 사라진 뒤였다.

러시아는 땅이 넓어서 전기조차 들어오지 않는 오지의 마을도 많지만 이르쿠츠크는 시베리아의 파리라고 불리는 대도시이다. 그런 도시의 고풍스러운 거리로 두 명의 소년이 달리고 있었다. 그들은 호들갑을 떨며 가로등과 가로등 사이를 지나갔다.

"아, 졸려! 젠장! 늦었다, 늦었어!"

"얼른 뛰어, 늦었다고. 루스킨 성격에 우리를 기다리고 있을 리가 없단 말야."

유리안은 그리 말하며 달렸다. 주위 사람들은 그들을 힐끗힐끗 쳐다보았지만 딱히 이상하게 여기지 않는 모양이었다.

"그래도 이 근처에 이사카가 있다는 느낌이 드는걸?"

갱의 일원으로서 그들은 본능적으로 리더가 가까이에 있다는 것을 느낄 수 있었다. 거리가 가까워지면 가까워질수록 감각이 정확해진다.

"이사카의 명령은 루스킨에게 합류하라는 거였으니까, 옛 아지트로 가자. 루스킨이랑 합류 안 하고 그냥 가면 또 명령을 어겼다고 화낼 거야. 게다가 이미 그들은 습격에 참여하고 있을 거라고!"

빼또쥬는 이사카의 불같은 분노를 떠올리며 걱정했다.

그러나 그때 그들의 앞을 한 남자가 가로막았다. 진한 검은 머리칼을 한 몽골리안 혼혈아가 그들의 앞에 나타난 것이다. 대학 레슬링부의 트레이닝복을 입고 있던 그는 목에 수건을 두르고 있었는데 빼또쥬와 유리안을 알아보고는 그들에게 달려들었다.

"앗! 루스킨!"

달려오던 유리안과 빼또쥬는 관성을 이기지 못하고 앞으로 몸을 날렸다. 하지만 그 혼혈아는 자세를 낮추면서 그들을 받아냈다. 쾅! 요란한 소리가 났지만 셋 다 멀쩡했다.

"늦었구나, 빼또쥬. 이사카가 얼른 너희들 데려오라고 해서 아예 찾아 나선 중이다. 꼴을 보아하니 방금 도착한 것 같은데?"

루스킨은 그리 말하면서 목에 두르고 있던 수건을 빼또쥬에게 건네주었다.

"아, 그래? 벌써 출발했겠네?"

"다행히 날씨가 안 좋아서 아직 비행기도 도착하지 않은 모양이야. 얼른 서둘러. 합류하자."

"어, 그, 그래도 돼? 그런데 우리 둘 좀 지쳤는데."

하바로프스크에서 BAM 노선을 따라 이르쿠츠크까지 자전거로 시베리아 남부를 횡단하다시피 한 둘이다. 그런데 좀 지쳤다고 한다면 정상인들은 놀라서 까무러칠 것이다.

실제로 신품이던 자전거가 바로 폐물이 되었을 정도가 아닌가? 이 정도면 좀 사정을 봐줄 만한데도 루스킨은 어깨를 으쓱하며 딴청을 피웠다.

“아, 그러면 이사카에게 잘 말해줄게. 둘이 너무 지쳤으니까 좀 쉬어도 되겠냐고…….”

“미안, 내가 잘못했어.”

빼또쥬는 루스킨의 팔을 붙들고 애원했다. 그러자 루스킨은 흥 하고 웃더니 길가에 주차된 작은 트럭을 가리켰다.

“그럼 따라와! 가자!”

“아! 그래!”

그들은 트럭을 타고 즉시 이르쿠츠크 시가를 벗어났다. 요즘 들어서 세상이 흉흉해서 그런지 도시 입구의 검문이 강화되어 있었지만 루스킨은 눈빛만으로 검문소의 인간들을 제압하고 교외로 빠져나갔다.

호수를 끼고 융기된 언덕을 따라 난 국도를 달려가니 곧 한적한 주택가가 나왔다. 그들은 그중 제법 큰 집 앞에 차를 멈춰 세웠다.

“와! 오래된 건물이다.”

“이런 것을 아지트로 접수한 거야?”

“그래. 들어와.”

루스킨은 놀란 소년들을 돌아보며 씨익 웃더니 힘껏 문을 열었다. 안에는 이미 완전무장한 라이칸스로프들이 얼굴에 위장용 크림을 바르며 대기하고 있었다.

그들 사이에서 러시아 공군 부사관 군복을 입은 젊은 청년이 시미터와 쿠크리를 비스듬하게 등에 걸친 채 안절부절못하고 빙글빙글 돌다가 멈춰 섰다.

"늦어! 늦어! 뭐 하다 이제 온 거야?"

"아, 그게, 저기, 도중에 자전거가 한 번 펴져서 정비하다 보니까 어쩔 수 없이 늦었어요."

구멍 뚫린 모자를 쓴 유리안은 손을 모아서 싹싹 빌었다. 그러나 그는 갑자기 아, 하고 탄성을 질렀다. 빼또쥬 역시 이상한 녀석을 한 명 발견하고 놀라 버렸다.

"저, 저 자식은!"

"비스트 아냐?!"

그들은 놀라서 싸울 준비를 취했다. 과연 그들의 시선 끝에는 양다리를 180도로 벌린 채 스트레칭을 하고 있는 녹색 머리칼의 남자가 있었다. 그는 양모로 만든 검은 폴라 티셔츠 위에 방탄조끼를 두르고 한창 스트레칭 중이였다.

"아, 그때의 그놈들이군! 지금 왔나?"

한세건은 한국어로 중얼거리며 몸을 풀었다. 표정 변화가 없고 목소리에 감동이 없는 것으로 보아 어지간히 그들을 무시하는 모양이었다. 그게 아니면 배짱이 뛰어나든가.

이사카는 그런 한세건을 보며 피식 웃었다.

"뭐, 뭐라는 거예요?"

불안해진 빼또쥬가 이사카에게 질문을 던졌다. 그들은 한국어를 모르니 뭐라고 말한 건지 알아들을 수가 없었다. 욕이나 비웃음이라면 알아들을 수 있다고 생각했는데 그의 말투는 너무나 무심해서 과연 뭐라고 한 것인지도 모를 지경이었다. 저런 무뚝뚝한 표정으로 대체 뭐라고 했을까?

"아니, 아무것도. 신경 쓸 거 없어."

이사카는 전혀 해석해 주지 않았다. 그때 유리안이 자신의 모자를 들고 한세건의 앞에 가 섰다.

"이 자식! 비스트! 내 머리통에 잘도 구멍을 냈겠다!"

하지만 한세건은 묵묵부답이었다. 말이 통하지 않으니 애초에 시비도 되지 않는다. 이사카는 그런 세건을 보고 한국어로 말해주었다.

"준비는 되었나?"

"나야 당신들에 끼어서 가는 거니까. 그런데 정말 이 정도 인원으로 공항을 습격할 셈인가? 볼코프 레보스키가 하는 짓이다. 인간도 있겠지만 라이칸스로프도 있을 텐데?"

"물론 습격하지. 지금 그럼 장난하러 가는 줄 알아?"

이사카는 고개를 끄덕였다.

한세건은 기가 막혀서 인원을 확인했다. 자신을 빼고 이 라이칸스로프 조직을 보자면… 아까 전에 있던 놈이 셋, 그리고 지금 들어온 놈이 또 셋에 이사카가 있어서 일곱 명이다.

각자가 소울 백업을 할 수 있을 만큼의 강자라면 다들 진마급이라 할 수 있다. 하지만 아무르의 호랑이 볼코프 레보스키와 그의 부하들 역시 상당했다.

"제대로 싸우면 사생결단을 내야 할 텐데."

"그래서 적당히 하는 거지."

"적당히?"

한세건은 쌓여 있는 무기들을 보며 혀를 내둘렀다. TNT가 약 40킬로그램, 수류탄이 1박스, RPG—7이 4문에 총도 넘쳐 난다. 이 정도의 무기로 무장하고 적당히, 라는 게 가능할까?

"당신에게도 무장을 주지. 이거는 어때?"

이사카는 그리 말하며 세건에게 종이 상자를 던져 주었다. 세건이 받아보니 안에서 익숙한 냄새가 났다.

"…도폭선이군."

그것도 상당한 양이다. 한세건은 어처구니가 없어서 이사카를 노려보았다. 이 녀석은 이미 한세건의 전법에 대한 사전 지식을 구했나 보다. 어디서 그런 정보를 구했는지는 모르지만 곧 적이 될 놈이 이런 것까지 챙겨준다는 게 마음에 들지 않는다.

"설마 영원히 사이좋은 친구라고 믿지는 않겠지? 폭약과 총화기 앞에서는 진마고 리림이고 없이 공평하게 죽을 거야. 이사카 네놈도 예외는 아닐걸."

한국어라서 망정이지 만약 주변의 라이칸스로프들이 들었다가는 다들 덤벼들 말이었다. 하지만 이사카는 태연했다. 이 녀석은 자신의 강함에 뻔뻔스러울 정도로 절대적인 자신감을 가지고 있다.

"그쪽이 나랑 사이좋게 지내고 싶어 한대도 이쪽이 사양하지. 해볼 테면 해보라고."

"잘났군."

한세건은 투덜거리며 도폭선을 받아 들었다. 설사 도폭선을 받아들였다 해도 그만큼의 플러그가 없다면 무용지물이다. 그것도 좀 길이가 짧은 유선식의 플러그가 있어야 한다. 도폭선을 그냥 잡고 발화시킨다면 잡고 있는 사람의 손도 무사하지 못한다.

그렇다고 아그니도 아닌데 멀리서 뿌리고 염동력이나 그런 걸로 발화시킬 수도 없다. 이사카에게 허세를 부리긴 했지만 지금 당장은 쓸 수가 없다. 폭탄마로 유명해진 한세건이지만 역시 자신이 쓰기 좋게 만든 기폭 장치가 없으면 별다를 게 없다.

"뭐야? 그걸로 부족한가? 그럼 이건 어때? 일부러 숏바렐을 장착한 컴뱃 액션 44매그넘 리볼버인데. 원래는 내가 쓰려고 일부러 비싼 돈 들여서 건스미스에 제작했다가… 아무래도 총 쓸 일이 없으니까. 그래, 이 정도면 더티하리 같은 기분이 들까?"

"나이도 어린 녀석이 더티하리를 어떻게 알아? 나도 못 봤는데."

한세건은 투덜거리며 총을 받아 들었다.

총신을 짧게 해서 명중률은 떨어지지만 대신 근거리에서 쓰기 좋다. 총이 너무 길고 크면 거치적거려서 근거리에서 제힘을 발휘하지 못하게 되는 데다가 어차피 권총이라는 건 근거리에서 쓰는 무기가 아닌가?

그런 의미에서 이 리볼버는 헌터인 한세건이 쓰기에 딱 좋다. 이사카는 세건이 내심 좋아하고 있다는 걸 알아채고는 피식 웃었다.

"더티하리야 요새 케이블 TV에서 해주니까."

"흠, 여하튼 리볼버 매그넘이라. 괜찮군. 어지간한 9밀리나 7.63밀리보다는 훨씬 낫지. 하지만 이런 것보다는 육박전용 무기가 필요해."

"육박전용 무기?"

"설마 맨손으로 라이칸스로프들에게 덤벼들라는 소리는 안 하겠지? 아무리 내가 반 흡혈귀 상태라지만 혈인 능력을 못 쓰는 상황이니 라이칸스로프에겐 위험해."

"인간일 때도 잘도 싸웠으면서 이제 와서 엄살떠는군. 뭐 여기서는 모르는 척해 주는 게 예의겠지? 그럼 이걸 쓰지 그래?"

이사카는 투덜거리며 커다란 장검을 던져 주었다. 한세건이 깜짝 놀라 그걸 받아보니 이게 웬걸? 그가 애초에 한국에서 가져온 클레이모어가 아닌가? 한세건은 깜짝 놀라서 이사카를 바라보았다.

"내 짐을 찾아왔단 말인가?"

"아, 애초에 하바로프스크에 있을 때 당신을 만나려고 했거든? 먼저 탈출하셨길래 나는 그냥 짐이나 좀 들고 왔지. 자, 지갑하고 핸드폰도 여기. 나머지는 별로 필요 없을 것 같아서 안 가져왔지만 이 정도면 되겠지?"

그 라이칸스로프들 사이를 뚫고 들어가서 이런 걸 가져왔단 말인가? 한세건은 어처구니가 없어서 이사카를 바라보았다.

한세건이 잡혀 있던 곳은 볼코프 레보스키가 있는 라이칸스로프 병사들의 주둔지였다. 포로 신세가 되면서 모든 무장과 통신 장비 등을 빼앗겼는데 솔직히 세건은 그것들을 되찾으리란 기대도 하지 않았다.

그런데 이사카는 그걸 가져온 것이다. 이런 게 가능하단 말인가? 인간도 아니라 라이칸스로프들로 이뤄진 병사들 사이로 파고들어서 물건을 빼 오는 게 과연 가능한 일이란 말인가?

"빼앗았으면 진작 줄 것이지."

한세건은 이리듐 위성 핸드폰을 켜며 조사해 보았다. 도청 장치나 감청 장치가 붙어 있는 것 같지는 않다. 한세건이 그렇게 핸드폰을 만지작거리고 있자 이사카가 피식 웃었다.

"그랬다면 한국에 연락했겠지. 일이 그렇게 되기 전에 동맹을 결성한다. 그게 내 판단이었거든."

분명히 옳은 말이다. 만약 김성희와 어떻게 연락을 취할 수 있었거나 단순하게 숙박비만 있었다 치더라도 이 괴물에게 이렇게까지 의지하는 바보짓을 하지는 않았으리라.

하지만 이런 것까지 꿰뚫어 보고 있었단 말인가? 서린도 한세건을 손바닥 위에 놓고 놀려대곤 했었는데 지금도 딱 그 꼴이다.

"…자아, 그러면 슬슬 준비해 볼까? 어이! 이 자식들! 모두 집합!"

이사카의 호통에 라이칸스로프들이 모두들 모여 선다. 나이도, 연령도, 인종도 제각각인 라이칸스로프들이 질서 정연하게 서는 그 모습에서 이사카의 통솔력을 느낄 수 있었다.

"너희는 도저히 손도 못 쓸 쓰레기였다! 쓰레기에 얼간이 멍청이에 바보였지!"

이사카는 차렷 자세로 서 있는 부하들 사이를 걸어 다니며 칼집에서 뽑은 시미터로 자신의 어깨를 툭툭 쳤다. 그런 이야기를 들으면서도 부하들은 움직이거나 불만을 표시하지 않았다.

심지어 나이 어린 유리안조차 굳은 표정으로 차렷 자세를 유지하고 있을 뿐이었다. 이사카는 툴툴거리며 걷다가 문득 발을 멈춰 세웠다.

"하지만 그건 죄다 나를 만나기 전의 이야기! 지금의 너희는 모두 다 나의 병사다! 알겠나?!"

방금 전까지 불만스럽던 표정을 짓던 이사카가 씨익 웃었다. 그의 눈이 더할 나위 없는 열정으로 빛났다. 그러자 라이칸스로프들이 일제히 경례를 붙였다!

"예!"

한세건은 기가 막혀서 그들을 보고 있었다. 뭐라고 말하는 것인지는 모르지만 갑자기 공기가 뜨거워졌다. 이사카 베르게네프를 중심으로 열풍이 불기 시작한 것이다!

이 녀석은 정말 박력 있는 놈이다! 서린이 이 자리에 있다면 보고 배우라고 하고 싶을 만큼 저돌적이고, 야성적이고, 사나운 놈이다. 녀석이 말하는 것은 러시아어라서 전혀 알아들을 수 없었지만 그 열의와 야심은 말이 통하지 않아도 알 수 있었다.

"나는 너희와 함께 세계를 손에 넣고 싶다! 너희도 기대되지 않나? 러시아 깡촌의 쓰레기였던 이들이 세계를 뒤흔드는 걸 보고 싶어! 너희도 그런 걸 원하지 않나? 가슴속에서 뭔가가 울부짖지 않냐고!"

"오오!"

라이칸스로프들이 환성을 질렀다. 그때마다 수갑에 묶인 인간들은 겁에 질려서 그 장면을 바라보고 있었다. 자유롭게 화장실을 다녀올 수 있도록 발은 묶지 않았지만 그들은 벌써 공포라는 족쇄에 발이 매여 있었다.

하지만 한세건은 민간인들에게 신경 쓸 겨를이 없었다. 지금 이 자리에 위치한 모두의 시선은 이사카에게 집중되어 있으니까! 그 녀석은 무시무시한 열정으로 폭풍을 부르듯 포효했다. 아니! 이미 그 자체가 폭풍이었다!

오만하고 광포한 외침이 울려 퍼진다. 이렇게 소리를 지르면 경찰들이 몰려올 텐데 그들은 아랑곳하지 않고 하늘을 향해 포효했다.

"오오오오!"

그야말로 야수들의 향연! 한세건은 그 모습을 빠짐없이 눈에 새겼다. 이 녀석들은 정말 대단하다.

"자아! 그러면 모든 것을 얻기 위한 싸움을 시작하자! 가자! 제군들! 볼코프 레보스키 영감의 엉덩이를 차주러!"

이사카는 시미터를 등에 진 채 앞장서서 나아갔다. 그러자 라이칸스로프들이 일제히 그들의 뒤를 따랐다. 비록 하늘은 어두컴컴하고 도시는 불빛을 비추어 밝았지만 그들의 모습은 시베리아의 눈보라 속으로 달려 나가는 늑대 떼와 같아 보였다.

회색의 머리칼을 가진 거대한 늑대가 짐승들을 이끌고 스스로가 만든 눈보라의 시베리아 속으로 달려 나간다.

"…늑대!"

수갑에 묶여 있던 아이 중 한 명도 한세건과 같은 느낌을 받았는지 무의식중에 그렇게 중얼거렸다.

한세건은 민간인들을 바라보더니 말없이 수갑의 열쇠를 꺼내 그들에게 던져 주었다. 어차피 그들은 신고할 수 없다. 인간의 군대와 인간의 경찰이 해결하지 못할 사건이라는 것을 그들도 어렴풋이 깨달았을 테니까.

동토의 야수들이 일어나 자신들의 야망을 위해 움직인다. 그것은 인간들의 상식을 초월한 불합리한 폭력이다. 그들을 막을 수 있는 것은 그들과 마찬가지로 어둠의 세계를 걷는 자뿐이다.

한세건은 라이칸스로프들의 모습을 바라보며 아랫입술을 깨물었다.

第21夜

릴리쓰의 아이들

1

세계에서 가장 강대한 힘을 휘두르는 남자는 세 명이 있다. 미합중국의 대통령과 소비에트연방의 대통령, 그리고 핵잠수함의 함장!

물론 이것은 핵무기를 사용할 수 있는 권한에 치우친 평가이며 냉전 시대의 잠수함 서스펜스물 소설에서나 나올 법한 이야기다. 그러나 소비에트연방이 해체된 지금에도 러시아의 대통령이 막대한 힘을 지니고 있다는 것을 의심할 이는 아무도 없다.

지금의 대통령 보리야 푸도브킨은 그런 막대한 힘을 유감없이 사리사욕에 사용한 대단한 인물이었다.

러시아 10대 재벌 가운데 두 명이 보리야 푸도브킨의 재임 기간 중에 갈렸고 뒤를 이어 새로이 재벌이 된 이들은 죄다 대통령과 혈연관계를 맺고 있었다.

천문학적인 자금이 오고 가는 부정부패가 저질러져서 훗날 보리야 푸도브킨의 임기가 끝나게 되면 세계 최고의 거부는 빌 게이츠가 아니라 보리야 푸도브킨이 될 거라는 농담마저 나돌아 다닐 정도였다.

말하자면 부와 권력의 정점에 올라선 것이다. 그런 부러운 위치에 있으니 평범한 가장들은 모두들 그와 같은 자리를 부러워하리라. 하지만 지금 보리야 대통령은 잔칫상에 억지로 불려 나온 소화불량 환자처럼 인상을 찡그린 채 한숨을 내쉬고 있었다.

그가 마주 보고 있는 책상 위에는 각종 서류가 어지럽게 널려 있었고 식은땀을 흘리고 있는 보좌관들이 사태의 심각함을 대변하고 있었다.

"이거 참, 어떻게 막을 방법이 없나? 실패할 게 뻔한 쿠데타라고는 해도… 저격수나 그런 놈들에게 암살당하는 건 어쩔 수 없잖아? 무엇보다도 이런 일이 일어나게 되면 국가 신임도가 떨어진다고."

보리야는 서류들을 바라보며 덜덜 떨었다.

쿠데타가 일어날 거라는 것은 그도 이미 예전부터 알고 있었다. 아무리 군부 강경파가 보리야를 얕잡아 보고 있다고 하더라도 일국의 대통령이 쿠데타 정도의 움직임을 못 알아차릴 리가 없다.

게다가 그의 군부 장악력은 그렇게 나쁘지 않았다. 인사권으로 강경파를 회유할 수는 없었지만 자신의 입김이 닿는 이들을 요직에 심어놓는 것은 가능하다.

그래서 보리야는 자신의 입김이 닿는 신군부의 장성들을 모스크바의 주 방위군, 수도 방위군 등에 편성시켜 쿠데타에 대한 위협을 미연에 방지한 것이었다.

따라서 상식적으로 볼 때 쿠데타의 성공 가능성은 한 자릿수에 불과하다. 무수한 군사 전문가들을 통해 이미 워 게임도 치러보았다. 무슨 신묘한 수를 쓴다 하더라도 재래식 장비를 사용한 군부 강경파의 쿠데타 성공률은 4% 미만. 이 정도 성공률을 가진 작전에 대량의 병력을 투입하는 사령관이 있다면 대량 학살자라는 비난을 피할 수 없을 것이다.

그럼에도 불구하고 볼코프 레보스키는 움직이고 있었다. 지금 당장에라도 파직시키면 좋겠지만 결정적인 증거도 없이 파직시킬 경우 군부의 반발을 살 뿐이다.

"이 미친놈들. 나라를 걱정한다는 놈들이 내란을 일으킬 작정인가."

보리야는 자리를 박차고 일어났다.

그가 아무리 부정 축재에 열심이라고는 하지만 그렇다고 내란을 일으키게 되면 그것은 더더욱 큰 피해를 불러올 뿐이다. 아무리 사리사욕에 눈이 먼 보리야 푸도브킨이라고 해도 그 정도의 분별력은 있었다.

내란으로 러시아 정부가 통제력을 잃게 된다면 애써 이룩한 경제 발전의 이득을 고스란히 외국에 빼앗기게 된다.

"정직이나 파직이 안 된다면 주지사들에게 통보해서 군부에 장기 휴가나 훈련 소집 등을 강제하는 건 어떻습니까? 그렇게 하면 쿠데타를 위한 병력 이동을 못 하게 될 텐데."

보좌관들은 계속해서 쿠데타를 막을 방법을 제안했다.

하지만 모두 다 탁상공론에 지나지 않았다. 쿠데타는 사령관의 임의 명령으로 병력을 움직여 발생하는 내란이다. 군사훈련 등의 명백한 상부 명령이 있는 날에는 임의 명령을 우선할 수 없으니 보좌관의 제안은 그리 나쁜 게 아니다.

병력을 장악하기 위해 이 명령을 이행하지 않는다면 명령 불복종으로 군복을 벗겨 버리면 된다. 아무리 강경파가 설친다 하더라도 명분만 확실하다면 인사권은 이쪽에 있다.

이렇게 말하면 기막히게 좋은 작전 같은데 문제가 하나 있었다. 바로 쿠데타 발발 예정일까지 겨우 열흘 남짓이라는 것이다. 대형 훈련의 경우 1년 전부터 계획을 수립하는 게 일반적인데 열흘 안에 훈련 일정을 새로 만들어내는 건 불가능하다.

"설마 이런 말도 안 되는 상황에서도… 쿠데타를 성공시킬 힘이 있단 말인가?"

보리야 푸도브킨은 흑백으로 찍힌 볼코프 레보스키의 사진을 내려다보며 손톱을 물어뜯었다. 서스펜스 작가들이 뽑은 '세상에서 가장 막대한 힘을 휘두르는 사나이' 중의 한 명이 신경쇠약 증세를 보이고 있다니……. 누가 이러한 장면을 꿈이라도 꿔 봤을까?

2

이르쿠츠크 주 방위군의 공군기지는 해가 떨어지자 삼엄한 경비 태세에 들어갔다. 이르쿠츠크에도 국제공항이 만들어져 있긴 하지만 내륙 항로의 수요를 다 충족시키지 못하기 때문에 민간 공항 대신 공군기지가 운송을 담당하고 있다.

하지만 오늘은 더 이상의 민간기를 받아들이지 않기 때문에 경계가 삼엄해진 것이다.

해가 질 때부터 바람이 좀 강해지나 싶더니 어느새 하늘에는 구름이 끼어 달과 별들을 차단하고 눈이 쏟아지기 시작했다.

"흠, 역시 여기서부터는 개활지로군."

공군기지 옆에 붙어 있는 타이가 삼나무 숲에서 붉은빛이 번뜩였다. 만약을 대비해 공군 군복을 입은 회색 머리칼의 청년이 지도를 펼치고 실물과 대조하며 기지를 바라보고 있었다.

기지에는 높은 철조망이 쳐져 있고 철조망 위는 원형 덩굴 철조망에 의해 막혀 있었다. 그리고 군견을 끌고 있는 순찰조가 시시각각으로 돌아다니고 있었다.

"군견도 있는데?"

청년의 옆에는 녹색으로 머리칼을 염색한 동양인 남자가 있었다. 그는 한국어로 그에게 말을 걸어왔다.

"게다가 이쪽은 활주로 방향이야. 철조망에 다가가는 사이에 관제탑 등에서 멀뚱멀뚱 쳐다볼걸?"

엄청난 거리의 활주로가 늘어서 있는데 그 위로 사람이 오고 가면 들키지 않을 리가 없다. 동양인 남자, 한세건은 그걸 지적하면서 팔짱을 끼고 나무에 기댔다. 검은 눈동자 안에서 푸르스름한 불꽃이 피어올라 정기를 발했다.

청년이 과연 어떻게 이 상황을 헤쳐 나가는지 지켜보겠다는 듯한 태도다.

"한세건, 나를 너무 얕잡아 보는군. 사람 눈을 피하는 기술 정도는 이미 익히고 있단 말야. 게다가 방책도 있고."

군복을 입은 청년은 그리 말하며 땅바닥에 내려놓았던 배낭을 집어 들었다. 배낭 위에 걸려 있는 RPG—7 발사관이 나무에 닿아 탁한 소리를 냈다.

"그렇다면 무슨 방책인지 나에게도 좀 알려주시지? 일단은 팀이니까 어디 보여달라고. 이사카, 네놈이 과연 볼코프 레보스키를 상대할 만한 그릇인지 보고 싶으니까."

"뭐… 말하면 실망할걸?"

이사카는 눈살을 찌푸리며 한세건을 돌아보았다. 그러자 한세건은 피식 웃으며 고개를 절레절레 저었다.

"실망? 내가 너에게 뭔가 기대라도 하고 있단 말인가? 천만의 말씀."

하는 짓거리가 매우 얄밉다. 그러나 이사카는 대꾸하지 않았다.

"일단, 따라오기나 해."

이사카는 숲 밖으로 뛰쳐나가 철조망으로 향했다. 철조망 옆에는 감시탑이 세워져 있고 그 감시탑 위에는 경비병이 있었는데, 역시 전시체제도 아니고 별다른 습격이 없어서 그런지 경비병은 해이해져 있는 상태였다.

이사카는 3미터가 넘는 철조망을 한달음에 뛰어넘고는 손과 발을 동시에 사용해 조용히 지면에 착지했다. 한세건도 이사카의 뒤를 따라 도약해 철조망을 넘었다. 감시탑의 병사들은 그 와중에도 세건과 이사카를 발견하지 못했다.

이사카는 감시탑 밑으로 낮은 자세를 유지한 채 소리 없이 이동해 바짝 붙었다.

"…죽일 건가?"

감시탑에 붙어 있으니 여기서 소리 없이 기어 올라가면 감시탑의 병사들을 죽이는 건 일도 아니리라. 일단 감시탑 하나를 무력화시키면 움직임이 많이 편해진다. 그러나 이사카는 고개를 저었다.

"그런 짓을 했다가는 관제탑에서 우리를 발견하고 볼코프에게 무선이라도 날릴지 모르잖아? 볼코프 레보스키야 호전적이라지만 지금 같은 경우는 신중할 거야. 가까운 민간 공항으로 비행기를 돌려 버릴지도 모르지."

"요컨대 다른 것들에게 들키는 일 없이 관제탑으로 향해야 한다는 거로군? 미쳤나?"

한세건은 이사카의 말을 들으며 혀를 내둘렀다. 관제탑에 있으면 공군기지의 구석구석이 다 보이게 마련이다. 그런데 다른 곳을 거치는 일 없이 관제탑을 최우선으로 부숴 버리기로 했단 말인가?

"우리가 관제탑을 제압하면 내 부하들이 공항을 습격할 거야.

활주로로 유인한 뒤 거기서 대공미사일이라도 갈기고 박살 난 비행기를 공격해서 마무리를 짓도록 하지. 롯시니는 좀 다치겠지만 죽지는 않을 거야."

"그런데 볼코프 레보스키를 없애는 거랑 너희의 야망은 무슨 상관이 있는 거지?"

"…그건 비밀이지."

이사카는 그리 말하며 앞으로 나섰다. 둘이 말을 해도 바람이 워낙에 강해서 경비탑의 병사들은 여전히 그들을 발견하지 못했다.

이사카는 낮은 자세로 감시탑의 그림자를 따라 이동했다. 세건은 그가 움직인 루트를 따라 움직이며 혀를 내둘렀다. 이런 탁 트인 공간에서도 이사카는 빛이 없는 어둠을 따라 움직이며 사람들의 눈을 피해 가고 있었다. 게다가 순찰 시간과 루트도 알아두었는지 그가 움직이는 루트에는 순찰자가 없었다.

이사카는 써멀 카메라를 눈으로 가져간 뒤 차가운 지면에 등을 대고 누워서 감시탑의 병사들을 감시했다. 감시탑에서야 발밑 사각지대인지라 보이지 않지만 이사카는 적외선을 사용하는 써멀 카메라로 병사들의 움직임을 면밀히 관찰할 수 있었다.

"지금이다!"

이사카는 경비병들의 긴장이 풀어진 틈을 타서 잽싸게 감시탑 옆에 있는 병영의 그림자로 뛰어들었다. 하늘에서 눈보라가 휘몰아치고 있는 탓에 시계가 그리 좋지 않아서 경비병들은 이사카와 세건이 이동하는 것을 발견하지 못했다.

"굉장한 추위로군. 여기가 시베리아라는 건 알고 있었지만 가을인데 이렇게 춥다니……."

한세건은 이사카의 옆으로 따라붙었다. 밤이 되자 기온이 급격히 곤두박질쳐서 동상에 걸릴 지경이었다. 그렇지 않아도 아르곤에게 시달린 적이 있는 세건으로서는 추위가 정말 달갑지 않았다.

세건과 이사카는 병영의 벽을 따라 조심스럽게 돌아서 관제탑을 향해 다가갔다.

관제탑은 활주로 너머에 덩그러니 있지만 지금과 같은 패턴으로 움직인다면 관제탑에 도착하는 것도 그리 어려운 일이 아니리라. 일단 정비 공장을 따라서 이동하고 거기서 관제탑으로 뛰어든다!

한세건은 이사카의 의중을 파악하고 그를 따라서 빠르게 움직였다. 그도 이사카가 들고 있던 지도를 보아둬서 공군기지의 내부를 알고 있었다.

병사들의 막사를 지나서 우회하면 드넓은 활주로의 끝에 위치한 정비 공장에 도착하게 된다. 정비 공장과 격납고를 지나면 사이에 감시탑이 하나 있고 다시 관제탑이 있는데, 경비 자체는 심리적 허술함에 노출되어 있어서 별다른 문제가 없을 듯하다.

"러시아군도 군기가 빠졌군. 탁 트인 공군기지에 잠입하는데 이렇게 쉽게 되다니."

"군기가 빠지고 들어가고의 문제가 아니야. 삼백육십오 일 매일 경비를 서는데 그동안 별일이 없었다면 필연적으로 이렇게 되지. 게다가 시베리아의 감시탑 위에서 밖으로 고개를 내미려면 바람을 정면으로 맞아야 한다고."

이사카가 러시아 군인들을 대신해서 변명까지 해주며 이동했다.

컹컹!

하지만 그때 군견들이 짖는 소리와 함께 두 명의 순찰자가 갑자기 병영 모퉁이에서 나타났다. 이사카가 변명해 줄 필요도 없이 러시아군은 자신들의 근면 성실함을 증명해 낸 것이다!

"군기 들어 있어서 퍽이나 장하구나."

한세건은 비아냥거리며 앞으로 뛰어들었다. 모퉁이에서 튀어나온 병사들은 이미 한세건과 이사카의 기척을 알고 있었는지 만반의 태세를 갖춘 상태였지만 그래도 한세건의 돌격은 그들의 예상 밖이었는지 허를 찔리고 말았다.

콰직!

한세건의 주먹이 군견의 뒷목에 내려꽂혔다. 중지를 돌출시킨 밤주먹이 경추를 정확하게 찍어버린 것이었다. 사나운 군견이 그 주먹 단 한 방에 그대로 즉사해 버리고 말았다.

"차아!"

세건은 군견을 죽이는 것에 그치지 않고 군견의 목줄을 잡고 있던 병사에게 목을 베는 듯한 돌려차기를 넣었다.

턱!

그러나 군인은 놀랍게도 팔을 들어서 세건의 공격을 막아냈다. 비록 살기가 담겨 있지 않은 발차기였지만 그렇다 하더라도 인간이 막아낸다는 것은 불가능한 위력이었다. 그런데 이놈은 팔 하나로 그 공격을 막아내는 게 아닌가?

"크크큭, 역시 불순분자라는 게 네놈들이군."

상대는 가볍게 세건의 다리를 밀쳐 내며 웃어댔다. 역시 이런 일이 일어날 것도 예견하고 있었단 말인가?

"한 번 막았다고 신난 거냐?"

한세건은 다리를 거두는 것과 동시에 등에 비스듬히 지고 있던 클레이모어를 뽑아서 휘둘렀다. 그러나 상대는 소총으로 클레이모어를 막아냈다. 불꽃이 튀었지만 세건의 클레이모어가 소총을 절단하는 일은 없었다.

철컥!

병사는 빠른 손놀림으로 노리쇠를 당겼다 밀어서 장전을 끝내고 총구를 세건에게 겨누었다.

두 번이나 공격을 막아내다니!

한세건은 즉시 손을 뻗었지만 병사는 뒤로 뛰어서 간격을 벌렸다. 만약 여기서 저놈이 격발하게 되면 총성이 울려서 작전이 수포로 돌아갈 판이었다! 그러나 그때 은백색의 칼날이 그의 가랑이로부터 정수리까지 일단했다!

콰지지직!

피가 튀며 사람이 수직으로 갈라졌다. 전기톱이나 절단기를 쓴다고 해도 힘든 일이 순식간에 일어난 것이다.

"병사 한 놈 상대로 오래 걸리는군! 비스트!"

이사카는 한세건이 군견을 죽이고 병사와 실랑이를 벌이는 동안 다른 병사를 해치우고 한세건을 상대하던 병사의 뒤로 돌아간 것이었다. 그는 피가 묻은 시미터를 막사의 벽을 향해 휘둘러 피를 떨어내고는 다시 칼집에 집어넣었다.

풀썩!

이사카의 검이 칼집에 들어가자 그제야 양단된 시신이 눈 더미 위로 쓰러졌다. 피가 사방으로 튀면서 새하얀 눈 위를 붉게 물들였다.

세건은 그 옆의 시신에 앉아서 소총을 빼앗아 들었다. 44매그넘도 좋기는 하지만 역시 소총만은 못하다. 세건은 시체들에는 눈길도 주지 않고 탄창을 뽑아서 탄 수를 확인해 보았다.

"칫. 역시 순찰병은 총알을 많이 가지고 다니지 않는군."

세건은 약실에 들어가 있던 탄환을 빼내고 다시 탄창을 장전했다. 이사카는 그런 세건의 태연스러운 태도를 보며 궁금해졌는지 물어보았다.

"그렇지만 의외로군, 비스트. 대개 헌터들은 곧 죽어도 사람은 못 죽이겠다고 설설 기지 않나?"

"이 녀석들은 라이칸스로프야. 라이칸스로프가 뒈지는 걸 가지고 설설 길 생각은 없는데."

한세건은 두 동강 난 시체를 바라보며 한숨을 내쉬었다. 몸통은 아직도 살아서 재생을 하기 위해 꿈틀거렸지만 떨어진 덩어리끼리 붙지 못하고 펄떡거릴 뿐이었다.

오랜 경험으로 미루어 보아 이렇게 경련을 하고 있다면 누가 집어서 붙여주기 전에는 소생할 리가 없다.

이 소란의 소리를 들었는지 막사에서 술렁임이 일었다. 세건은 고개를 설레설레 젓고는 병영을 따라 이동했다. 그때 세건의 옆으로 이사카가 스쳐 지나갔다.

"당신도 모르는 건 아닐 텐데? 이 잠입은 근본적으로 인간을 해칠 위험이 높아. 게다가 관제탑의 놈들은 라이칸스로프가 아닐 확률이 높지. 그럼에도 불구하고 죽여야 하는 거야."

"그래서?"

세건은 태연하게 반문했다. 말귀를 못 알아듣는 것은 아닌 듯한데 태도에 흔들림이 없다. 마치 사람 좀 죽이는 게 뭔 대수냐고 되묻는 것 같았다. 이사카는 의외라는 듯 한세건을 바라보았다.

자신의 복수에 눈이 먼 헌터는 대개 도덕주의자가 많아서 인간을 죽이지 않는 경우가 많았다. 오로지 괴물에 대한 증오심과 복수심만으로 움직이는 헌터는 서서히 자신의 몸과 마음을 좀먹히며 파멸해 간다.

인간성을 잃어 괴물이 되든가.

인간인 채로 괴물에게 죽든가.

하지만 한세건은 그러한 헌터들과는 또 다른 것 같았다. 아마도 그게 이 월야의 세계에서 카리스마로 작용하는 요소이리라. 흥미가 생긴 이사카는 시신들을 조심스럽게 지면에 내려놓고 정비 공장의 벽을 따라서 이동했다.

"흠, 인간은 죽여봤나?"

"뭔가 쓸데없는 기대를 하고 있는 것 같은데. 나는 인간 죽이는 걸 일일이 스트레스감으로 삼지 않아. 그 정도의 도덕군자라면 애초에 흡혈귀도 죽이지 못했겠지. 내가 흡혈귀를 죽이는 것에 도덕이란 가치는 전혀 들어가 있지 않으니까."

한세건은 침착하게 자신의 입장을 설명했다. 바람 소리에 잠기는 목소리라 주위 사람들에게는 들리지 않겠지만 초인적인 청력을 지닌 이사카는 그의 목소리를 선명하게 듣고 있었다.

"역시, 그렇군."

"그리고 자기 원칙을 너무 내세워서 대사를 그르치는 얼간이가 되고 싶지도 않고. 지금은 아무리 생각해도 볼코프 레보스키를 막는 게 우선이니까. 하지만 그렇다고 쓸데없는 피를 보지는 말라고. 추하니까."

한세건은 이사카의 뒤를 따라서 정비 공장의 벽에 붙으며 말했다. 원래 이런 잠입 중에는 말을 하지 않는 게 좋을 텐데 아무래도 이사카라는 놈에게 관심이 안 갈 수는 없어서 말을 하게 된다.

눈보라도 심하고 둘이 말하는 소리는 인간에겐 거의 들리지 않을 정도로 작은 목소리니까 상관은 없겠지만, 방금 전에 군견으로 순찰을 돌던 이들을 죽여 버린 게 마음에 걸렸다.

순찰자가 제시간에 돌아오지 않으면 수색이 시작될 테고, 영내에 있다 보니 시신이 발각되는 데는 그리 오랜 시간이 걸리지 않을 것이다.

"좋은 마음가짐이군, 그거."

이사카는 정비 공장과 격납고 모퉁이에 멈춰 섰다. 이제 관제탑으로 향하는 마지막 관문인 감시탑과 관제탑의 자체 경비가 남아 있다.

감시탑에는 두 명의 병사가 보초를 서고 있고, 관제탑 측면에는 대공포 진지가 설치되어 있어 거기에서도 병사들이 보초를 서고 있다. 사실상 사각은 존재하지 않는 데다가 몸을 숨길 곳도 없다.

"자, 그러면 여기서는 어떻게 움직일 거지?"

"일단 확인해 보고."

이사카는 써멀 카메라를 들고 조심스럽게 보초들의 용태를 살펴보았다. 그러더니 그는 미소를 짓고 당당하게 모퉁이를 빠져나가 관제탑과 격납고의 사이, 넓은 평지로 모습을 드러냈다.

"어?"

관제탑 옆의 대공포 진지에서 경비를 서던 병사들이 이사카를 이상하다는 듯 바라보다가 굳어버렸다. 감시탑의 보초들도 이사카를 바라보았지만 모두들 그대로 굳었다. 이사카는 이렇게 먼 거리에서도 그들의 심령을 제압해 버린 것이었다.

보통 심령 제압의 술법은 거리의 제곱에 비례해서 난이도가 높아지므로 이 정도 거리에서 사용할 수 있다는 건 이사카의 능력이 그만큼 뛰어나다는 것이다.

아무리 뛰어난 마법사라 할지라도 눈동자가 명확하게 보이는 거리가 아니면 암시를 쉽게 걸 수 없다는 것을 생각할 때 이건 정말 경이로운 능력이다.

"그런 게 있었으면 진작 쓰는 게 낫지 않았나? 괜히 번거로워졌잖아?"

한세건은 놀랍기도 하고 맥도 빠져서 구석에서 나왔다.

"라이칸스로프에게는 통하지 않으니까. 라이칸스로프인지 확인할 필요가 있었지. 게다가 이건 심력 소모도 크다고. 가급적 안 쓰는 게 나아."

이사카는 숨을 헐떡이며 자신을 제어했다. 하긴 이 거리에서 심령 제압을 할 수 있다는 건 기적에 가까운 일, 그런 만큼 이사카의 심력 소모가 큰 것도 당연하다.

진성의 라이칸스로프들이 인간을 위협하는 데 쓰는 '짐승의 눈' 같은 것은 눈동자가 직접 대면해야 하는 것이니 이사카가 사용한 것은 '짐승의 눈'이 아니다.

한세건은 이사카의 뒤를 따라서 계단을 달려 올라가 관제탑으로 향했다. 이사카는 나는 듯이 계단을 달려가 최상층의 관제탑 출입문을 발로 걷어차고 안으로 뛰어들었다.

"뭐야?!"

관제실 안에는 여섯 명 정도의 병사가 있었는데 이 불시의 습격에 놀랐는지 대부분 어리둥절한 표정이었다. 하지만 그들 중 두 명의 병사는 갑자기 욕지거리를 내뱉으며 자리를 박차고 일어났다.

"앉아!"

상황 파악이 빠르고 몸놀림이 인간의 속도가 아닌 걸 보면 아마도 라이칸스로프이리라. 이사카는 그들을 향해 주저 없이 방아쇠를 당겼다.

드드드득!

AK—47이 불을 뿜으며 총탄이 튀었다. 총알에 관통된 병사들은 요동을 치며 뒤로 나가떨어지고 나머지 병사들은 겁에 질려서 죄다 바닥에 엎드렸다.

"히아아악!"

"으악!"

"엄살떨지 마!"

이사카는 총탄에 맞아 나동그라진 병사들을 향해 손을 뻗었다. 그러자 그의 손아귀로부터 소용돌이 바람이 일어나 병사들의 입으로 들어갔다. 마치 한 마리 뱀이 그들의 몸 안으로 스며들어간 것 같았다.

"헉……."

"어억!"

병사들은 깜짝 놀라서 자신들의 목을 막았지만 그 순간 그들의 안색이 파리해졌다. 산소 부족으로 청색증이 일어난 것이다!

아무리 라이칸스로프라고 해도 산소 공급이 되지 않는다면 힘을 낼 수가 없다. 괴물의 육체라 해도 결국 산소를 필요로 하는 것은 마찬가지! 무산소운동으로 잠시 움직일 수는 있겠지만 그것에 쓰러질 이사카는 아니다!

콰직!

이사카는 쓰러진 라이칸스로프들을 짓밟아 팔목을 으깨고 관제실을 장악했다. 그는 교신 기록을 힐끗 살펴보고는 기록 용지 위에 이름이 적힌 중사와 소위를 손가락으로 불렀다.

"공군 217기를 이 공항으로, 아무런 일 없이 무사히 착륙시켜. 내가 원하는 것은 그것뿐이야. 알겠나?"

"예?"

군인들은 깜짝 놀라서 이사카를 바라보았다. 관제탑을 제압하고 비행기를 무사히 착륙시키라니? 물론 앞에서 총구를 들이밀고 명령하는 것이니까 따르기는 해야겠지만 이자의 목적이 보통이 아니라는 것을 알 수 있었다.

비행기를 납치하는 하이재킹은 보통 군용기가 아닌 여객기를 대상으로 한다. 대부분 범행 그룹이 기체에 잠입하는 방법은 표를 사서 승객으로 여객기에 숨어들고 정비, 화물 수송 등의 작업에서 무기를 반입시켜 둔다. 혹은 스튜어디스 등의 내통자를 두고 무기를 들여놓기도 한다. 그런 이들의 목적은 비행기 자체를 탈취하는 것이다.

그러나 이놈들은 다르다.

애초에 대상이 군용기인 것도 특이한 데다가 관제탑 장악을 노리고 있다. 즉, 이들이 두려워하는 것은 행여 비행기를 납치하지 못하고 작전이 수포로 돌아가는 게 아니라 관제탑과의 교신으로 위험을 알아차린 비행기가 기수를 돌려 버리는 것이었다.

어떤 수단을 써도 일단 이 공군기지에 수송기가 내리게 하는 게 목적이라면… 이들이 원하는 것은 비행기가 아니라 그 안에 실려 있는 어떤 것을 탈취하려고 하는 것이다.

"다, 당신은 도대체!"

"이런 짓을 하고도 무사할 것 같은가?"

그들은 불안감을 느끼며 이사카에게 아우성쳤다. 확실히 여기가 다른 곳도 아니고 공군기지인 이상 이런 무모한 공격이 성공할 수 있을 리가 없다. 게다가 이미 관제실에서 총성이 나지 않았는가? 그러나 이사카는 오만하게 턱을 치켜들고 코웃음 쳤다.

"진부한 잔소리 하지 말고 일단 총부터 버려."

이사카의 총구가 마치 맹수의 눈처럼 군인들을 째려보았다. 관제탑의 군인들은 몸에 지니고 있던 총화기를 내려놓고 그것을 발로 차서 이사카에게 보냈다.

"끝났나?"

그제야 시골 노인 마실 가듯 느릿느릿 걸어 들어온 세건은 완벽하게 제압당한 관제실 안을 보며 혀를 내둘렀다.

라이칸스로프가 둘이나 있었는데도 정말 한순간에, 그것도 깨끗하게 제압해 버렸다. 게다가 그가 사용한 술법은 들어보지도 못한 능력이었다. 아마도 폐 속으로 회오리바람을 강제로 집어넣어서 호흡을 불가능하게 만드는 것이리라.

본디 바람이라는 것은 막는다고 막아지는 것도 아니고 눈에 쉽게 보이는 것도 아니다. 단지 제압이 목적이라면 시전자의 살기도 섞이지 않기 때문에 살기를 느끼고 총알의 궤도를 읽어내는 괴물들 상대로는 외려 총보다 더 효과적일 수 있다.

"자아, 그러면 일단 관제탑은 제압했고. 문제는 총성이 새어나간 건데."

이사카의 총은 인식 장애의 주법이 걸려 있는 것이긴 하지만 이 부대에 라이칸스로프가 잠입해 있다면 소용이 없다. 라이칸스로프들에게는 총성이 선명하게 들렸을 테니까. 물론 이 총성은 이사카의 부하들에게도 들렸을 것이다. 이제는 이사카의 부하들이 공군기지를 제압할 차례다.

이 작전은 비행기에서 공항을 내려다봤을 때 이상을 발견하면 안 된다. 물론 눈까지 쏟아지는 악천후에 활주로만 보기도 빠듯할 테지만 그래도 만에 하나라는 게 있게 마련이라 만전을 기하지 않을 수 없다.

게다가 이 근처의 병사들은 아직 완전히 제압된 게 아니다. 만약 관제탑의 창문이 깨져 있는 걸 다른 이들이 발견한다면 즉시 근처의 육군이나 공정대가 출동하리라.

이사카가 관제탑을 제압하기 위해 총화기를 썼으면서도 창문 한 장 깨지 않은 것도 그 배려의 일부분이었다.

"그렇게까지 견제해야 할 일인가? 장비도 꽤 많던데. 굳이 공항을 제압하지 않아도……."

"아무 데나 추락시키면 골치 아파져. 비행기가 숲 같은 데 떨어지게 되면 그 파편 주워 모으는 데 얼마나 많은 인원이 필요한지 모르는 것도 아닐 텐데?"

이사카는 태연스럽게 말하며 품속에서 앰풀을 하나 꺼냈다. 그는 앰풀 병을 손톱으로 쥐어뜯은 뒤 주사기도 없이 자신의 팔뚝에 꽂았다. 혈압을 이기지 못하고 앰풀 병이 피로 물드나 싶더니 잠시 후 혈액은 앰풀 속의 약물들을 남김없이 빨아들이고 상처로 빨려 들어갔다.

이사카는 텅 빈 얇은 앰풀 병을 팔뚝에서 뽑아서 쓰레기통 안으로 던져 넣었다.

“방금 그거 호환 마마보다 더 무서운 장면이었던 것 같은데?”

“…헌터에게 그런 소리를 들을 줄은 몰랐군. 마약중독자 주제에.”

세건은 한숨을 내쉬며 창문 쪽으로 다가갔다. 관제탑에서 눈보라가 휘몰아치는 공군기지를 내려다보니 벌써부터 술렁임이 느껴졌다. 총성을 들은 인간들과 라이칸스로프가 움직이기 시작한 것이다.

따르르르릉!

관제탑 안의 전화기가 요란하게 울어댔다. 아마도 관제탑에서 무슨 일이 있는 것인지 알기 위해 전화를 날렸으리라. 한세건은 전화기를 내버려 두고 이사카를 돌아보았다.

“그래서 이제는 어떻게 되는 거지? 과연 그 덜떨어지는 짐승들이 이 커다란 공군기지를 큰 흠집 없이 제압할 수 있을까?”

“뭘 걱정씩이나 해주고 그러지, 비스트? 그냥 굿이나 보고 떡이나 먹고 있으라고.”

그러나 그 말이 채 끝나기도 전에 동편의 철조망이 찢어지고 감시탑이 쓰러졌다.

“이래서야 떡이 나올지 의문이군.”

한세건은 한숨을 내쉬며 가방에서 플라스틱 밴드[Zip tie]를 꺼내 무선 교신을 할 간부들을 제외한 나머지 사람들을 묶었다.

3

라이칸스로프 군단은 이사카가 어린 시절부터 그루지야나 체첸, 각종 분쟁 지역을 두루 돌아다니며 자신을 숨겨왔다는 것을 알고 있었다. 리림의 숙명을 타고난 그는 월야의 주민들로부터 자신을 보호하기 위해 어린 시절부터 전장을 누벼야만 했다.

그리하여 그는 독자적인 자신의 세력을 형성했다. 그에게 충성하는 강력한 라이칸스로프들과 그에게 동조하는 반군과 테러 세력들……. 이제 겨우 10대 후반의 소년이 이루어낸 것치고는 너무나도 엄청난 성과다.

그래서 빼또쥬는 그를 존경했다. 이사카에 대한 그의 동경은 그야말로 신앙이라고 해도 좋으리라. 그뿐만이 아니다. 이사카의 부하들은 모두들 이사카를 종교적 열정으로 떠받들었다.

"이제 이 일만 제대로 처리하면 새로운 전환점이 될 거야. 신나는데."

오랫동안 발판을 마련하기 위해서 절치부심해 왔다. 오늘 이 일을 해결하고, 볼코프 레보스키를 제압하는 데 성공한다면 지금까지와는 전혀 다른 위치에서 꿈을 위해 질주할 수 있다!

빼또쥬는 신이 나서 동료를 돌아보았다.

"블로초프! 자, 얼른 준비……."

그러나 분명히 옆에 있어야 할 동료가 보이지 않는다. 잠시 딴생각을 하는 사이에 그가 숲을 뛰쳐나가 철조망으로 달려간 것이다.

숲에서 철조망까지는 상당한 개활지가 있었기에 달려 나가는 블로초프의 모습은 확 눈에 띄었다. 평상시처럼 초소 위에서 잡담이나 하고 있는 상황이라면 들키기도 전에 들어갈 수 있었겠지만, 관제탑에서의 총성이 울려 퍼진 다음 잔뜩 긴장한 뒤는 다르다.

가뜩이나 경계의 끈을 팽팽히 당기고 있을 때 뛰쳐나가면 내가 범인이오, 하고 자백하는 것이나 다름없다.

"손들어!"

"크르르르!"

블로초프는 보초들의 위협에 아랑곳하지 않고 철조망으로 달려들었다. 그러자 병사들은 주저할 것 없이 총알을 퍼부었다.

"블로초프!"

빼또쥬는 쏟아지는 총알을 피하며 동료인 블로초프를 불렀다. 그러나 블로초프는 이미 이성을 잃었다.

퍽!

블로초프의 머리가 썩은 호박처럼 손쉽게 부서지며 뇌수가 쏟아져 나왔다. 보초 주제에 사격 솜씨가 놀랍도록 정확하다.

"이런!"

은 탄환도 아니고, 이사카가 그들에게 부여한 힘은 막대한 것이었기에 블로초프가 그 정도 탄환에 죽을 리는 없었다. 하지만 한 번 머리가 날아간 블로초프는 분노로 이성을 잃어버리고 그 자신을 야수로 탈바꿈시켰다.

몸에서 털이 솟아나나 싶더니 아래턱에서 두꺼운 어금니가 나오고 눈은 회백색으로 변했다. 전신의 근육 위로 두터운 지방과 가죽이 둘러져, 그렇지 않아도 일반인보다 훨씬 큰 그 육신이 거대해졌다.

"그만해, 바보야! 뭐 하는 거야?! 나중에 이사카에게 죽고 싶어?!"

빼또쥬는 블로초프를 말렸지만 소용이 없었다.

"쿠르르르르르!"

블로초프는 무시무시한 기세로 지면을 박차고 앞으로 뛰쳐나가 철조망을 찢어버렸다.

"히익! 저게 뭐야?!"

"에이, 젠장! 저 괴물부터 쏴라!"

감시탑의 병사들은 겁에 질려서 블로초프를 향해 화력을 집중했다. 소총들이 불을 뿜으면서 블로초프를 피투성이로 만들었다. 그러나 그 상처는 되레 블로초프의 화만 돋울 뿐이었다.

"크아아악!"

블로초프는 감시탑 밑동을 정면으로 들이받았다.

콰직!

쇠 파이프와 철근으로 만들어진 기둥이 뒤틀리며 감시탑 전체가 기우뚱거렸다. 탑 위에서 아래를 향해 총을 난사하던 병사 한 명이 밖으로 떨어져 그 자리에서 즉사했다.

잠시 후 감시탑이 통째로 가라앉으며 나머지 병사들도 그 뒤를 따랐다.

"어휴! 저 멍청이!"

빼또쥬는 기가 막혀서 이마를 쳤다. 애초에 블로초프랑 한 조가 되었을 때부터 이런 트러블이 일어날 것은 각오했지만, 눈앞에서 걱정했던 일이 벌어지자 숨이 막힌다. 이 일로 이사카에게 추궁이라도 받게 된다면 정녕 목숨을 내놔야 할지도 모른다.

드드드드!

그때 다시 그들에게 총탄이 날아왔다. 활주로와 격납고 사이에 위치한 임시 진지에서 병사들이 중기관총을 얹고 그들에게 총격을 가한 것이었다.

이번에는 중기관총의 화력이라서 변신한 블로초프조차 순식간에 피투성이가 되었다. 빼또쥬는 지면에 손을 짚고 훌쩍 도약해 무너진 감시탑 뒤로 날아들었다.

"마, 맙소사! 저게 뭐야!"

병사들은 빼또쥬가 보인 놀라운 운동 능력과 블로초프의 험악한 모습에 기겁했다. 그러나 그때 그 병사들 사이에서 몇 명이 몸을 일으켰다.

"크아아아아!"

포효와 함께 그들 역시 변신을 시작했다. 일반 병사들 사이에 섞여 있던 라이칸스로프들이 마침내 자신의 본색을 드러낸 것이었다.

"저것들이?!"

빼또쥬는 감시탑의 폐허 뒤에 숨어서 총탄을 피하며 기다렸다. 어차피 발각된 이상 적들의 이목을 끌어 다른 조의 진입을 쉽게 해주는 게 그의 임무다.

블로초프가 분노해서 일을 크게 만든 이상 말릴 수도 없는 일이다. 실제로 블로초프는 게거품을 물며 기관총 진지로 돌격해 들어갔다.

"크아아아아아!"

"카아아아아!"

진지에서 부사수를 하고 있던 병사는 인간의 모습을 벗어 던지고 웨어라쿤, 즉 너구리 인간으로 변해서 블로초프에게 덤벼들었다.

"하필이면 너구리냐?"

어처구니없지만 무시할 수는 없는 상대다.

라이칸스로프가 뭘로 변신하는지는 그다지 중요한 게 아니다. 변신했을 때의 육탄전 능력은 분명히 차이가 나지만 그렇다고 치명상을 못 입히는 건 아니다. 쥐가 사자를 못 이긴다고 쥐 인간이 사자 인간을 못 이기는 건 아니라는 것이다.

"캬아앙!"

너구리 인간은 달려드는 블로초프를 멋지게 뛰어넘으며 그의 등에 손톱을 박아 넣었다. 두터운 멧돼지의 가죽이 찢어지며 선혈이 튀었다.

"쿠르르르르!"

그러나 블로초프는 아랑곳하지 않고 진지로 돌격해 기관총 사수를 들이받았다. 길이가 사람 대퇴부만 한 블로초프의 어금니가 단숨에 인간을 꿰뚫고 등 뒤로 삐죽 빠져나왔다.

"어어억!"

병사는 겁에 질린 표정으로 허우적거리며 블로초프의 어금니를 잡았다. 그러나 그때 블로초프의 손이 병사의 머리를 쥐었다.

뿌드드득!

인간의 육신이 몸통을 기준으로 상하로 뜯기며 안에 담겨 있던 내장을 토해냈다. 블로초프는 그 내장을 뒤집어쓰며 포효했다.

"신났군!"

라이칸스로프 병사는 총탄을 블로초프에게 갈긴 뒤 뛰어들었다. 은 탄환이 아닌 이상 총탄만으로 라이칸스로프를 죽이긴 힘들다.

"우선 총탄으로 벌집을 만들고 찢어 죽여주마! 이 부드러운 돼지고기 새끼!"

너구리 인간은 악담과 총알을 퍼부어 블로초프를 너덜너덜하게 만들고 사정없이 앞발을 뻗었다. 자신의 동료를 죽여 버린 증오스러운 적에게 복수하는 것이다!

저 멧돼지의 상처는 너무도 깊어서 이걸 피하거나 막는다는 건 불가능하다. 재생력이 있는 괴물을 죽여 버리기에는 절호의 찬스가 아니던가? 그러나 한참 전에 블로초프의 몸통을 찢어발겼어야 할 발톱이 도무지 앞으로 나가지 않는다.

덜렁!

아니, 그것뿐만이 아니라 손이 팔뚝에서 잘려 나가며 엄청난 양의 피가 흘렀다. 그 모습이 너무나 강렬하고 자극적이어서 도저히 현실성이 없어 보였다. 잘린 단면으로 피가 수도꼭지를 튼 것처럼 콸콸 쏟아져 나오는 것이다!

"아악! 왜 내 팔이……."

"어이, 나뭇잎 처먹은 슈퍼마리오."

갑자기 귓가에 빈정거림이 들려온다.

놀란 병사가 몸을 돌렸지만 그 순간 굵직한 철사가 병사의 몸을 휘감았다. 빼또쥬의 양손에서 뻗어 나간 철사가 너구리 인간을 완전히 사로잡은 것이다.

"크르르르!"

너구리 인간은 빼또쥬가 뿌린 인계철선을 잡고 힘으로 당겼다. 아무리 뛰어난 인장강도를 가지고 있어도 일단 멈춰 서 있는 순간 단순한 철선에 지나지 않는다.

빠른 속도와 힘이 주어진다면 뼈와 살을 자르는 무기겠지만 정지된 순간에는 그냥 철사일 뿐, 라이칸스로프의 완력으로 끊지 못할 리 없다!

투확!

하지만 그때 솥뚜껑만 한 손이 단숨에 그의 머리통을 후려쳐 목을 날려 버렸다. 너구리 인간이 철사에 정신 팔린 순간 블로초프가 그를 강타한 것이다.

"크아아아악!"

블로초프는 그 정도에 만족하지 않고 몸통에 달려들어 이마로 들이받고 힘껏 지면을 박차며 몸을 폈다. 마치 로켓처럼 하늘로 치솟아 오른 너구리 인간의 몸은 처참하게 바닥으로 떨어졌다.

"크르르르! 적! 어디야! 어디!"

"그만, 그만! 너무 흥분하면 일을 더 망친다, 블로초프! 정신

차려!"

빼또쥬는 흥분한 블로초프를 보며 겁에 질렸다.

이사카는 그들을 진성의 라이칸스로프로 만들었다. 그래서 그들은 자신의 안에 존재하는 야수성에 쉽게 마음을 빼앗기지 않는다. 필요할 때 자신의 힘을 제어할 수 있는 긍지 높은 라이칸스로프들인 것이다.

하지만 블로초프는 달랐다. 원래부터 좀 모자란 구석이 있는 그는 자신의 야수성을 제어하려는 생각을 하지 않았다. 그저 그 욕망을 있는 대로 거리낌 없이 해방시킬 뿐이었다. 이래서야 동료도 공격할 가능성이 있다.

"크르르."

블로초프는 표적을 찾아 시뻘게진 눈을 번뜩거리며 주위를 둘러보았다. 그때 그의 머리통에 다시 총탄이 박혔다. 거대한 블로초프의 몸이 휘청거리며 두개골이 깨지고 안에 들어 있던 뇌장이 범벅이 되어서 피와 함께 쏟아졌다.

"카아아아아!"

그러나 강력한 라이칸스로프인 블로초프는 뇌가 부서진 상황에서도 자신의 육신을 움직여 무작정 총알이 날아온 방향으로 뛰었다. 정비 공장 위의 돔형 지붕 옆에 숨어 있던 저격수는 재차 총탄을 장전하며 블로초프를 쏘았다.

타앙!

훈련이 잘된 스나이퍼인지 아니면 단순한 우연인지 모르지만 이번의 총탄은 블로초프의 눈에 맞았다. 안구가 압력으로 튀어

나가면서 총탄이 또다시 뇌를 범벅으로 만들어 버렸다. 블로초프의 몸이 휘청거리며 뒷걸음질을 했다.

"크아아아아아!"

그러나 그 멋진 공격도 아무런 문제의 해결이 되지 못했다. 오히려 야수를 상처 입혀 더더욱 화나게 할 뿐!

공군기지는 삼엄한 경비망을 가지고 있어서 곳곳이 감시탑과 철조망으로 둘러쳐져 있다. 관제탑을 제압해서 무선통신으로 수송기와 연락하는 길을 차단했다고는 해도 만약 활주로에 시체라도 깔린다면 수송기가 등을 돌릴 가능성이 있다.

그래서 뷔르제예프는 저격총을 들고 활주로 근처를 뛰어다니면서 초소의 병사를 모조리 제거했다. 그는 초소 건물 안에 있는 병사들을 소음기가 부착된 스나이퍼 라이플로 쏴 죽이고 조심스럽게 초소에 잠입, 시체들을 위장시키고 다른 초소의 경비병들마저 손쉽게 사살했다.

그런데 그때 그의 눈에 감시탑 하나가 무너지는 게 보였다.

"저건… 블로초프인가?"

뷔르제예프는 동료인 블로초프가 날뛰는 모습을 쌍안경으로 보다가 흥미를 잃고 옷소매에서 담배를 꺼냈다. 원래 필터 담배는 러시아가 원산이라서 러시아 담배라고 부르지만 정작 그가 꺼낸 것은 BAT(British American Tobacco)의 KOOL이었다.

그는 담배를 입에 물고 라이터로 불을 붙인 뒤 깊이 빨았다. 스나이퍼에게는 금연이 필수지만 어차피 그는 라이칸스로프인

데다가 이런 눈보라 속에서 무슨 일이 있겠는가?

"그런데 오래 걸리는군."

그는 쌍안경을 들고 다시금 블로초프를 살펴보았다. 보아하니 블로초프는 지금 제대로 된 저격수에게 잘못 걸려서 계속 총을 맞고 있었다.

원래부터 뇌 손상 정박아 같은 이미지가 있는 블로초프였는데 이사카가 그를 웨어보어로 만들면서 상태가 더 안 좋아졌다. 하지만 계속 총에 맞고 있는데도 총알이 어디서 날아오는 건지도 파악하지 못하고 있다면 사태가 심각하다. 그렇게 되면 진짜 죽을 때까지 맞을 수밖에 없다.

"정말 못 말리겠군."

그는 즉시 총탄에 맞는 블로초프의 방향에서 상대방 저격수의 위치를 잡아냈다. 얼마 걸릴 것도 없이 그는 정비 공장 위의 원형 지붕에 숨어서 저격하고 있는 저격수를 찾아냈다.

블로초프를 공격하느라 신나서 이쪽을 알아차리지 못하고 있는 것 같은데……. 뷔르제예프는 주저 없이 총의 탄창을 갈았다.

"정말 오늘 하루만도 얼마나 죽이는 건지……."

그는 거리낌 없이 총을 들어서 저격수의 머리통을 날려 버렸다. 그리고는 무뚝뚝하게 담배 필터를 씹으면서 리시버를 매만졌다.

"저격수 제거. 블로초프를 빼면 순탄하게 돌아가고 있다."

"아무래도 사람이 많이 죽는 것 같군."

한세건은 교신 기록 파일을 검토하며 중얼거렸다.

그의 귓속으로 총성과 비명 소리가 아스라이 빨려 들어오고 있었다. 역시 소수 인원으로 이런 거대한 공군기지를 소리 없이 제압한다는 것은 불가능했나 보다. 그냥 인간 병사만 있다면 모르겠는데 적들 사이에 라이칸스로프가 듬성듬성 끼어 있어서 교전을 불사하지 않을 수 없다는 게 악재로 작용했다.

"신경 쓰이나? 인간 죽는 걸로 일일이 스트레스 받는 성격이 아니라면서?"

이사카는 공군 중사 한 명의 머리에 총을 겨누고 그에게 몇 번이나 다시 말을 시켜보고 있었다.

"아무리 그래도 저건 불필요한 살인이라고 생각되는데. 저 멧돼지 새끼는 싸구려야. 저런 녀석에 대한 혐오감은 견디지 못하겠어."

세건은 교신 기록 파일을 내려놓았다. 러시아어를 못 해서 자세한 것은 알 수 없지만 소위 말하자면 통밥으로 때려 맞춘다고 하나? 대충 악천후 때문에 약속된 비행기가 계속 늦어지고 있다는 것을 알 수 있었다. 그래도 도착 시간은 얼마 남지 않았다.

"빨리 제압하지 않으면 안 되겠군. 얼마 안 가면 육안으로도 보일 거야."

이미 관제탑의 무전기에서는 계속 수송기 파일럿의 콜사인이 들려오고 있었다. 아마도 눈보라와 안개 때문에 보이지 않으니 유도등을 켜달라는 소리 같았다.

"좋아. 그러면 해볼까."

이사카는 교신원들을 대신해 그들의 목소리를 흉내 내어 비행기를 유도한 뒤 신호탑에 전원을 넣어서 활주로의 유도등을 켰다. 교신원들의 목소리를 여러 차례 들어본 것은 목소리를 흉내 내기 위해서였다.

완전히 똑같지는 않지만 이런 눈보라 속에서의 무선이다. 목소리가 이상하다고 신경 쓰는 이는 없으리라.

"이사카! 이쪽은 제압이 끝났어!"

"이쪽도! 다 재워놨지!"

블로초프가 소란을 부리는 동안 다른 라이칸스로프들은 초인적인 힘으로 안을 정리한 것 같았다. 심지어 블로초프와 빼또쥬조차 감시탑의 병사들을 끌어내리고 격납고와 정비 공장을 제압하는 데 성공했다.

세건이 관제탑에서 내려다보니 감시탑이 한 개 무너진 것과 철조망이 무너진 것, 그리고 간부 막사의 벽 옆면이 터져서 무너져 있는 것이 눈에 들어온다.

지상에서야 한눈에 봐도 뭔가 이변이 일어났다는 사실을 알 수 있겠지만 수송기를 몰고 있는 조종사들 입장에서는 지표를 그렇게 자세히 볼 기회는 없으리라.

"정말 기분 더럽군."

한세건은 공군기지를 내려다보며 이를 악물었다. 쓸데없이 피를 보았다고 하지만 이만한 크기의 공군기지를 얼마 되지 않는 인원으로 제압하는데 피를 안 볼 수가 없다.

과연 이렇게 피를 봐가면서까지 서린을 구할 가치가 있을까? 그리고 이 라이칸스로프 놈들이 설마 그냥 쿠데타만 막자고 볼코프 레보스키를 공격하는 것일까? 의심스럽다. 이들이 아무리 강력한 라이칸스로프 집단이라지만 볼코프 레보스키는 하바로브스크 주 방위군의 사령관이다.

게다가 흡혈귀들의 움직임도 마음에 걸린다. 볼코프 레보스키를 막아야 할 것은 오히려 흡혈귀, 즉 테트라 아낙스다. 기득권층인 흡혈귀들은 쿠데타와 같은 혁명을 용납해서는 안 된다. 그렇다면?

"혹시 해서 묻는 건데, 이사카 베르게네프."

"응?"

"테트라 아낙스와 접촉한 적이 있나?"

세건은 단도직입적으로 물어보았다. 아무래도 이 라이칸스로프 놈들은 군부에 연결된 끈 같은 것을 가지고 있는 것 같지는 않다. 그런데 흡혈귀들이 움직이기 전에 이 군사 공항에서 서린을 탈취하고 볼코프 레보스키를 습격할 수 있다고 하는 건 이들이 얻은 정보가 매우 세부적인 것이라는 뜻이다.

물론 이사카는 반군 테러리스트 멤버이기도 하지만 아무리 느슨한 군대라 하더라도 테러리스트에게 군항기의 운행 시각과 장성의 움직임 등을 노출하진 않는다. 테러리스트들에게는 정보력이 절대적으로 부족한 법이다.

게다가 이 녀석들의 이야기나 분위기를 보아하니 아무리 보아도 일개 소대도 안 되는 소수 그룹이다. 그런 그룹의 멤버 대부분이라고 해도 다름없는 인원을 투입하는 작전이라면 정보의 신뢰도도 매우 높다는 뜻이리라.

"있지."

이사카는 부인하지 않았다. 역시… 세계의 정보를 손아귀에 쥐고 있는 테트라 아낙스다.

게다가 테트라 아낙스의 회사인 플렉스 메디칼 한국 지사에 이미 리림에 대한 상세한 정보가 있지 않았던가? 그때 리림에 대한 자료는 서린에 대한 것밖에 없었지만… 역으로 생각해 보면 그것이 바로 이사카를 세간의 이목에서 지키기 위한 방책이었던 것이다.

접촉이 없었다고 하면 그게 더 이상한 일인 것이다.

"손님이 오는군."

이사카는 대화를 중단하고 관제탑의 창문으로 쇄도해 오는 수송기를 바라보았다. 수송기는 고도를 낮추며 천천히 공항 활주로로 다가오고 있었다.

4

공군의 수송기는 눈보라 속에서도 유유히 활주로로 날아와 지면에 수평을 유지한 채로 조심스럽게 랜딩 기어를 내렸다. 눈보라와 강한 바람 때문에 기체가 삐걱거리며 흔들리지만 파일럿은 어찌나 숙련된 인물인지 비행기는 완벽하게 균형을 유지하고 있었다.

이런 거대한 체구의 비행기가 살얼음판을 걷듯 조심스럽게 앞발을 들이미는 모습은 사랑스럽기까지 하다. 특히 그 앞발을 분질러 버려야 하는 입장에서는…….

"에라이!"

빼또쥬는 RPG—7 발사관을 들고 배수로에서 일어나는 즉시 수송기를 향해 로켓을 발사했다. 빼또쥬뿐만이 아니라 알렉산더와 루스킨까지 함께 RPG—7과 이글라를 발사했다. 착륙하려는 수송기를 상대로 가한 공격이니 아무리 라이칸스로프라고 해도 피할 길이 없다.

RPG—7의 삐뚤빼뚤 제멋대로 날아가는 로켓과 이글라의 비교적 정확한 열 추적 미사일이 수송기의 랜딩 기어 및 엔진을 파괴하자 어렵사리 균형을 맞추고 있던 비행기는 돌팔매 맞은 오리처럼 푹 고꾸라졌다.

그 꼬락서니는 그야말로 접시 물에 코 박고 죽은 시신을 연상케 했다. 뭐, 틀린 말은 아니다. 비행기는 운 나쁘게도 뒷바람을 타고 들려서 앞부분을 활주로에 처박은 채 관성을 이기지 못하고 질질 끌려다녔다. 사람으로 치자면 얼굴을 걸레 삼아 바닥을 닦은 셈이다.

콰지지지직!

"일 처리 화끈한데."

한세건도 배수로에서 일어나며 그 광경을 보고 혀를 내둘렀다. 이렇게 된 이상 안에 있는 인간은 다들 죽었다고 봐도 좋으리라. 동체착륙이어도 부상자가 나올 판에 기수를 지면에 처박고 질질 끌려다녔으니 무슨 말이 필요하랴?

게다가 도중에 허리가 꺾여 거꾸로 접은 새우처럼 두 동강이 나면서, 안에 실려 있던 화물들이 어지럽게 떨어져 제각각의 방향으로 아스팔트 위를 굴러갔다.

"이얏호! 한 방이군!"

라이칸스로프들은 좋아하며 환호성을 질렀다. 그들은 즉시 무장을 챙기고 군용 미니 트럭에 올라타 비행기를 향해 달려갔다.

"어이! 타!"

몽골리안 혼혈아인 루스킨은 한세건에게 뒤를 가리키며 먼저 차를 몰고 달렸다. 이미 유리안과 블로초프, 야코프가 타고 있는데 올라타라니. 매달리기라도 하라는 건가?

그러나 그때였다.

쉬이이익!

급격하게 타는 듯한 소리와 함께 비행기의 잘린 단면으로부터 로켓탄이 날아들었다. RPG—7의 인마 살상용 로켓이 격렬한 기세로 날아든 것이다.

"젠장!"

삐뚤빼뚤 제멋대로 날아드는 RPG 로켓이건만, 그럼에도 불구하고 놀랍도록 정확하다. 이대로라면 차량에 올라탄 라이칸스로프들이 졸지에 줄초상 치를 판이었다.

그러자 루스킨은 운전석을 박차고 몸을 옆으로 날렸다. 다른 라이칸스로프들도 잽싸게 도망치는데 그 모습이 썩은 고기에 매달려 있던 생쥐들이 전등의 점화와 동시에 일제히 흩어지는 것 같다.

콰앙!

영화에서 보는 화려한 불기둥 대신 무시무시한 폭풍이 자동차를 뒤집어 버렸다.

드드드드드!

그것을 기점으로 비행기에서 총격이 시작되었다. 볼코프 레보스키의 병사들이 비행기의 단면이나 창문을 통해서 총격을 가하기 시작한 것이다.

이사카의 라이칸스로프들은 잽싸게 흩어지며 총격을 피했지만 이번에는 만만치 않았다. 상대는 비행기의 잔해를 엄폐물로 삼고 있는 데 비해 이쪽은 허허벌판인 활주로에 고스란히 몸을 노출시키고 있는 것이다.

"이 자식들! 엉덩이로 총알이나 처먹으시지!"

게다가 총을 쏘아대고 있는 놈들 역시 라이칸스로프다. 빠르게 움직이면 피탄율이 낮아지기는 해도 완전히 피할 수는 없다.

"이런 젠장! 역시 볼코프 직속부대라 그런지 장난이 아니군!"

이사카의 부하들은 인도 인접용 트레일러 뒤로 피해서 잠시 숨을 돌렸다. 이번 놈들의 총은 죄다 은 탄환이라서 맞게 되면 아무리 그들이라 해도 재생이 늦는다. 무식하게 돌격했던 블로초프는 은 알레르기 반응을 보이기까지 할 정도였다.

"으어어어."

"어이! 비스트! 너도 뭔가 좀 해봐! 아무리 이사카가 봐준다지만 손 놓고 놀고 있다니!"

야코프는 화가 나서 세건을 노려보았다.

한세건은 처음부터 이 트레일러 뒤에서 손 놓고 수수방관하고 있었다. 목숨을 걸고 볼코프 레보스키에게 돌격하는 그들로서는 한세건의 태도가 얄밉지 않을 수 없었다. 하지만 한세건은 어깨를 으쓱해 보일 뿐이었다. 애초에 이 녀석은 러시아어도 모른다.

"이런 개자식."

말이 안 통하니 욕밖에 할 게 없다. 보통 말이 안 통하는 상대에게 자신들만 알아듣는 욕을 하면 조롱이 되지만 이 경우는 진짜 억울하다. 피를 흘리며 저 녀석에게 좋은 기회를 만들어주고 나서 욕해봐야 전혀 통쾌할 게 없다.

"대체 이사카는 왜 이 녀석을 감싸는지 모르겠어! 여자라면 반하기라도 하지 말아!"

"자자, 질투 그만하고."

유리안은 화가 난 야코프의 등을 토닥여 주었다. 그때 또다시 쉬이익 하고 뭔가가 날아오는 소리가 들렸다.

"개새……."

한세건은 이미 텀블링을 하며 멀찌감치 피했다. 라이칸스로프들도 깜짝 놀라서 흩어지는 순간 대전차 미사일이 트레일러에 적중했다.

콰아아앙!

큼지막한 트레일러가 단숨에 박살 났다.

"메티스(Metis—M)다!"

"와아! 화끈하네, 이놈들!"

막가기론 남들 못지않다고 자부하는 그들이었지만 설마 대전차 미사일을 발사할 줄이야!

"아, 젠장! 날려 버려!"

야코프는 화가 나서 RPG—7의 신관을 맞히고 다짜고짜 발사했다. 비행기의 단면을 향해 RPG—7이 정확하게 날아간다. 원래 RPG—7이라는 게 그렇게 잘 맞는 게 아닌데 제대로 비행기의 단면을 향해 날아든다. 그걸로 보아 이 녀석들이 RPG에 얼마나 능숙한지 알 수 있었다.

탕!

그러나 그 순간 한 발의 총성과 함께 RPG—7 탄두가 공중에서 폭발했다.

"……."

"지금 저거 총으로 맞힌 거야?"

모두들 어처구니가 없어서 꺾여 있는 비행기의 동체를 바라보았다. 비록 RPG—7의 로켓 속도가 그리 빠르지 않고 라이칸스로프니까 뛰어난 동체 시력을 가지고 있다고 해도, 연발도 아니고 정확하게 단발로 로켓을 맞혀 버리다니…….

게다가 공중폭발이 일어났다는 것은 정확하게 총으로 명중했다는 것이다. 촉발 신관을 장착한 탄두 앞에 정확히 맞았다고 하면 이건 대체 어느 정도의 사격 실력인지 짐작도 가지 않는다.

동체착륙, 아니, 기수 착륙을 일으킨 AN—24 수송기는 완전히 허리가 꺾였다. 물론 안은 엉망이었다. 여객기처럼 많은 좌석을 집어넣은 것이 아니라 공간이 더 있었지만 그 덕분에 안은 폭풍이 휩쓸고 지나간 것처럼 엉망이 되어 있었다.

그런 비행기의 격벽 좌석에는 거구의 장년 남자가 팔짱을 낀 채 앉아 있었다. 안전벨트를 매고 있었기 때문에 몸이 시트에 고정되어 있긴 했지만 이 남자에게서 느껴지는 박력은 그 정도가 아니었다.

그는 마치 화강암을 깎아서 만든 조각상처럼 팔짱을 낀 채 가만히 생각에 잠겨 있었다.

"이번에 공격해 온 놈들은… 이사카 베르게네프 일파겠군."

그는 상황을 면밀히 검토하며 그렇게 단정 지었다.

정규군이 쿠데타의 위협을 제거하기 위해 공격해 왔다면 수송기 자체를 통째로 날려 버렸지 공군기지 안으로 유인한 다음에 공격하는 바보짓을 하지는 않았을 것이다.

테트라 아낙스라고 해도 마찬가지다. 공항 활주로에서 볼코프를 상대하기 위해서는 필연적으로 공항경비대비대와 충돌하게 된다. 그렇지만 테트라 아낙스의 신분상 정규군에게 싸움을 걸 리가 없다.

그렇다면 남는 것은 반군 게릴라 활동을 통해서 잔뼈가 굵은 또 하나의 리림, 이사카 베르게네프밖에 없는 것이다.

"이사카?!"

그의 옆에 앉아 있던 혼혈아 청년이 깜짝 놀라서 고개를 돌렸다. 왼쪽 눈동자가 붉은색인 이 청년은 바로 리림 서린이었다.

"추락한 지 얼마나 되었지?"

볼코프는 놀라는 서린의 옆에 서 있는 여성 군인, 라토바에게 물어보았다. 그러자 그녀는 밋밋한 태도로 손목시계를 보며 대답했다. 총알이 쏟아지고 로켓이 춤추는 와중에 저렇게 무덤덤한 태도를 보일 수 있다니. 서린은 놀라서 그녀를 바라보았다.

"이제 일 분 지났습니다."

"그렇다면 관제탑도 놈들이 장악했다고 봐야겠지만 아무리 보아도 저놈들은 많은 수가 아니야. 공군기지 인접 막사를 제압하고 왔다고 해도 십 분 정도면 지원군이 올 거다."

볼코프의 판단은 정확했다.

이사카 베르게네프는 관제탑을 제압해 우선적으로 비행기에 이상이 전달되지 못하도록 하고, 활주로에 인접한 군인 막사를 제압하고 활주로 주위의 경비를 제거했다.

이것만 해도 막대한 인력을 필요로 한다. 이사카 베르게네프가 그걸 해낼 수 있었다는 것 자체가 기적인 것이다.

그렇지만 그런 공격으로는 이르쿠츠크 공군기지의 주둔군을 완전히 제압할 수 없다. 인근 부대 등에서의 원군, 제압당하지 않은 쪽이 편제를 갖추고 반항할 가능성, 그런 것을 감안해 볼 때 타임 리미트는 기껏 해야 10분 정도다.

"문제는 십 분을 버티기가 힘들겠다는 거지만."

볼코프는 안전벨트를 풀고 몸을 일으켜 세운 뒤 서린에게 눈짓을 했다. 진작 안전벨트를 풀어버린 서린은 일어나서 볼코프에게 다가갔다.

"무슨 일이죠? 설마 이사카가 공격해 온 건가요?"

"그래, 목적은 아마도 자네일걸세. 어떤가, 가겠는가? 형제간의 따뜻한 우애로 포옹이라도 하게? 대단히 감동적이겠군."

"……."

서린도 바보는 아니다. 이사카 베르게네프가 위험한 인물이라는 것과 자신에게 혈육으로서의 감정을 가지고 있지 않다는 것 따위는 이 공격으로도 알 수 있었다. 만약 형제라고 생각한다면 만에 하나 인질로 잡을 가능성 때문에라도 이런 무모한 공격을 해서는 안 된다.

하지만 이사카는 반군 생활로 잔뼈가 굵은 베테랑이다. 서린과 같은 나이지만 그와는 살아온 세계가 전혀 다르다. 이사카와의 만남은 필연적으로 위험을 수반한다. 그렇지만…….

보고 싶다.

형제로서의 정이니 그런 걸 떠나서 호기심이 일었다.

이사카 베르게네프, 그의 쌍둥이 형은 과연 어떤 존재인가? 그것을 자신의 눈으로 직접 확인해 보고 싶은 것이다. 그래서일까? 심장이 격렬하게 뛰고 목이 바짝바짝 탄다.

서린은 자신의 가슴에 손을 얹고 호흡을 조절했다.

"대, 대체 어쩔 거죠? 비행기 안에서 농성이라도 할 셈인가요? 이거 얼마 버티지 못한다고요! 십 분은커녕 얼마나 갈지……."

서린은 기체가 찢어진 틈 앞에 짐들을 쌓아서 엄폐물을 만들고 총을 쏘고 있는 두 명의 남자를 보았다.

한 명은 호리호리하고 다른 한 명은 그에 대조적으로 땅딸막한데, 대전차 미사일과 RPG—7 스나이퍼 라이플 등을 옆에 쌓아두고 그때그때 무기를 바꿔가며 효과적으로 싸우고 있었다.

지금 그나마 방어가 되는 게 이들 둘의 활약 덕분이다. 일단 이쪽은 엄폐물도 있고 화력도 저쪽보다 우세한 데다가 총탄도 죄다 은 탄환이다. 그렇지 않았다면 벌써 예전에 적들이 이 비행기 안으로 잠입했으리라.

그러나 그렇다고 계속 농성할 수는 없다. AN—24는 여객기가 아니라서 창문이 없다. 그나마 비행기의 기체가 찢어지면서 틈이 생겨서 거기로 사격을 하고 있는 것이지 만약 적들이 여기서는 사격이 불가능한 사각으로 돌아간다면 이야기가 달라지는 것이다.

그렇게 될 경우 손가락 빨면서 적이 자신들을 요리해 주기만 기다려야 한다.

"확실히 그 말이 맞기는 하지만 여기는 활주로입니다. 비행기 안에서 농성을 하지 않으면 지형적 이득을 버리게 됩니다. 나가 봤자 별수 없으니까요."

라토바는 냉철하게 사태를 파악했다. 설사 적들에게 사각을 물릴 위험이 있다 하더라도 이 비행기나마 있으니 망정이지 없다면 그냥 맨몸으로 활주로에 나서게 된다.

그렇게 된다면 이쪽이 절대적으로 불리해진다. 상대방은 아무리 그래도 리림에 의해서 만들어진 제1세대 라이칸스로프들이다. 그런 놈들과 접근전을 벌이게 되면 희생은 피할 수 없다.

"시간을 끌면 유리한 것은 우리입니다. 원군이 오게 되면 제아무리 라이칸스로프라고 해도……."

하지만 그녀가 채 말을 끝내기도 전에 갑자기 비행기 위에서 폭발이 일어났다.

콰앙!

그리고 무수한 파편이 비처럼 쏟아져 내렸다.

"아악!"

"저 새끼들, 박격포도 가지고 있었어!"

라이칸스로프 병사들은 기겁하며 머리를 감싸 쥐고 총을 든 채 엎드렸다. 그들의 말대로 적들은 박격포를 가지고 포격을 가한 것이다. 박격포는 포물선을 그리며 날아들기 때문에 엄폐된 상황에서도 적을 공격할 수 있다.

"이런! 굉장한 놈들이군."

볼코프는 자신이 공격당하고 있는 와중에도 탄복했다. 그는 파편이 쏟아지는 데도 당당히 서서 서린을 바라보았다.

"아……."

"적들의 목적은 바로 너다, 리림. 정신 바짝 차리고 무기를 들어."

"예?"

서린은 깜짝 놀라서 그를 바라보았다. 서린은 이들에게 붙잡힌 신세다. 그런데 자유를 억압하고 있는 장본인이 서린에게 무기를 쥐어주고 자신들의 적과 싸우라니, 이게 말이 되는가?

"자신의 몸은 자신이 지키도록!"

볼코프는 그리 말하며 양팔을 들어서 파편을 막을 준비를 했다.

"소위 말하는 스톡홀름 증후군이군요, 그거."

서린은 투덜거리면서도 총을 점검했다. 파편이 정강이에 박혀 있긴 했지만 박격포탄의 파편은 은이 아니라서 그리 큰 부상은 아니다. 하지만 포격이 계속된다면 그때는 심각해진다.

"괜찮으십니까?"

라토바라고 자신을 소개했던 젊은 여성이 두꺼운 방탄 방패를 머리 위로 치켜들고 볼코프와 서린에게 다가왔다.

"나는 괜찮으니까 이 친구를 보호하도록. 무기도 들려주고."

장군씩이나 되는 신분의 인물이 자신을 파편 속에 내던지고 대신 서린을 보호하라는 명령을 내렸다. 설마 지금 저 팔로 파편과 충격을 막아낼 셈인가? 정말 놀랄 일투성이다. 그러나 더더욱 놀라운 것은 그 명령을 수행하는 라토바의 태도였다.

"예!"

그녀는 고개를 끄덕이며 서린의 옆에 붙어서 방패를 머리 위에 이고 그를 보호했다. 마치 한 우산을 둘이 함께 쓰는 것 같은 기분이라서 서린은 당혹스러웠다.

'이, 이 상황에서 무슨 엉뚱한 생각을 하는 거야?'

서린은 소총 멜빵끈을 조절해 뒤로 둘러메었다. 그러자 라토바가 탄창을 그에게 건네주었다.

"쓸 줄은 아십니까?"

놀리려는 게 아니라 진짜로 물어보는 듯해서 서린은 약간 자존심이 상했다. 그는 대답 대신 소총에 탄을 장전시켰다.

콰앙!

그때 박격포의 2차 포격이 시작되었다. 처음의 일격으로 수송기의 외벽이 심각하게 손상된 탓에 두 번째의 포격은 더더욱 심각한 피해를 주었다. 서린은 라토바의 옆에 서서 방패에 몸을 의탁했지만 다른 이들은 폭풍과 파편에 그대로 노출되었다.

폭풍이 비행기를 강타하고 파편이 쏟아진다. 비행기 안에서 농성하고 있는 라이칸스로프들은 바닥에 주저앉은 채 충격을 버텨냈다.

"흠……."

그러나 볼코프 레보스키는 당당하게 서 있었다. 파편이 몸에 좀 박히긴 했지만 재생이 어찌나 빠른지 파편은 박히자마자 살 밖으로 밀려나 스스로 빠져나왔다.

"대범한 놈들이군."

두 번의 폭격으로 수송기 안은 난장판이 되었다. 대단한 놈들이다. 감히 공군기지를 습격해서 이런 대범한 무기를 사용하다니?!

"대체 어떻게 된 거야, 러시아 군인들은 다들 월급 도둑인가? 왜 가만히 있는 거지?"

군인들은 장군의 앞임에도 불구하고 욕설을 내뱉었다. 녀석들은 공군기지의 일부를 제압했을 뿐이다. 관제탑과 병사용 막사의 일부, 그리고 활주로 근처의 초소들이 그들이 제압한 곳 대부분이다. 그렇다면 아직도 많은 병력이 남아 있는데 어째서 그들은 움직이지 않는가?

"어떻게 할까요, 장군님?!"

늑대 인간으로 변신까지 한 대위 한 명이 콧김을 씩씩거리며 볼코프 레보스키에게 물어보았다. 이대로라면 박격포의 밥이 될 뿐이다.

"이탈하자! 응?"

그때 문득 기체 위에서 기묘한 살기가 느껴졌다.

"이런! 함정이군!"

두 번의 박격포는 진입을 위한 미끼에 지나지 않았다. 적들의 목적은 서린의 탈취. 그렇다면 박격포를 계속 갈겨대다간 서린이 죽을 가능성이 있다.

라토바는 즉시 천장을 향해 총을 퍼부었다. 요란한 총성과 함께 총탄이 기체의 천장을 뚫었지만 살기는 전혀 반응이 없었다.

콰앙!

잠시 후 폭음과 함께 연기가 실내로 밀려들었다. 기체 위에서 폭탄을 터뜨려서 깡통 뚜껑을 따듯 기체에 구멍을 뚫은 것이다. 그리고 그렇게 뚫린 구멍을 통해서 섬광탄이 던져졌다.

"이런!"

라토바는 깜짝 놀라서 눈을 감고 귀를 막은 채 뒤로 돌아섰다. 그러나 그 순간 새하얀 칼날이 그녀의 가슴을 꿰뚫었다.

콰직!

등을 통해 가슴을 꿰뚫고 나온 칼날을 보며 라토바는 즉시 앞으로 뛰었다. 찌르기는 인간에게 있어서는 치명적인 공격이지만 재생력이 있는 라이칸스로프에게는 그다지 큰 타격이 되지 않는다. 상처 단면이 그리 크지 않기 때문이다.

그렇지만 만약 몸에 칼을 꽂은 다음에 휘저어 버리면 그때는 중상을 입게 된다. 그것만은 피해야 하지 않겠는가?

라토바는 비명을 지르며 앞으로 쓰러졌다. 아무리 라이칸스로프라 해도 방금 심장을 꿰뚫렸는데 앞으로 빠져나간 것은 무모한 짓이다. 서린은 깜짝 놀라서 쓰러진 라토바에게 다가갔다.

"괘, 괜찮아요?!"

"이봐, 룻시니!"

서린은 쓰러지는 라토바의 뒤로 나타난 회색 머리칼의 청년을 보고 전율했다. 붉은 오른쪽 눈을 가진 이 청년은 놀랍도록 서린과 닮아 있었다. 다만 다른 게 있다면 그 자신만만하고 오만한 태도였다.

기체에 뚫린 구멍으로부터 눈보라가 들이쳐 그의 뒤에서 불어오고 있었다. 단지 그것뿐일 텐데 지금의 서린으로서는 마치 그가 눈보라를 휘몰고 다니는 것처럼 느껴졌다.

'뭐지?!'

이자가 이사카라는 것은 약간만 생각해 보면 알 수 있었다. 자신과 닮은 외모에 자신과는 달리 오른쪽 눈동자가 붉다. 그리고 전신에서 풍기는 '괴물' 의 느낌.

그 모든 것이 그가 이사카라는 증거가 되었다. 자신과 피를 나눈 형제이자…….

'뭔가 중요한 걸 잊고 있는 기분이야!'

갑자기 배 속에서부터 뭔가가 부글부글 끓어올랐다. 울화가 치밀어 오른다는 게 이런 느낌일까?

그때 이사카가 그에게 한 걸음 내디디며 손을 뻗었다.

"오래간만이지만 별로 변한 건 없군."

"아… 아아아아아! 오지 마!"

서린은 왠지 두려운 마음에 뒷걸음쳤다. 그러자 이사카는 흥미롭다는 듯 왼쪽 눈을 치켜뜨며 반문했다.

"뭐라고?"

"오지 마!"

서린은 이사카에게서 물러났다. 그러자 이사카는 피식 웃으면서 그에게 다가갔다.

"크르르르!"

늑대 인간 한 명이 몸을 날려서 이사카에게 덤벼들었다. 그러나 이사카는 손도 쓰지 않고 다만 붉은 눈으로 그를 노려보았다.

"꺼져!"

그 순간 늑대 인간이 뛰어들던 속도 이상의 속도로 튕겨 나갔다. 마치 달리던 덤프트럭에 치인 것처럼 늑대 인간이 나가떨어진 것이다.

서린은 그 모습을 보며 다시 경악했다. 그렇지만 뭔가… 이상하다. 왜 이렇게 두려운 것일까? 죽음의 공포 때문에? 이사카가 자신을 죽이거나 고통을 가할까 봐?

아니, 그런 게 아니다. 서린은 분명히 목숨을 걸고 싸우는 전사가 아니다. 살해 위협을 받으면 겁을 먹고, 고통을 싫어하는 평범한 청소년에 불과했다. 하지만 그는 본디 낙천주의자다. 그런데 위협도 가하지 않은 형에게 공포를 느끼고 이런다고?

"아아아아악!"

서린은 격렬한 두통을 이기지 못하고 머리를 움켜쥔 채 주저앉았다.

5

활주로 위에 좌초된 수송기의 잔해는 마치 지친 고래와 같았다. 그 수송기를 둘러싸고 있는 이들은 원시적인 에너지로 가득 찬 옛 사냥꾼들과 같다.

공격을 계속 퍼부어 거대한 짐승의 힘을 빼앗고 마침내 잡아서 죽인다. 그 행위는 바로 '사냥' 이라고 부를 만한 것이었다.

본의 아니게 사냥에 가담한 이로서는 달갑지 않은 모습이다. 그는 사냥꾼들이 '고래' 의 상태를 확인하는 모습을 바라보았다.

"이사카가 돌입했으니까 이제 제압되지 않았을라나?"

박격포를 사용한 두 번의 포격을 미끼로 이사카는 손쉽게 비행기에 잠입했다. 안에는 상처 입은 라이칸스로프가 득시글거릴 테지만 그들은 이사카의 힘을 믿고 있었다.

설사 볼코프 레보스키가 있다고 하더라도 이사카의 적은 되지 못한다는 그들의 믿음은 이미 신앙이었다. 그들의 신앙을 공유할 수 없는 자, 한세건으로서는 너무나도 불쾌하고 거북한 감정이었다.

그것은 그들이 라이칸스로프를 섬기고 있어서일까? 아니면 그 신앙 자체가 싫은 것일까? 구역질이 배 속을 치고 목으로 기어 올라온다. 생리적으로는 아니지만 머릿속에서, 위액의 쓰디쓴 맛이 느껴진다.

"어쨌든 이사카가 안에 들어간 이상 포격도 총격도 못 해. 뷔르제예프는 자리를 지키고 우리는 안으로 들어가자!"

라이칸스로프들은 그렇게 이야기를 나누고 비행기를 향해 뛰었다. 한세건은 그들의 뒷모습을 보며 차가운 시베리아의 공기를 폐부 가득히 담았다.

"어?"

루스킨은 갑자기 등 뒤에서 오한이 느껴져서 고개를 돌렸다. 검은 파도 같은 게 밀려오나 싶더니 뭔가가 자신의 가슴을 꿰뚫었다.

"컥!"

한세건이 그에게 뛰어들어 가슴에 칼을 꽂아 넣은 것이다. 언젠가 배신할 놈이라는 건 알았지만 설마 지금 배신하다니?! 탁 트인 활주로에서 이 많은 라이칸스로프를 전부 상대할 셈인가?

쉬이익!

루스킨은 칼날을 손에 잡고 한세건의 손목을 잡으려 했다. 하지만 한세건은 루스킨의 목을 한 팔로 감은 뒤 도약했다.

뚜드드득!

세건이 착지한 순간 루스킨의 목은 완전히 부러져 버렸다. 그 모습을 보던 라이칸스로프는 모두들 흥분했다.

"이 자식! 배신하다니!"

"애초에 믿지도 않았다!"

유리안과 빼또쥬는 지금이 기회라는 듯 한세건에게 달려들었다. 그러나 한세건은 목이 부러져서 휘청거리고 있는 루스킨의 가슴에 박힌 클레이모어의 자루를 두 손으로 잡았다.

루스킨을 등 뒤에 업은 채 클레이모어를 양손으로 쥐고 있는 그 모습은 언제라도 튀어오를 듯한 스프링 같았다.

콰드드득!

아니나 다를까! 한세건은 지면을 양발로 강하게 박차며 그 탄력으로 칼을 휘둘렀다. 루스킨의 가슴에 박혀 있던 칼날이 옆구리를 찢고 칼집에서 발도한 칼날처럼 빠르게 유리안과 빼또쥬를 덮쳤다!

유리안은 지면에 납작 엎드려 공격을 피하고 빼또쥬는 점프로 피했다. 하지만 그 순간 한세건은 엎드린 유리안의 뒤통수를 밟고 도약했다.

"아앗!"

"크르르르! 이 자식!"

분노에 자아를 잃어버린 블로초프는 어금니를 앞세워서 돌격했다. 한세건에게 피를 먹이기 위해 수혈 팩을 찢었을 당시 습격당한 게 그이다 보니 원래부터 감정이 좋지 못했다.

그런데 이렇게 배반까지 해주니 도리어 고마워하고 싶은 심정이었다. 블로초프는 공중에 떠오른 한세건을 잡기 위해 주먹을 휘둘렀다. 그러나 한세건은 마치 뭔가에 걸린 것처럼 공중에서 덜컥 멈춰 섰다.

"엥?!"

한세건의 손에 잡혀 있는 도폭선이 유리안의 목에 걸려 있었다. 세건은 유리안의 뒤통수를 발판으로 도약하면서 뒤로 도폭선을 뿌려 유리안의 목을 낚아챈 것이었다. 결과적으로 유리안은 목이 졸리고 블로초프는 허공에 주먹질을 하고 말았다.

"멍청이!"

한세건은 도폭선을 점화시켜 태우며 클레이모어로 블로초프를 찍어버렸다. 쇄골 안쪽을 통해서 수직으로 몸통을 꿰뚫어 버린 것이다.

이렇게 찍게 되면 칼이 들어가는 길에 뼈가 없기 때문에 힘만 충분하다면 골반까지 들어간다. 물론 세건의 힘은 인간 이상이기 때문에 결과적으로 클레이모어는 골반을 꿰뚫고 칼자루까지 쑥 들어가 버리고 말았다.

"크어어어억!"

그러나 그때 시야의 밖에서 미들킥이 날아왔다.

콰직!

세건은 다리를 들어서 무에타이 식으로 미들킥을 막았다. 방어는 완벽했다. 그러나 그 순간 눈앞이 흔들린다. 몸이 허공으로 떠오른 것이다.

'앗차!'

라이칸스로프의 힘이 실린 발차기를 우직하게 막아내었으니 당연한 결과다. 정확하게 킥을 받아내었다고 생각하는데도 막은 다리가 부러졌다. 아무리 세건이 전투에 익숙하다고 하더라도 이 녀석들과 직접적으로 붙으면 이득 볼 게 없다.

"이 새끼! 죽은 줄 알아라!"

라이칸스로프들은 세건이 부상을 입은 걸 확인하고 달려들었다. 하지만 세건은 한쪽 다리만으로 몸을 날려서 활주로 위를 등으로 미끄러지면서 AK 소총으로 그들을 갈겨 버렸다.

드드드드득!

"젠장! 저 자식이?!"

빼또쥬는 총알을 피해 엎드렸다가 단거리 달리기 선수처럼 크라우칭스타트 자세를 잡은 뒤 지면을 박찼다. 활주로에 쌓였던 눈이 치솟아 오르며 쏜살처럼 튀어 나간다.

하지만 그때 한세건이 소총을 집어서 빼또쥬에게 던졌다.

쾅!

어처구니없게도 빼또쥬는 내던져진 소총을 들이받고 뒤로 벌렁 나동그라졌다.

"푸하하하하하하! 빼또쥬! 바보."

도폭선의 점화로 목이 타버린 유리안은 아픔을 참으며 빼또쥬를 놀렸다. 지금 적과 대면하고 있는 상황인데 이 상황에서도 남을 놀려먹어야 하는지 의문이지만 유리안은 그러고도 남을 놈이다.

한세건은 등으로 눈 쌓인 활주로 위를 계속 미끄러져 가다가 손으로 땅을 짚고 스프링처럼 튕겨서 일어났다.

"그동안 고마웠다."

세건은 무심한 어조로 그들에게 한국어로 인사하고 답례 대신 박격포의 포탄을 던졌다. 원래 한세건에게 폭약이나 수류탄 등이 주어지지 않도록 주의했었는데 혼란한 틈을 타서 배낭에서 몰래 하나 빼 간 모양이었다.

"우, 웃기지 마! 그냥은 안 터져!"

"여기서 터지면 너도 죽는……."

그러나 그 순간 세건의 그림자로부터 어둠이 치솟아 올라 그를 집어삼켰다.

콰아앙!

폭발이 일어나 눈보라를 찢어발겼다.

"아아아악!"

서린은 머리가 깨질 것 같은 고통에 몸부림치고 있었다. 바닥을 손가락으로 긁으면서 지면을 긴다. 벌린 입에서는 자제하지 못한 새하얀 침이 흘러나와 끈적끈적하게 바닥에 떨어졌다. 어찌나 심한 격통인지 덜덜 턱이 떨리면서 혀를 깨물어 피가 터졌다.

"네놈이 또 다른 리림 이사카인가?"

볼코프 레보스키는 서린의 상태를 염두에 두면서도 당당하게 이사카의 앞에 섰다. 이사카는 고개를 끄덕였다.

"옛날부터 손에 넣고 싶었는데 네놈만은 이상하게 종적을 잡을 수가 없었지. 하지만 이제 와서 제 발로 나타나다니, 무슨 생각이지?"

볼코프가 손가락을 튕기자 그의 부하들이 즉시 총구를 이사카에게 겨누었다. 사방에서 총구를 겨누니 흡사 옛날 홍콩 영화의 한 장면을 보는 듯했다. 하지만 이사카는 총구가 자신을 향하든 말든 태연스럽게 팔짱을 끼고 있을 뿐이었다.

"물론 내가 괜히 내 목숨과 인생을 헌납하러 온 건 아니지. 다 믿는 구석이 있어서 온 거니까 아무르의 호랑이님은 너무 걱정하지 말아달라고."

"쓸데없는 자신감이로군, 꼬마. 나는 네가 살아온 시간의 세 배를 군에서 보내왔다. 릴리쓰의 자식이라는 입장만 아니라면 지금 당장 수백 발의 은 탄환으로 끝내줄 수 있어."

볼코프는 그렇게 말하며 부하들에게 눈짓했다. 그러자 그들은 만약의 경우를 대비해 약간 물러났다. 육박전 등에 당하지 않기 위한 조치였다.

"그러면 당신은 왜 릴리쓰의 자식을 얻으려고 하는 거지? 역시 테트라 아낙스에 대항할 힘을 얻기 위해서인가?"

"쓸데없는 이야기를 나눌 생각은 없다. 네 선택지는 둘뿐이야. 여기서 투항해서 목숨을 보전하든가 아니면 죽든가."

"죽일 수 있다면… 이겠지?"

이사카는 당당한 태도로 그를 노려보았다. 그때 서린이 일어났다. 갑자기 머릿속에 얼음이라도 닿은 것처럼 시리다. 하지만 대신 빠개질 듯한 격통은 씻은 듯이 사라졌다.

"아, 으으윽! 이사카!"

서린은 덜덜 떨었다. 이사카가 바로 그의 눈앞에 있다. 그와는 같은 유전자를 가진… 같은 날에 태어난 쌍둥이 형! 그리고…….

“아, 이제 정신 차렸나?”

“안 돼! 모두 피해!”

서린은 경악하며 물러났다. 전신이 갑자기 덜덜 떨린다.

“뭐?”

“죽고 싶지 않으면 모두 도망쳐! 이 녀석은… 당신들이 막아낼 수 있는 적이 아니야!”

“무슨 소리를!”

그때 이사카가 양팔을 들어 올렸다. 모두들 긴장하고 있던 터라 그의 움직임에 깜짝 놀랐다.

“쏴라.”

그때 감정이라고는 찾아볼 수도 없는 무미건조한 목소리가 명령했다. 모두들 그 목소리가 볼코프 레보스키의 것이라는 걸 알았다. 냉혹하고 차가운 어투…….

볼코프 레보스키는 부하들에게 그렇게 명령했다.

그리고 부하들은 즉시 앉아쏴 자세로 이행, 비스듬히 위쪽을 향해 사격을 개시했다. 볼코프의 명령에 대해서는 이견을 보이지 않는 그들의 행동을 미루어 보면 볼코프 역시 절대적인 충성의 대상인 듯하다.

이사카의 부하들이 이사카를 신처럼 섬기듯이 볼코프의 부하들 역시 볼코프를 섬긴다. 이들이 싸우게 되면 물러서는 일 따위는 없다.

‘그렇다고는 해도 괜찮은 놈들이군.’

이사카는 자신에게 총구를 겨눈 병사들을 보며 피식 웃었다.

앉아쏴 자세에서 비스듬히 위로 쏘는 것은 적을 포위했을 때 유탄에 아군이 맞는 일이 없도록 하기 위해, 그리고 라이칸스로프나 흡혈귀 중 총알을 도약으로 피하는 버릇이 있는 놈들을 잡기 위한 기본 상식이다.

"어?!"

하지만 무슨 일인지 총알은 발사되지 않았다. 어쩌다 총탄이 노리쇠에 걸려서 발사되지 않는 일이라면 종종 있다. 그러나 이번에는 총탄이 걸리는 일도 없이 공이치기가 확실히 움직였음에도 불구하고 총이 격발되지 않았다.

한 명이 아니라 전원의 총이 발사되지 않은 것이다.

보통은 이런 상황이 되면 조금이라도 당황하게 마련이지만 그들은 훈련이 잘되어 있었다. 몇 명은 칼을 뽑아서 격투전을 준비하고 다른 몇 명은 권총으로, 나머지 인원은 총을 긴급 점검했다. 하지만 권총도 격발되지 않았다.

"역시 훈련이 잘되어 있는 놈들이군. 안됐지만 총은 못……."

그러나 그때 이사카의 머리에 총구가 닿았다. 깜짝 놀란 이사카가 옆을 돌아보니 서린이 소총을 들고 그의 머리를 겨누고 있었다.

"눈 밖에 나면 마음도 멀어진다더니, 형제끼리 이래서야 쓰겠어?"

이사카는 그렇게 빈정거리며 권총을 꺼내 서린의 이마를 겨누었다. 그러자 서린이 이를 악물고 그에게 외쳤다.

"닥쳐! 나에게 형제라고 하지 마! 구역질 나니까!"

"후, 여전히 학습 능력이 없군. 이 거리에서는 총이 안 통한다는 거 모르냐? 다른 사람은 몰라도 너는 알아야지!"

이사카의 능력 때문에 총이 불발이 된 것이라면 서린이 들고 있는 소총탄 역시 불발탄일 가능성이 컸다. 하지만 서린은 이를 악물고 이사카를 노려보았다.

"왜야?! 왜 그랬어?!"

"뭘?"

"왜 어머니를 살해했냐고! 이 괴물 자식아!"

그 순간 모두들 자신의 귀를 의심했다. 어머니를 살해하다니? 그렇다면 이사카는 자신의 손으로 릴리쓰를 죽였단 말인가?

"남들이 들으면 오해하겠군. 나는……."

퍼억!

이사카가 뭐라고 해명하려는 바로 그 순간, 주먹이 이사카의 몸통에 꽂혔다. 그동안 팔짱 끼고 보고 있던 볼코프가 재빠르게 주먹을 꽂은 것이다.

"컥!"

이사카의 입에서 피가 튀었다. 아무리 라이칸스로프의 정점에 오른 이라 하더라도 방어력 면에서는 다른 라이칸스로프와 크게 다를 게 없다. 주먹의 위력이 어찌나 강렬한지 이사카의 눈과 코에서 피가 튀었다. 주먹이 등을 꿰뚫고 나오지 않은 것은 어디까지나 명치가 아니라 복근에 꽂혔기 때문이다.

인간보다 몇십 배나 강력한 근 인장력이 주먹이 내장까지 파괴하는 것을 막아낸 것이다.

볼코프는 공격이 먹힌 것을 확인하자마자 이사카의 어깨를 잡고 겨드랑이 쪽으로 당기며 팔을 꺾었다.

우드드득!

관절이 뒤틀리는 소리가 들렸다. 아무리 라이칸스로프라고 해도 관절의 가동 범위는 인간을 벗어나지 못한다. 재생력이 있으니 부러지게 내버려 두는 것도 좋지만 그렇게 부러지게 놔두면 그다음 공격에 대처하지 못한다.

"크윽!"

이사카는 몸을 앞으로 날려서 팔 꺾기에서 빠져나오려 했다. 하지만 그 순간 다리 사이로 볼코프의 다리가 걸려들었다. 간단한 다리걸기라면 모르겠는데 관절을 잡은 채로 다리를 걸다니, 넘어지면 확실히 부러진다. 게다가 다리를 거는 속도도 비상하게 빨랐다.

우적!

손쉽게 종아리뼈가 부러졌다.

"결국 라이칸스로프답게 승부를 결정짓는 것은 육박전이란 말이지."

이사카는 즉시 다리를 풀고 어깨를 탈구시키면서 바이스 같은 볼코프의 관절 꺾기에서 빠져나갔다. 하지만 그때 다른 라이칸스로프 대원들이 나이프를 들고 달려들었다.

"큭!"

이사카는 허리에 차고 있던 시미터를 뽑아서 대원에게 휘둘렀다. 하지만 그때 라토바가 비행기 천장을 박차며 검의 궤도를 뛰어넘어 이사카의 옆에 내려섰다.

콰직!

라토바는 나이프를 그대로 이사카의 목 뒤, 급소를 노리고 쑤셨다. 마침 그녀가 내려선 쪽은 이사카의 부러진 팔과 다리가 있는 왼쪽! 이번 공격을 막을 방법은 없으리라!

"아! 안 돼!"

그러나 서린은 이사카의 표정이 기묘한 웃음으로 일그러져 있는 것을 발견했다. 이건 함정이다!

바지지지지직!

순간 강력한 전기불꽃이 라토바의 손에 들려 있던 나이프를 녹여 버렸다. 이 정도의 전력이라면 제아무리 절연체인 자루를 통해서라도 전기가 흐르고 만다. 라토바는 마치 뭍 위로 낚인 물고기처럼 바닥에 쿵 소리가 나도록 쓰러지더니 쇼크로 꿈틀거렸다.

볼코프 레보스키는 그 모습을 보며 흡족한 표정을 지었다.

"괜찮은 능력이군. 이 정도는 되어야 리림이라고 할 수 있겠지."

그 순간 볼코프의 주먹이 이사카의 머리로 날아왔다. 맞기라도 하면 단숨에 머리통이 다 날아가 버릴 만한 위력이다. 말하자면 저것은 주먹이 아니라 포탄이라고 해도 좋을 것이다.

그러나 이사카도 이미 공격에 대한 대비를 해두었는지 더킹으로 가볍게 그 주먹을 피했다. 물론 볼코프도 기습도 아닌데 초탄으로 맞힐 수 있으리라고 생각지는 않았다.

이 주먹은 바깥쪽으로 길게 뻗는 스트레이트라 피하기 위해서는 필연적으로 몸 안쪽으로 뛰어들게 되어 있다. 말하자면 도망갈 길을 열어주고 날린 주먹이었다. 물론 카운터를 먹을 확률이 있기는 하지만 그건 이사카와 볼코프의 신장과 팔 길이 차 때문에 어려운 일이다.

볼코프는 주먹을 페인트로 던진 뒤 단숨에 몸을 던져 태클을 했다.

"이런!"

이사카는 칼집에서 칼을 뽑아서 볼코프에게 휘둘렀지만 그 순간 되레 팔을 잡혀서 삼각형 모양으로 단단히 얽혀 버렸다.

우드드득!

잡힌 순간 바로 어깨가 빠지고 팔꿈치가 부러진다. 거기에 손목까지 완전히 꺾어서 분지르는 데 1초도 채 걸리지 않았다.

재생 능력이 있는 존재의 관점에서 볼 때 단순골절은 가장 치료하기 쉬운 부상 중의 하나다. 혈액 손실도 없고 부상 단면도 얼마 되지 않는다. 간혹 파편이 살을 찔러서 상태가 악화되는 경우도 있지만 그런 것도 다 자가 수복 할 수 있다.

하지만 볼코프에게 잡힌 상처는 죄다 치명상이었다. 뼈가 부러지는 것과 동시에 그게 살을 찢고 튀어나와 복합 골절이 된다. 어찌나 힘이 강력한지 잡히는 순간 뼈가 으스러지고 근육마저 찢어진다.

볼코프는 그렇게 쉽게 이사카의 팔을 비틀어 꺾은 뒤 뒤로 돌아서서 초크 슬리퍼로 목을 졸랐다. 아무리 재생력이 있다고 하더라도 산소 공급을 차단해서 기절시키는 초크 슬리퍼에는 취약하다. 흡혈귀도 라이칸스로프도 산소를 필요로 하기 때문에 이것에 당하면 기절하게 되어 있다.

"크!"

그러나 이사카는 손톱을 세워서 나이프처럼 볼코프의 팔뚝에 찔러 넣었다.

초크 슬리퍼 등의 조르기가 절대적인 효과를 지니고 있음에도 괴물들 사이에서 쓰이지 않는 것은 바로 이런 이유에서다. 인간이야 손톱으로 긁는다고 해도 전혀 효과가 없겠지만 전신이 흉기인 괴물들 사이에서 이렇게 붙어 있는 것은 치명상으로 이어진다.

그러나 어처구니없는 일이 일어났다.

볼코프의 팔뚝은 이사카의 손톱이 들어가지도 않는 게 아닌가? 마치 쇳덩이처럼 단단해서 나이프로 찔러도 안 들어갈 것 같다.

'이런! 뭐 이런 놈이 다 있어?'

산전수전 다 겪었다고 자부하는 이사카로서도 당황하지 않을 수 없었다. 볼코프도 다 생각이 있어서 조르기를 가한 것이다.

우드드득!

이사카의 목에서 경추가 비틀어지는 소리가 들렸다. 더 이상은 목의 근육이 감당할 수 없다. 근력은 아무래도 근 단면에 비례하기 때문에 상완의 둘레가 24인치나 되는 거인, 볼코프의 힘에 이사카의 목이 견디지 못하는 것이다.

실제로 이사카의 얼굴이 보랏빛으로 변해가고 있었다. 산소 부족으로 일어나는 청색증이다. 이때까지 기절하지 않고 있는 것만도 신기하다.

그때 기체의 상층부 위에서 한세건이 뛰어내렸다. 이사카와 볼코프가 얽혀 있는 것을 확인한 그는 싸움이 교착 상태가 되었을 때 내려온 것이다. 이사카와 볼코프가 서로의 목줄을 쥐고 있으니 세건이 등장했다 하더라도 손을 쓸 방도가 없다.

"아니?!"

이사카와 볼코프의 싸움에 정신 팔린 라이칸스로프 병사들이 새로운 난입자를 보고 깜짝 놀랐다. 하지만 총은 이미 없는 데다가 그들은 군인이라 육박전용 무기는 교살용 와이어와 군용 대검류밖에 없다.

그에 비해서 상대는 거대한 클레이모어를 끼고 있으니 격투전이 되면 불리하다. 한세건은 즉시 패닉을 일으키고 있는 서린에게 달려가 그의 손목을 잡았다.

"이 틈이다. 탈출하자."

"아! 하지만!"

"빨리 와! 죽고 싶어서 그래?!"

세건은 서린의 팔뚝을 잡고 도폭선을 뿌려서 너덜너덜해진 기체의 구멍을 더 넓힌 뒤 서린과 함께 밖으로 뛰어내렸다.

"그러면 여러분은 수고하시지!"

세건은 친절하게도 영어로 그들을 비웃어준 뒤 밖으로 뛰쳐나갔다. 이사카와 볼코프는 눈뜨고 그 꼴을 볼 수밖에 없었다. 서로 목을 조르고 있는 상황이니 놓아줬다가는 무슨 꼴을 당할지 모르는 것이다.

"…저……."

"이런 젠장!"

그들은 닭 쫓던 개 지붕 쳐다보는 심정으로 한세건이 서린을 겨드랑이에 끼고 내빼는 것을 볼 수밖에 없었다.

第22夜

늑대와 호랑이

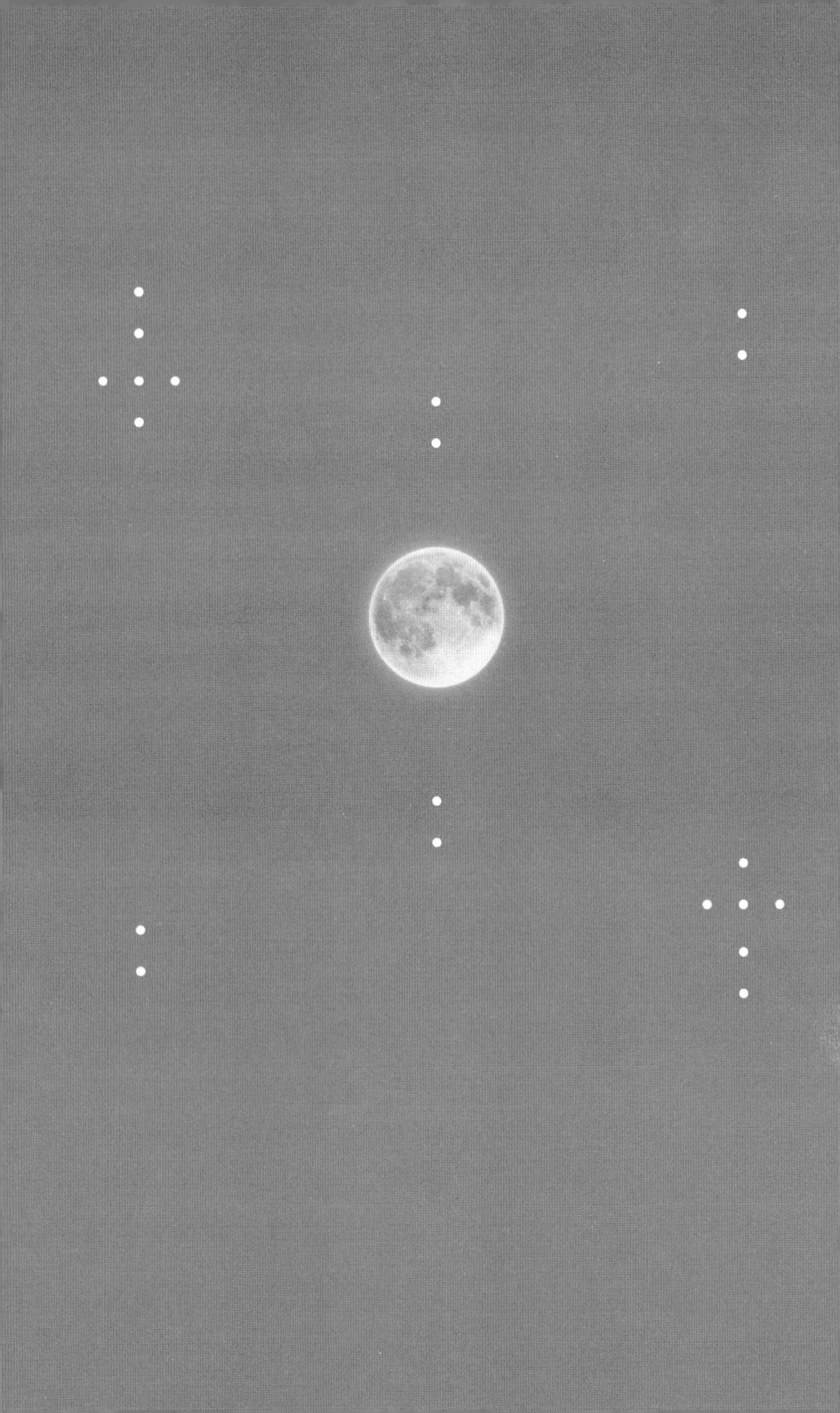

1

시베리아의 밤은 가혹하기 이를 데 없다. 바이칼 호수를 끼고 있는 유역은 그나마 온난하다고 하는데 그럼에도 불구하고 공기는 차다. 게다가 어처구니없는 것은 이 원시림이다. 곳곳에 나무가 어찌나 크고 울창한지 길에서 조금만 벗어나도 바로 거대한 타이가 삼나무 숲이 사람을 반긴다.

돈 욕심에 눈이 돌아간 사람들이 자꾸 나무를 벌목해 대서 자연 파괴가 염려된다고 하는데도 이 모양이라니. 콘크리트 정글에서 태어났다고 해도 과언이 아닌 한국인으로서는 참으로 보기 힘든 웅장한 광경이었다.

하지만 지금은 경치를 보고 논평할 때가 아니다.

"헉… 헉… 헉……."

세건은 숨을 몰아쉬며 달리고 있었다. 공기가 너무 차서 숨을 쉴 때마다 허파가 쿡쿡 쑤신다. 마치 폐부 안에 작은 유리 조각이 들어가서 여기저기 막 쑤셔대는 기분이다. 그래도 세건은 달리고 또 달렸다. 그는 이사카들이 타고 온 차를 탈취하려고 하는 것이다.

"으… 형! 어떻게 여기에……."

서린도 숨을 헐떡이며 세건을 따라 달렸다. 볼코프 레보스키 일당에게 잡혀 있던 그는 영문도 모르고 세건의 뒤를 따라오고 있었다.

"이쪽일 텐데?!"

세건은 나침반을 꺼내서 지리를 확인했다. 이르쿠츠크 공군기지가 의문의 무장 집단에게 공격당했다는 것은 다들 알고 있는지 여기저기서 차량의 소리, 사람들이 움직이는 소리가 들린다.

그래서 세건은 숲을 가로질러 가고 있었다. 길을 따라서 움직이면 들킨다.

"그렇다고는 해도 정말 울창한 숲이네요."

"시끄러워. 그나저나 릴리쓰가 죽었다는 게 사실이야?"

"예."

"말도 안 돼. 네가 보았다면 저 이사카도 어렸을 때라는 거잖아. 유치원이나 들락날락할 나이에 제 어미를 죽일 수 있단 말이야?"

세건은 그렇게 반문했지만 서린은 고개를 끄덕였다. 이사카는 일반적인 상식을 초월하는 괴물 중의 괴물이다. 릴리쓰가 필요에 의해서 잉태한 마물들의 왕자. 그런 이라면 자신을 낳아준 릴리쓰조차 죽일 수 있으리라.

“내 기억을 봉인한 건 릴리쓰가 아니라 바로 이사카였어요.”

믿기 힘든 일이다. 어지간히 잔뼈가 굵은 마법사 김성희조차 서린의 기억을 봉인하고 있는 마법을 풀어내지 못했다. 그런데 그걸 미취학 아동이던 이사카가 걸었단 말인가?

“나도 산전수전 다 겪었지만 도저히 믿을 수가 없군. 어린 나이였을 텐데 그런 고등 마법을 쓴단 말이야?”

“그래도 믿어야 해요. 여기에 증거가 있으니까. 그리고 이사카가 늘 하던 말이 있었지요. 태고의 마법이니 뭐니 해도 웃긴 거라고. 백 년 전의 소르본느 대학 장서보다 동네 도서관의 장서가 더 많다고 말이죠. 마법의 역사가 길다고 해도 사실 총정보량은 얼마 되지 않는대요.”

서린은 그렇게 말하다가 나뭇가지에 덜컥 걸려 버렸다. 타이가 삼나무에서 삼나무로 뛰어다니고 있던 중에 정신을 팔다 보니 생긴 불상사였다.

쿵!

서린이 나무 아래로 떨어지자 그 위로 눈이 쏟아져 내렸다. 세건은 어처구니가 없어서 떨어진 서린을 내려다보며 빈정거렸다.

“네 형은 그렇게 잘났는데 너는 대체 왜 이 모양이냐?”

“어, 도, 도와줘요! 여기 늪이에요!”

“누가 서린 아니랄까 봐 아주 골고루 한다.”

세건은 허리띠를 풀어서 서린을 구할 준비를 했다. 하지만 서린이 몸을 일으켜 보니 늪의 깊이는 발목 정도밖에 되지 않았다.

"아하하핫, 얕은 늪이라 다행이네요."

날씨가 추운 것도 추운 거지만 갑자기 분위기가 급속히 냉각되었다. 세건은 풀던 허리띠를 다시 끼우면서 한숨을 내쉬었다.

"다행은 얼어 죽을. 너 옷 젖었지? 이런 데서 옷이 젖으면 끝장이다."

"아, 괜찮아요. 고어텍스니까 안까지 안 젖었어요."

만약 TV 방송이었다면 특정 상품 광고로 경고를 받았을 만한 불손한(?) 말을 하며 서린은 옷에 묻은 물기와 흙을 털어냈다.

"그나저나 진짜로 릴리쓰가 죽었다면 그것도 골치 아프군. 테트라 아낙스의 예지 능력을 막을 만한 힘이 있으리라고 생각했는데."

어차피 릴리쓰는 죽여 버릴 생각이었지만 정작 릴리쓰가 이미 죽었다는 소리를 들으니 맥이 풀린다. 그러나 서린은 고개를 가로저었다.

"릴리쓰는… 이번이 처음이 아니에요."

"뭐?"

"릴리쓰가 죽으면 인간 중에서 새로이 릴리쓰가 태어나니까요. 당장은 아니더라도."

서린은 의문을 가지지 않고 확답했다. 세건은 그런 서린에게서 왠지 이질감을 느꼈다. 기억을 되찾았다고 해봐야 그 기억은 얼마 되지 않는 것이다. 이 월야의 세계에서 서린이 리림으로서 산 시간은 그야말로 찰나나 다름없다. 그런데 왜 그는 이런 걸 확언할 수 있는 것일까?

"그렇다면 결국 릴리쓰라는 건……."

"해일이나 화산 폭발 같은 자연재해죠. 단, 릴리쓰 개체가 살아 있으면 새로운 릴리쓰는 나타나지 않아요. 그게 좀 유니크하달까."

서린은 그리 말하며 머리를 감싸 쥐었다. 역시 기억의 봉인이 풀리면서 반동이 심한 모양이었다.

"엄마 왜 죽였냐고 징징 짜던 놈치고는 냉정하게 이야기하는군."

세건은 나침반에 의지해서 다시 걸어갔다. 눈보라는 많이 약해져서 이제는 눈발만 희끗희끗 흩날리지만 하늘은 여전히 구름에 잠겨 있었다. 빛 한 줌 없는 어둠을 꿰뚫고 서린과 세건은 걸어갔다.

"어렸을 때의 감정이 좀 치솟아 올라서 그만……. 뭐, 그리고 확실히 엄마는 엄마였으니까요."

"이사카는 왜 릴리쓰를 죽였지?"

"그게 아마… 자세히는 모르겠어요. 기억이 완전히 살아난 것은 아니라서. 너무 어렸고요."

서린은 그렇게 말하면서 공포감에 휩싸였다. 기억도 잘 나지 않는 어린 시절, 이사카는 그런 나이에 이미 제 어미를 죽였다. 살모사는 제 어미를 잡아먹어서 살모사라고 한다. 하지만 인간의 형상을 한 녀석이 과연 자신의 어미를 죽여 버린다는 게 가당키나 한 일일까?

"이사카… 저 어린 녀석이 대단하군. 볼코프가 위험할 것 같은데?"

그렇게 말하긴 하지만 세건 역시 볼코프 레보스키의 힘에 놀라고 있었다. 변신 전임에도 불구하고 손톱이 들어가지 않는 피부에 무시무시한 완력을 가지고 있었다. 게다가 그 부하들도 호락호락한 상대가 아니어서 따돌리는 데 많은 시간이 걸리지 않았던가.

"볼코프가 걱정돼요?"

"그렇다기보다는 녀석이 쿠데타를 일으키려고 하는 이상 여기서 죽어주는 게 낫지. 하지만 문제는 왜 그걸 이사카가 하려고 하느냐지."

"예?"

"생각해 보면 테트라 아낙스의 데이터베이스에 서린은 있었지만 이사카는 없었어. 그리고 너에 대한 자료가 그렇게 많았는데 정작 손을 댄 건 테트라 아낙스의 직계가 아니라 방계인 석세서나 다른 얼간이들이었지."

즉, 그건 테트라 아낙스가 의도적으로 서린을 표면으로 두고 이사카라는 리림을 확보했을 수 있다는 것이다. 그러나 그렇다면 하바로브스크 역에서 만난 경찰들과 라이칸스로프들이 싸운 것이 설명되지 않는다.

"무엇보다도 이사카 그놈은 남의 밑에 있는 걸 반기는 놈이 못 돼. 그렇지?"

"그야 그렇죠."

서린과 세건이 그렇게 이야기하는 사이에 그들은 이사카 일당이 세워둔 트럭이 있는 곳에 도착했다. 하지만 이미 그곳에는 군인들이 몰려들어서 트럭을 뒤지고 있는 중이었다.

이사카 일당은 이사카가 볼코프에게 물려서 싸우고 있는 이상 여기에 도착하지 않았으리라 생각하고 온 것인데 러시아 군인들이 한발 더 빨랐다.

"어떻게 하죠?"

"불필요한 피를 보고 싶지는 않으니까 여기서 군인들을 죽일 수는 없고."

"그래도……."

"응?"

그때 세건은 길가에 세워져 있는 러시아제의 오토바이를 발견했다. 러시아는 오토바이를 타고 달릴 때의 맞바람 때문에 추워서 오토바이를 안 탈 것 같은데 오토바이가 여기에 있다니 반가울 정도였다.

앞에는 의전용 경찰차에나 달 것 같은 큼직한 방풍벽에 핸들 양쪽에는 두터운 털장갑이 달려 있기는 하지만 신기해 보였다.

"저걸 탈까?"

"시베리아에서 저걸 타고 달릴 셈이에요?"

서린은 기가 막혀서 세건을 바라보았지만 세건은 이미 마음을 굳힌 모양이었다. 안 타보던 오토바이라면 하여튼 눈에 불을 켜고 좋아하는 듯하다.

"…괜찮겠어요?"

"음, 한 250cc나 그 이하로 보이는데. 자세히는 모르겠지만 왜 그 농업 연구소에서 만들었다는 것 같아."

"아니, 총을 쏘지 않겠냐 그거죠. 오토바이를 탈취해서 달아

나는데 뒤통수에 총을 안 쏘겠어요?"
서린은 세건에게 핀잔을 주었다.

잠시 후 서린은 세건과 함께 기절한 병사들을 차 안에 차곡차곡 쌓는 일을 맡게 되었다.
"이, 이건 좀."
"시끄러워. 잔소리 좀 하지 마."
"쓸데없는 피를 보지 않겠다고 하면서 고작 몇 푼 안 하는 싸구려 오토바이 때문에 이러는 거예요?"
"……."
갑자기 세건의 말수가 없어졌다. 서린은 자신이 너무 심하게 추궁했나 싶어서 입을 다물었다.
사실 쓸데없는 피를 안 본 건 맞다. 그냥 습격해서 다 가벼운 뇌진탕으로 기절시켰으니까 피를 흘린 이는 없다. 게다가 차 안에 차곡차곡 쌓는 것은 실신한 이들이 체온을 잃고 길바닥에서 얼어 죽을까 봐 이러는 게 아닌가? 하지만 쓸데없이 번거로운 일을 만들었다는 비난에서 자유로울 수는 없다.
"맞아! 돈."
"예?"
그러나 서린의 걱정은 기우였다. 세건은 군인들의 지갑을 뒤져서 돈을 꺼냈다.
"짐을 빼앗겼으니까 달아나려면 돈이 필요해. 워낙 경황이 없다 보니 그런 것도 잊고 있었군. 네가 말하지 않았으면 모를 뻔했다."

"자, 잠깐만."

"연료도 충분하고… 상태도 양호하군. 가자."

세건은 뻔뻔스럽게 오토바이 위에 올라타서 서린을 돌아보았다. 서린은 어쩔 수 없다는 듯 어깨를 으쓱해 보이곤 군말 없이 세건의 뒤에 올라탔다.

2

한세건이 서린을 데리고 탈출한 뒤 이사카와 볼코프는 난처한 입장이 되고 말았다. 볼코프는 병사들에게 세건을 추격하라고 명령했지만 병사들이 그를 잡지 못할 거라는 것은 잘 알고 있었다.

게다가 이사카의 힘 역시 만만한 것이 아니었다. 정상적인 라이칸스로프들에 비해 근력 효율이 대단히 높아서 체격에 비해서 힘이 막강한 것이다.

게다가 묘한 능력을 써대는데 이게 또 신경 쓰인다. 그들은 눈이 쌓인 활주로로 뛰어내려 싸움을 계속했는데, 육박전에서는 누구도 볼코프의 상대가 되지 않았다.

하지만 완벽한 초크 슬리퍼(Choke sleeper)를 건 순간 이사카는 특수한 능력으로 볼코프의 팔꿈치를 태워 버리고 빠져나간 것이다. 볼코프는 불이 붙어서 타버린 팔꿈치를 추스르며 물러났다.

“이건 아그니의 혈인 능력과 비슷하군그래.”

“쳇, 밑천을 너무 드러내 보였군.”

이사카는 의심스러운 눈초리로 자신을 보는 볼코프를 보며 눈살을 찌푸렸다. 수상하긴 볼코프도 만만치 않았다. 화상은 가장 재생하기 힘든 상처 중 하나인데 볼코프의 상처는 벌써 흔적도 없다. 아까 전에 손톱을 박아 넣을 때부터 그랬지만 저놈은 정말 굉장하다. 칼로 찔러도 안 들어갈 것 같은 피부를 지니고 있다니…….

“롯시니가 없는 이상 당신을 잡고 싶은데… 피해가 막심할 것 같군. 이리된 이상 평화적으로 협력하지 않겠나? 릴리쓰가 죽었다는 이야기도 좀 자세히 듣고 싶고.”

볼코프는 테트라 아낙스의 예지 능력을 껄끄러워하고 있기 때문에 릴리쓰를 찾고 있었다. 하지만 만약 릴리쓰가 죽었다면 이제 그 자손인 리림에게 기댈 수밖에 없다. 그리고 같은 리림이라면 서린보다는 다양한 능력을 써대는 이사카가 더 매력적이다.

그리고 이사카의 목적도 애초에 볼코프였다. 서린은 세건을 끌어들여서 어부지리를 얻기 위한 수단이었는데 한세건은 정말 얄밉게도 자기 필요한 부분만 잽싸게 낚아채고 도망친 것이었다.

“이해가 일치하긴 하는데…….”

이사카로서도 볼코프의 예상 밖의 능력에 당황하긴 마찬가지였다. 단순한 라이칸스로프라고 생각했는데 그게 그리 단순한 놈이 아니다.

게다가 이대로 시간을 끌면 포위당하게 된다. 사실 그가 탄을 못 쓰게 만드는 방법은 화약 중 민감성 화약, 즉 주로 뇌관으로 쓰이는 화약들을 변성시켜서 불발탄으로 만드는 것이다. 효과 거리는 반경 10미터 정도이니 시가전에서라면 쓸 만하겠지만 공항같이 탁 트인 곳에서는 총탄을 막을 수 없다.

즉, 여기서 다수의 적에게 포위당하면 아무리 이사카가 대단한 놈이라 하더라도 승리할 수 없다.

그러나 그때 철모르는 이사카의 부하들이 돌아왔다. 한세건을 추격하다가 도중에 돌아온 그들은 자신들의 두목이 적의 대장과 맞서고 있는 것을 보고 흥분했다.

"얼른 그놈을 잡아! 이사카!"

'저것들이……. 그게 가능하면 진작 했지!'

응원하는 소리를 들으면서 배알이 꼴리는 건 처음 겪어보는 일이다.

이사카는 쓴웃음을 지었다.

원래 이사카가 이들을 선택한 것은 그들에게는 밑바닥 인간의 울분과 한이 있기 때문이었는데 이 경우에는 확실히 안 좋다. 밑바닥 인생이다 보니까 멍청한 놈이 많다는 것이다. 적어도 1세대 라이칸스로프라면 다음 세대들을 위한 현명함을 갖춰야 하는데 그런 놈들이 없다.

루스킨이나 야코프, 뷔르제예프야 머리가 괜찮은 놈들이지만 나머지 셋은 같은 부피의 진공관 회로만도 못한 뇌를 가지고 있다.

'진공관이면 앰프에나 쓰지, 원. 아, 그래도 빼또쥬는 똑똑한 편이지.'

이사카는 동료들에 대한 냉정한 판단을 내렸다. 이러니저러니 해도 이사카는 그 녀석들이 좋았다. 꿈을 함께 이룰 동료로서 그가 선택한 녀석들이다. 험난한 밑바닥의 세계에서 박차고 위로 올라갈 동료들인데 머리가 좋고 나쁘고는 문제가 되지 않는다.

'아니, 큰 문제인가.'

이사카가 그런 생각을 하는 사이에 블로초프는 아무런 생각 없이 변신했다. 기우는 필히 실현되어 다가온다던가? 블로초프는 그대로 볼코프에게 돌격했다.

"우워어어어어어!"

은 알레르기를 일으킬 만큼 은 탄환을 맞은 탓인지 블로초프는 화가 잔뜩 치민 상태다. 블로초프는 정말로 입에서 뜨거운 불꽃을 뿜으며 볼코프에게 달려들었다.

하지만 볼코프는 화염을 피할 생각도 하지 않고 마치 권투 선수처럼 블로킹 자세를 취한 채 블로초프의 돌격을 맞이했다.

"후후, 즐거운 여흥이군. 다들 물러나서 손대지 말도록! 이건 나의 싸움이다."

볼코프는 정말 기쁜 듯이 미소를 지으며 주먹을 날렸다.

세건은 차가운 바람에 몸서리를 치면서 오토바이의 액셀을 잡아당겼다. 러시아 농기구 연구소에서 만들었다는 ZID—200은 어쭙잖은 스펙과 달리 시베리아의 차가운 공기 속에서도 잘 달렸다. 매연이 좀 많이 나긴 하지만 지금은 그걸 따질 때가 아니다.

"독일제도 많이 있다고 들었는데 좀 아쉽긴 하군."

세건은 투덜거리며 앞으로 달려갔다.

이르쿠츠크 군사 공항이 습격당했다는 사실이 이미 다 알려져 있는 탓에 검문이 강화되었지만, 세건은 올 때 이미 검문소의 위치를 외워두었다. 그는 보통 사람은 엄두도 내지 못할 숲을 통해서 이동할 수 있었기 때문에 검문소는 아무런 문제도 되지 않았다.

"으으, 추워라. 그런데 형, 볼코프가 그렇게 강한 거예요?"

서린은 세건의 뒤에 매달려서 물어보았다.

서린의 마음속에서 이사카는 절대로 넘지 못할 공포의 벽으로 인식되고 있었다. 하지만 볼코프 레보스키는 그런 절대의 벽에 대항해 싸웠다. 그뿐 아니라 서린이 본 부분에서는 분명히 리드하고 있었다.

이사카가 전력을 다했다고는 생각되지 않지만 그만큼 리드한 것만도 대단하다. 서린은 그렇게 강력한 자를 본 적이 없었다. 세건은 서린의 질문을 듣고 잠시 생각하더니 대답했다.

"물론이지. 그는 유도와 삼보의 챔피언이고 아마 복싱도 했었지."

"그, 그런 거 라이칸스로프가 나오면 반칙인 거 아니에요? 힘으로 다 처치할 수 있잖아요."

뛰어난 완력과 균형 감각, 반사 신경을 가지고 있는 라이칸스로프는 그 존재 자체가 반칙이다. 라이칸스로프가 나서면 설사 룰조차 알지 못하는 스포츠라 하더라도 바로 올림픽 금메달리스트가 될 수 있으리라.

그렇다면 볼코프 레보스키가 금메달리스트든 러시아 삼보의 최강자든 그런 건 문제가 되지 않는 게 아닐까? 하지만 세건은 서린의 의문에 고개를 저었다.

"그게 아냐."

"예?"

서린은 깜짝 놀랐다. 그런 게 아니라니?

"나도 격투기를 매우 좋아해서 그가 출장한 대회의 녹화본을 자세히 봤지만, 지금까지 녀석이 라이칸스로프인지 몰랐어. 알겠냐? 뱀파이어 헌터인 내가 몰랐단 말야. 비디오테이프를 여섯 장이나 놓고 봐도 말야."

"무, 무슨 소리예요?"

그렇다면 볼코프 레보스키는 기술만으로 이미 세계의 일류란 말인가? 힘만이 다가 아니라? 그래서 괴물을 알아보는 인간의 눈을 다 속일 만큼?

퍼억!

도살용 망치와 같은 주먹이 블로초프의 턱을 강타했다. 그 순간 주먹은 턱을 깨고 무시무시한 위력으로 머리통 위까지 관통했다. 아니, 워낙 주먹이 크니 관통이라는 말은 어울리지 않는다. 뭐 남는 게 있어야 관통이라고 하지 이건 숫제 날아갔다.

"크아아아아!"

활주로 위에 두껍게 쌓인 눈 위로 피와 뇌수가 쏟아져 내렸다. 변신까지 한 거대한 웨어보어(WereBoar)가 어퍼컷 단 일격에 목 위가 날아가 버렸다.

이건 이미 주먹이 아니라 포탄이다!

포탄이 무색한 막강한 어퍼컷으로 머리를 잃은 블로초프의 몸은 그래도 휘청거리며 볼코프에게 달려들었다.

"안 돼!"

보다 못한 야코프가 곰으로 변하며 달려들었다. 하지만 그 순간 볼코프의 두 번째 주먹이 블로초프의 몸통에 꽂혔다.

쿠웅!

거대한 멧돼지의 몸이 떠오른다. 변신 시 약 500킬로그램에 달하는 거대한 몸이 크게 날아서 활주로 위로 추락했다.

콰득!

뛰어든 야코프의 발목이 볼코프에게 잡혔다. 볼코프는 스탠드 리프트로 상대방을 하늘 높이 번쩍 들어 올린 뒤 앵클 홀드를 걸었다.

보통 누운 상태에서 적의 발뒤꿈치를 겨드랑이에 견착시키고 돌려서 무릎을 꺾어버리는 이 기술을 볼코프는 띄운 채로 쓴 것이다. 그것도 불곰으로 변한 야코프를 상대로!

"마, 맙소사!"

일단 볼코프가 라이칸스로프라는 걸 제쳐 두고, 거대한 살인곰을 인간이 들고 있다는 게 놀랍다. 머리로 생각해 보면 볼코프도 라이칸스로프니까 저런 게 당연하지만… 실제로 눈앞에서 보니 놀라지 않을 수 없다.

"능력 해제를 허락한다! 그냥 싸우지 마!"

저대로 두면 야코프가 죽을지도 모른다! 그렇게 생각한 이사카는 부하들에게 봉인된 능력의 사용을 허가해 주었다. 그러나 너무 늦은 것이었다.

콰드득!

야코프의 발목이 돌아가며 발목과 무릎이 동시에 부서졌다. 볼코프는 그렇게 야코프의 발목을 분질러 버린 뒤 야코프의 무게를 지탱하던 손을 풀어버렸다. 허공에 발목만 잡힌 채 번쩍 들려 있던 거대한 불곰이 아래로 떨어졌다.

"피해!"

이사카는 볼코프의 다음 공격을 읽고 명령했다. 그러나 야코프는 발톱이 늘어선 앞발로 후려치기 위해 몸을 옆으로 돌리며 볼코프에게 덤벼들었다.

"저 바보가!"

볼코프는 리프트 상태에서 떨어지는 야코프의 거구를 뒤에서 끌어안듯이 받았다. 상대방이 곰의 모습으로 변해 있지만 볼코프의 받아내는 자세는 정확했다. 받아 안는 자세만으로도 웨어베어인 야코프의 늑골이 죄다 부러지며 몸통이 으스러졌다.

"안됐군!"

볼코프는 뒤에서 단단히 손가락을 맞물려 클러치를 한 뒤 그 자세에서 뒤안아 던지기로 이행했다. 아까 전엔 멧돼지를 주먹질 한 방에 처형하더니 이제는 거대한 불곰을 뒤안아 던지기로 활주로 위에 메다꽂아 버렸다.

"맙소사!"

퍼석 하는 소리와 함께 두개골이 깨지고 뇌수가 사방으로 튀었다.

"이……!"

분노한 빼또쥬가 그에게 인계철선을 날렸다. 그는 이걸로 하바로브스크의 역사에서 무수한 경찰을 살해했다. 비록 가벼운 소도구 정도라 하더라도 그의 손에 들리면 인간을 몰살하는 치명적인 무기가 될 수 있는 것이다.

그러나 볼코프는 싱겁다는 듯 피하지도 않았다. 대신 그는 오른쪽으로 주먹을 휘둘렀다.

텔레포트로 볼코프의 옆을 잡으려고 했던 유리안이 그 주먹에 걸렸다. 누구에게도 기척을 드러내지 않고 기습을 가하려 했던 것인데 볼코프는 이미 그 행동을 완전히 읽고 있었던 것이다.

쯔컥!

유리안의 목뼈가 깔끔하게 부러지며 턱이 목과 90도로 돌아갔다. 하지만 덕분에 무방비로 열린 볼코프의 몸통으로 빼또쥬가 날린 철사가 적중했다.

킥!

쇳소리와 함께 철사가 볼코프의 몸통 위에서 미끄러졌다. 보고 있던 라이칸스로프들이 놀라서 까무러칠 지경이었다.

"역시 아직은 덜 다듬어졌군."

볼코프는 비아냥거리며 유리안을 바라보았다. 목이 부러져서 얼굴이 돌아가 있음에도 불구하고 유리안은 죽지 않았다. 아니, 주먹으로 쳐 날린 멧돼지나 활주로에 메다꽂은 곰, 야코프도 죽지 않은 상태였다.

말은 덜 다듬어졌다고 했지만 이놈들의 잠재 능력은 굉장하다.

'굉장한 괴물들이군.'

볼코프는 이사카를 노려보며 자신의 팔꿈치를 매만졌다.

"부하들이 고생하는데 나서지 않나?"

야수의 직감이랄까? 이사카의 부하들이 아무리 뛰어난 잠재 능력과 각인 능력을 가지고 있다고 해도 볼코프에겐 격이 떨어진다. 볼코프와 붙어본 이사카는 그 사실을 인정하지 않을 수 없었다.

그렇지만 이건 외려 좋은 기회다. 이사카는 팔짱을 낀 채 빈정거렸다.

"아직 군대가 몰려오기까지는 시간이 남아 있지. 이런 강적을 만날 기회도 흔치 않으니까 좀 더 상대해 주시지, 장군님!"

그는 자신의 부하들이 볼코프를 이길 수 없다는 걸 알면서도 승부에 직접 나서지 않았다. 확실히 이런 강적을 만나기란 쉽지 않은 일이다. 이 기회에 그들에게 싸움에 대해서 가르치지 않으면 안 된다.

"이 나이에 교관을 다시 하게 될 줄은 몰랐군."

볼코프는 코웃음 쳤다. 별을 두 개씩이나 달고 있는 그가 소수민족 반군 출신의 꼬마들을 상대로 실전 훈련을 시켜주는 역할이 될 줄이야. 그래도 그는 오래간만의 싸움에 흥분해 있었다.

"크르르르르르!"

그때 목이 부러진 유리안의 몸에서 변이가 일어났다. 야수로 변신하는 게 아니라 그냥 자신의 육신을 다른 무언가로 변이시키고 있다.

이런 능력이라면 흡혈귀 중 적요(赤妖)의 능력과 비슷하다. 이 사카라는 하나의 원천으로부터 이런 다양한 각인 능력을 가진 놈들이 나오다니. 그렇다면 이들 중에는 테트라 아낙스와 마찬가지로 예지 능력을 가진 이가 있단 말인가?

"흥미롭군!"

볼코프는 변이를 일으키며 자신에게 달려드는 유리안의 발목을 잡은 뒤 아직 변성되지 않은 몸통을 향해 주먹을 꽂았다.

콰드드득!

유리안의 발목이 찢어지며 몸통이 하늘로 치솟아 올랐다. 그 틈을 노리고 빼또쥬가 뛰어들었지만 그 순간 볼코프가 몸을 돌렸다. 아직 채 거두지 못한 팔 너머로 볼코프의 눈이 호박색의 불꽃으로 타올랐다.

쉬이이익!

"크!"

'이대로라면 당한다!' 라는 생각이 들었다.

빼또쥬는 즉시 자신의 힘을 발휘해 투명한 힘의 장벽을 세웠다. 하바로브스크에서 총탄 세례를 막아내던 장벽이다. 그는 그것에 더해서 힘의 방향을 원추형으로 만들어 어떤 정밀 기계로도 깎아낼 수 없는 예리한 창을 만들어냈다.

스칵!

하지만 그 순간 빼또쥬의 눈앞이 피로 물들었다. 그가 만들어낸 장벽을 넘어서 새하얀 세 가닥의 섬광이 빼또쥬를 덮쳤다. 원추형의 힘의 장벽은 원래 사람의 눈에 보이지 않는 것인데 볼코프는 마치 눈에 선명하게 보이는 것처럼 그것을 피하고 '발톱' 으로 빼또쥬를 그어버린 것이다.

"아……."

입은 벌어졌는데 말이 나오지 않는다. 다만 볼코프의 멀쩡해 보이는 손과 달리 그의 몸에서 이어져 있는 그림자의 손은 팔뚝만 한 길이의 손톱이 달린 흉측한 괴물의 것이었다. 신체의 부분 변신이다.

"나도 조금은 성의를 다해서 밑천을 보였네. 이 정도면 만족스러운가?"

볼코프는 이사카를 보며 웃었다.

그의 부하들은 자신의 상사가 직접 적들과 육탄전을 벌이는데도 가만히 있었다. 볼코프 레보스키 소장은 절대로 패하지 않는다고 눈빛과 행동으로 말하고 있는 것이다.

이사카는 그 모습을 보며 내심 혀를 찼다. 빼또쥬와 유리안이야 어린아이들이고 블로초프야 멍청하다 쳐도 야코프가 화끈하게 당한 것이 마음에 들지 않는다.

게다가 그 많은 이가 덤벼들었는데 아직 저놈을 변신도 못 시켰다. 고작 '발톱' 같은 흔하디흔한 기술만 보여놓고서 자신도 밑천을 보였다고 생색을 내다니…….

"마음에 드는군."

빈말이 아니라 그는 이 볼코프 레보스키라는 작자가 정말 마음에 들었다.

"그럼 교육 시간은 끝났군. 이번엔 철수하도록 하지. 모두들 육신 한 조각 남기지 말고 퇴각하자!"

이사카는 쓰러진 빼또쥬를 겨드랑이에 끼고 지면을 박찼다. 허공으로 그 몸이 뜨나 싶은 순간 갑자기 쉭 하는 바람 소리와 함께 이사카의 모습이 사라졌다.

볼코프는 그 모습에 적잖이 놀랐다.

텔레포트는 마법으로는 구현이 불가능하고 오로지 혈인 능력이나 각인 능력으로서 존재한다. 그렇지만 아무리 뛰어난 라이칸스로프라고 해도 각인 능력은 고작해야 하나나 두 개뿐이다. 텔레포트같이 고난도의 각인 능력을 지니고 있다면 하나도 감지덕지할 것이다.

그런데 저놈은 지금 각인 능력으로 의심되는 능력을 적어도 세 개는 보여준 것이다.

아니, 아마도 그 이상이리라. 그리고 그가 끌고 다니는 라이칸스로프들도 마찬가지!

"젠장!"

피투성이가 된 라이칸스로프들이 기절한 동료들을 부축하고 텔레포트를 시도했다. 볼코프의 부하들이 깜짝 놀라서 뛰어들었지만 모두가 텔레포트를 써대는 바람에 누구 한 명 잡지 못했다.

그리고 그제야 뒤뚱뒤뚱 장갑차량 몇 대가 달려와서 활주로 위에 병력을 쏟아냈다. 이미 사태가 다 끝난 다음에 온 것인지 그게 아니면 저 이사카란 녀석이 병력이 오는 시간을 정확히 체크한 것인지 모르겠다.

"대단하군요, 저렇게 박살 나고도 전부 다 살아 있다니. 과연 저게 리림이 만들어낸 라이칸스로프군요."

볼코프의 부하들은 경악하며 그들이 지나간 자리를 보았다. 핏방울이 눈 위에 조금 남아 있는 것을 제외하면 사투가 있었다는 증거가 없다. 이미 대부분의 혈액이 역류해서 몸의 재생에 쓰였으리라. 그 놀라운 재생 속도라니!

"굉장한 놈이군. 역시 릴리쓰를 죽일 만해."

볼코프는 오래간만에 몸을 풀어서 그런지 흡족한 표정을 지으며 팔을 움직였다. 손에 쥐고 있던 서린을 잃어버린 것은 아쉽지만 대신 이사카 베르게네프를 발견한 데다가 중요한 정보를 손에 넣었다. 릴리쓰는 이미 이사카 베르게네프의 손에 죽어버렸다는 사실을!

"앞으로 더더욱 재미있어지겠는걸. 하하하하하하!"

볼코프는 군용 코트의 깃을 여미고 활주로를 떠났다.

3

"아악!"

서린은 몸서리치며 침대를 박차고 일어났다. 낡은 침대가 삐걱거리며 차가운 공기가 그를 덮쳤다. 이불에서 뛰쳐나가는 순간 만나게 되는 차가운 공기에 잠이 확 깼다.

서린은 숨을 헐떡이며 주위를 둘러보았다. 낡은 벽지가 너덜너덜하게 붙어 있는 허름한 여인숙이었다.

"여, 여기는?"

서린은 깜짝 놀라서 자리를 박차고 일어났다. 뒤져볼 것도 없는 손바닥만 한 방이다. 서린은 그제야 기억을 떠올렸다. 볼코프 레보스키의 손에서 벗어난 뒤 새벽이 다 되어서야 어렵사리 이 작은 여인숙에 투숙했다.

그렇지 않아도 수배된 몸이었기 때문에 어떻게 되나 조마조마했지만 여인숙의 주인은 수배자들에 대해서는 전혀 관심이 없는지 무사히 투숙할 수 있었다.

"아, 정말 꿈자리 사납다."

무슨 꿈인지는 기억나지 않지만 자리를 박차고 일어날 만한 꿈이면 정말 끔찍하다. 서린은 세면대로 가서 물을 틀고 몸을 씻을 준비를 했다.

콸콸…….

수도꼭지를 틀자마자 희뿌연 물이 왕창 쏟아지더니 곧 가느다란 물줄기로 변했다. 물이 희뿌연 것을 보니 이걸 마셨다간 어떻게 될지 심히 궁금해졌다.

"…역시, 대한민국 수돗물도 나쁘지 않구나."

서린은 물에 손을 대보았다. 용케 얼지 않았구나 싶을 만큼 차가운 물이 손에 닿았다. 그걸로 고양이 세수하듯 어렵사리 세수만 끝마치고 나니 배 속이 할당량을 달라고 시위했다.

그때 마침 누군가가 문을 두들겼다.

"일어났냐?"

"아, 형?"

"일단 밥부터 먹으러 가자."

세건은 무뚝뚝한 표정으로 그리 말했다.

서린이 직접 본 것은 아니겠지만 세건의 고생도 이루 말할 수 없을 정도였으리라. 볼코프에게 납치까지 당했는데 거기서 탈출해서 이사카와 합류하고 다시 이르쿠츠크 공군기지로 와서 라이칸스로프들과 전투를 한 것이다. 게다가 그의 몸은 계속 망가져 가고 있지 않은가?

하지만 그럼에도 불구하고 세건의 태도는 한결같았다. 서린은 그런 세건을 보며 안도의 한숨을 내쉬었다.

"뭐 해?"

세건은 투덜거리며 수건으로 머리를 닦았다. 서린은 짐이라고 할 것도 없는 것들을 챙기고 밖으로 나갔다. 여행 전에 준비해 왔던 물건들은 납치당하면서 대부분 잃어버렸다.

특히 핸드폰과 신용카드를 잃어버린 게 결정적인 실수였다. 과연 만리타향에서 수배까지 된 몸으로, 돈도 없이 잘 해나갈 수 있을까?

어제 내린 눈에 대한 제설 작업으로 시내 곳곳에는 눈이 잔뜩 쌓여 있었다. 한국에서 내렸다면 폭설이라고 불릴 만한 양이었는데 여기서는 그 정도는 눈 축에도 끼지 않는지 순식간에 제설 작업이 끝났다.

"후우, 아무래도 추위에는 익숙해지지 못하겠군. 몸이 허약해진 건가?"

세건은 손을 비비며 투덜거렸다. 원래는 추위에 약한 몸이 아니었는데 아르곤에게 몇 대 맞은 후로는 추위라면 진저리 치게 되었다. 혹시 저주가 남은 건가 싶었지만 그건 또 아닌 것 같다.

러시아라면 풍부한 석유와 천연가스 때문에 어디서나 가스 난방을 하리라 생각했는데 이 카페테리아에서는 특이하게도 석탄 난로를 쓰고 있었다. 벽에는 대충 가져다 놓은 것 같지는 않은 민속공예품들이 놓여 있었는데 가게 주인의 관심도 받지 못하고 있었는지 거미줄까지 쳐 있었다.

아침 식사를 하기엔 좀 늦은 시간이라 그런지 가게 안에 손님은 뜸했다. 그래서 가게 주인은 이따금 이 외국인 손님을 힐끔힐끔 쳐다보았지만 수배된 사람이라고까지는 생각하지 못하는 것 같았다.

"일단 신문을 가져왔으니까 좀 읽어봐. 뭐라고 되어 있는지."

세건은 테이블에 앉아 있는 서린에게 신문을 던져 주고 따뜻한 찻잔을 양손으로 잡았다.

"어제 일이 나와 있네요. 공군기지, 반군 테러리스트에게 습격당하다……. 특별한 건 없네요."

서린은 신문을 읽으면서 고개를 갸웃거렸다. 일단 볼코프 레보스키의 이름이 나와 있지 않은 걸로 보아서 볼코프 레보스키는 멀쩡한 모양이었다. 그렇다면 그는 이사카의 공격에서 살아남았다는 소리가 되는데 그게 과연 가당키나 한 일인가?

서린이 기억하고 있는 이사카는 이미 날 때부터 말을 할 수 있었고 젖먹이 시절에 마법을 쓰던 괴물이다. 애초에 마물들의 왕으로 태어난 그런 괴물을 상대로 볼코프가 살아남았다니…….

그렇다면 볼코프 역시 그에 필적하는 괴물이란 말인가? 서린으로서는 믿을 수가 없었다.

"설마 이사카가 당한 건 아니겠지?"

세건은 의혹에 찬 눈길로 신문을 바라보았다. 그로서는 러시아어를 모르니 '흰 건 종이요, 검은 건 글씨로다' 라는 문맹자 타령이 절로 나왔다. 서린은 고개를 가로저었다.

"그러면 반군을 잡았다고 이야기라도 나오겠죠. 게다가 절대 이사카가 당할 리 없어요. 그놈은 마물 중의 마물이라니까요."

자신의 쌍둥이 형을 그렇게 부르는 것도 우습지만 달리 표현할 말이 없었다. 하지만 이렇게 말하는 데도 세건은 반신반의하는 모양이었다.

"설령 잡혔다 하더라도 볼코프의 목적을 생각해 보면 잡았다고 이야기할 리가 없잖아. 다 자신이 꿀꺽 먹어치웠겠지."

"우~ 야한 상상이……."

"하지 마, 좀."

세건은 이상한 상상을 하는 서린을 노려보며 으르렁거렸다. 어찌 되었든 자세한 정황은 모르지만 적어도 볼코프 레보스키가 당하지 않았다는 것만은 분명하다.

"그런데 이사카가 릴리쓰를 죽였다라……. 왜 죽였지?"

세건이 딱딱한 빵을 쪼개며 물어보자 서린의 표정이 어두워졌다. 어린 시절이라 기억은 많이 나지 않지만 어머니에 대한 기억은 그에게 매우 좋게 남아 있는 모양이었다.

"그리고 궁금한 건 또 있어. 네가 한국에 보내졌다는 건 릴리쓰의 뜻이 아니었나? 그렇다면 릴리쓰가 죽은 걸 네가 어떻게 기억하고 있는 거지? 설마 릴리쓰를 죽인 뒤 이사카가 너를 한국에 보낸 건가?"

"아마도요. 이사카가 보냈겠죠. 제 기억이 봉인된 것은 이사카에 의해서니까."

서린도 그 점에 대해서는 혼란스러웠다. 차라리 죽여 버리는 게 낫지 않았나? 왜 굳이 외국으로 보내면서 살려두었을까? 게다가 자신의 머릿속에 남아 있던 그 혼란스러운 기억은 또 뭐란 말인가?

"그리고 이상한 건 또 있어. 릴리쓰는 결국 자연재해와 같은 것이라고 한다면… 적어도 이사카의 입장에서는 굳이 죽일 필요가 없는데 왜 죽였지?"

세건은 어깨를 으쓱해 보였다. 릴리쓰가 죽는다 해도 필요한 순간에는 인간들 사이에서 릴리쓰가 출생해 괴물을 낳는다는 이야기는 이미 들었다. 그렇기에 릴리쓰라는 건 결국 자연재해인 것이다.

그걸 감안했을 때 부귀영화를 누리며 잘살고 있는 테트라 아낙스라면 모를까 이사카가 릴리쓰를 죽일 이유가 없다.

테트라 아낙스야 오랜 세월을 사는 흡혈귀이다 보니 릴리쓰란 존재를 부담스러워하는 게 당연하다. 그들은 권력자이고 사회의 정점에 올라선 이들이다 보니 자신들이 지배하고 있는 사회가 흔들리는 것을 원치 않으리라.

그러나 이제 막 태어난 이사카는 다르다. 이사카도 인간보다는 수명이 긴 라이칸스로프이긴 하지만 그 수명이라는 게 흡혈귀에 비하면 터무니없이 짧은 것이다.

그런 생을 살아가는 놈이라면 굳이 릴리쓰를 죽일 필요가 없으리라. 어차피 릴리쓰가 마물을 낳아야 하는 상황은 몇 세기에 한 번 있을까 말까 하다. 그리고 라이칸스로프의 수명은 몇 세기나 지속되지 않는다.

"제가 묻고 싶네요."

서린은 그렇게 생각하며 아랫입술을 깨물었다. 이제 와서 어머니에 대한 기억 따위는 자세히 남아 있지 않다. 그렇지만 서린은 릴리쓰를 명확하게 어머니라고 인식하고 있었다.

이사카는 그것을 보고 '필요'와 '욕구'라고 했던가. 욕구에 의해 자식을 만들었다면 그녀만큼 훌륭한 어머니도 없었으리라.

"어머니라."

세건은 한숨을 내쉬었다.

"지구가 멸망해도 한 그루 사과나무를 심겠다는 것도 아니고 자신에게 영향을 주지도 않을 위험 요소를 제거하기 위해서 굳이 살해까지 하는 건 이해가 가지 않는군."

어찌 되었든 릴리쓰가 죽었다는 사실을 안 이상 계획을 수정하지 않을 수 없다.

원래 그는 릴리쓰를 찾기 위해서 왔다. 릴리쓰를 노리는 흡혈귀들을 몰살시키고 릴리쓰조차 파멸시켜서 마물과 마법의 존재를 말살하는 게 그의 목적이었으니까.

그러나 릴리쓰가 이미 죽어 있다면 그 목적은 달성할 수가 없다. 이제는 다시 수동적인 입장으로 돌아서서 볼코프의 쿠데타를 막아내야 한다.

"결국 해결의 실마리는 보이지 않고 어떻게든 현상 유지를 위해서 그 괴물들을 상대해야 하는 건가."

세건은 그리 중얼거리며 주머니 안의 돈을 헤아려 보았다. 병사들에게 탈취한 푼돈이 전부라 여인숙비와 밥값을 제하고 나니 또 금세 바닥을 드러냈다.

러시아에서는 싼값으로 좋은 무기를 살 수 있다고는 하지만 이 돈으로 무기를 살 수도 없는 일이다. 무기도 없이 서린과 세건 단둘이서 어떻게 볼코프 레보스키의 쿠데타군을 막아낸단 말인가?

"그럼, 형 설마……."

서린은 의혹에 찬 눈길로 세건을 바라보았다. 세건은 지금 혼자 몸으로 볼코프가 이끄는 라이칸스로프 군대를 상대하겠다는 것인가? 그건 진짜 무모하다.

"말도 안 돼요! 상대는 엄청난 수인 데다가… 하나하나가 보통 실력이 아니라고요!"

서린의 견문은 그다지 넓다고 할 수 없지만 볼코프의 병사들의 기량이 무시무시하게 높다는 것은 잘 알 수 있었다. 그 질서 정연한 움직임, 명령만 떨어지면 바로 이행하는 충성심은 마치 잘 정비된 기계와 같았다. 그런 놈들에 비하면 세건이 지금까지 상대해 온 흡혈귀들은 비교할 것도 못 된다.

하물며 한세건의 몸은 성한 상태도 아니지 않는가?

"불가능해요! 형 혼자서 그놈들을 어떻게 상대할 거예요?"

"불가능하다고 손가락 빨고 놀고 있다간 라이칸스로프가 러시아 대통령, 아니, 황제가 될걸. 그렇게 되면 세상이 무슨 꼴이 되겠어."

세건도 그렇게 말하긴 했지만 자신 역시 이 일이 얼마나 무모한지 알고 있었다. 그는 지폐를 꺼내서 식당 겸 카페의 카운터로 다가갔다.

"어이, 서린. 국제전화를 쓰고 싶다고 이야기해 줘. 동전 좀 잔뜩 바꿔달라고."

"예! 아, 김성희 씨에게 전화 거는 거군요?"

그녀라고 뭔가 뾰족한 수가 있을 것 같지는 않지만 지금으로서는 그녀에게 전화를 거는 수밖에 없다. 돈도 장비도 다 잃어버리다시피 한 이상, 이대로는 정말 외국산 노숙자가 될 판이다. 시베리아에서 노숙이라니, 생각만 해도 아찔하다.

하나 한세건은 태연하게 이리 말하는 것이었다.

"내 신용카드! 볼코프가 가져갔으니 신용카드 다 정지시켜야지."

"그, 그런 이유로 거는 거예요?"

볼코프가 신용카드를 빼앗았다고 신나서 막 긁어댄다? 도저히 상상이 안 되는 장면이다.

"농담이야. 진지하게 받아들이지 마."

세건은 서린을 흘겨본 뒤 공중전화에 동전을 넣었다. 전화가 걸린 뒤 한참 뒤에야 겨우겨우 핸드폰 받는 소리가 들렸다.

―여보세요?

전화기 너머에서는 젊은 여성의 목소리가 들려왔다. 그렇게 오래된 일도 아닌데 이렇게 듣게 되니 정말 오래만인 것 같아서 세건은 잠시 멍청히 서 있었다.

―여보세요?

"아, 마스터. 접니다. 한세건이요."

―아, 그래. 무사히 도착했어? 전화 좀 자주 하지. 여행 가서 연락도 안 하고 말야. 여기서 내가 얼마나 고생하는지 알고 있어?

"저도 무사한 건 아니고 일이 좀 터졌는데요."

세건은 간결하게 자초지종을 설명했다.

볼코프 레보스키에게 서린이 인질이 되어서 거기에 투항하느라 짐을 다 잃어버린 것, 그리고 모종의 세력, 아마도 흡혈귀나 볼코프에 의해서 수배당하고 있다는 사실과 릴리쓰가 죽은 지 오래되었다는 것, 그리고 서린의 기억이 일부 살아났다는 것까지 간결하게 설명했다.

—맙소사. 쿠데타라고? 정말 일이 나긴 났구나.

김성희는 너무나 커져 버린 일에 놀라지 않을 수 없었다. 쿠데타라면 이미 한 개인이 진압할 수 있는 일이 아니다. 하물며 상대는 라이칸스로프 군단이 아닌가?

—아, 세건. 그러면 모스크바에서 실베스테르랑 합류해. 마침 비스트 수리랑 녹티스의 마법 추출이 끝나서 장비들이랑 함께 실베스테르에게 보내놨거든?

"마법 추출이라뇨?"

—칠흑의 검을 이루는 마법 자체를 추출해 냈어. 내가 준 칼에 이식하면 될 거야. 검신 자체는 이 구닥다리보다 그 칼이 훨씬 잘 만든 거니까. 몰리브덴 양을 세심하게 조정해서 만든 거라고.

결국 그 칠흑의 검을 되살리지는 못한 모양이지만 새로운 칠흑의 검을 만들 수 있다니 그건 다행이다. 세건은 안도의 한숨을 쉬다가 문득 신경 쓰이는 부분이 있어서 물어보았다.

"그런데 잠깐. 실베스테르? 그도 오나요?"

—응. 출발했다고 하니까 이미 모스크바에 있을 거야. 핸드폰을 잃어버렸다면 나중에 모스크바에 도착해서 다시 전화해 줘. 실베스테르의 연락처 알려줄게. 그리고 열차 타기 전에 열차 편도 알려주고.

"예."

세건은 전화를 끊고 멍한 표정으로 서린에게 돌아왔다. 실베스테르, 그는 한세건이 헌터가 된 계기라고 할 수 있는 인물이다. 인간인지조차 의심스러운 마인은 집요할 정도로 흡혈귀와 괴물들을 사냥해 진마사냥꾼이라는 칭호로 불리고 있었다.

하지만 이제 한세건이 진마를 죽이게 됨으로써 진마사냥꾼이란 칭호는 더 이상 그의 독점물이 아니다. 그렇다고는 해도 그가 강력한 헌터라는 사실은 변함이 없다. 만약 그와 공동전선을 펼치게 된다면 백만의 원군을 얻은 거나 다름이 없다.

"뭐, 뭐래요?"

"일단 모스크바로 이동해야겠어. 열차표를 끊어야겠는걸?"

세건은 품에 있던 돈들을 꺼내서 탁자에 놓고 세보았다. 밥값과 숙박비가 빠지고 나니까 돈도 얼마 남지 않았다.

"이거 열차를 탈 돈이 될까요? 게다가 수배 중인 걸 생각해보면……."

"어떻게든 되겠지. 안 되면 오토바이를 타고 달릴 수밖에 없어."

세건은 그리 말하며 몸서리를 쳤다.

고속국도를 따라서 오토바이로 계속 달리면 열차보다도 빨리 도착할 수 있을지는 모르지만 미친 짓이다. 어젯밤에 좀 달렸을 때도 엄청난 추위 때문에 고생했던 걸 생각하면 치가 떨린다.

"정말 그걸로 모스크바까지 달릴 거예요? 난 사양하고 싶은데. 게다가 그거 군용 차량이잖아요."

서린이 그렇게 항변하자 세건이 피식 웃었다. 왠지 그 웃음이 너무 불길해서 서린은 찔끔 물러났다.

소비에트연방이 붕괴되고 러시아 정부가 모라토리엄을 선언한 혼란기에 많은 군용 물자와 장비, 대지가 민간에 불하되었다. 그중 특히 인기가 있는 것은 지하에 설치된 거대한 방공 셸터였다. 물론 그것도 입지 조건 여하에 따라 다르긴 하지만 아르메니아산 코냑과 와인을 저장하는 데는 이만한 곳도 없었다.

"나는 술맛은 잘 모르지만."

회색 머리칼의 청년 이사카는 와인의 코르크 마개에 손을 가져갔다. 코르크 따개도 필요 없이 코르크가 저절로 뽑혀 나와 그의 손에 잡혔다. 비록 값은 싸지만 품질은 명품 와인들에 뒤지지 않는다는 아르메니아 와인을 그는 병째로 마셨다.

"경과는 어때요?"

루스킨은 이사카의 옆에 와서 소금 간을 한 치즈덩이와 소시지를 건네주었다. 이사카는 그걸 받아 들며 퉁명스럽게 고개를 저었다.

"실패야. 역시 너무 얕봤어. 게다가 볼코프 그 녀석은 너무 터프하니까 반쯤 죽여놓기 전에는 불가능할 것 같은데."

이사카와 이들의 꿈을 이루기 위해서 선택한 '그 방법'은 볼코프에게 통하지 않았다. 게다가 상당히 강력한 라이칸스로프들을 투입했는데도 그를 변신조차 시키지 못했다.

"블로초프는 상처가 너무 심해서 좀 정양시키지 않으면 안 되겠는데요. 나 참, 블로초프 이 자식은 체첸에서 전차포에 맞은 적도 있었는데 그때보다 상황이 나빠요. APFSDS탄(장갑을 관통하기 위해 열화우라늄이나 텅스텐으로 처리된 관통체를 발사하는 물리력 탄)보다 피해가 큰 걸 보니 뭔가 특이한 각인 능력이 있는 것 같아요.”

“재생 억제 능력이라던가?”

그게 사실이라면 볼코프는 몬스터 킬러라는 칭호를 달아도 부족함이 없다. 라이칸스로프나 흡혈귀들도 그의 앞에서는 파리 목숨이 되리라.

“그럼 유리안과 빼또쥬, 야코프는 어때?”

“유리안과 빼또쥬는 좀 양호하지만 그래도 쉬게 해주는 게 좋을 것 같아요.”

“야코프는?”

이사카가 그렇게 물어보자 곧 야코프가 모습을 드러냈다. 이 코카서스계 백인은 원래 상트페테르부르크 대학에서 러시아 문학을 전공하던 꿈 많은 젊은이였다.

하지만 경찰의 테러 과잉 진압 사건으로 연인을 잃은 뒤로는 반정부 단체에 들어섰다가 이사카의 눈에 들어서 라이칸스로프가 된 청년이다.

대학물 먹은 놈이 별로 없는 이사카의 그룹 내에서는 매우 중요한 재원이라고 할 수 있었다.

그는 퀭한 눈을 하면서도 자신의 가슴을 탕탕 두들겼다.

“문제없습니다. 변신한 뒤에 당한 거라 그 정도 피해쯤이야 괜찮아요.”

“그래도 많이 먹어둬. 영양을 보충해 두지 않으면 죽겠다.”

이사카는 야코프에게 그리 말하고 피식 웃었다. 그의 붉은 눈동자로부터 기이한 열기가 뿜어져 나왔다. 피가 끓는다는 표현이 있는데 이 경우가 어울릴 것이다.

"뜨겁군."

이사카는 손을 들어서 자신의 눈동자를 덮었다. 야코프는 그런 이사카가 이상해서 물어보았다.

"왜 안 마시던 술을 마시는 겁니까?"

"그야… 오래간만에 동생을 만났잖아? 후후훗, 많이 컸던걸?"

이사카는 그 말을 남기고 다시금 술병을 입으로 가져갔다. 어두운 창고 속에서 그의 붉은 눈동자가 빛을 발했다.

• ☾ • See you next moon •